Kathy Page
All unsere Jahre

KATHY PAGE

All unsere Jahre

Roman

Aus dem Englischen
von Beatrice Faßbender

Verlag Klaus Wagenbach   Berlin

Die kanadische Originalausgabe erschien 2018 unter dem Titel
Dear Evelyn bei Biblioasis in Windsor / Ontario, die englische Erstausgabe im selben Jahr bei And Other Stories in Sheffield, die
deutsche Erstausgabe 2019 als Quart*buch* bei Wagenbach.

We acknowledge the support of the Canada Council for the Arts.
Nous remercions le Conseil des arts du Canada de son soutien.
Wir danken dem Canada Council for the Arts für die Unterstützung
der Übersetzung.

Canada Council Conseil des arts
for the Arts   du Canada

MIX
Papier aus verantwor-
tungsvollen Quellen
FSC® C014889
FSC
www.fsc.org

Wagenbachs Taschenbuch 843

© 2018 Kathy Page
© 2019, 2021 für die deutsche Ausgabe:
Verlag Klaus Wagenbach, Emser Straße 40/41, 10719 Berlin
www.wagenbach.de
Covergestaltung Julie August unter Verwendung eines Ausschnitts
der Gartenfresken in der Villa Livia, Primaporte, Rom © bridgeman-
images.com. Foto der Autorin © Billie Woods. Gesetzt aus der Gill
Sans und der Adobe Garamond. Das Karnickel auf Seite 1 zeichnete
Horst Rudolph. Vorsatzpapier von peyer graphic, Leonberg. Gedruckt
auf Schleipen und gebunden bei Pustet, Regensburg.
Printed in Germany. Alle Rechte vorbehalten

ISBN 978 3 8031 2843 0

FAST WIE MUSIK

BLAU

HOTEL PARIS

FAST WIE MUSIK

Beiß darauf

»Hier, beiß darauf«, sagte Mavis und reichte Adeline einen Halbmond aus Leder an einer Schnur, die man am Handgelenk befestigen konnte: ihre eigene Erfindung, erklärte sie. Adeline kniete mit gespreizten Beinen vor dem Doppelbett, die Arme auf der Matratze, in die sie den oberen Teil ihres Bauchs presste. Mavis hatte den Teppich eingerollt und den Boden mit Zeitung ausgelegt, darüber saubere Laken. Das Gleiche auf dem Bett. Bleiche im Waschwasser. Sauberkeit. Besucher fernhalten. Sie hatte alles steril abgekocht und ihre Hände dreimal geschrubbt. »Beißen«, sagte sie, »dauert nicht mehr lang.«

Beim zweiten Baby sollte es eigentlich leichter gehen, hieß es, doch dieser kleine Kerl hatte anfangs mit dem Gesicht nach vorn gelegen. Damit er sich drehte, hatte Mavis Adeline den gefliesten Flur auf Händen und Knien auf und ab kriechen lassen, immer wieder, dann sollte sie aufstehen und sich ans Bettende lehnen. Zwei Tage. Kaum Ruhe. Aber du kannst von Glück sagen, dass es keine Steißgeburt ist. Und dass sie nicht in der York Road ist: Da ist es dreckig, und die Hälfte der Mütter kommt im Sarg wieder raus. Und alles ohne einen dieser hochnäsigen Ärzte, die einem ein Heidengeld abknöpfen. Mavis kostete fünfzehn Schilling, egal, wie lange es dauerte.

Adeline stöhnte, biss fest zu, und als das Schlimmste vorüber war, spie sie das Lederding wieder aus und ein Stück eines Backenzahns gleich mit. Es war ihr egal.

»Aufs Bett, wenn du nicht reißen willst«, sagte Mavis.

»Nein«, sagte Adeline, während der Schmerz all ihre noch verbliebenen Gedanken auslöschte und ein Grunzen zwischen

ihren zusammengebissenen Zähnen hinaustrieb. Speichel triefte über das Lederding und lief ihr Kinn hinab, doch vor der
nächsten Wehe schaffte Mavis es, sie aufs Bett zu hieven. Gut
so. Ihre Beine zitterten so heftig, fast hätte sie sich auf das Kind
gesetzt.

»Hol mich der Teufel«, sagte Mavis ein paar Minuten später.
Die Nabelschnur hatte sich dreimal um den Hals des Babys geschlungen – kein Wunder, dass es so langsam herausgekommen
war. Sie ließ ihren Finger unter eine der fleischigen Schlaufen
gleiten und lockerte sie.

Männlich, unauffällig, schrieb Mavis in den Bericht. Vater: Albert Edward Miles, Dreher. Mutter: Adeline Miles. Sie hatten
keinen Jungennamen ausgesucht, also empfahl Mavis Harry:
»Kann ein Henry sein oder ein Harold. Passt zu einem König,
zu einem Grabenbauer und zu allem dazwischen. Einen Harry
mögen alle.« Alberts Großvater war der Henry-Typ gewesen,
also war er einverstanden; Adeline war zu müde, um sich darum zu scheren.

Albert nahm einen Spaten und begrub die Nachgeburt drau
ßen im Garten neben dem Klohäuschen. Setzen Sie eine Tomatenpflanze darauf, riet ihm Mavis, obwohl es dort so düster war,
dass außer dem zähesten Unkraut nichts wuchs. Sie brühte
einen Tee auf und wartete zwei Stunden, für den Fall, dass es
Blutungen gab, dann zahlte er, was sie ihr schuldig waren, plus
einen Schilling Trinkgeld für die gute Arbeit.

Adelines kleine Schwester Josephine, sieben Jahre jünger, war
auch verheiratet. Als Adeline nur noch weinte und sich nicht
mehr aufrappeln konnte, kam sie vorbei, holte sie aus dem Bett
und brachte sie nach unten, in das kleine Esszimmer, wo die
Fenster vom Dampf köchelnder Suppenknochen beschlagen
waren.

»So, und jetzt überlegen wir mal, wofür du alles dankbar sein kannst«, sagte sie. Und da gab es vieles. Adeline war am Leben, kaum gerissen, voller Milch. Sie hatte ein gesundes Baby, trotz der Sache mit der Nabelschnur, welch ein Glück, dass Mavis wusste, was sie tat … Sie hatte ein Dach über dem Kopf und eine jüngere Schwester, die ihr George, ihren ersten Sohn – fast vier war er jetzt –, abgenommen hatte, und drei weitere Schwestern, die wohl dasselbe tun würden. Jede Menge Tanten. Einen Onkel. Ihre Mutter lebte noch. So viel Glück hatte sie und noch mehr. Gutes Essen. Einen Mann, der einem ehrlichen Handwerk nachging, der nicht übermäßig trank, ein schöner, anständiger Mann, der sie nie geschlagen hatte und es auch nie tun würde.

Es war ein Segen, überhaupt einen Mann zu haben, gab Josephine zu bedenken; der Krieg hatte so viele von ihnen verschlungen. Von den fünf Schwestern waren nur sie und Adeline verheiratet. Adeline und Albert konnten sich *beide* glücklich schätzen: er, weil ihm der Schützengraben erspart geblieben war, sie, weil er sie ausgesucht hatte, obwohl sie schon siebenundzwanzig war und eher still. Sie konnte im Kopf addieren, multiplizieren und dividieren. Sie schrieb sauber und fehlerfrei, war fleißig, zeigte keinerlei Anzeichen von Religion, spielte sich nicht auf, ondulierte sich nicht die Haare und vertat ihre Zeit nicht mit Schwärmereien. Albert Edward schätzte das alles und sagte es ihr auch.

Es war das erste Mal, dass sich jemand zu Adelines Wesen äußerte, also widersprach sie nicht. Für ihren Geschmack redete er zu viel, aber das fiel nicht ins Gewicht. Er wollte ein besseres Leben und machte sich Gedanken darüber, wie das zu erreichen sei. Er zog *vernünftige Entscheidungen* vor. Weit besser, sagte er, ein oder zwei Kinder mit vollen Bäuchen zu haben als sechs halbsatte, kränkliche Gespenster in einem einzigen Schlafzimmer, von denen die meisten in einem winzigen

Grab enden. Meinst du nicht auch, Adeline? Natürlich ergab das alles Sinn, aber war es nicht falsch, sich der Natur zu widersetzen? Und ganz bestimmt falsch, so viel darüber zu reden? *Wir müssen einander verstehen*, sagte er. War es das, was Männer und Frauen taten? Josephines Will fragte sie nie nach ihrer Meinung. Sprach überhaupt kaum.

Keine Frage, es war besser, wenn die eigenen Kinder lebten und aufwuchsen, um später in einem Büro zu arbeiten oder sogar zu unterrichten. *Ja.* Doch wünschte sie, er würde ihr die Details der Hilfsmittel ersparen, mit denen sie die Größe ihrer Familie beschränken würden. Und mussten sie bei der Anzahl wirklich so strikt sein? Bildung war entscheidend, Wissen, Macht. *Ja.* Auch im Verständnis von Zahlen, sagte Albert, lag eine Kraft. Besonders von Zinseszinsen. Jede Woche legten sie etwas zurück. Was Harry anging, hatten die Zahlen sie allerdings im Stich gelassen.

»Ich verstehe nicht, was da schiefgelaufen ist«, sagte er, als ihnen klar wurde, dass sie schwanger war. »Ich war doch sehr vorsichtig.« In einem billigen Notizheft hatte er alles aufgeschrieben: ihre Tage und wann er sich hatte gehen lassen. »Tag acht. Eigentlich lange bevor dein Ei ausgestoßen wurde«, sagte er und breitete ihr Treiben im Schlafzimmerdunkel auf dem Küchentisch aus, wo es ganz sicher nichts zu suchen hatte; trotzdem, die Sache mit den Eiern ließ sie an Hühner denken, und sie musste lachen.

»Also, *eigentlich* wollte ich ja gar nicht legen.« Sie hatten es, um ehrlich zu sein, wie die Katholiken gemacht. Denen schienen auch häufig Fehler zu unterlaufen. Vielleicht ließen sich manche Dinge einfach nicht kontrollieren, und vielleicht war es auch besser so. Doch all dies behielt sie für sich, schließlich war sie mit ihm verheiratet, in guten wie in schlechten Zeiten.

»Wir haben noch etwas angespart. Aber in Zukunft ...«

Die Zukunft war es, die Adeline zum Weinen brachte, doch weshalb, das hätte sie beim besten Willen nicht sagen können.

»Kopf hoch, Liebes«, sagte Albert, als sie weiter weinte und zu nichts zu gebrauchen war. Sie saßen im Zimmer neben der Küche und aßen die Reste des Lammauflaufs, den Josie mitgebracht hatte. »Du wirst es nicht nochmal durchmachen müssen, das verspreche ich.«

Und als sie das hörte, musste Adeline, die wusste, wie gut sie es hatte, noch mehr weinen, geradewegs in ihr Essen, über das sie froh sein konnte.

»Und wie will er das anstellen?«, fragte Josephine, nachdem Albert zum Rauchen hinaus auf die Hintertreppe gegangen war. »Will er im Bett ab jetzt einen ›Regenmantel‹ tragen?« Josie kicherte, und Adeline wurde sofort rot. Sie lehnte sich zu ihrer Schwester hinüber.

»So eins haben wir mal ausprobiert«, flüsterte sie. »Es roch nach Streichhölzern. Scheußlich.« Sie war zu schüchtern, um auch zu erwähnen, wie widerlich das Ding, Paragon-Hülle hieß es, in seiner Schachtel ausgesehen hatte, gewaschen und gepudert. Hatte zwei Schilling und sechs Pennies gekostet. Bestimmt, hatte Albert gesagt, könnte, würde, müsste man daran noch etwas verbessern.

»Ich weiß nicht, was er vorhat, und ich will es auch gar nicht wissen. Ich hoffe, er schickt mich nicht in diese neue Klinik, da sterb' ich.«

»Will hat mit so was nichts am Hut. Besser etwas Selbstbeherrschung, und es dann nehmen, wie es kommt.«

Harry wachte auf. Er schrie beharrlich, wollte sich nicht beruhigen lassen. Also nahm sie ihn hoch, stillte ihn und weinte wieder ein bisschen.

Hör auf, hör auf, befahl sie sich und wischte sich mit dem Ärmel über das Gesicht. Du kannst verdammt dankbar sein: am Leben, gesundes Baby. Gute Milch. Hilfsbereite Schwestern. Mum, die sich um ihn kümmert, wenn ich wieder arbeiten gehe. Küche, Wohnzimmer, fließend Wasser, Toilettenhäuschen, pünktlich bezahlte Miete. Essen. Guter Ehemann. Besseres Leben.

»Ich wünschte, du würdest deiner Schwester nicht derart intime Dinge erzählen«, sagte Albert, als er ins Bett kam. Er sprach sehr leise, weil Harry zwischen ihnen lag.

»Oh, aber ich muss mit jemandem sprechen«, sagte sie, »sonst werde ich verrückt, wie meine Cousine Nellie.«

»Vielleicht könnte es dann jemand Diskreteres sein«, sagte Albert. Und da war es wieder, das Glück: Ein anderer Mann hätte es ihr auf der Stelle verboten oder sie womöglich sogar geschlagen oder beides.

Aber was sollten sie jetzt im Bett machen? Jedes Mal den Kessel vom Herd nehmen, bevor er kocht? Sie mit einem stinkenden Schwamm ausstopfen? Oder würde er ganz einfach die Finger von ihr lassen? Keine Chance mehr auf eine Tochter, niemals? Zu viel Umsicht und Berechnung, soviel stand fest, raubte den Dingen die Freude, dem Leben die Überraschung. Es half zu reden, mit jemandem zu reden, der nicht so rational und vernünftig war wie Albert. Und es war besser, mit Harry zu reden als mit der leeren Luft. All die Dinge laut aufzuzählen, für die sie dankbar sein konnte, während sie seine Windel löste und die Einlage entleerte, die stinkenden Sachen in den Emaille-Eimer warf, Harry abwischte und in sauberes Mulltuch und Frottee wickelte.

»Wir zwei sind also Glückspilze«, schlussfolgerte sie und schob die Nadel durch die verschiedenen Stoffschichten. »Irgendwann höre ich auf mit der Heulerei, dann haben wir es sogar noch besser. Du bist ein guter Zuhörer. Du wirst gut zu deiner Frau sein. Du wirst wissen, was sie will.« Die blaugrauen Augen waren fest auf ihr Gesicht gerichtet. Er hatte einen nachdenklichen Ausdruck, befand sie. Verständnisvoll. Urteilte nicht. Und obwohl sie ihn allein in seinem Kistchen hätte zurücklassen können, wenn sie für zehn Minuten aus dem Haus etwas besorgen ging, nahm sie ihn also mit zum Einkaufen und erzählte ihm unterwegs, dass sie ein Stück Rindfleisch kochen würde, und dann, als sie bei den Geschäften ankamen, dass es, nein, doch zu teuer sei, dass es stattdessen Hammelnacken gebe. Beim Kochen setzte sie ihn auf den Tisch, beim Waschen und Aufhängen auf den Boden. Sie erklärte ihm ganz genau, was sie gerade machte, obwohl er ja alles sehen konnte.

Zwei Wochen später brachte Josephine George zurück. Er wirkte größer und schmaler. »Hat uns das Dach vom Haus gefuttert«, sagte sie. »Al hatte verdammt recht damit, die Familie klein zu halten! Übrigens muss ich mich in letzter Zeit ständig übergeben. Bin wohl wieder schwanger.«

»Also, wenn sich dein Bruder nicht benimmt«, sagte Adeline zu Harry, »wenn er grob ist oder dich vergisst oder irgendwas macht, was er nicht darf, dann schreist du. Das kannst du, ganz bestimmt. Und, George, wenn du gut auf ihn aufpasst, dann darfst du ihn mit einem Zwieback füttern und ich kaufe dir eine Lakritzschnur.«

Zwei kräftige Jungen. George, Alberts Liebling; Harry ihrer.

Es waren vermutlich alle Kinder, die sie je haben würde. Ihr Glück.

Du kannst für so vieles dankbar sein, ermahnte sich Adeline in vielen schlaflosen Nächten, in dem kleinen Schlafzimmer mit den zwei Nachttischen und dem kleinen Schrank, wenn ihr Körper sich nach etwas sehnte, wofür ihr die Worte fehlten. *Zwei gesunde Jungen. Miete bezahlt. Anständiger Mann.* Sie biss die Zähne aufeinander, und eine Erinnerung flutete ihren Mund, an Leder und daran, wie sie den Klang der Geburtsschmerzen in ihrem Innern festgehalten hatte.

Verzweifelter Ruhm

Harry hatte einen Platz am Fenster, ganz vorn im Klassenzimmer. Die Morgensonne fiel auf sein Pult und hob den feinen Überzug aus Kreidestaub darauf hervor, die Flecken auf seinen Fingern. Einzelne, scharlachrot leuchtende Weinranken rahmten das hölzerne Schiebefenster, dessen oberer Bogen aus vier Teilen bestand, die sorgfältig gearbeiteten Fugen waren nur dank der weißen Farbe sichtbar. Er konnte die auf Clapham Junction zulaufenden Schienen sehen, dahinter die Sportfelder, den Zaun, Bäume und Gebäude. Rechts von ihm saß Gorsely, hinter ihm Fitzgerald. Den neuen Lehrer, Mr Whitehorse, hatte er in Großaufnahme vor sich: die raue Beschaffenheit seiner Haut und die gezackte weiße Linie, die von seinem Wangenknochen bis zum Mundwinkel verlief.

»Miles«, sagte Whitehorse, als er Harrys Anwesenheit notierte, »weißt du, was dein Name bedeutet?«

»Ein Längenmaß, Sir?«

Die Klasse kicherte. Sie wussten noch nicht, was sie erwartete.

»Wo ist dein Latein geblieben?«, fuhr Whitehorse fort. »*Miles, mīlitis*: ein Fußsoldat.«

Whitehorse, groß und hager, krummer Rücken, in jeder Hinsicht asymmetrisch, hatte schon jetzt den Spitznamen Dark weg. Er richtete sich ein Stück auf und ließ seinen Blick langsam über die Klasse schweifen. Es dauerte einen Moment, bevor sie bemerkten, dass sich nur eines seiner Augen, das linke, bewegte. »Da wir gerade von Krieg sprechen«, fuhr er fort, »möchte ich die Gelegenheit nutzen und euch wissen lassen, dass das Gerücht der Wahrheit entspricht. Ich trage ein

Glasauge. Mein echtes Auge habe ich im sogenannten Großen Krieg verloren.« Er zeigte auf sein rechtes Auge, für den Fall, dass sie sich nicht sicher waren. Darunter die weiße Narbe. »Verloren ist ein *Euphemismus*, aus dem Griechischen. Weiß jemand, was das ist?«

Keine Antwort. Er erklärte es nicht, stattdessen fuhr er fort: »Granatsplitter haben mein Auge und den dahinter liegenden Nerv durchbohrt. Mein Körper brannte vor Schmerz. Ich wurde ohnmächtig, dann kam ich wieder zu mir, rücklings im Schlamm und noch immer von Schmerzen gequält ... Und doch habe ich Glück gehabt. Wir sollten nicht vergessen, dass in jenen vier Jahren einhundertsiebzig Männer von dieser Schule starben, darunter ein ehemaliger Direktor und seine beiden Söhne. Gewiss waren sie sehr tapfer. Gleichwohl hoffe ich aufrichtig, dass euch allen ein solches Schicksal erspart bleibt.« Er atmete tief ein und ließ seinen Blick durch den Raum schweifen. Die Jungen saßen regungslos an ihren Pulten.

»Jetzt schweigen die Waffen«, fuhr Whitehorse mit leiser Stimme fort, »und in diesem Kurs werden wir uns mit verschiedenen Formen der Dichtung beschäftigen. Mit der Poesie der Liebe, der Poesie der Landschaft und der Poesie der Seele. Die Poesie des Krieges werden wir, so hoffe ich, auslassen können. Wir werden Verse auseinandernehmen und sie wieder zusammensetzen, wir werden sie aufsagen und schreiben; ihr werdet Poesie so erfahren, dass sie für immer wie ein zweites Herz in euch schlagen wird ... Welches Gedicht habt ihr zuletzt gelesen und gemocht? Armstrong? Godwin? Bowles?«

Die Stille wurde unerträglich, und Harry hob die Hand.

»Ich mochte ›Die Dame von Shalott‹, Sir«, sagte er.

Whitehorse erstarrte, blickte ihn mit seinem einen sehenden, himmelblauen Auge an und drehte eine Sekunde später den Kopf, sodass auch das nichtsehende Auge ihn zu fixieren schien.

»Miles, und hat dir wohl auch ›Die Attacke der Leichten

Brigade‹ gefallen? Eines der verlogensten Gedichte, das je geschrieben wurde:

> Vorwärts; sie fragen und zagen nicht,
> Vorwärts; sie wanken und schwanken nicht,
> Vorwärts, gehorchen ist einzige Pflicht,
> Ins Todestal,
> In voller Zahl,
> Reiten die Sechshundert.«

Wie versteinert schüttelte Harry den Kopf. Whitehorse beugte sich zu ihm vor. Das Weiß seines echten Auges war von roten Äderchen durchzogen, das seines Glasauges dagegen makellos, ein fast bläulich schimmerndes Weiß.

»Aber du gibst zu, dass sie einander ähneln? Inhalt: Tod. Form: ein gnadenloser Rhythmus und ein ebenso gnadenloser Reim: Strand, Land, Rand, Band, stehn, gehn, wehn. Das ist also dein Geschmack?«

Er wusste, er musste etwas sagen, dachte an die Dame, halb krank von Schatten. Geweb und Webstuhl ließ sie stehn, drei Schritt durch's Zimmer tät sie gehn und blickte in die Welt hinaus. Der Spiegel krachte quer entzwei. Das gefiel ihm, ja, durchaus.

»Was hat die Dame falsch gemacht, Sir, dass ihr der Fluch auferlegt wurde?«, fragte er. Hinter ihm brach prustendes Gelächter aus, was ihm als Junge, der keine Schwestern hatte, unverständlich war. Whitehorse atmete langsam aus, seine Schultern entspannten sich.

»Gute Frage, Miles«, sagte er. »Obgleich ich sie nicht beantworten kann.«

Es war Harrys zweites Jahr an dieser Schule. Er hatte ein Stipendium erhalten, das den Großteil der Schulgebühren abdeckte. Die Uniform hatten sie gebraucht gekauft: Kappe, Strohhut und Blazer, auf dessen Brusttasche *Pour Bien Desirer* und das Fallgitter in Gold aufgenäht waren. Jeden Abend, während er schlief, wischte seine Mutter die Uniform mit einem Schwamm ab und bügelte sie, und jeden Morgen stand sie früh auf, um für ihn und seinen Vater und seinen Bruder die Pausenbrote einzupacken. Dann eine halbe Stunde Fußweg zwischen zwei Welten.

Am ersten Tag hatte sein Vater ihn begleitet. Ab der Earlsfield Road ging es immer geradeaus; je weiter der Hügel anstieg, desto mehr dünnten die Geschäfte aus und desto größer wurden die Reihenhäuser, bis ihre Dächer sich schließlich voneinander lösten und Buntglasfenster, geschnitzte Giebel und Dachkammern für die Hausmädchen zur Schau stellten. Die Straße verlief nahe den Gleisen, vorbei am Spencer Park, wo oberhalb der Bäume das Dach des Royal Victoria Patriotic Building sichtbar wurde, und weiter in Richtung Roundhouse und Battersea Rise. Das Schultor, gleich neben den Gleisen, war schlicht, doch durch die Gitterstäbe hindurch konnte man ein Pförtnerhaus und einen baumgesäumten Weg erkennen. Die Schule gab es seit Jahrhunderten, und vor fünfzig Jahren war sie aus der Stadt in ein dramatisches Rotklinkergebäude mit einem Turm, Rundbogenfenstern und einem Innenhof gezogen, ein wahres Labyrinth, umgeben von Gärten und riesigen, perfekten Sportplätzen.

Eine Sechzig-Pfünder-Kanone aus dem Großen Krieg, die man der Schule in Anerkennung ihrer Verluste überreicht hatte, stand in den Gartenanlagen vor dem Haupteingang. Der Tag begann mit Gebeten in der dunkel getäfelten Kapelle, und das Offiziers-Übungskorps war praktisch Pflicht. Den Jungen standen eine Bibliothek und ein Schwimmbad zur Verfügung, und in einem lichtdurchfluteten Saal aßen sie an langen Tischen zu Mittag; sie lernten Latein, Analysis und Physik, Literatur, moderne Fremdsprachen, Rugby und Rudern.

»So eine Chance bekommst du kein zweites Mal. Pass gut auf und sprich laut und deutlich, aber sei höflich«, sagte Harrys Vater am Tor. Seine Hand glitt schwer von der Schulter seines Sohnes, als wolle er ihn an- und hineinschieben, dann eilte er mit großen Schritten davon, er musste zur Arbeit bei den United Metal Works und war schon spät dran.

Albert Miles hatte an der Drehbank angefangen, sich hochgearbeitet und richtete nun die Maschinen ein. Mit Zahlen konnte er gut umgehen, er rechnete gern und in jeder Lebenslage – selbst seinen Kleingarten hatte er nach exakten Messungen und vorab kalkulierten Erträgen angelegt. Beide Söhne hatte er schon in jungen Jahren in Kopfrechnen gedrillt. In Harrys Alter war sein großer Bruder George bereits ein Naturtalent gewesen, dessen blitzschnelle Rechenkünste gern bei Festen vorgeführt wurden. Aber George stromerte auch gern durch die Gegend, schoss mit seinem Luftgewehr auf die Katzen der Nachbarn und erschnorrte sich Motorradfahrten. Er *bemühte* sich nicht.

Harry verfügte nicht über dieselbe Gabe, fand in Zahlen aber eine Art Befriedigung. Sie waren ihm Mittel zum Zweck. Er glänzte in der Stipendiumsprüfung der Londoner Stadtverwaltung, weil er es unbedingt wollte und weil er begriffen hatte, dass es vor allem darum ging, sich an die Aufgabe, die vorgegebenen Sachverhalte und an die Regeln zu halten. Man musste sich die Zeit nehmen, um genau zu verstehen, was gefordert war, dann den Rechenweg fehlerfrei in sauberen, geraden Spalten aufschreiben und schließlich die korrekte Antwort in einem wohlgebauten Satz ohne Rechtschreib- oder Kommafehler formulieren: Sie sind elftausend Kilometer in sechs Monaten gereist. Jede Familie hat pro Woche fünfzehn Äpfel verzehrt. Die Reise dauerte vier Tage, drei Stunden und zehn Minuten.

Antworten waren mithilfe eines Lineals zu unterstreichen. Kein Geschmiere.

Sätze auf ihre Syntax hin zu untersuchen war ähnlich, doch der bloße Sinn, der sich aus dem Verhältnis eines Satzteils zu einem anderen ergab, war nur der Anfang dessen, was die Worte einem sagen, wohin die Bedeutungsfäden führen mochten. Harry hasste und liebte Worte gleichermaßen, sie faszinierten ihn auf eine beinahe überempfindliche Weise, weil sie so schwer zu fassen waren, weil sie einen überall hintragen konnten, auch an Orte, wo man gar nicht hinwollte, und weil sein Vater nur auf Fakten vertraute – und trotz mangelnden Fleißes George vorzog: George dies, George das, George jenes, George, der es geschafft hatte, sich einen halbwegs anständigen Job bei den Grammophon-Werken zu erschwatzen und nun bei allen wieder gut dastand.

»Indem ihr die Worte des Dichters aufschreibt, folgt ihr dem Gang seiner Gedanken mit eurer Hand«, erklärte Whitehorse der Klasse. Sie übertrugen den dritten Teil der »Dame von Shalott« in ihre Hefte, dann nahmen sie farbige Stifte und unterstrichen Reime und Halbreime und markierten betonte und unbetonte Silben mit einem Muster aus Kreuzen und Strichen. Unterdessen stellte Whitehorse laut Vermutungen an: Vielleicht hatte der Fluch mit der Kunst zu tun, damit, was es hieß, ein Künstler zu sein. Die Dame von Shalott konnte die Welt allein durch den Spiegel erfahren und bei ihrer Arbeit am Webstuhl ausdrücken. Sie konnte nicht weben und lieben – sie konnte nicht gänzlich in der Welt sein, sehnte sich aber danach, und deshalb musste sie sterben …

Whitehorse lief vor der Tafel auf und ab, hinter ihm bauschte sich sein staubiger Talar. Plötzlich blieb er stehen, wandte sich zu ihnen um und eilte schlingernd auf die unmöglichen Fragen zu, die, das spürten sie, auf dem Weg waren. Gehörte zur Kunst immer eine Art von Opfer? Stand sie mit menschlicher Zuneigung in Wettbewerb? Wentworth? Proctor? Der Raum erstarrte. Whitehorse ging weiter, musterte jeden einzelnen Jungen. Das intakte Auge, bemerkte Harry, schwamm in komplizierten Gefühlen, während das Glasauge bloß glänzte.

»Ich weiß es wirklich nicht, Sir«, sagte er leise, als er an der Reihe war. Und dann arbeiteten sie einige Minuten lang schweigend weiter, bis die Glocke ertönte.

»Die Kunst ist selbstverständlich ein Teil dessen, was ich Poesie der Seele nennen möchte, und das ist ein exzellenter Ausgangspunkt für uns …« *Whytes Poesieschatz in englischer Sprache* lag, rot gebunden, mit goldenem Prägedruck, auf seinem Pult, und Whitehorse beugte sich darüber, blätterte in den hauchdünnen Seiten. Außerhalb des Klassenzimmers war die gesamte Schule in Bewegung. »Blake … später. Ihr lest ›Der Windhund‹, Seite 402«, verkündete Whitehorse, als sie schon durch die Räume von Mr Barker und Mr Chamberlain in Richtung der Treppen flohen, die in den Hof führten.

»Außerdem hat er ein Holzbein. Und eines seiner Eier wurde ihm abgeschossen!«, sagte Smart, während sie die wackelige Eisentreppe hinunterstürzten. Als Sohn des Schulschatzmeisters verfügte er oft über vertrauliche Informationen. »Der Mann ist kriegsgestört bis dorthinaus. Geht ständig an die Decke. An der Battersea Grammar haben sie ihn entlassen. Aber weil der alte Denton über die Ferien den Löffel abgab, musste es flott gehen, und er ist billig.« Sie überquerten den Hof so schnell sie konnten, ohne zu rennen. »Eigentlich alles deine Schuld, Soldatenjunge«, sagte Smart zu ihm, als sie sich durch die Doppeltüren schoben. Harry zuckte mit den Schultern und grinste.

»Was bedeutet dein Name?«, imitierte Teddy Davis Whitehorse' gestochene Aussprache und dessen dröhnenden Tonfall.

»Mein Freund auf der Battersea sagt, Dark dreht durch, wenn man eine bestimmte Stelle bei Brooke zitiert, die mit dem fernen Feld.« Smart war ein massiger Junge, und jetzt kam er so dicht an Harry heran, dass ihre Arme und Schultern aneinanderprallten: der Hauch einer Drohung.

»Also mach's, Harry«, fuhr Smart fort, als sie das Chemielabor erreichten. Seine Stimme wurde langsamer, leiser: »Es sei denn, du hast zu große Angst. Du sorgst für ein Feuerwerk, und wir vergeben dir, dass du uns den Scheiß-*Damenfluch* aufgehalst hast.«

»Nein«, sagte Harry nur und drängte sich hinter ihm in den Gasgeruch des Labors. »Mach es doch selbst, wenn du unbedingt willst.«

Nicht dass er Whitehorse wirklich mochte. Aber Smart mochte er gar nicht, und er wusste, wie so etwas enden konnte. Er würde nicht auf einen Außenseiter losgehen; sein Instinkt riet ihm das Gegenteil. Er war dreizehn, ständig hungrig, und er wuchs so schnell, dass ihm nachts im Bett die Schienbeine wehtaten. Er fing gerade an, von Mädchen Notiz zu nehmen, ihre heimliche Macht zu spüren. Er begriff, dass Männer die Pflicht hatten, ihre Familien zu versorgen und dass er gezwungen sein würde, hart zu arbeiten, doch dank der Schule würde er womöglich Anweisungen geben oder an einem Schreibtisch sitzen und so für seine Mühen mehr verdienen können. Wer und was würde aus ihm werden? Sein Wissen um den Lauf der Dinge wurde mit jedem Atemzug größer – und dennoch konnte er nicht wissen, dass nur sechs Jahre später ein neuer Krieg ausbrechen würde. Und dass er trotz seines jugendlichen Zynismus und trotz seiner Verliebtheit daran würde teilnehmen müssen. Reginald Smart und Teddy Davis würden sterben, bevor sie zweiundzwanzig waren, und der ältere Davis, Alexander, würde sein linkes Bein und einen beträchtlichen Teil seines Verstandes in Italien zurücklassen.

Whitehorse handelte sich schon bald weitere Spitznamen ein: Whitearse und Workhorse. Bis Weihnachten hatten sie über dreißig Seelengedichte abgeschrieben, analysiert und auswendig gelernt. Als sie im Januar zurückkehrten, waren die Rugbyfelder mit einer dreißig Zentimeter dicken Schicht aus reinstem, beinahe lilaweißem Schnee bedeckt, auf dem sich Fuchs- und Vogelspuren kreuzten. Die Bahngleise waren geräumt, und während Whitehorse sie willkommen hieß und das neue Thema bekanntgab, »die Poesie von Land und Meer«, schlängelte sich ein langer, dunkler Zug keuchend und dampfend durch das Weiß in Richtung Bahnhof.

Das Klassenzimmer war so kalt, dass sie ihren Atem sehen konnten. Carson rezitierte stammelnd John Clares »Die Heide von Emmonsail im Winter«, Seite 201, und dann schniefte sich Wright erbarmungslos durch alle zehn Seiten von »Januar«. Niemand, sagte Whitehorse anschließend, würde sich dem kürzeren Gedicht verweigern – seinen »runzligen« Blättern und der »sonderlingschen Krähe«, der schieren Lebendigkeit und Freude darin. Doch die endlosen reimenden Couplets von »Januar« brächten ihnen, so glaube er, etwas über das Bedürfnis der Ohren nach Abwechslung bei, wenngleich es noch einige Juwelen darin zu entdecken gebe, und sicherlich bleibe im Nachhall des Gedichts doch ein Gefühl hängen – wie sie dieses Gefühl beschreiben würden?

»Traurig«, sagte Harry.

»Sir«, fragte Smart – in den letzten Monaten schien er um einen Kopf gewachsen zu sein und wirkte nun zu groß für sein Pult –, »Sir, hier steht, dass Clare in einer *Anstalt* war!«

Stimmt, gab Whitehorse zu: eine Krise. Nervenzusammenbruch. Aus dem Kopf zitierte er »Ich bin«, was nicht im Buch stand. Es beschrieb den verzweifelten Zustand des Dichters: *Das gewaltge Wrack von meines ganzen Lebens Bau*, sagte Whitehorse, sei eine meisterliche Wendung. »Sie fühlen«, fuhr er fort,

»das ist eines der Dinge, die Dichter für uns tun. Wie wir im letzten Halbjahr gesehen haben, bereisen sie die Möglichkeiten der Seele bis in die fernsten Winkel und zeichnen ihre Reise auf, was für all jene, die diese Reise nicht gemacht haben, ebenso wertvoll ist wie für jene, die sie gemacht haben. Wer intensive Gefühle nicht teilt, Smart, dem mögen sie wie Wahnsinn vorkommen.«

Neben Smart, dessen derbe Züge sich zu einem Fleischknoten zusammenzogen, saß Davis und funkelte Whitehorse wütend an.

Verheerend und beißend hatte John Clare den Winter genannt. Die gusseiserne Heizung unterhalb des Fensters funktionierte kaum, doch Harry saß nah genug, um sein linkes Bein dagegen zu pressen und das bisschen Wärme aufzunehmen, das sie abgab. Von Sport einmal abgesehen gefiel ihm der Lyrikunterricht inzwischen am besten. Chemie mochte er auch, und tatsächlich gab es eine Ähnlichkeit: Explosionen, Transformationen. Man wusste nie, wie die Stunde verlaufen, was passieren würde, wie man sich fühlen, was man entdecken mochte oder worüber man plötzlich würde nachdenken müssen.

Ein weiterer Zug fuhr vorbei, sein Pfeifen klang schwermütig, wie eine riesige mechanische Eule. Die Eisenbahn, erklärte Whitehorse, habe alles verändert. Die Trasse verlaufe entlang einer früheren Feldkante und Grenze eines mittelalterlichen Guts und stecke die Grenzen des heutigen Schulgeländes ab. Noch vor vierzig Jahren seien die Straßen, auf denen sie zur Schule liefen, offenes Feld gewesen. Die alte Landschaft und die Menschen, die sie bewirtschaftet hatten, lebten fort in den Orts- und Straßennamen: Lavender Hill. Southfields. Earlsfield. Osiers Road. Das Landleben in Northamptonshire, das John Clare über ein Jahrhundert zuvor in seinem Gedicht so liebevoll geschildert hatte, habe sich noch während dessen Niederschrift verändert, was der Grund für die quälende Nostalgie sein dürfte, die es durchziehe, ein Wort, das sich von den griechischen Wörtern für Schmerz und Heimweh ableite ... Harry blickte hinaus auf den Schnee und dachte plötzlich an seinen Vater, wie er, irgendwann im Sommer, neben dem üblichen Gemüse auch einen Strauß roter und violetter Dahlien mitbrachte, die er in ihrem Kleingarten neben dem Friedhof gepflanzt hatte. Wie sich das Gesicht seiner Mutter aufhellte, als sie die Blumen im Krug arrangierte.

Sie nahmen »Die Seeinsel von Innisfree«, Seite 405, und »Verfasst auf der Westminster-Brücke«, Seite 399, durch.

Menschen, sagte Whitehorse, sollten nicht von der Natur getrennt sein. Sie trügen die Vision einer ländlichen Idylle in sich, *ganz tief im Herzen*, wie Yeats es ausdrückte, und eine der Aufgaben des Dichters sei es, diese Vision am Leben zu erhalten.

Öder alter Sack, schrieb jemand auf ein Stück Papier. Der hintere Teil der Klasse schüttelte sich vor Lachen, aber Harry zerknüllte den Zettel und stopfte ihn in sein Tintenfass, wischte sich dann mehrmals verstohlen die Finger an seiner Hose ab, als Whitehorse ihn zum Vorlesen aufforderte.

Das letzte Gedicht im Buch, linke Seite, 539: vier Strophen, insgesamt zwölf Zeilen. Harry überflog es kurz, holte Luft.

Es war heiß, und ein Zug blieb unversehens stehen. Das war alles: der Name des Ortes, ein hustender Mann. Hitze, Heuhaufen, Pflanzen und Vögel: Es war ein Gedicht, in dem nichts geschah. Und doch gestalteten die Worte den Raum beim Lesen um. Als er fertig war, herrschte Stille, und zumindest er konnte die Hitze spüren, die Vögel hören.

»Was hältst du davon?«, fragte Whitehorse.

Ihm war aufgefallen, dass die Sätze entweder noch vor dem Zeilenende aufhörten oder darüber hinausliefen, sodass die Reime, die ohnehin nur in jeder zweiten Zeile vorkamen und die sich in der letzten Strophe irgendwie zu entspannen schienen, kaum hervortraten. Das und noch mehr fiel ihm auf, zu viel, um es in Worte fassen zu können.

»Anders, Sir«, sagte er.

Whitehorse nickte beinahe unmerklich und wandte sich dann der ganzen Klasse zu, drehte seinen Kopf mal hierhin, mal dorthin, in jener leicht übertriebenen Art, die sie alle schon gar nicht mehr wahrnahmen. »Dieser Autor wird sich, so glaube ich, als einer der bedeutendsten Dichter des zwanzigsten Jahrhunderts herausstellen«, sagte er.

»Aber, Sir«, sagte Davis, ohne die Hand zu heben, »ich bin anderer Ansicht, Sir. Ich ziehe Rupert Brooke vor, ›Das alte Pfarrhaus, Grantchester‹, Seite 520. Es treibt mir die Tränen in die Augen, Sir.«

»Und«, stimmte Smart ein, »was ist mit ›Der Soldat‹, Sir, Seite 526. ›Dass da ein Winkel ist auf fremdem Feld / Der England ist für immer.‹ Das ist doch ganz ausgezeichnet, meinen Sie nicht auch, Sir?«

Harry wusste nicht recht, weshalb sein Herz so heftig schlug. Eine Weile lang betrachtete Whitehorse seine Hände auf dem Eichenpult, die mit ihren aneinandergelegten Fingerspitzen ein kleines Zelt bildeten. Dann blickte er auf.

»Es freut mich, dass dir etwas gefällt, Smart«, sagte er. »Du und Davis, ihr beide werdet ›Das alte Pfarrhaus, Grantchester‹ und ›Lob‹, ebenfalls von Edward Thomas, auf je drei Seiten vergleichen: zwei sehr unterschiedliche Gedichte über unser Land. Bis nächsten Dienstag.«

Er fuhr fort, seine Stimme wurde immer angespannter: »Wie der Zufall es will, habe ich mit Thomas und Brooke einst ganz ausgezeichnet zu Abend gegessen, in Gloucestershire. Und wenig später befanden wir uns alle im Ausland. Brooke starb auf dem Weg dorthin, und in Arras hielt eine Granate Thomas' Herz an. Wichtiger jedoch ist, was Männer vor ihrem Tod ertragen haben, und wenn ihr den Krieg verstehen wollt,

vermeidet Platituden. Lest Sassoon. Lest Owen, lest vor allem
›Dulce et Decorum Est‹:

> Gekrümmt wie alte Bettler unter ihrer Säcke Last,
> Mit aufgeschundnen Knien, wie Hexen hustend, unter Fluchen,
> Weg von den Leuchtraketen, die uns jagten, durch Morast,
> Begannen wir, nach unserem fernen Ruheplatz zu suchen.

Nein, das steht nicht in eurem Buch. Und ich hatte auch
nicht vor, es heute vorzutragen, doch du, Davis, und du,
Smart, ihr habt das Thema aufgebracht, möglicherweise mit
Absicht – und nun kann ich nicht anders. Und vielleicht lässt
sich Krieg als ein Ort begreifen, als höllischer Ort. Einer,
über den man besser liest, statt ihn zu besuchen. Einer, den
man aufrichtig beschreiben sollte, vor allem jungen Männern
gegenüber. Und daher fahre ich fort, auch wenn es töricht
sein mag:

> Männer schliefen marschierend, vielen blieb der Stiefel stecken –
> Doch hinkten weiter, blutwund, blind und wie in Stücken,
> Betrunken vor Erschöpfung, taub, vom Pfeifen nicht zu wecken
> Zu kurz geschossner Fünfpunkt-Neuner in ihrem Rücken.

> Gas! GAS! Schnell, Jungs! – Die Raserei von Fingern,
> Die plumpen Masken grad noch aufzuschnallen;
> Nur einer schrie noch laut im Schlingern,
> Wie einer, der in Feuer oder Kalk brennt, im Fallen.
> Verschwommen durchs beschlagne Glas, Licht so grün
> und dick
> Wie unter einem grünen Meer: so sah ich ihn ertrinkend.«

Whitehorse keuchte die Zeilen mit rauer Stimme hervor. Er
rang nach Atem, als würde er selbst vergast.

So stand er vor der Klasse, die Hände auf dem Pult, die Arme durchgedrückt, und während er weitersprach, kniff er die Augen zusammen:

»In allen Träumen, vor meinem hilflosen Blick,
Wirft er sich nach mir, gurgelnd, erstickend, ertrinkend.
Wenn du nur einmal in würgendem Traum
Hinter dem Karren gingst, auf den wir ihn geworfen,
Die weißverdrehten Augen sähst, auf dem Gesicht den
Schaum,
Sein hängendes Gesicht wie eines Teufels krank vom
Sündenschorfen,
Und hörtest du, wie ihm das Blut bei jedem Stoß
Gurgelnd aus schaumverstopften Lungen quillt,
Obszön wie Krebs und bitter wie ein fetter Kloß
Aus Rotz, wie Schwären auf reinen Zungen, die nichts mehr
stillt:
Nie würdest du, Freund, Kindern eine Story
Von Krieg und Ruhm servieren und den Rest
Des alten Lügenworts: *Dulce et decorum est
Pro patria mori.*«

Niemand atmete.

»Hier hören wir auf«, sagte Whitehorse und öffnete seine Augen, kurz bevor der Schulgong ertönte. Harry, der den Raum als Letzter verließ, drehte sich an der Tür noch einmal um. Aber er traute sich nicht, Whitehorse zu fragen, ob mit ihm alles in Ordnung sei.

»Ich schreibe doch keinen Scheiß-Aufsatz für irgendsoeinen geistesgestörten Lehrer. Wenn der Mann fünfzehn Jahre nach dem Scheiß-Krieg immer noch durchdreht, muss der doch ein Eins-a-Feigling sein!«

»Du bist überhaupt nicht in der Lage, das zu beurteilen, Smart«, sagte Harry gedankenlos, und sofort donnerte Smarts Faust auf seine Wange, stieß ihn rückwärts gegen die Garderobenwand, wo sein Kopf die Haken nur knapp verfehlte.

»Und in was für einer Lage bist du?«, fragte Smart. Harry schoss nach vorn, und Smart krachte auf den Boden, wobei sein Kopf die Ecke einer Bank streifte. Blut quoll aus der Wunde; sie sahen, wie seine Augenlider erst flatterten und sich dann schlossen. Mit rasendem Herzen presste Harry einen Schal auf die Wunde, während Gorsely losrannte, um die Schwester zu holen. Der Rest der Gruppe verschwand. Sobald die Schwester eingetroffen war, lief Harry zur Toilette und übergab sich.

Dr. Devine, dem Oberlehrer, war es gleichgültig, wer weshalb angefangen hatte. »Wie ich sehe, hast du ein Stipendium. Nun, denk einmal darüber nach, verdiene ich es, hier zu sein?«

Der Riemen brannte, zehn Hiebe, die jeden einzelnen Nerv in seiner Hand auflodern ließen und seinen gesamten Körper mit der Anstrengung fluteten, den Schmerz auszuhalten. Das Entscheidende war, sich nicht in die Hose zu machen, und besser, man sagte es den Eltern, bevor der Brief in der Post war. Außerdem hatte er ein blaues Auge.

»Wenn du abgehen möchtest, sag es nur. Zehn Schilling haben wir in diese Uniform gesteckt«, sagte sein Vater, bevor sich Stille wie eine Schneedecke über das Abendessen breitete. Ihm gegenüber suchte George, dessen beständiges Geraufe ihn das Kämpfen gelehrt hatte, seinen Blick und zwinkerte ihm zu. Was, wenn ich müsste?, fragte sich Harry später, schlaflos im Dunkeln. Was, wenn ich jemanden töten würde? *Du sollst nicht*, sagte die Bibel. Soldaten aber mussten. Und laut Whitehorse bedeutete sein Name Soldat. Der letzte Krieg war kurz vor seiner Geburt zu Ende gegangen. Seinen Vater hatte der Beruf vor dem Militärdienst bewahrt, aber es gab zwei Onkel, die er nur von Fotografien aus der Zeit vor dem Kriegsdienst kannte, und einen anderen, der scheinbar unversehrt zurückgekehrt war, ein paar Jahre später aber nach Kanada auswanderte und zu dem sie den Kontakt verloren hatten. Es gab »Sarge« Hedges, der nur einen halben rechten Arm hatte und im Zeitungsladen am Bahnhof arbeitete, wo er mit seinem »rechten Haken« alles Mögliche geschickt über den Tresen schob und das Kleingeld mit der linken Hand abzählte. Und es gab die Stadtstreicher, die an Türen klopften, um sich als Aushilfe anzubieten, und die später am Tag vor dem Sailor Prince oder dem Halfway House herumlungerten, in der Hoffnung, dass ihnen jemand einen Drink spendierte. Viele von ihnen waren im Krieg gewesen. Je mehr man sich umblickte, desto mehr sah man: Männer, die hinkten, nicht aufrecht standen, zu aufrecht standen, einen Arm- oder Beinstumpf verbargen. Und jetzt gab es Whitehorse, der sich gleich am nächsten Tag dafür entschuldigte, mit ihnen über den Krieg gesprochen zu haben; der, als Smart mit einem dicken Verband um seinen Kopf zurückkehrte, die Aufsätze nicht mehr erwähnte und die Klasse Thomas' Langgedicht doch nicht lesen ließ, obwohl es im Buch stand. Stattdessen lasen sie »Seefieber« und »Frachten« und arbeiteten sich Woche für Woche und Ort für Ort an Ostern heran, als die Narzissen im Park blühten und Vögel mit Zweigen im Schnabel vor den Fenstern vorbeihuschten.

Im dritten Trimester sprach Whitehorse von der Liebe: Es sei ein Fehler, sagte er, zu glauben, dieses Thema sei für sie nicht von Belang. Die Liebe sei das Einzige, was am Ende wirklich zähle. Sie kannte viele Erscheinungsformen. Sie blühte zwischen Mann und Frau, zwischen Mutter und Kind, zwischen Brüdern, Schwestern und Kameraden, zwischen Freunden und Gefährten aller Art. Liebe hieß Zuneigung, Ritterlichkeit, Sehnsucht, Mitgefühl, Opfer, Bewunderung, Gemeinschaft, Verlangen. Mal war sie romantischer Natur, mal körperlich, mal platonisch; mal wurde sie erwidert und mal nicht, sie war einfach und kompliziert zugleich. Um sie auszudrücken, brauchte man Assonanzen, Dissonanzen, eine Struktur aus Silben und Betonung, Zäsuren, Metrum, Reim; sie drückte sich in Balladen, Sonetten, Blankversen, in zahllosen Liedern aus.

Form, das hatte er schon oft gesagt, sei ein Gefäß, das Gedanken und Gefühle fasste, aber auch verkörperte. Es war paradox, dass etwas so Wildes wie die Liebe häufig in den strengeren, komplizierteren Versformen ausgedrückt worden war. Ihr Studium der Liebeslyrik würde mit Shakespeares Sonetten beginnen. Er nahm sich Zeit für seine Erläuterungen: die These, die Durchführung, die Antithese, die von den petrarkischen Sonettisten bevorzugten Reimschemata und Versmaße, dass Shakespeare statt einer Oktave und einem Sextett drei Quartette und ein Couplet eingeführt und die Antithese ganz ans Ende verschoben hatte, wo sie kraftvoll im Couplet erklang.

Whytes Poesieschatz versammle fünfzehn seiner einhundertvierundfünfzig Sonette, sodass sich fast jeder von ihnen mit je einem Gedicht befassen und es der Klasse präsentieren könne. Der sechzehnte Schüler könne sich ein Gedicht von Elizabeth Barrett Browning vornehmen, einer Autorin, die männlichen Dichtern in nichts nachstehe. Fragen?

»Sir«, Davis' Stimme brach seltsam zwischen den Worten, »was ist hier mit Jüngling gemeint?«

»Ein junger Mann«, erklärte Whitehorse. »Wahrscheinlich, so heißt es, der Earl of Pembroke, ein Kunstmäzen zu jener Zeit.«

»Das verstehe ich nicht. Warum schrieb Shakespeare Liebesgedichte an, an …«

Das wisse niemand, sagte Whitehorse. Andere Sonette in diesem Zyklus seien an eine Dunkle Dame gerichtet, über deren Identität die Historiker ebenfalls mit Vergnügen spekulierten. Shakespeare war Schauspieler und Theaterautor, er war es gewohnt, eine Rolle zu spielen, Masken aufzusetzen. Whitehorse zöge es vor, sie würden sich nicht in Detailfragen die angesprochene Person betreffend verfangen, sondern die zum Ausdruck gebrachten Gefühle und den literarischen Kontext erörtern, gegen den Shakespeare womöglich aufbegehrte. Später würden sie mit Andrew Marvell weitermachen, mit John Donne, Shelley ...

»Ich wette, das waren alles Schwuchteln. Ich wette, er ist selbst eine. Na, logisch. Er sollte uns nicht so einen Dreck lesen lassen«, protestierte Davis.

»Zu schwierig?«, fragte Harry, als er ihn auf der Treppe überholte. Eine Provokation, das wusste er, und das sollte es auch sein.

Noch am selben Abend, draußen auf der Hintertreppe, las er das Sonett Nummer 116. Ihm fiel das Bild von einem Schiff auf, die Aufzählung all dessen, was die Liebe nicht war, und *unwandelbar stets im Wandel* brachte ihn ins Grübeln. Die Extreme in diesem Gedicht begeisterten ihn. Die Entscheidung, sich zu binden, und sei es bis an den Rand des Untergangs, schien ihm einen Menschen auf eine Art wachsen zu lassen, für die er nicht die leiseste Erklärung hatte. »Kann dies als Irrtum mir gedeutet werden, / So schrieb ich nie, ward nie geliebt auf Erden«: Die Dramatik dieser unerschütterlichen Worte erregte ihn so sehr, dass sich ihm, während er sie laut rezitierte, als wären es seine eigenen, die Haare auf den Armen aufstellten. Doch wie sollte er irgendetwas davon aussprechen, im Klassenzimmer, vor Smart, der zwei Tische weiter saß?

Er tat es nicht.

»Jungs«, sagte Whitehorse gegen Ende der nächsten Stunde, nach einer ausführlichen Diskussion von Sonett Nummer zwölf (der Uhr) und Nummer achtzehn (dem Sommertag), »Jungs, ich muss euch mitteilen, dass ich nicht bereit bin, meinen Unterricht aufgrund von unüberlegten Meinungen einiger

Eltern zu ändern, und euch daher unerwartet verlassen muss.« Einen Moment lang verweilte sein eines Auge auf Davis und Smart. »Schade. Bis zum Ende des Trimesters übernimmt der Oberlehrer dieses Fach. Und ich danke euch für eure freundliche Aufmerksamkeit. Ich denke, wir haben in diesem Jahr alle gemeinsam etwas gelernt, und nun bleibt mir nur, euch alles Gute zu wünschen, viel Erfolg und viel Glück.«

Die Klasse verabschiedete sich im Chor und polterte aus dem Raum, doch Harry blieb neben seinem Fenster in einem Flecken Frühlingssonne sitzen. Er konnte nicht aufstehen, sich nicht einmal rühren.

»Miles«, sagte Whitehorse, »komm mal her.« Also stand er auf, machte ein paar Schritte und blieb, sich der Schwerkraft äußerst bewusst, neben dem Eichenpult stehen.

»Du hast ein Ohr für Gedichte. Ich hätte dich für den Lesepreis empfohlen, aber unter diesen Umständen wurde ich nicht um eine Nominierung gebeten. Daher …« Whitehorse griff nach seiner Aktentasche und zog einen schmalen, in blaues Leinen gebundenen Band hervor. »Die gesammelten Gedichte von Thomas, ich hoffe, sie werden dir gefallen.« Harry rang nach Luft, er konnte die Tränen nicht zurückhalten.

»Verzeihung, Sir.«

Whitehorse legte eine Hand auf seine Schulter und ließ sie dort eine Weile ruhen.

»Wofür solltest du dich entschuldigen?«, sagte er. »Gefühle sind etwas Gutes. Aber der Tag muss auch weitergehen. Hier …« Er hielt ihm ein nach Tabak riechendes Schnupftuch hin und lotste Harry in Richtung der Tür, die zur Außentreppe führte.

»Werden Sie eine andere Stelle als Lehrer finden?«, fragte Harry, während sie die Stufen hinuntergingen.

»Mach dir keine Sorgen. Es wird sich schon etwas ergeben«, sagte Whitehorse. »Kennst du die Shelgate Road?«, fragte er im Plauderton. »Etwa einen Kilometer von hier, Richtung Clapham? Thomas ist dort aufgewachsen, in Nummer einundsechzig. Lief durch dieselben Straßen wie du, als er ein Junge war.«

Weshalb stellte er eine solche Verbindung zwischen ihnen beiden her, was wollte er damit sagen?, fragte sich Harry damals und mitunter auch später noch – und kam erst in mittleren Jahren zu dem Schluss, dass sein Lehrer höchstwahrscheinlich einfach nur freundlich und sachlich sein wollte.

Ein kurzer Handschlag am Fuße der Treppe, und dann trennten sie sich. Harry sah den Mann nie wieder. Aber das Buch behielt er: *Für Harold Miles und seine herausragende Arbeit. Mit den besten Wünschen, David Stanley Whitehorse*, hatte sein Lehrer auf das Vorsatzblatt geschrieben, in der sorgfältigen, gestochenen Schrift, die er lange vor dem Krieg gelernt hatte, als er selbst noch ein Junge war.

Was immer die Dichter sagen mögen

Auf der anderen Seite des Flurs hatte die Bibliothekarin den Damenlesesaal mit Vasen voller Tulpen und Farnkraut geschmückt, doch die Stühle dort waren hart, und die Tische wackelten, wenn man sich aufstützte. Evelyn saß lieber in dem anderen Raum, wo die Wände mit Eichenholz getäfelt waren und das Licht sanft von der oberen Galerie herabfiel und alles eine Aura von Gediegenheit und Beständigkeit verströmte.

Rebecca hatte sie nur angefangen, um zu sehen, ob es sich lohnte, das Buch mit nach Hause zu nehmen. Jetzt aber fiel es ihr schwer, sich davon loszureißen, auch wenn sie sich ziemlich über die Erzählerin aufregte, ein Mädchen, das nicht für sich einstand und sich immerzu beim Leser beklagte, sogar über ihr eigenes Glück. Dieses Mädchen lebte ausgerechnet in Monte Carlo – einem Seebad, das sich Evelyn nur vorstellen konnte, mit seinen weißen, am Fuße eines Berges dicht zusammenstehenden Häusern, ringsum das Meer in tiefem Ultramarin, der Farbe der Sehnsucht … Yachten drängelten sich im Segelhafen, und am Ufer gab es Grandhotels, Casinos, Theater, Cafés mit Orchestern und Markisen, Gehsteige aus Marmor, Palmen. Die Fahrzeuge waren makellos, die Frauen elegant, die Männer trugen cremefarbene Leinenanzüge. Jazzorchester spielten alle Tänze, die gerade in Mode waren. Es gab keine Schlagzeilen über Hitler und Mussolini, keine langen Reden oder ominösen Warnungen im Radio – rein gar nichts, worüber man sich Sorgen machen musste. Dieses namenlose Mädchen, das ihr eigenes Glück nicht erkannte, war als Gesellschafterin für eine ältere Frau eingestellt worden (wohl kaum eine harte

Arbeit!) und wohnte mit ihr in einem Hotel namens Côte d'Azur. Sie hatte einen reichen, kultivierten älteren Mann kennengelernt, der (Gott weiß warum!) Interesse an ihr zeigte: Sollte man nicht meinen, dass sie zumindest ein wenig davon genießen könnte? Aber nein: *Ich bin froh, dass es einem nicht zweimal widerfahren kann, das Fieber der ersten Liebe*, schrieb das namenlose Mädchen und beklagte sich schon wieder, *denn es ist ein Fieber und eine Last obendrein, was immer die Dichter darüber sagen mögen.*

Warum sollte die Liebe ein Fieber und eine Last sein? Evelyn blickte auf und sah einen Moment lang in die hungrigen Augen des Mannes im Tweedanzug, der ihr gegenübersaß. Um seinem Blick auszuweichen, drehte sie sich etwas zur Seite. Warum nicht aufregend oder befriedigend? Und warum sollte man einer Frau glauben, die alles falsch machte, die, zweifelsohne getrieben von der eigenen Geltungssucht, keinerlei Selbstachtung besaß und Unhöflichkeit und schlechtes Benehmen hinnahm? Darin erinnerte sie Evelyn an ihre Mutter, die Gott und der Welt – inklusive Evelyn, besonders jedoch Evelyns Vater – gestattete, sie auszunutzen. Immer wieder verzieh sie ihm, gab ihm Geld, das er vergeudete, gewährte Neuanfänge, letzte Chancen; zu Evelyn sagte sie, *ich kann nicht anders, mein Schatz, ich liege, wie ich mich gebettet habe, aber ich hoffe, du triffst eine bessere Wahl als ich.* Konnte man es schlechter treffen als mit einem Mann, der vergisst, seinen Lohn auszuhändigen, und dem man die verdreckte Hose ausziehen muss, wenn er mitten in der Nacht singend nach Hause kommt? Einem Mann, der nach Alkohol, Urin und Menthol stinkt und dem man sich auf den Schoß setzen soll, während er einem sagt, man sei sein liebstes Mädchen? Der beim Abendessen quer über den Tisch hustet? Und wenn es das war, was die Liebe mit einem anstellte, wenn sie einen zum Trottel und Arbeitsesel machte, der ausgenutzt und mit Füßen getreten wurde, dann wollte sie damit absolut nichts zu tun haben, nicht das Geringste.

Der Mann wandte den Blick nicht von ihr ab, das spürte sie, wich ihm aber weiterhin aus und vertiefte sich wieder in das Buch. Die Geschichte hatte etwas, trotz der Heldin und ihrer Schwächen. Was sah Maxim de Winter in dem Mädchen? War es vielleicht gerade ihre Gebrochenheit, ihre Schwäche, ihre Dummheit, die ihn anzog? Es gab solche Männer: tyrannische, herrische Typen, und Evelyn gedachte, auch ihnen aus dem Weg zu gehen.

In Sachen Heirat bestand kein Grund zur Eile. Andererseits käme man so von zuhause weg. Vielleicht würde sie auch überhaupt nicht heiraten und allein in einer Wohnung leben, obwohl das einsam sein könnte und schwer vorstellbar war. Das ungleiche Paar aus dem Buch *war* am Ende zweifellos zusammen. Etwas Schreckliches war geschehen, doch wurden sie weiterhin von vorne bis hinten bedient, wenn auch in kleineren Hotels; natürlich wollte sie wissen, was sich da so Folgenreiches ereignet hatte, also las sie weiter, wobei sie das Geschwafel des Mädchens übersprang und Gedanken an ihre Mutter ausblendete, die um halb sieben mit dem Essen warten würde. Von Evelyn wurde nicht erwartet, dass sie half. Ihre Mutter ging bis vier Uhr putzen, dann kam sie nach Hause und *sah bei sich nach dem Rechten*, ein Ausdruck, bei dem Evelyn am liebsten schreiend aus dem Haus gerannt wäre. Ich bin es gewohnt, Liebes, sagte ihre Mutter, ich verwöhne euch *gern*.

Also las Evelyn weiter, aufrecht saß sie auf ihrem Stuhl, die Tasche zu ihren Füßen, die Ellbogen auf dem Tisch, wobei sie darauf achtete, ihr Jäckchen nicht zu zerknittern. Am Ende des sechsten Kapitels, in dem Maxim de Winter seinen rüpelhaften Heiratsantrag vorbrachte, überkam sie plötzlich Hunger. Sie schlug das Buch zu und lief die rote Marmortreppe hinunter, quer über den Terrazzoboden und hinaus durch die Präsenzbibliothek, die sie wegen ihres Wappens mit den goldenen Bienen, wegen der Uhr und der geschwungenen Glasdecke mochte, die den Saal wie einen Bahnhof aussehen ließ – als wären alle, die hier erschöpft die Köpfe über Schul- oder andere Bücher beugten, eigentlich auf der Reise: nach Monte Carlo vielleicht.

Der Verkehr verstopfte Lavender Hill. Weil ein Radfahrer mit einem Auto zusammengestoßen war, hatte Harrys Tram anhal- ten müssen, und Harry, der ohnehin schon spät dran war, eilte zu Fuß weiter in Richtung Bibliothek. Normalerweise nahm er den Haupteingang, doch an jenem Tag bog er – um etwas früher von der Hauptstraße wegzukommen – in die Altenburg Gardens ein und erreichte den Eingang zur Präsenzbibliothek in just dem Moment, in dem Evelyn durch die hinter ihr zu- schwingende Flügeltür ins Freie trat. Oben auf den drei halb- runden Stufen hielt sie einen Moment lang inne, eingerahmt von dem weißen Stein und dem eingravierten Motto über ihr, *non mihi, non tibi, sed nobis*, was er später für sie übersetzen sollte: *nicht für mich, nicht für dich, sondern für uns.* Im staats- bürgerlichen Sinne gemeint, erklärte er scherzend.

Sie hatte genau die Figur, die ihm am besten gefiel: üppig, aber nicht dick. Aufrecht und stolz stand sie da, obwohl sie mit dem einen Arm mehrere Bücher fest an sich presste und in dem anderen eine kleine Ledertasche hielt. Ihr tiefbraunes Haar fiel in sanften Wellen auf ihre Schultern. Es betonte ihre klaren Gesichtszüge, rahmte große dunkle Augen und zart ge- schminkte, wunderbar volle Lippen. Sie lief die Stufen hinun- ter, als würden sie nur ihr gehören, so wie mit einem Mal auch er: War es sein Blick, der sie am Fuße der Stufen eines ihrer Bücher verlieren ließ, die schiere Intensität der Anziehung, die er verspürte, oder stolperte sie einfach nur über das gröbere Mauerwerk dort unten? Wie auch immer, ein Buch rutschte jedenfalls heraus und landete aufgeschlagen auf halbem Weg zwischen den beiden, und er blieb stehen und bückte sich, um es aufzuheben, wobei er den Namen der Autorin bemerkte, du Maurier. Er wischte den hellgelben Umschlag mit dem Ärmel sauber.

»Ist es gut?«, fragte er, als er es ihr reichte. Er hörte seine eigene Stimme wie aus weiter Ferne.

»Das finde ich heraus, sobald ich es lese«, sagte sie. »Vielen Dank.«

»Ihre Meinung würde mich sehr interessieren.« Er trat nicht zur Seite, sondern blieb vor ihr stehen und gab vor, einen Mann im Tweedjackett zu übersehen, der ebenfalls gerade die Bibliothek verlassen hatte. Harry wusste sofort, er wusste ganz einfach, dass er ihr gefolgt war. Und wer würde das nicht tun? »Harry Miles«, sagte er und machte einen Schritt auf Evelyn zu, um die Sache klarzustellen: »Darf ich Ihnen die Bücher tragen?«

Sie zuckte mit den Schultern, nannte ihm aber ihren Namen, Evelyn Hill, und reichte ihm die Bücher, wobei es ihr gelang, ihm auf eine ganz bestimmte kühle Art zu danken, die nahelegte, dass sich hieraus nicht die geringste Verpflichtung ihrerseits ergab, dass sie vielmehr ihm einen Gefallen tat, was ja auch stimmte. Nach Süden, sagte sie, als er sie fragte, wo sie lang müsse, in Richtung Magdalen Road. Also ließen sie den Tweed-Typen zurück, gingen die Altenburg Gardens hinunter, und Harry dachte keine Sekunde mehr an seinen Hunger nach *New Writing*, der geradezu obligatorischen Zeitschrift für jemanden wie ihn, den ab und zu der Gedanke überkam, eines Tages vielleicht einmal selbst zu schreiben. Es sollten Monate vergehen, bis er wieder etwas Modernes lesen würde.

Hübsche, sommerliche Schuhe fielen ihm auf, der zarte Schimmer ihrer Strümpfe. Ihr Schritt war energisch und gemessen zugleich. *Atemberaubend*, dachte er und wurde von einem mächtigen Sehnsuchtsstrom mitgerissen, der beinahe von außen zu kommen schien, nicht aus ihm selbst. Ihre Absätze sangen auf dem Pflaster. Mit seinem ganzen Körper nahm er jeden einzelnen ihrer Schritte wahr. Fast war es lächerlich.

»Lesen Sie viel?«, brachte er heraus.

»Das hängt von meiner Laune ab«, sagte sie, und mit dem Gefühl, dass davon in der Tat alles abhänge, zwang er sich, den Blick von ihr abzuwenden und auf die Häuser auf der linken Seite zu richten: massive, klassisch inspirierte Steinhäuser mit breiten, beschlagenen Eingangstüren. Allerdings in Wohnungen unterteilt, wie er bemerkte. Rechts standen kleinere, hübsche dreigeschossige Häuser mit Blumen in den Vorgärten und Fensterkästen: Es war die Art von Straße, wo noch vor wenigen Jahren in jedem Haus vermutlich ein oder zwei Dienstmädchen gelebt hatten. Doch jetzt veränderte sich die Gegend, weil das Geld immer weiter hinauszog. Die Stadt befand sich im Wandel, untergliederte, verdichtete, erweiterte sich – die »Große Geschwulst« hatte William Cobbett sie genannt, und sie wurde immer größer.

»Kommen Sie von der Arbeit?«, fragte er und erfuhr, dass sie kürzlich in einer Anwaltskanzlei angefangen hatte, Empfang und Korrespondenz; sie konnte Steno, schrieb siebzig Wörter die Minute und sprach etwas Französisch. Sie war noch nie in Frankreich gewesen, wollte aber gern einmal hin, vor allem nach Paris. Wie er zog sie die Battersea Bibliothek einer anderen, näher gelegenen vor.

Wie kam es, dass sie einander nicht schon früher begegnet waren? Doch jetzt war es passiert, und das war die Hauptsache. Als sie am südlichen Ende des Clapham Common entlanggingen, eines öffentlichen Parks, wo links hinter den Bäumen bereits Stellungen für Flugabwehrgeschütze eingerichtet waren, erzählte er, man habe ihn einmal ermutigt, sich um ein Universitätsstipendium zu bewerben. Seine Schule habe die Idee angestoßen, und jedes Jahr schafften es immer mehr Schüler. Aber ehrlich gesagt war er es leid, Stipendiat zu sein. Mit dem Gedanken zu studieren konnte er sich nicht anfreunden, wusste nicht recht, wohin das Ganze führen sollte. Und selbst mit einem Stipendium würden ja doch Kosten anfallen.

Zum anderen konnte er seinen Mund einfach nicht halten; wie schon sein Bruder merkte auch er immer mehr, dass ihm weder Routine noch Anweisungen passten, und um beides schien es im Unterricht am Ende zu gehen, das wurde ihm zunehmend klar. Die verschiedenen Fächer, Rudern, Rugby, das vorgeschriebene Paradieren in Uniform, und nach der Schule wurde man weiter angebrüllt: Am Ende waren sie doch nur auf Gehorsam aus. Deshalb hatte er lieber bei Chalfont und Klyne als Laborassistent angefangen, dort wurde man wenigstens für das *bezahlt*, was man zu tun hatte.

Bei der Entlassungsfeier an der Schule habe ihm Dr. Devine die Hand geschüttelt und gesagt: *Solange es öffentliche Bibliotheken gibt, muss niemand sein Hirn verkümmern lassen.* Damals habe er sich darüber lustig gemacht. Doch seither scheue er den Aufwand nicht. Bücher seien schließlich teuer. Vor allem lese er Lyrik.

»Und ohnehin«, sagte er zu Evelyn, »sieht es so aus, als würde schon bald niemand mehr in Ruhe studieren können. Sollen wir hier hinübergehen?« Er bot ihr seinen Arm an, und kurz legte sie die Hand darauf. Es war kein Verkehr, und über den schmalen Straßen mit den Reihenhäusern lagen jetzt tiefe Schatten, obwohl es immer noch warm war. Stimmen wehten durch geöffnete Schiebefenster und Haustüren, in denen Stoffstreifen hingen. Die schmalen Flure dahinter würden dunkel sein. Zwei Dreizehn-Quadratmeter-Zimmer, Küchenzeile, Treppe nach oben. Außentoilette.

»Es sei denn, Chamberlain glaubt weiter, sie mit *reden* aufhalten zu können«, sagte Evelyn. »*Alle* haben es kommen sehen, nur er nicht.« Einen Augenblick lang erschreckte ihn ihre Heftigkeit.

»Wir treten bestimmt bald ein«, sagte er und war sich bewusst, dass das ein Euphemismus war, die vertraute Unaufrichtigkeit, die stets über solchen Gesprächen lag. *Einzutreten* bedeutete, mit Panzern zu kämpfen, mit schwerer Artillerie, Bomben und Bajonetten. Viele würden sterben. So wie Männer einander zuvor *beharkt* hatten, würden sie nun *eintreten*. Doch wann? Wie lange würden sie noch in der Luft hängen und wie besessen die Nachrichten verfolgen? Als hätte man sie ruhiggestellt oder verzaubert. Hypnotisiert. Etwas in ihm konnte es kaum erwarten, dass der Krieg endlich losging, doch ein gleich großer Teil hegte heimlich die Hoffnung, dass er sich irgendwie noch abwenden ließ. Er hatte Verständnis für Chamberlain, weil er genau das versuchte, doch Hitler war niemand, mit dem sich Abkommen treffen ließen.

»Alle wissen inzwischen, dass Hitler Einhalt geboten werden muss«, sagte er.

»Durch und durch ein Verbrecher«, sagte Evelyn. »Und was um Himmels willen haben sich die Italiener dabei gedacht?« In ihrer Sprache lag eine gewisse Dramatik, im Unterschied zu den gemäßigten Diskussionen bei ihm zuhause oder auch früher in der Schule. Die Art, wie ihre Gefühle ihre Worte färbten, fand er sehr anziehend, und auch wie meinungsstark sie war. Sie strotzte vor Leben.

»Ich werde erst nächstes Jahr zwanzig«, sagte er. Die Häuser, an denen sie vorbeigingen, standen noch immer dicht an dicht, aber einige von ihnen hatten gepflasterte Wege und Buntglasfenster in den Türen. Hier und da hatte jemand eine Rose oder eine Hortensie in den Vorgarten gesetzt … Millionen werden sterben, dachte Harry. Denn *Wir treten ein* bedeutete Truppentransporter, Torpedos, Landungen, Märsche, Geschützfeuer, Panzer, Luftangriffe, Bomben, Leichen, Trauer, Verzweiflung.

Und trotzdem, es spielte keine Rolle, was er früher gesagt haben mochte und dass er begriff, dass wieder einmal die alten Männer die jungen in den Tod schickten, er würde mitmachen müssen, und in diesem Moment, als er neben Evelyn herging, wurde es ihm zum ersten Mal wirklich bewusst. Gleichzeitig erschien ihm nichts von dem, was gerade vor sich ging – nicht einmal Hitlers Armee in der Tschechoslowakei, sein Bruch des Flottenabkommens, weder die durch Europa rollenden Panzer noch die im Meer umherstreifenden U-Boote –, nichts davon erschien ihm real im Vergleich zu diesem Moment, hier und jetzt: Evelyn neben ihm, deren dunkle, komplizierte Augen loderten. Der Himmel, am Übergang vom Tag zum Abend, glühte vor Verlangen.

»Wenn wir eintreten«, sagte er zu ihr, »melde ich mich auf jeden Fall freiwillig.«

»In gewisser Weise beneide ich Sie«, antwortete sie; Harry zuckte mit den Schultern und schwieg. Ja, es war wohl anders als beim letzten Mal, das schon, aber im Grunde hatte niemand eine Wahl. Doch das wollte er nicht sagen und sich auch nicht über das unterschiedliche Leben von Frauen und Männern auslassen. Er wollte ihren Spaziergang nicht ruinieren. Sie sollten weitergehen, Seite an Seite, in derselben prächtigen Luft, die so warm war wie Haut, lebendig und zärtlich. Eine Brise streifte erst sein Gesicht und danach ihres, dann raschelte sie in den jungen Linden, die man hoffnungsfroh in regelmäßigen Abständen zu beiden Seiten der Salcott Road gepflanzt hatte. Sie wurde kräftiger, blies auf die Weiten des vor ihnen liegenden Wandsworth Common zu.

»In einem Jahr soll es vorbei sein«, sagte sie. Er nahm ihre Bücher auf die andere Seite.

»Und immerhin«, sagte er, »ein wundervoller Abend«, und sie lächelte ihn an.

Sie nahmen die kleine Allee am Rande des Parks. »Stellen Sie sich mal vor, in so einem Haus zu leben!«, sagte sie und nickte in Richtung der herrschaftlichen viktorianischen Villen, die weitab der Straße standen, inmitten von weitläufigen, gepflegten Gärten. »Wie es wäre, von dem großen Erkerfenster aus auf all das hinauszusehen.« Solch ein Satz, reizend und vertraulich, er wünschte, sie hätten nicht bereits die Hälfte der Strecke bis zur Magdalen Road zurückgelegt. Gerade bogen sie zu der kleinen Brücke ab, die über die Schienen führte. Dort blieben sie stehen, um den Gleisen nachzusehen, dann gingen sie weiter, vorbei an einer Ulme voller tschilpender Stare. Trotz des unwegsamen Grases gingen sie mühelos nebeneinander; wieder bot er ihr den Arm an, und sie nahm an. Ihr Rock wehte gegen seine Beine.

Über dem oberen Stück der Magdalen Road stieg der Geist eines Mondes auf, und in einigen der neuen Häuser mit ihren großen eckigen Erkern brannte Licht im Erdgeschoss. Dahinter befanden sich die neuen Wohnanlagen, die der Gemeinderat auf ehemaligen Feldern hatte errichten lassen: frisch asphaltierte Straßen mit Maisonette-Häusern zur Festmiete, wo ein paar Kinder herumrannten und Fußball spielten. Noch waren keine Bäume gepflanzt, alles war völlig kahl. Der Friedhof auf der anderen Seite der Straße war verschlossen. Wie auch er hatte sie als Kind manchmal dort gespielt. Jetzt war es fast dunkel, und all die Marmorengel, gemeißelten Lilien, Granitkreuze und Zypressen sanken in die einfallende Nacht.

»Ich bringe Sie nach Hause«, sagte er. »Ich wohne auch in dieser Richtung.« Vielleicht, dachte er später, war sie enttäuscht, dass er in einer beinahe identischen schmalen, baumlosen Straße mit Reihenhäusern aufgewachsen war? Obwohl man, fand er, schließlich irgendwo anfangen musste. Und es war ja nur ein Anfang, vielleicht sogar eine Inspiration. Weder ihr Akzent noch ihre Wortwahl passten zu der Gegend, aus der sie stammte; sie hatte sich die Ansager im Radio zum Vorbild genommen, Lehrer, Filmschauspieler und nun ihre Vorgesetzten in der Kanzlei, genau wie er sich in der Schule an seinen Lehrern orientiert hatte. Sie beide sprachen ihrer jeweiligen Begleitung und Situation angemessen. Für ein solches Mädchen musste er sich anstrengen, noch mehr als bisher. Er gelobte es in dem Augenblick, in dem ihm dies klar wurde.

Am Fuße des Hügels und in Sichtweite der geschäftigen Garratt Lane befand sich die kleinere Bibliothek, die sie beide verschmähten, außerdem die Eisenbahnbrücke, die Straßenbahnen, Pubs und Läden, die jetzt alle geschlossen waren. Sie bogen links in die Wohnstraßen ab und überquerten die Überreste eines Flusses, der, dreckig und schaumgefleckt, beinahe lautlos zwischen glatten Betonufern dahinfloss.

Es sei bestimmt unwahrscheinlich, sagte er, als sie das Ende ihrer Straße erreichten, aber ob sie am Wochenende wohl Zeit habe?

An diesem Wochenende nicht, sagte sie, aber vielleicht am nächsten.

Sie bestand darauf, ab der Ecke allein weiterzugehen. Nächste Woche sei sie zur gleichen Zeit wieder in der Bibliothek, sagte sie, als er ihr die Bücher zurückgab. Sie ging von Laterne zu Laterne, dann beugte sie sich vor, um eine niedrige Pforte zu öffnen. Zwei Schritte noch, und sie war verschwunden.

»Ich habe mir langsam Sorgen gemacht!«, rief ihre Mutter. »Aber ich habe gewartet. Jetzt beeil dich. Dein Vater ist zuhause.«

Im Haus roch es nach Hammeleintopf. Evelyn hängte ihre Jacke in den winzigen Schrank unter der Treppe, dann warf sie einen Blick in die schmale Küche, wo ihre Mutter gerade an der Spüle in einer Dampfwolke stand und zerkochte Kartoffelklöße abgoss. »Tut mir leid. Aber du weißt doch, dass ich für mich selbst sorgen kann. Ich habe mich festgelesen, dann hat mich ein Mann aus der Bibliothek nach Hause begleitet ...«

»Hier«, sagte ihre Mutter und reichte ihr einen bis zum Rand gefüllten Suppenteller, »das ist für deinen Vater.«

»Hallo, Prinzessin«, sagte er, als sie den Teller hineintrug, und hustete in seine Hand. Der Tisch ließ sich zusammenklappen, und sie hatten ihn immer an der Wand stehen, die das Esszimmer von der Küche trennte. Wie üblich saß ihr Vater mit dem Rücken an die Wand gelehnt; er war halb hinüber, wie sie an seinem schlaffen Gesicht und der überdeutlichen Aussprache merkte. Vor ihm stand ein leeres Glas. Er ließ sie nicht aus den Augen, während sie näherkam. Sie waren groß und glänzend, die Iris eine Mischung aus satten Grün- und Braun- und Goldtönen, unwiderstehlich, meinte ihre Mutter. Schon oft hatten andere bemerkt, dass Evelyn die Augen ihres Vaters hatte.

Sie sagte nichts, stellte den Teller zwischen sein Besteck.

»Redest du nicht mit mir?«, fragte er.

»Ich hoffe, du hast Appetit heute Abend«, sagte sie, obwohl er nie hungrig war, und die Verschwendung machte sie rasend. Er besah sich, was ihm serviert worden war, das Fleisch in der dicken braunen Soße, dazwischen orangefarbene Möhren, die beiden am Tellerrand ausgesetzten Klöße. Evelyns Mutter kam mit zwei weiteren Tellern aus der Küche, und die beiden Frauen machten sich daran, das weiche Fleisch von den Knochen zu lösen, und löffelten die schwere, salzige Flüssigkeit. Eine Weile war es fast völlig still, abgesehen vom Klappern des Bestecks und ihrem Atem, mit dem sie das Essen kühlten.

»Keinen Hunger, Ted?«, fragte ihre Mutter. »Probier doch mal.«

»Nein«, sagte er, schob den Stuhl zurück und stützte sich auf die Tischkante, um sich beim Aufstehen Halt zu geben.

»Jetzt nicht. Ich muss mich ausruhen.« Er wandte sich ab, hustete in seinen Ärmel. Von Dankbarkeit keine Spur, stellte Evelyn fest. Sie und ihre Mutter aßen langsamer, jetzt, da ihre Teller beinahe leer waren, und hörten seine schweren, ungleichmäßigen Schritte auf der Treppe, das Schließen der Schlafzimmertür.

»Wer hat dich denn nach Hause gebracht?«, fragte ihre Mutter.

»Jemand hier aus der Gegend, wie sich herausgestellt hat. Ich mochte ihn«, sagte Evelyn.

»Ich hoffe, du stürzt dich nicht in etwas hinein, nur weil ein Krieg kommt«, sagte ihre Mutter. »Lass dir Zeit. Leg dich nicht fest, schließlich könntest du auch gut jemanden auf der Arbeit kennenlernen. Einen Witwer vielleicht.«

Doch Evelyn fühlte sich ganz und gar nicht zu älteren Männern hingezogen, und Ratschläge nahm sie auch nicht gern an: Hätte sich ihre Mutter wohlwollend über Harry geäußert, würde sie ihn jetzt vielleicht weniger mögen. Doch so betonte sie, dass er ruderte, gut gebaut war, blaue Augen und offenbar auch Arbeit hatte.

»Was sich nicht von jedem behaupten lässt. Ich stürze mich in gar nichts, und ich bin durchaus in der Lage, diese Dinge selbst zu entscheiden«, fügte sie hinzu, als sie ihren Teller zur Spüle trug und dort stehen ließ.

»Bringst du deinem Vater ein Glas Milch?«

»Lieber nicht«, sagte sie.

Sollte Harry sie am nächsten Samstag abholen, beschloss sie später im Bett, *Rebecca* auf den Knien und eine Schicht Coldcream auf dem Gesicht, würde sie mit ihm spazieren gehen … Und sollte sie jemals in einen Landsitz wie Manderley einheiraten, würde sie als Erstes Mrs Danvers ihre Sachen packen lassen und sich das Haus zu eigen machen: die vielen Etagen und Meerblicke, das Frühstückszimmer, den alten Schreibtisch und draußen die Beete mit purpurroten Rhododendren. Eines Tages wollte sie einen Garten haben, und auch einen Gärtner.

*

Harry hielt es weder aus, nach Hause zu gehen, noch, irgendwo anders drinnen zu sitzen. Er ging den Weg zurück, den sie gekommen waren, hinauf auf den Hügel im Park, wo er den ganzen Himmel sehen konnte. Der abnehmende, inzwischen riesige Mond stand tief und streifte die Baumkronen. Überall auf der Welt zog er das Wasser an, und Harry konnte diese subtile himmlische Schwerkraft körperlich spüren – er war mit allem im Universum in einer Sehnsucht vereint, die er kaum aushielt, von der er aber wünschte, sie würde andauern, wachsen, ihn überwältigen. Sein Herz raste, seine Lungen gierten nach Luft. Er ging den Spaziergang ein ums andere Mal im Kopf durch, um keinen Moment davon zu vergessen. Er stellte sich Evelyn vor, wie sie an ihrem Fenster denselben Windhauch einatmete, den er auf seiner Haut spürte, wie der Wind sie miteinander verband und mit allem, was er streifte, und Harry spürte, tief in sich und mit allen Sinnen, die pure Herrlichkeit der Welt … Evelyn, Evelyn! Der Klang dieses Wortes, das Gefühl in seinem Mund, fast war es ein Kuss. In jener Nacht schlief er nicht und in der nächsten auch nicht. Die folgende Woche über konnte er nicht denken und machte Fehler bei der Arbeit. Während dieser warmen, unruhigen Nächte versuchte er, ihr ein Sonett zu schreiben. Irgendeine Art von Gedicht. Oder auch nur einen Brief. Doch trotz oder gerade wegen der Intensität seiner Gefühle war es unmöglich. Er konnte kaum lesen. Es war, als hätte er jeglichen Zugang zur Sprache verloren.

*

Sie trug ein blaues tailliertes Kleid mit einem Gürtel, und die Idee gefiel ihr: Wimbledon Common und anschließend Tee. Ihren Schuhen würde das nichts ausmachen.

Rebecca sei noch sehr gut geworden, erzählte sie, besonders im letzten Teil: ab dem Moment, als das Boot mit Rebeccas Leiche entdeckt wurde, bis zum Schluss. Die beste Figur sei Mrs Danvers, eine vollkommen wahnsinnige Person, die in die verstorbene erste Frau vernarrt gewesen war und versuchte, das Mädchen in den Selbstmord zu treiben, was ihr auch beinahe gelang, dabei war natürlich Rebecca die eigentlich Böse, und de Winters zweite Wahl wurde etwas verständlicher. Was Evelyn nicht gefiel, war, dass Mrs Danvers das Haus, Manderley, zum Abschied in Brand steckte und zerstörte, sodass das Mädchen, das die Geschichte erzählte, dort nie wirklich leben und den Haushalt führen konnte: kein Wunder, dass sie so unglücklich war. Immerhin dafür fand sich eine Erklärung.

Sie habe von dem Feuer geträumt und die halbe Nacht nicht schlafen können. Es war lächerlich, nur eine Geschichte, aber ihr kam es vor, als wäre es ihr selbst passiert oder als könnte es ihr passieren.

»Glaubst du, man wird uns bombardieren?«, fragte sie.

Am besten, sie machten sich keine Sorgen, antwortete er. Obwohl genau das schwer war, wo doch auf den Commons Unterstände ausgehoben wurden, die Parks mit Flugabwehrgeschossen übersät und manche Flächen bereits für Kleingärten abgetrennt waren. Auch ohne Kriegserklärung waren Truppen und Ausrüstung in Bewegung, schossen Ausbildungslager aus dem Boden; es gab noch keine Entscheidung, aber auch keinen Ausweg aus dem, was ihnen bevorstand.

»Wir müssen das Beste aus dem Sommer machen«, sagte er. Sie saß auf seiner Jacke, er im Gras. Er sah, wie sie ihre Augen schloss und das Gesicht der Sonne zuwandte.

Sie trafen sich fast jede Woche in der Bibliothek. An den Wochenenden wanderten sie über die Commons oder fuhren mit dem Bus in die Stadt und spazierten durch die großen Londoner Parks, wo nachmittags Blaskapellen spielten und Schwäne und Enten träge ihre Kreise in den grünen Teichen zogen. Sie sahen *Les Sylphides* und *Der Sturm*; sie liefen am Fluss entlang, fuhren mit dem Zug aus der Stadt hinaus und folgten Wegen und Landstraßen. Alte Herrenhäuser blitzten zwischen schattigen Wäldern auf, sie sahen neue Klinkervillen und alte, strohgedeckte Landhäuschen aus Feuerstein.

Sie nahmen Bücher mit, doch Harry schlug seine kaum auf. Lieber beobachtete er Evelyn, sah ihr dabei zu, wie sie aufsog, was sie las, bewunderte die zarte, schattige Haut ihrer Augenlider, ihre langen Wimpern, die Art, wie ihr Mund weicher wurde, wenn die Geschichte sie packte. Er sah ihr auch gern beim Essen zu. Als wüssten sie um die bevorstehenden Entbehrungen, aßen sie sich satt: Picknicks, Mittagessen im Pub, edle Abendessen, Fish and Chips, Pasteten mit Steak und Nieren, große Stücke Käse, Erdbeeren mit Sahne, Schokolade, Kirschen, Pflaumen – und einen perfekt gereiften Pfirsich, den er mit seinem Taschenmesser und einer Drehung aus dem Handgelenk halbierte, wobei der Saft auf eine Brottüte tropfte. Er hielt an sich, so lange er konnte, dann beugte er sich vor, um Evelyns salzig-süße Lippen zu schmecken, und sie wich nicht zurück.

Was wusste er von ihr, außer dass sie seit Monaten jeden anderen Gedanken aus seinem Kopf verdrängt hatte? Er wusste, dass sie sich fürchterlich für ihren Vater schämte, einen Trinker mit einem trockenen, tuberkulösen Husten. Sie konnte stundenlang laufen, ohne müde zu werden. Es verlangte sie nach den besseren Dingen des Lebens, sie urteilte schnell, war willensstark, mochte weder Zweifel noch Zweideutigkeit und wusste ihren Worten Nachdruck zu verleihen. Ihre Ansichten und Gefühle tosten in ihr. Sie hatte etwas übrig für

Anerkennung. Er durfte ihre Brüste seitlich berühren, ihr Knie, doch strikt nichts zwischen Knie und Taille. Einmal hatte sie sich gestattet, mit dem Kopf auf seiner Brust einzuschlafen.

Am zweiten September, als sie schließlich die Nachricht im Radio hörten, dachte er an seinen einäugigen Englischlehrer, Whitehorse, wie er sie beständig davor gewarnt hatte, was Krieg bedeutete, und seine Haut spannte bei der Erinnerung daran; sein Herz taumelte in seiner Brust. Trotzdem nahm er den Stift und trug sich ein.

Evelyn sagte, sie sei stolz.

Er fuhr in den Norden, zur Ausbildung. Es war der kälteste Winter seit sechzig Jahren.

*

Bei Verdunkelung schienen Mond und Sterne viel heller, und eine unheimliche Schönheit lag nachts über der Stadt. Als lebte man in einer Fotografie. Geräusche klangen schärfer. Stimmen, Gelächter, Schritte. In mondlosen Nächten war die Dunkelheit zähflüssig, greifbar. Auf den Straßen gingen Menschen aneinander vorbei, ohne Gesichter erkennen zu können, und all ihre übrigen Sinne wandten sich voller Anspannung dem nahenden Fremden zu.

»Ich habe nicht den leisesten, winzigsten Zweifel an meinen Gefühlen«, sagte er ihr bei seinem ersten Urlaub, »aber natürlich kann ich warten. Ich will nicht, dass du wegen des Krieges ja zu mir sagst. Oder nein, je nachdem. Ich wünschte, wir könnten den Krieg ausblenden.«

Doch es gab nur noch den Krieg. Sie atmeten ihn ein und aus wie die Luft ringsum.

»Wenn es ihm nicht recht ist, dass du dir Zeit lässt, dann wird das etwas zu bedeuten haben. Bist du *verliebt*?«, fragte Evelyns Mutter, und Evelyn wusste darauf keine Antwort, nur, dass sie die Spaziergänge vermisste, sein Gesicht, seine Augen, die ruhig auf ihr lagen; seine Sorge um ihr Wohl, das Gefühl, etwas wert zu sein und darin bestätigt zu werden. Sie litt nicht, fühlte sich nicht fiebrig, nicht liebeskrank, zum Glück – doch ihr Herz schlug höher, wenn sie ihn am King's Cross aus dem Zug steigen sah und er ihr auf dem Bahnsteig entgegenkam. Seine Haltung wirkte selbstsicher, und sie bemerkte, dass die Leute ihm respektvoll begegneten.

Sein Leben, sagte er, drehe sich einzig und allein darum, das zu tun, was man ihm auftrage, und andere dazu zu bringen, das Gleiche zu tun, doch als Soldat erkenne man immerhin den Sinn dahinter, und die anderen seien gute Männer.

Während seines Urlaubs gingen sie jeden Abend aus, und plötzlich verabschiedeten sie sich, hielten einander im Arm, ihr gefrorener Atem hüllte ihre Gesichter ein.

»Ich denke jede Nacht an Dich«, schrieb er, »vielleicht mehr, als ich sollte. Bitte überlege Dir, was ich gesagt habe. Es gibt Gerüchte, dass wir uns bald in Bewegung setzen. Von mir aus kann es losgehen, nur, dass ich dann noch weiter weg von Dir wäre.« Evelyn verwahrte die Briefe in ihrer obersten Schublade. Ihr Vater war im Krankenhaus gewesen, jetzt aber wieder zuhause, wo er sich im Schlafzimmer nebenan die Seele aus dem Leib hustete. Sie hatte das Gefühl, dass es für ihn besser wäre, lieber früher als später zu sterben, obwohl dieser Gedanke sie gleichzeitig weinen und die Fäuste ballen ließ, und sie wusste, dass sie ihn niemals aussprechen durfte.

Wie auch immer, die deutsche Armee rückte vor, und ein Haus galt nichts. Das konnte man in die Luft jagen, plattwalzen, niederbrennen. Generäle machten Fehler. Eine Armee konnte zum Rückzug gezwungen werden – auf Dünkirchen folgte der Schock der Kapitulation Frankreichs. Es war jetzt eine andere Geschichte: keine gute mehr, und ihnen blieben nur die Worte ihres neuen Anführers, seine Idee der stolzesten

Stunde, die sich mit Blut, Mühsal, Schweiß und Tränen erkaufen ließ. Bomben und brennende Flugzeuge fielen vom Himmel. Die Stadt versank in Flammen. Evelyn lebte mit dem Geheul der Sirenen, dem Pfeifen und Gekreisch fallender Bomben, dem Dröhnen und Donnern von Explosionen, dem Stöhnen und Beben von einstürzendem Gemäuer. Löschwagen und Sandsäcken. Gasmasken. Gesprungenem Glas. Silberne Sperrballone sprenkelten den Himmel. An den Busfenstern wurde Maschendraht befestigt, sodass man wie aus einem Käfig hinaussah. Es ließ sich unmöglich vorhersagen, wie lange man jeweils unterwegs sein würde. Manchmal brauchte sie zwei Stunden von der Arbeit nach Hause. Bei Alarm tasteten sie und ihre Mutter und ihr Vater sich zu den Schutzbunkern durch und kamen nach schlaflosen Nächten wieder heraus, um sie herum Schutthaufen, wo einst ganze Gebäude gestanden hatten, Brandgeruch und der fürchterliche, endlose Staub. Es war angsteinflößend, aber vor allem machte es sie wütend. Manchmal wachte sie mit rasendem Herzen in der doppelten Dunkelheit ihres Zimmers auf und konnte stundenlang nicht mehr einschlafen, selbst wenn es draußen vollkommen still war.

»Ständig habe ich etwas zu tun«, schrieb er, »und dabei mache ich doch nichts anderes, als von dir zu träumen«. Er konnte nächste Woche ausrücken oder nächstes Jahr; er hatte keine Ahnung. »Im Vergleich zu deinem erscheint mir mein Leben so einfach: ein gemütliches Quartier, ein paar Männer, die man anbrüllen kann, drei Mahlzeiten am Tag«, schrieb er. »Meine Liebste, sieh zu, dass du aus der Stadt herauskommst, such dir notfalls eine Kriegs- oder Landarbeit.«

In Wiltshire lebten Cousinen, bei denen sie und ihre Eltern hätten unterkommen können, doch die waren nicht bereit, die Trinkerei ihres Vaters zu tolerieren. Selbst als er wieder ins Krankenhaus kam, bestand ihre Mutter darauf, in der Stadt zu bleiben, damit sie ihn besuchen konnte. Evelyn hatte das Gefühl, auch bleiben zu müssen.

»Wir lassen uns nicht verjagen«, schrieb sie.

Es würde nur noch schlimmer werden, mahnte er. »Bitte«, schrieb er, »gib auf dich acht.«

Es gab Gerüchte, dass es zu Gefechten im eigenen Land kommen könnte. Sie schlief mit einem Schüreisen unter dem Bett.

Harrys nächster Urlaub war im Oktober. Jede Nacht ertönten die Sirenen, doch sie gingen zur Kinomatinee von *Rebecca* mit Joan Fontaine und Laurence Olivier: Der Film war gut, auch wenn Haus und Garten nicht wirklich dem entsprachen, was sie sich vorgestellt hatte, und obwohl die Geschichte nach wie vor damit endete, dass alles in Flammen aufging. Aus irgendeinem Grund hatten sie die Stelle kurz vor Schluss geändert, sodass die neue Frau nicht mit de Winter den Arzt in London aufsuchte … Sie waren schon fast zuhause und diskutierten gerade mögliche Gründe dafür, als die Sirenen aufheulten und sie in Richtung U-Bahn rennen mussten.

Die Bomben kamen immer näher, und tief unter der Straße bebte der Bahnsteig, auf dem sie lagen, zusammengekauert und so eng gedrängt, dass man die Seife seines Nachbarn riechen konnte oder auch das Fehlen derselben. Ein Mann mit einem Skizzenbuch stand am Ausgang, dann ging er zeichnend zwischen ihnen herum: ein Kriegskünstler, erklärte er. Zwei Stunden vergingen. Fünf oder zehn Minuten lang war es still, sodass sie sich langsam entspannten, dann wurden sie von einem Donnerschlag erschüttert, ein Stück Tunnel stürzte herab und bohrte sich in das Gesicht eines Mannes. Steiniger Staub prasselte herab, dann noch ein kurzes, lautes Krachen, und sie waren von Finsternis umgeben.

»Nein! Bitte nicht!«, rief Evelyn. Während die Leute nach ihren Taschenlampen tasteten, drehte sich Harry und legte sich auf sie, wobei er sich mit seinen Ellbogen und Knien abstützte: Sollte die Decke einstürzen, würde das kaum helfen, doch er spürte, dass es sie beruhigte. Ihn auch, um ehrlich zu sein. Er spürte ihren Atem auf seinem Gesicht. *Schsch*, machte er. Sie zitterte. Seine Lippen nah an ihrem Ohr begann er, Gedichte aufzusagen, die er in der Schule gelernt hatte, wobei er instinktiv ganz einfache mit Reim und gleichmäßigem Rhythmus wählte, Worte, die im Kopf deutliche Bilder entstehen ließen: Walter de la Mare, Shelley: *Quelle eint sich mit dem Strome …*

Hatte man es ihnen womöglich für Momente wie diesen beigebracht? Hatte der alte Whitehorse sie deshalb so viel auswendig lernen lassen, weil er ahnte, dass ihnen genau diese Hölle bevorstehen mochte, Körper an Körper an einem dunklen Ort, während die Worte aus ihm herausflossen wie eine Anrufung oder zumindest wie eine Mahnung, was es zurückzuerobern galt? Seine Kindheit war inzwischen ein halbvergessener Traum, etwas, was in einem anderen, seither zerstörten Land geschehen war. Doch die Worte hatte er noch im Kopf, und so sprach er weiter. Schließlich ging ihr Atem unter ihm gleichmäßiger, und als das Licht wieder anging, zwinkerte sie ihm zu und lächelte. Hustend rollte er sich auf die Seite. Der Staub hatte sich größtenteils gelegt, sie alle bedeckt, sodass sie aussahen wie Statuen oder Gespenster.

Mit trockenen Mündern traten sie in einen nasskalten Morgen hinaus. Ein erstickender Geruch von verbrannten Ziegeln und Holz, gemischt mit austretendem Gas, lag in der Luft, doch die aufgehende Sonne vergoldete die Pfützen und die Nässe ringsum und ließ Nebellocken aufsteigen.

Sie brauchten eine halbe Stunde bis nach Hause. Evelyns Mutter und das Haus waren unversehrt, doch auf der Straße lagen Trümmer, Dachziegel, zerschlagene Tische und sogar ein zerstörtes Bett. Von einem Haus ganz am Ende der Straße war nur noch Schutt übrig. Zwei ältere Brüder, Edward und Alan

Jones, Exzentriker, die man nur selten zu sehen bekommen hatte, waren dort gestorben.

»Kopf hoch, und seid dankbar«, sagte der Luftschutzwart. »Balham hat es erwischt. Eine ging glatt durch die Straße und rein in einen Lüftungsschacht. Die Tunnel sind überschwemmt, und sie zählen immer noch die Toten.« Harry sah nach seinen Eltern, dann kam er zurück und packte bis zum Einbruch der Dunkelheit bei den Aufräumarbeiten mit an.

Schon am nächsten Tag standen sie am Bahnhof, wo rußiges Glas in der schwachen Nachmittagssonne mattgolden leuchtete und Ströme von Soldaten auf den Bahnsteigen an- und abbrandeten, ihre Schritte und Späße hallten in der kühlen Luft wider, das Gerassel der Schienen und das Fauchen und Keuchen der wartenden, ankommenden und abfahrenden Loks gemahnten permanent an die Vorläufigkeit von allem.

Harry und Evelyn standen am Ende ihres Bahnsteigs, etwas abseits vom Gedrängel, Hand in Hand in den Taschen seines Wintermantels. Sie wollte nicht, dass er ging, und die Worte sprudelten aus ihrem Mund: »Zu deiner Frage. Wie du weißt, bin ich schrecklich verwöhnt«, sagte sie. »Ich kann nicht kochen. Im Ernst, nicht mal ein Ei.« Fürs Erste versorge ihn die Armee ja ziemlich gut, meinte er und zog sie zu sich heran.

Ja, sagte sie. Und Minuten später ertönte der Pfiff, und er musste zu seinem Zug laufen, sie zurücklassen, ganz plötzlich und unbeabsichtigt *verlobt*. Zärtliche Lippen, ihre linke Wange loderte vom Reiben an seinem Mantel, da brach sie in Tränen aus. Ein Teil von ihr wollte sich umdrehen und davoneilen, doch sie konnte es nicht. Letzte Türen wurden zugeschlagen. Noch ein Pfiff, gefolgt von ein paar Rufen, dann ein knappes Zischen, als der Druck immer weiter stieg, bis sich die Kolben in Bewegung setzten und die Lok schnaufte und die Waggons langsam aus dem Bahnhof zog; nach und nach wurde sie schneller, und dann war sie plötzlich verschwunden.

Wasser, überall Wasser

Ein wenig hatte er, damals in Reading vor dem Standesbeamten, befürchtet, dass mit der Ehe alles gewöhnlich werden würde, doch bisher war das Gegenteil der Fall. Eineinhalb Jahre waren sie nun verheiratet; auf ihre eine »Flitternacht« im Zimmer über dem Pub waren Inseln des Zusammenseins in einem Trennungsmeer gefolgt, doch in seinen Augen wurde es mit jedem Wiedersehen nur noch besser.

In der vergangenen Nacht hatten sie Lillian nicht wecken dürfen und das Gequietsche der Bettfedern kein zweites Mal ertragen. Also hatten sie einen Küchenstuhl genommen, ein Kissen daraufgelegt und an die Wand gelehnt. Halb stand, halb saß sie rittlings auf ihm und ließ ihn zappeln, indem sie ihm nicht gab, was er wollte, oder jedenfalls nicht sehr lang. Ihre Brüste in seinem Gesicht, in seinen Händen. Eine köstliche Qual. Danach konnten sie nicht einschlafen, lagen wach und unterhielten sich. Bankverbindungen. Ihre unmögliche Mutter. Dass sie aus London herausmüsse. Die Nacht damals auf dem Bowling Green. *Die Bucht des Franzosen*, das Harry größtenteils für Schund hielt, obwohl es gleichzeitig schaffte, etwas Wichtiges zu sagen. Er versuchte, es zu erklären und scheiterte, gab auf und massierte sie zwischen den Schulterblättern.

Sie dösten und standen um fünf Uhr auf. Es war nur ein kurzer Weg zur Bushaltestelle. Sie schob Lillian im Kinderwagen, der Sohn ihrer Vermieterin den Koffer auf einer Schubkarre, und Harry trug zwei Taschen. Natürlich waren sie beide müde, außerdem waren sie es leid, einander Lebewohl zu sagen. Das hatten sie in den vergangenen zwei Jahren oft gemacht.

Diesmal lag eine längere und sehr viel gefährlichere Trennung vor ihnen, doch das vergaßen sie immer wieder, weil ihnen der Abschied so vertraut war, beinahe ein Ritual: die gemeinsame Fahrt zum Depot oder zum Bahnhof, das Warten, bis einer von ihnen, meistens er, in den Zug oder Bus oder Lastwagen stieg, und dann der Trennungsstich, wenn das Fahrzeug ihn mit sich fortzog und es ihr überließ, zu warten und ihm nachzublicken oder zu winken und sich umzudrehen. Normalerweise versüßte der Gedanke an die letzte Nacht, an die letzten Tage oder die Vorfreude auf den nächsten Fronturlaub die anschließende Traurigkeit. Dieses Mal aber gab es kein Ziel, nur *Übersee*, und keine Angaben zur Dauer seines Einsatzes. Er war auf dem Weg in eine andere Welt, eine, die sie aus den Wochenschauen kannten, aber noch nie berührt oder gerochen hatten.

Trotz allem sangen die Vögel in der Gartenhecke. Mrs Williams hatte ihm ein Sandwich eingepackt und Evelyn sogar einen kleinen Kuchen zustande gebracht. Er würde trocken werden, wenn er ihn nicht bald esse, hatte sie gesagt, und er hatte geantwortet, die Chancen darauf stünden schlecht.

In der High Street wimmelte es vor uniformierten Männern und Offizieren. Die Hausmauern und gepflasterten Bürgersteige verstärkten ihre Rufe und das Geklapper ihrer Stiefel und Ausrüstung. Ehefrauen und andere im Stich gelassene Zivilisten standen am Rand. Die Luft war erfüllt vom Dieselgestank der Busse.

Evelyn folgte ihm, der Kinderwagen ruckelte auf den Gehwegplatten. Lillian wimmerte, wachte auf. Ihr Gesicht verzerrte sich; sie keuchte, schrie. Der Bus war fast voll. Den Koffer mussten sie in das untere Gepäckfach hineinwuchten. »Was hast du da alles drin?«, beschwerte sich der Fahrer. Harry bezahlte den Jungen, dann nahm er Evelyns Hand und lehnte sich ihr für einen letzten Kuss entgegen, einen ganz zarten, aber es reichte, dass er sie wieder wollte. Er zog sie zu sich heran und umarmte sie fest, ließ los und beugte sich hinunter zu der Mischung aus Lärm und Gestank, die seine Tochter war.

»Leb wohl, du kleines Biest«, sagte er. Ihr Gesicht leuchtete tiefrot vor Missmut: Nicht gerade ihr reizvollster Anblick, dachte er, aber auf ihre Art traf sie damit den Kern des Ganzen.

Er wusste, dass Evelyn sich Mühe gab, nicht zu weinen.

»Du, warte nicht. Geh zu Mrs Williams zurück und kümmere dich um Lily. Vergiss nur nicht, wie sehr ich euch beide liebe.«

Sie rüttelte am Kinderwagen.

Ein Teil von ihm dachte, das alles könne gerade unmöglich tatsächlich passieren.

»Schreib mir!«, ermahnte sie ihn, als er einstieg. Er wischte das Fenster mit seinem Ärmel frei. Sie starrte zu ihm hinauf, in ihrer Stirn pochte es, ihre Lippen verzogen sich zu einem Lächeln. Sie stand sehr aufrecht in ihrem blauen Vorkriegskleid und der Jacke, die ihre Tante gestrickt hatte. Ein, zwei Minuten vergingen, dann rumpelte der Motor in den ersten Gang. Harry kämpfte gegen die schreckliche Enge in Brust und Bauch an, lächelte und erwiderte ihr Winken, während der Bus anfuhr.

Möglicherweise würden sie einander nie wiedersehen. Niemand konnte das wissen.

Und jetzt war er auf See.

Die Kabine war ein Drecksloch – ein fensterloser, verqualmter Raum nahe den Motoren und zwanzig Grad heißer als draußen. Unter der grauen Farbe waren die Zierleisten und die Wandverkleidung und der geprägte Löwe zu erkennen: Cunard Line. Grau war auch der Messingknopf, mit dem man das Personal rufen konnte, natürlich war die Leitung gekappt. Der Raum war für zwei (einfache Reisende, nahm er an) gedacht und beherbergte fünf: ihn, Royle, Hunter und Thomson auf Stockbetten und auf dem Boden McKenzie, ein Ingenieur, der irgendwie ein Feldbett ergattert hatte, das den gesamten freien Raum einnahm. Zu den weiteren Hindernissen zählten drei Blechtruhen und ein paar Koffer, die unter den Betten herausragten, ein Waschtisch (zweimal täglich je eine Stunde lang frisches kaltes Wasser), ein Frisiertisch und eine schmale Kommode. Es gab ein dauerhaft verdunkeltes Bullauge, das zu klein war, um eine merkliche Menge Luft hereinzulassen, selbst wenn es sich über die fixierten drei Zentimeter hinaus öffnen ließe, sowie zwei elektrische Ventilatoren, die an den Ecken seines Briefpapiers zupften und sonst nichts bewirkten.

Es war merkwürdig, einen Brief zu schreiben und zu wissen, dass er erst Wochen später das Schiff verlassen und sein Ziel noch viel später erreichen würde. Das Dröhnen der Schiffsmotoren vibrierte in dem Tisch, auf den er sich lehnte, und übertrug sich auf seine Knie, Arme, Hals und Kopf. Schweiß tropfte von seinen Händen; er musste mit einem Bleistift schreiben, damit es nicht verschmierte. An Deck wäre es kühler, doch die gesamte Bevölkerung des Schiffs lief dort oben herum.

30. Juli 1942

Mein Liebling, in Friedenszeiten ließe es sich auf diese Art wunderbar reisen, eine Band würde in der Lounge spielen, man könnte nachts Arm in Arm über das Oberdeck schlendern und auf die mondbeschienenen Wellen sehen, dann ins Bett, aber nicht zum Schlafen, ganz sicher nicht zum Schlafen. Die Untätigkeit macht das Verlangen nur noch schlimmer. Ich kann nichts dagegen tun. Du bist die süßeste Ehefrau und die hinreißendste Geliebte, die ein Mann je hatte. Ich bin so froh, dass Du auch verrucht sein kannst. Wie sehr ich an Dich denke und wie köstlich diese Gedanken auch sein mögen, am Ende ist es doch nicht das Wahre und wirft mich nur auf die unliebsame Tatsache zurück, dass ich die beste Ehefrau, die ein Mann je hatte, und eine außergewöhnliche kleine Tochter zurückgelassen habe.

Gegen sechs Uhr sind wir an Bord gegangen. Es war ein herrlicher Morgen, was ein wenig für die fürchterliche Reise entschädigte. Anfangs war es aufregend, auf dem Schiff zu sein. Ich blieb an Deck, um das Flussufer zu betrachten (entschuldige die Ungenauigkeit, aber der Zensor würde den Namen doch nur schwärzen), das langsam hinter uns davonglitt; das Schiff noch immer wie ein Fels in der Brandung und die See recht ruhig & unsere kleine Möweneskorte dahinter. Ich bereitete mich auf einen Gefühlsausbruch vor, einen sentimentalen Sinnestaumel, als ich das letzte Stückchen unseres Landes verschwinden sah. Ich verließ Großbritannien nicht, ich wurde fortgezerrt & mein Herz rebellierte so heftig … Und dann war ein anderes Gefühl in mir viel stärker, das alle anderen nichtig werden ließ: Ich hatte mein Zuhause bereits in dem Moment verlassen, in dem ich Dich an der Hauptstraße zurückließ. Nie werde ich vergessen, wie Du halb furchtlos, halb verängstigt dagestanden und vermutlich kaum begriffen hast, dass es tatsächlich das Ende war. In mir starb etwas, als ich in diesen Bus einstieg (noch dazu war es der falsche). Was für ein schnelles und kleines Ende all unserer Abschiede.

Zum Programm gehören bislang zweimal täglich Evakuierungsübungen (Rettungswestenparade) und Kontrollgang des Kapitäns. Bei beidem stehen alle stundenlang herum. Steht man nicht herum, kann man entweder herumliegen und lesen oder herumliegen und trinken oder herumliegen und schlafen. So oder so fängt man an zu grübeln, daher versuche ich, mich möglichst viel zu bewegen und mir keine Sorgen zu machen.

Den Männern geht es sehr schlecht. Unten ist es völlig überfüllt, und sie schmoren in ihren Hängematten, die nur

Zentimeter unter der Decke befestigt sind, wo sie auch ihr miserables Essen zu sich nehmen. Ich missbillige die Unterschiede, bin aber auch sehr froh über mein Abzeichen.

Fünftausend von ihnen waren an Bord, alle Ränge, alle Nationalitäten, Armee, Luftwaffe, Marine, Sanitäter, Schwestern, sogar eine Gruppe Musiker zur Unterhaltung der Truppe.

»Ein Narrenschiff!«, sagte Harry zu Royle.

Was das Meer anging, beschränkte sich seine bisherige Erfahrung auf ein bisschen Geplansche. Wie endlos es war, wie langweilig und zugleich faszinierend. Er beobachtete die wogende Dünung, die Muster auf der Oberfläche und, weiter draußen, die Farben und den sich ständig verändernden Horizont. Es war betörend. Nachts wurde es zu etwas ganz anderem, geheimnisvoll, nur halb zu sehen, voller feiner Geräusche, und danach kam der Sonnenaufgang, das langsame Licht, dann die Goldflut. Es war so unermesslich und absolut, dass es ihm schwerfiel, an die Existenz von Unterseebooten zu glauben.

4. August

Die Krankenschwestern benehmen sich meist wie Königinnen, weil sie so eindeutig in der Unterzahl sind, dabei würde keine von ihnen unter anderen Umständen groß Aufmerksamkeit erregen. Ich verschwende kaum einen Gedanken an sie, aber ich habe ja auch Dich, und an Dich denke ich mehr, als mir guttut. Vielleicht weil wir uns in den letzten Wochen so viel gesehen haben, konnte keiner von uns beiden so recht an eine Trennung glauben, was den Abschied etwas leichter machte. Doch jetzt ist sie real, und der Gedanke daran, wie wir uns Tag für Tag immer weiter voneinander entfernen, ist widerlich. Ich werde Dich lieben, ganz gleich, wie weit oder wie lang ich von Dir weg sein mag. Ich werde an nichts anderes denken als an …

Aber da war Royle, in seinem Sportdress, groß, schon gut ge-
bräunt.

»Miles! Schreibst du immer noch an deinem beschissenen
Liebesbrief? Muss ja inzwischen ein ganzes Buch sein! Komm
schon! Decktennis! Du wirst gebraucht.« Decktennis war albern und hatte abgesehen von dem quer über den sogenannten
Court gespannten Netz *nichts* mit Tennis zu tun – keine Schlä-
ger, noch nicht einmal einen Ball gab es, nur harte Gummi-
dinger namens Quoits –, aber es war üblich, jede Gelegenheit
zur sportlichen Betätigung zu ergreifen, und das Spiel war ein
Privileg, weil drei der Courts mit Rettungsbooten vollgestellt
waren und nur Offiziere den vierten benutzen durften. Er un-
terschrieb den Brief und steckte ihn in einen Umschlag.
Sie traten in einen schwülweißen Himmel hinaus, das Deck
verströmte die gespeicherte Hitze. Er und Royle zogen Anderson und Cowley. »Machen wir sie fertig«, sagte Royle.

Seine erste Angabe, das musste Harry zugeben, war spekta-
kulär: Der Quoit stieg immer höher über das Netz und über
Cowleys Arme und fiel dann gerade noch innerhalb der Linie
zu Boden. Die Dinger zu fangen war die Hölle, und wenn
sie einem in den Nacken donnerten, war es noch schlimmer.
Er hatte stark angefangen und wollte nicht nachlassen, auch
wenn Anderson, wirklich kein übler Bursche, hart konterte. Du Schweinehund, du blasiertes Nichts, sagte er bei sich,
guter Wurf, ja und? Ich mach's besser. Und er hätte lügen
müssen, wollte er behaupten, die Schwesternschar nicht zu
bemerken, die ihnen vom Oberdeck aus zusah, ihre Uhs
und Ahs, die gelegentlichen Applaus-Ausbrüche oder das
zwitschernde weibliche Gelächter: Die Quoits schwankten
durch die Luft und flogen mehr oder weniger um die Kurve.
Man musste rennen, sich in die Luft werfen und möglichst
nicht stürzen. Sie gewannen den ersten Satz 4:2, verloren den
nächsten 1:5.

»Wir halten euch ganz schön auf Trab«, rief Anderson, halb im Spaß, aber genau die eine Spur zu frech.

»Was? Gleich dreht sich der Spieß!«

Den Frauen gefiel das Geplänkel, sie jubelten.

»Das müssen wir herumreißen«, sagte Harry zu Royle. Beiden lief der Schweiß, und er spürte, wie sein Gesicht brannte. Sie verloren das erste Spiel. Schuld waren Royles Fehltreffer: Der Mann hatte einen guten Aufschlag, war aber erschöpft und versuchte auch dann zu rennen, wenn es gar nicht nötig war; Anderson erkannte das und servierte ihm entsprechende Würfe. Harry aber hatte das richtige Gespür: konnte dem Ding in letzter Sekunde einen Schnipser mitgeben, damit er Drall bekam und genau dort landete, wo er unerreichbar war.

»Ich gebe dir Rückendeckung«, sagte er zu Royle und ließ ihn verschnaufen, und so humpelten sie sich durch, gewannen irgendwann qualvoll den Satz und schließlich, begleitet von langanhaltendem Applaus, das Spiel. Dann standen sie an den Abflussrohren und kippten sich gegenseitig eimerweise Meerwasser über den Kopf, bevor sie wieder unter Deck gingen.

8. August

Lange Spaziergänge kann man nicht machen, aber heute war das Meer so tiefblau wie das Mittelmeer, und ein leichter Wind verhinderte, dass der Tag unerträglich heiß wurde. Ich mache jetzt regelmäßig gegen zehn Uhr etwas Sport und nehme anschließend ein erfrischendes Bad. Wir baden immer in Meerwasser. Selbst mit Rasierseife bekommt man kaum richtigen Schaum hin, aber erfrischend ist es – und immer zu haben! Im Meer sieht man nachts seltsame phosphoreszierende Blitze. In solchen Momenten wird meine Sehnsucht nach Dir schmerzhaft. Dann nehme ich nichts mehr wahr, nur noch Dich und mich und die Barriere zwischen uns. Alles gäbe ich darum, nichts wäre mir zu viel, um heute Nacht neben Dir liegen zu können.

10. August

Gegen Mittag haben wir heute Land gesichtet, und es war klar, dass wir darauf zuhielten. Ich war nicht über die Maßen aufgeregt, weil ich wusste, dass ich nicht an Land gehen würde. Ich hatte keine Vorstellung, wie es dort aussehen mochte, aber ich war überrascht, als ich grüne Hügel sah. Allerdings sahen sie nicht aus wie in England, die Vegetation war offensichtlich anders, und die eigenartigen Gebäude, die sich an die Hügel schmiegen, würde man in England niemals sehen. Der Sand an der Küste ist dunkelrot. Es gibt viele seltsame Boote mit einem Segel, das aussieht, als wäre es verkehrt herum gehisst. Jetzt ist Zeit für die Mückensalbe. Schön zu sehen, dass es an Land keinen Stromausfall gibt und dass sich Lichterketten im Wasser spiegeln, und zum ersten Mal dürfen wir bei Dunkelheit an Deck rauchen.

Von hier gehen meine Briefe an Dich ab, mein Liebling, also bin ich diesem Ort wohlgesinnt. Mir wurde gesagt, dass es eineinhalb Monate dauern könnte, bevor die Post das nächste Mal verschickt wird.

14. August

Wasser, überall Wasser. Das Meer war unglaublich heute Morgen. Ich kam zu spät zum Frühstück, weil ich es so lange bestaunt habe. Glatt wie Lillians Po. Na ja, jedenfalls glatt wie so mancher See oder Teich. Und ein so dunkles Blau. Als ein leichter Wind aufkam, gab er ihm nur einen ganz feinen, matten Schliff, das war alles. Das Schiff glitt hindurch, und das Wasser klappte auf wie die Glasur auf einem Kuchen. Es wirkte wie ein Sakrileg.

Die neue Kabine ist nicht ganz so laut, und wir bewohnen sie auch nur zu viert. Wir tragen unsere Tropenuniform. Es gibt neue Abläufe, vier Stunden Arbeit jeden Tag, Männer drillen und ihnen beibringen, wie man das Bren-Gewehr benutzt und pflegt und solche Sachen, häufig Sachen, die wir selbst erst fünf Minuten zuvor gelernt haben. Jeden Morgen machen wir Sport, und so oft wie möglich spielen wir Decktennis. Royle und ich werden nicht oft geschlagen und hoffen auf einen guten Platz bei der Meisterschaft. Auf dem Oberdeck gibt es ein Schwimmbecken, doch das ist gesperrt und wird als Vorratslager genutzt. Ich lehne mich über die Reling, sehe dem Wasser zu, wie es vorbeizieht, und träume davon hineinzuspringen, aber sie würden mich zurücklassen und dann in Abwesenheit verurteilen. Und es dürfte hier Haie geben, vermute ich.

Nach wie vor blieb endlos viel Zeit zum Lesen. Er hätte, wie er es sich vorgenommen hatte, wieder versuchen können, mehr als nur Briefe zu schreiben, ein paar Verse über die Sehnsucht in ihm und über den Segen und die Gefahr, derart abhängig von Erinnerungen zu sein. Doch seine bisherigen Bemühungen hatten ihn nur frustriert. Er hätte Audens *Eine andere Zeit* weiterlesen können, aber obwohl er einige der späteren Gedichte ungemein bewunderte – er war geradezu neidisch –, stand ihm der Sinn nach etwas, das weniger direkt mit dem Krieg zu tun hatte, und so nahm er Charles Morgans Roman *Die Flamme* mit an einen kühlen Platz im Schatten eines Rettungsbootes auf dem Oberdeck, wo er beinahe ungestört war.

Die Geschichte, die auf einem englischen Landgut und in Italien spielte, handelte von der Beziehung zwischen Sparkenbroke – einem empfindsamen Dichter à la Byron, dem das Herrenhaus gehörte – und einer Frau, Mary, die mit Peter verlobt war, einem anständigen, aber langweiligen Mann.

In langen Passagen wurden Sparkenbrokes Überlegungen zu Lyrik und Mythos ausgebreitet, Zitate seiner eigenen Verse und die anderer Dichter über Kunst, Tod und Transzendenz – alles sehr interessant. Sparkenbroke schrieb Mary ausführlich zu ebendiesen Themen. Ihre Diskussionen und Briefe waren im Grunde Verführung. Harry mochte das Buch, wobei ihm die Ideen besser gefielen als die Geschichte. Er monierte den Umstand, dass Sparkenbroke und Mary ganz offenbar nichts anderes zu tun hatten, als über Sinn und Zweck der Kunst, das Wesen der Ekstase und andere erlesene Aspekte des Lebens zu debattieren. Mit der Heldin wurde er weniger warm als mit der Frau in Morgans vorherigem Buch, *Der Quell*. Schon vom Namen her hatte dieses Mädchen etwas Leeres und Plattes an sich, dachte er. Sie stellte Fragen und erhielt Antworten. Auf gewisse Weise diente sie nur als Sparkenbrokes Gegenüber, das dessen Wortergüsse auslöste und aufnahm … Wohingegen er, dachte Harry, als er seine Augen schließlich von der Seite löste, an Evelyn unter anderem ihren wilden Stolz liebte, ihre Bereitschaft zu streiten, auch wenn die Fakten gegen sie sprachen, zu unterbrechen, zurückzuweisen, nicht nachzugeben –

Überrascht, die Stimme einer echten Frau zu hören, blickte er auf und sah zwei von ihnen näherkommen. Sie trugen eine eigentümliche Tropenaufmachung: knielange Shorts, seinen eigenen ganz ähnlich, mit passenden Hemden und Hüten. Die größere, hübschere der beiden bat ihn um Feuer, und er sprang auf und suchte nach seinem Feuerzeug. Sie hatte schmale, geschwungene Brauen, große graue Augen, einen kleinen Mund.

»Sie kommen mir bekannt vor«, sagte er zu ihr, die Buchseiten zu seinen Füßen flatterten im Wind.

»Vermutlich haben Sie uns gestern Abend zugehört«, sagte sie und ließ ihre Hände über die Tasten eines Fantasieklaviers laufen. »Und wir haben *Ihnen* und Ihrem Freund gestern beim Gewinnen zugesehen. Gut gemacht! Danke, Leutnant.«

»Harry Miles«, sagte er.

»Cicely Osborne«, sagte sie, »und das ist meine Freundin Charlotte Barber. Sie haben Sie vielleicht auch beim Konzert gesehen.«

Er schirmte die Flamme mit seiner Hand ab, und die beiden Frauen lehnten sich vor. Sie stützten sich mit den Ellbogen auf die Reling und sahen beim Rauchen auf das Meer hinaus, und um nicht unhöflich zu sein, tat er das Gleiche. Er erinnerte sich tatsächlich an sie – besonders an Cicely, die in einem silbernen Kleid aufrecht am Klavier gesessen hatte. Charlotte war eine der Tänzerinnen gewesen. Die ganze Sache hatte ihm sehr viel besser als erwartet gefallen.

»Vielen Dank für die Unterhaltung«, sagte er zu Cicely. »Wunderbar, diese Melodie aus *Les Sylphides*. Ich habe es in London gesehen, mit meiner Frau.«

»Aber sind Sie nicht viel zu jung, um verheiratet zu sein?«, antwortete sie, und er spürte, wie er rot wurde. Schnell drehte sie sich wieder zurück und sah auf das Meer; Charlotte lehnte sich lächelnd zu ihm herüber und sagte: »Kleiner Scherz«, und er hörte sich höflich fragen, wo sie vor diesem Einsatz gewesen seien und wie es ihnen auf See gefalle. Charlotte richtete ihren Blick auf Cicely.

»Charlotte war schon überall, aber für mich ist es die erste Reise. Wenn es ein Klavier gibt, spiele ich, ansonsten singe ich … Es ist eigentlich fast langweilig«, sagte sie und sah ihn an. Trotz ihrer Direktheit war sie, wie er merkte, sehr schüchtern. »Trotzdem wünschte ich, es würde immer weitergehen.«

»Ich weiß, was Sie meinen«, sagte er, und das tat er wirklich, aber mehr fiel ihm nicht ein, und er bückte sich und hob sein Buch auf, um das flatternde Geräusch der windverwehten Seiten zu unterbinden. Cicely warf ihre Zigarette über Bord.

»Wir haben Sie beim Lesen gestört, und ich muss aus der Sonne.« Sie reichte ihm die Hand, und er schüttelte sie, dann sah er ihr hinterher, wie sie denselben Weg zurückging, den sie gekommen waren.

»Cicely ist einfach fürchterlich nervös mit Menschen«, sagte Charlotte, bevor auch er entkommen konnte. »Speziell mit Männern. Auf der Bühne ist alles bestens, aber in der echten Welt muss sie an ihrem Selbstvertrauen arbeiten. Also habe ich zu ihr gesagt: Du brauchst einfach ein bisschen Übung mit einem echten Gentleman.«

»Wie bitte?«, fragte er. Sie lächelte ihn an. Sie war älter als ihre Freundin. Ihm fiel auf, dass sie ihre Lippen geschminkt hatte, sehr sorgfältig und nur eine Spur roter, als sie von Natur aus waren.

»In heutigen Zeiten«, sagte sie, »lebt man doch am besten im Hier und Jetzt, finden Sie nicht? *Carpe diem*, das Eisen schmieden und das alles. Sehr nett, Sie kennenzulernen, Leutnant Miles.«

Dann waren sie beide fort, und er war wieder allein mit seinem Buch. Er fand die Stelle, die er zuletzt gelesen hatte, konnte sich aber nicht erneut darauf einlassen. Er hatte das verwirrende Gefühl, selbst Teil einer Geschichte zu sein, einer, die von den beiden Frauen ersponnen wurde. Und hatte er das etwas schüchterne Mädchen verärgert? Was sollte er machen?

»Zwei Musikerinnen haben mich gefangen gehalten. Ich glaube, die Jüngere ist hinter mir her«, sagte er zu Royle. »Vielleicht auch beide.«

»Hast du ein Glück!«, sagte Royle. »Dabei fällt mir ein, ich wollte dich fragen … Was ist der Unterschied zwischen einem Rausch und einem Schock?«

»Keine Ahnung.«

»Neun Monate!«, prustete Royle. »Aber dann bist du schon über alle Berge.«

»Ich bin nicht interessiert, Royle.«

»Warum zum Teufel nicht? Deine wunderbare Gattin ist meilenweit weg.« Bald waren es fast fünftausend Kilometer, dachte Harry, Luftlinie. Allerdings waren sie sogar noch weiter entfernt gewesen und würden nun wieder Tausende von Kilometern reisen, nur um am Ende der Heimat näher zu sein, als sie es jetzt waren. In Freetown wurde ihnen mitgeteilt, dass sie, wie sie bereits wussten, auf dem Weg nach Ägypten waren, über das Kap.

Mit einem echten Gentleman üben! Das war ziemlich kühn, aber er konnte sich gut vorstellen, dass ein sensibles, hübsches Mädchen wie Cicely, die aus einer wohlhabenden Familie zu stammen schien, die Hitze auf einem Schiff voller Soldaten zu spüren bekam und in dieser Situation die Oberhand gewinnen wollte. Auch konnte er sich gut vorstellen, dass ein bestimmter Typ Frau, eigensinnig, sehr unabhängig und künstlerisch, wie Charlotte es offenbar war, zu Kriegszeiten ein paar neue Freiheiten genoss. Ein anderer Mann, dachte er, würde vermutlich Kapital aus der Gelegenheit schlagen, doch er war an Cicely *nicht* interessiert, außer in ganz allgemein menschlicher Hinsicht … Obwohl er – und es war nur aufrichtig, das zuzugeben – es vielleicht wäre, wenn er nicht bereits das große Glück hätte, ein verheirateter Mann zu sein. Anders als Royle. Die Krankenschwestern hingegen hatten ihre Verlegenheit längst abgestreift und wirkten alles andere als schüchtern. Sie waren es gewohnt, für ihre Patienten verantwortlich zu sein und stärkten einander den Rücken. *Läufige Hündinnen*, hatte Royle sie genannt, obwohl keine von ihnen hinter ihm her war. Das Ganze war einfach töricht.

20. August

Tag und Nacht sind jetzt genau gleich lang. Dank des Südwinds ist es tatsächlich etwas kühler. Ich fühle mich in letzter Zeit irgendwie seltsam, aber es ist schwer zu sagen, was genau der Grund dafür ist, vielleicht das Meer und schlicht die Zeit an Bord. Wir haben immer noch viel zu tun. Neulich Abend spielte eine Frau am Klavier Musik aus *Sylphides* – wie sehr ich auch versuche, nicht daran zu denken, holen mich diese bittersüßen Erinnerungen immer wieder ein.

Nachts lese ich zur Ablenkung Gedichte und versuche auch, wie immer vergeblich, welche zu schreiben, aber hin und wieder sehe ich mit einem Mal Dich & mich zusammen im Gras. Du liegst mit geschlossenen Augen auf dem Rücken, ein bezauberndes Haargewirr verschlungen im Gras, und natürlich ist das eine schöne Erinnerung, aber gleichzeitig weiß man doch, dass es nicht echt ist.

22. August

Was für ein Tag! Ein Sturm blies von Süden her und türmte Wellen auf, die selbst diesen stabilen Pott hin und her wälzten. Es war wie in einem Disney-Trickfilm, man sah die Leute, wie sie mit den Händen in der Luft herumfuchteln, um voranzukommen; oder wie sie unbewusst die Reling loslassen und quer über das Deck geschleudert werden; man biegt um eine Ecke, und es bläst einem ein solcher Wind entgegen, dass man nur noch japsen kann, bis man dahin zurückgedrängt wird, woher man gekommen ist.

Wir standen zu dritt an Backbord auf dem vorderen B-Deck und sahen zu, wie die Wellen gegen den Bug spritzten. Hinter uns stand die Sonne im Regenbogen des Gischtschauers, der mit jeder Welle aufstob. Manche Wellen sind größer als andere & immer, wenn eine große Welle mit dem Eintauchen des Bugs zusammenfiel, spritzte die Gischt bis hoch zu uns & wir mussten uns hinter die Reling ducken. Wir fühlten uns wie die Kinder und hatten viel Spaß, bis wir klatschnass und durchgefroren waren. Ein großer Fisch – rund eineinhalb Meter – mit knochigen Flossen und einem stumpfen Maul wurde geradewegs aus dem Wasser geschleudert.

Selbst im Sturm weben die Albatrosse durch die Wellen: riesige geheimnisvolle Vögel, viel eleganter als Möwen. Sie gleiten hinab in die Wellentäler, verfangen sich aber nie darin. Wer, fragt man sich unwillkürlich, würde so einen jemals töten? Aber das ist eine dumme Frage, denn Menschen machen noch sehr viel schlimmere Dinge.

Nach dem Sturm sah er Cicely zufällig wieder. Sie stand auf dem Oberdeck, klammerte sich an die Reling und würgte, also schlich er sich lieber unbemerkt vorbei. Wenig später legten sie für zwei Wochen in Durban an, um auf ihren nächsten Konvoi zu warten, und am letzten Nachmittag sah er sie in der Stadt. Er war in einem Lager in der Nähe der Rennbahn untergebracht und hatte die örtliche Gastfreundschaft und einen der Busse – kostenlos für Militärangehörige – genutzt, um sich in der Stadt umzusehen. An diesem Morgen war er wieder an Bord gegangen, hatte aber den Nachmittag frei, und so schlüpfte er, in der Hoffnung, in Ruhe etwas trinken zu können, ins Royal Hotel. Er wurde nicht enttäuscht: gefliese Böden, Rattanmöbel, Deckenventilatoren und Palmen, alles sehr elegant. Da entdeckte er Cicely, die mit Hauptmann Chesterton (seiner Einschätzung nach ein ziemlicher Langweiler), Charlotte und einem südafrikanischen Marineoffizier im Teesalon saß. Sie hatte ihren Hut abgesetzt, und in ihrem Haar, das in Rollen um ihr Gesicht lag, fing sich das Licht. Sie hielt sich aufrecht und zugleich entspannt, als säße sie, dachte er, wieder auf der Bühne am Klavier und würde gleich anfangen zu spielen. Die Ausmaße der Tastatur und die langen Finger, die sich darüber kräuselten, waren ihm ein Rätsel; um Klavierspielen zu lernen, musste man eines besitzen, und er kannte niemanden mit Klavier. Musikunterricht. Ein großes Haus. Mutig, sich in das hier hineinzustürzen … Aus der Ferne sah sie auf ihre nervöse Art glücklich aus, und er war unsicher, ob er sich zu ihnen gesellen sollte, doch als sich ihre Blicke trafen und sie ihn zu sich bat, freute er sich zu seiner eigenen Überraschung sehr darüber. Sofort tauchte ein weiterer Stuhl auf, und obwohl ihm nach einem Bier war, nahm er gern eine Tasse Tee.

»Leutnant Miles hat einen exzellenten Musikgeschmack«, sagte Cicely zu Chesterton und wandte sich Harry mit einem Lächeln zu.

»Nicht wirklich, Sir«, sagte er. »Aber ich finde, diese Damen machen ihre Sache ganz hervorragend.«

»Wir überlegen, zur Jazz-Matinee im Royal zu gehen«, sagte Charlotte.

»Ein kleiner Arbeitsurlaub?«, meinte Harry. »Obwohl es angemessen niveauvoll klingt. Was meinen Geschmack betrifft, gebe ich gern zu, dass ich gestern Nachmittag im Kino war, *Dumbo* gesehen und mich dabei köstlich unterhalten habe.«

»Ich war letzte Woche drin. Einige der Lieder sind wunderbar!«, sagte Cicely. Mit wem sie ihn wohl angesehen hat?, überlegte Harry. Jedenfalls mit keinem der Anwesenden.

Die Tatsache, dass sich Chesterton und der Südafrikaner, Birk, mit keinem Wort an der Plauderei beteiligten, legte die Vermutung nahe, dass sie ihn wohl am liebsten von hinten gesehen hätten. Cicely und Charlotte aber wollten gern, dass er blieb. Als sie sich anschickten zu gehen, schlug Charlotte, Arm in Arm mit Birk, vor, dass Harry sie zur Matinee begleite.

»Bitte«, sagte Cicely und berührte seinen Arm. »Je mehr, desto besser.« Ihr Lächeln war angespannt, mit einem Mal schien sie ihn beinahe anzuflehen. Hatte er sich nicht klar ausgedrückt? Er konnte sich deutlich daran erinnern, von *seiner Frau* gesprochen zu haben, und an ihren Scherz, dass er zu jung für die Ehe sei. Vielleicht bildete er sich das alles auch nur ein. Tatsächlich hatte er an Bord einiges zu organisieren, bevor sie am nächsten Tag auslaufen würden, doch er mochte sie, und es war ja auch sicher nichts dabei, also willigte er ein, sie auf seinem Weg zurück zum Hafen bis zum Theater zu begleiten. Es schickte sich für ihn nicht, in Anwesenheit ranghöherer Offiziere einer der Damen seinen Arm anzubieten, doch Cicely sah das offenbar anders, denn als sie nach einigem Tamtam endlich aufbrachen, ließ sie unverhohlen und für Chesterton sichtbar ihren Arm unter seinen gleiten. Schließlich ging sie zu seiner Rechten, Chesterton auf der anderen Seite.

Sie bevorzuge sicherlich Schatten, vermutete er, und sie stimmte ihm zu.

In den Straßen herrschte reger Betrieb, doch die Temperatur war genau richtig, ein sanfter Wind raschelte durch die Palmen vor den viktorianischen Ziegel- und Steingebäuden, die, so bemerkte Harry, fast britisch aussahen, dabei aber auch sonnenverwöhnt und exotisch. Cicely, deren lange Finger auf seinem Ärmel ruhten, nickte und lächelte.

Wirklich keine üble Stadt, meinte auch Chesterton. Er fand sie überaus gut organisiert. Harte Arbeit, wie Harry bemerkt hatte, wurde von Schwarzen verrichtet. Wo immer es etwas zu graben oder zu versetzen gab, waren sie zu sehen – merkwürdig, dachte er, sich da so beeindruckt von der Organisation zu zeigen.

»Schön, mal an Land gewesen zu sein«, sagte er. Sich die Beine vertreten zu können, um eine Ecke zu biegen und etwas Unerwartetes zu sehen – auch Frauen zu sehen, nicht nur Krankenschwestern, sondern Frauen, die hier lebten, die Kleider trugen und ihrem Alltag nachgingen, und auch Kinder –, das alles hatte ihm gefallen.

»Bedauerlicherweise«, ergänzte Chesterton, »wird es an unserem Ziel weit weniger angenehm sein.«

»Fürchte auch … Reisen Sie weiter mit uns, oder bleiben Sie hier?«, fragte er Cicely.

»Wir fahren nach Kairo, aber erst nächste Woche. Davor noch zwei Shows hier. Ab jetzt reisen wir auf verschiedenen

Schiffen weiter«, sagte sie. »Sie wollen uns wirklich nicht begleiten?«

Er wartete mit den Frauen vor dem Theater, während Birk und Chesterton die Karten kauften. Ein Teil von ihm wollte tatsächlich gern mitgehen, seinen letzten Nachmittag an Land auf einem samtbespannten Sitz neben Cicely verbringen und sie ein wenig vor Chestertons Annäherungsversuchen schützen, egal, ob das dem Mann auf die Nerven ging oder nicht; dass sie es wollte, dass sie aus irgendeinem Grund Gefallen an ihm gefunden hatte, konnte er deutlich spüren. Doch gleichzeitig widerstand er den Komplikationen – nur mal angenommen, der Abend würde etwa mit einem Abschiedskuss enden, der Erwartung eines solchen oder einem ganz echten. Er wusste, es würde ihm schwerfallen, dem nicht nachzugeben, und so etwas würde er nicht auf die leichte Schulter nehmen; der Gedanke daran erschreckte ihn. Cicely war so ganz anders als Evelyn.

»Ich hoffe, Sie haben Verständnis, dass ich mich Ihnen unter den gegebenen Umständen nicht anschließe … Ich hoffe, das Konzert ist keine Enttäuschung und das neue Schiff zumindest nicht schlimmer als das unsrige«, sagte er und nahm die weichen Ebenen ihres Gesichts wahr, ihre glänzenden Lippen, die neugierigen, verletzlichen Augen, die seinen Blick erwiderten. »Es war mir ein außerordentliches Vergnügen, Sie kennenzulernen.« Er streckte seine Hand aus.

»Ja«, sagte sie und nahm sie kurz in ihre beiden erstaunlich kühlen Hände, die beinahe mehr zu streicheln als zu halten schienen. »Das ist wohl das Beste, Leutnant Miles.«

»Harry«, sagte er.

»Viel Glück, Harry«, sagte sie, und als die anderen zurückkehrten, verabschiedete er sich flüchtig und ging.

Es stimmte also nicht, dass er kein Interesse an ihr gehabt hatte, und es irritierte ihn, sich das einzugestehen. Und noch dazu erinnerte ihn dieses Auseinandergehen an weit wichtigere Abschiede, und es machte die Entfernung von zu Hause spürbar. In dieser Nacht an Bord der *Rajala* mied er seine Kabine und blieb an Deck. Es war Neumond, und die Stadt war vollkommen verdunkelt; er sah auf die wellige Finsternis der See hinaus und hielt seine schweifenden Gedanken nicht zurück.

Er war gern verheiratet, und nicht nur wegen dem, was sich im Bett abspielte. Das Tagtägliche des gemeinsamen Lebens barg Überraschungen, die Art und Weise, wie man einander immer besser verstand und die verborgenen Seiten einer Persönlichkeit entdeckte … Doch angenommen, er hätte Evelyn nicht gefunden oder sie hätte ihn abgewiesen oder er wäre ein anderer Typ Mann, dann hätte er sich durchaus in Cicely verlieben können. Und in dem Fall hätte es in alle möglichen Richtungen weitergehen können. Als eine kurze Romanze vielleicht, die hier in Durban mit ein paar Tränen zu Ende gegangen wäre und von der zuhause niemand etwas hätte wissen müssen. Solche Sachen passierten im Krieg natürlich ständig, wobei genau das womöglich ein guter Grund war, ihnen aus dem Weg zu gehen. Oder es hätte so anfangen, sich dann aber zu einer endlosen Komplikation entwickeln können, mit einem Strom von Briefen, der Aussicht auf künftige Treffen und Abschiede und vielleicht sogar etwas, das über den Krieg hinaus Bestand gehabt hätte, sofern sie beide ihn überlebten … Es war erschreckend zu erkennen, wie all die anderen möglichen Lebensgeschichten da waren, warteten, einen am Ärmel zupften, selbst wenn man eine klare Entscheidung getroffen hatte. Doch das war nun vorbei, und inzwischen, so sagte er sich, würde sie auch Chesterton los sein und hoffentlich längst schlafen.

Am nächsten Morgen lichteten sie den Anker. Alle, die nichts zu tun hatten, scharten sich an der Hafenseite. Perla Gibson, eine Opernsängerin, war an den Pier gekommen, um ihnen ein Ständchen zu bringen. Offenbar sang sie für jedes Schiff beim Ein- und Auslaufen, doch wegen seiner Verpflichtungen als Gepäckoffizier hatte er sie bei der Ankunft verpasst; jetzt mischte er sich, ohne allzu viel von der Darbietung zu erwarten, unter die Menge an der Reling und blickte hinunter zu einer auch aus der Ferne erkennbar pummeligen Frau mittleren Alters in weißem Mantel und rotem Strohhut, die ein Megafon in ihrer rechten Hand hielt. Es wirkte nicht sonderlich vielversprechend.

Sie hob ihren freien Arm und setzte das Megafon an die Lippen. Ohne Vorrede begann sie zu singen, mit einer kräftigen und überraschend klaren Stimme. Erst nach einem Moment erkannte er das Lied, »I'll Be Seeing You«.

So sentimental! Es war eine so offensichtliche Wahl, dass er anfangs widerstand, obwohl einige Männer neben ihm bereits mitsangen, manche ganz ernsthaft, andere als Parodie, alle zusammen ließen sie den Klang verschwimmen. Doch gegen Ende des Stücks war er den Tränen nahe, und die Sängerin dort unten kam ihm jetzt gleichzeitig absurd und mutig vor, gewöhnlich und überwältigend. Als sie die letzte Zeile schmetterte, vibrierte das Deck, und die Maschinen darunter dröhnten. Unter Rufen und Applaus und dem schwermütigen Geheul des Horns entfernte sich das riesige Schiff. Die Figur am Kai verneigte sich, hob das Megafon und setzte erneut an, dieses Mal weniger emotional: »There'll always be an England«. Beim Singen winkte sie mit ihrer freien Hand, während das Schiff sie Sekunde um Sekunde weiter hinter sich ließ.

22. September

Ich hätte nicht gedacht, dass mich der Abschied von Durban so aufwühlen würde. Und zwei Tage später gab es einen Alarm – die Sichtung eines verdächtigen Schiffs –, und wir mussten schnell auf Gefechtsstation gehen. Es war ziemlich chaotisch, weil die Männer nicht nur aus dem Schlaf, sondern nach einigermaßen faulen Wochen (ich nehme mich da gar nicht aus) auch aus einem einlullenden Beinahe-Koma gerissen wurden und sich plötzlich in einem Notfall wähnten. Ein Teil der Besatzung stand bereit, um die Rettungsboote zu Wasser zu lassen. Wir eilten zu unseren Positionen an Deck, unsere Bren-Gewehre im Anschlag, auch wenn es in dem Moment für eine kleine Waffe mit einer Reichweite von kaum fünfhundert Metern wenig Verwendung gegeben hätte. Wir warteten stocksteif wie Statuen, schwitzend, mit galoppierenden Herzen. Ich weiß noch, dass ich mich fragte, ob diejenigen, die für die Wartung der Geschütze auf diesem Schiff zuständig waren, ihre Arbeit genauso sorgfältig gemacht hatten wie ich auf dem vorigen, wo es meine Aufgabe gewesen war. Es gab keine weiteren Befehle. Während die Sonne gelbrosa aufging und das Schiff mitsamt seinem Konvoi weiterdampfte, hielten wir unsere Positionen, stocksteif, fast wie verhext. Allmählich wurde es heller, und dann hörten wir, dass es nur ein Fischerboot gewesen war. Das Frühstück schmeckte köstlich, als wir es endlich vor uns hatten.

Seitdem erscheint mir der Krieg realer, obwohl er für mich immer noch ein paar Wochen entfernt ist. Die Reise wirkt weniger wie ein Abenteuer oder ein eigenartiger Traum. Jeden Moment könnte der Feind auftauchen. Früher oder später wird er es tun. Vielleicht auf See, doch aller Wahrscheinlichkeit nach werde ich hinter einer Reihe von Gewehren stehen und über Sand und Steine hinweg schießen, während er aus anderen Gewehren zurückfeuert. Und noch dazu, mein Liebling, fordert der Krieg von mir, dass ich ein anderer Mann bin. Er will, dass ich sehr systematisch und gehorsam bin, und auch, dass ich Ängste und Hemmungen überwinde, und weil es um eine entscheidende Sache geht, werde ich das auch tun, doch als Lebensform fühle ich mich, anders als andere Männer, dazu nicht hingezogen, sondern lehne es aktiv ab. Wegen des Krieges und seiner tödlichen, mechanischen Natur sehne ich mich umso mehr nach Liebe.

Natürlich stimmt es, dass ich ohne den Krieg wohl weder die Sterne des Südens noch die Albatrosse gesehen hätte. Ich hätte nie den Sog des Meeres gespürt und wäre von einer fetten, am Pier singenden Lady nicht zu Tränen gerührt worden, oder all die anderen außergewöhnlichen Dinge, die noch vor mir liegen. Ich hätte nie begriffen, wie von einem Moment zum anderen ein neues Lebenskapitel enden oder aufgeschlagen werden kann. Entschuldige meine Abschweifungen, mein Liebling. Diese Gefühle und Einsichten (für die ich bislang noch nicht gezahlt habe, indem ich das tue, wofür ich hierher geschickt wurde) sind auf ihre Art wunderbar, doch ich würde sie – und noch viel mehr – abtreten, wenn ich nur Deine Stimme hören, Dein Haar riechen, meine Hand Deinen Rücken hinabgleiten lassen und Deinen Körper fest an mich drücken könnte.

Cicely und die Gedanken, die sie ausgelöst hatte, waren, fand er, in dem Kommentar über endende und beginnende Kapitel enthalten, und außerdem lag das alles bereits in der Vergangenheit. Erneut hatten sie den Äquator überquert und fuhren jetzt stetig gen Norden in Richtung Suez, Kairo und dem Delta. Schon bald würde er die Reise vergessen haben. Er würde, von Fliegen geplagt, in einem Ozean aus Sand leben, schwitzend am Tag und frierend in der Nacht.

∗

Beinahe einen Monat blieben sie im Übungslager in der Wüste. Kurz vor ihrem Einsatz hatte Harry einen Nachmittag Ausgang in Kairo und kaufte in einem kleinen Laden, der einer uralten

Frau gehörte, die nur Französisch sprach, ein Paar feine Seidenstrümpfe für Evelyn. Er steckte das flache Päckchen in sein Hemd und gesellte sich dann auf der Terrasse des Shepherd's Hotel zu einer Gruppe leicht angetrunkener Offiziere. »Haben Sie das mit Cicely Osborne gehört?«, fragte Chesterton, und Harry nahm zunächst an, dass sie in der Stadt war und in einem der Clubs oder Theater auftrat. Er überlegte, ob er hingehen sollte, und dachte, ja, warum nicht? »Sie war auf der *Macedonia*«, fuhr Chesterton fort und beugte sich vor. »Eines von drei Opfern. Ertrunken. Grässliche Sache. Das Schiff kroch zurück in den Hafen, aber zuvor hatte irgendein Trottel die Frauen auf ein Rettungsboot verfrachtet, das dann prompt gekentert ist. Sie haben es nicht an die große Glocke gehängt. Ich habe es erst heute erfahren.«

Chesterton sah ihm einen Moment lang in die Augen.

»Nettes Mädchen. Ich wollte mit ihr in Kontakt bleiben«, sagte er, zuckte dann mit den Schultern und kippte seinen Whisky Soda hinunter.

In jener Nacht lag Harry in seinem Zelt und konnte nicht schlafen. Er dachte daran, wie Cicely seine Hand gehalten, mit welch seltsamer Beharrlichkeit sie ihn erwählt hatte. Er fühlte sich fürchterlich, weil er sie abgewiesen hatte. Ein Teil von ihm wünschte, er hätte es nicht getan. Doch was hätte das gebracht? Es hätte alles nur schlimmer gemacht. Für ihn. Aber für sie?

Immerhin würden sie bald aufbrechen, dachte er, als das erste Licht durch die Zeltwand sickerte. Bald wäre keine Zeit mehr für solche Grübeleien.

Bascombe

Eine endlose Minute lang hatte Evelyn keine Ahnung, wo sie waren oder wie spät es war. Das Bettzeug war schwer. Lillian atmete neben ihr, und draußen jaulte irgendwo in der Ferne ein Hund und verstummte dann. Sonst nichts. In völliger Finsternis setzte sie sich auf, doch als sich ihre Augen an die Dunkelheit gewöhnt hatten, konnte sie sehen, dass an den Ecken der Verdunklung vor dem kleinen, tiefen Fenster Licht durchsickerte. Die Zimmerdecke lief schräg zu. Dann erinnerte sie sich, wie Mrs Saunders, eine kleine, drahtige Frau, die gehetzt und zerzaust wirkte, sie am Abend zuvor auf dem Weg nach oben in die Dachkammer gewarnt hatte, sich an der niedrigen Seite des Zimmers nicht den Kopf zu stoßen und auch auf der Treppe achtzugeben: »Sie ist ausgetreten und rutschig. Denken Sie immer daran, saubere Schuhe zu tragen oder Hausschuhe mit einer guten Sohle«, sagte sie, »keine Strümpfe oder Socken, und passen Sie auf die Kleine auf. Für Unfälle sind wir nicht verantwortlich.«

Mrs Saunders hatte Evelyn auch den Nachttopf unter dem Bett gezeigt. Sie hatte ihn noch nicht benutzt und gehofft, es auch nie tun zu müssen, aber jetzt war es dringend. Sie tastete sich vor zum Fenster und zog die Verdunklung zurück, woraufhin sich ihr ein Blick über eine in Felder geschnittene hügelige Landschaft eröffnete. Sie schlüpfte in ihre Straßenschuhe und zog den Wintermantel – wie gut, dass sie daran gedacht hatte – über ihr Nachthemd. Lillian schien tief und fest zu schlafen, trotzdem verschloss Evelyn die Tür hinter sich, damit sie nicht irgendwie aus dem Bett, zur Tür hinaus- und die Treppe hinunterrollen konnte.

Der Treppenabsatz und die nächsten Stufen waren mit Teppich ausgelegt. Im Flur lag ein Läufer, daneben eine Standuhr, die gerade zu schlagen begann: zehn Uhr. Niemand da. Sie fand die Küche – Geschirrstapel neben der Spüle, ein unebener Fliesenboden, der mal gewischt werden müsste – und dann den rückwärtigen Durchgang, der zu einer großen Vorratskammer und einem Raum mit zwei weiteren Spülen – großen rechteckigen Dingern – und ein paar Trockengestellen führte. Dahinter entdeckte sie schließlich die Toilette, in einem Anbau an der Rückseite des Hauses. Man musste hinausgehen, um zur Brettertür des Gott sei Dank nicht besetzten Klos zu gelangen. Ein Holunderbusch verdeckte das kleine Fenster. An einem Nagel hing in Stücke gerissenes Zeitungspapier, genau wie zuhause.

Ihr Atem bildete kleine Wölkchen, die schnell wieder verschwanden. War nicht eigentlich Frühling? Immerhin war es sonnig, und an den Büschen hingen winzige Blätter.

Ich hab's geschafft, dachte sie, ich bin weg. Jetzt wird es ihr leidtun.

*

Briefe kamen in Abständen, gebündelt und unsortiert, und ihre Briefe an Harry brauchten noch länger als seine an sie. Zudem wurden seine jetzt weitergeleitet, was sie noch weiter verzögerte. Weil auf dem Hof zehn Tage lang nichts ankam, musste sie sich selbst versichern, dass so etwas nichts Schlimmes bedeutete, schlechte Nachrichten, das hatte ihr mal jemand gesagt, waren schnell.

Seinen letzten Brief hatte sie mitgenommen und las ihn immer wieder.

Danke für die Briefe 65 und 58. Es ist so schön, sie zu lesen und zu wissen, was Du vor vielen Wochen gemacht hast, doch was Du mir auch schreiben magst, immer werde ich traurig und bekomme Sehnsucht & will mit Dir diese herrlich normalen Sachen machen. Was kann ich Dir meinerseits schreiben? Ich darf nicht sagen, was wir machen und wo wir sind, nur dass Du es in der Wochenschau nachverfolgen kannst und dass es eine harte und dreckige Arbeit ist. Am Ende läuft es auf Sand hinaus, Sand, Sand und nochmals Sand und Fliegen und Schießereien. Manchmal gibt es etwas weniger Sand, dafür dann vielleicht Steine oder sogar ein paar Bäume und Blumen, dazu nicht nur Fliegen, sondern auch Mücken, aber irgendwo ist immer Sand. Hier gibt es zumindest etwas Gras, das ihn bedeckt, und ein paar Bäume, aber wir ziehen schon bald wieder weiter. Hoffentlich ist es dort besser … Sollte Dir der Sinn danach stehen, ein Päckchen zu riskieren, wir brauchen Zigaretten, Tabak und Seife.

Doch das sind alles langweilige Themen, die mir gleich wieder entfallen, sobald ich an Dich denke. Wovon ich Dir eigentlich schreiben sollte, sind die tausend sehnsüchtigen Erinnerungen, die das Du ergeben, das in mir lebt. In brenzligen Situationen, oder wenn ich mich dem Leben um mich herum so wenig zugehörig fühle – und das geschieht oft –, dass alle und alles zu Feinden werden, dann blende ich im Geiste die Gegenwart aus, bette meinen Kopf sicher zwischen Deinen Arm und Deine Brust und kann so zeitlose Stunden verbringen. Ich sehe Dich Dinge tun, die Du vor so langer Zeit getan hast. Ich spüre die stille Kälte der Dezembernächte auf der Heide, wo Du meine heißblütige Leidenschaft gezügelt hast. So lebhaft, den weichen Druck Deiner Brüste, die straffe Berührung Deiner Schenkel, als Deine Lippen die stumme Nachricht überbrachten, die das Gespräch zweier Herzen war. Doch jedes Mal ist die Gegenwart danach noch schwerer.

Ich liebe Dich. In der morbiden Vernunft des Lebens hält allein der Liebeswahn Hoffnung bereit. Vergib mir, Liebling, ich bin sehr müde und halbverrückt.

Die neuen Briefe, die den Hof schließlich erreichten, waren vergleichsweise dünn: kurze, hastige Kritzeleien, kein Vergleich zu dem, was er zuvor geschrieben hatte. Gewiss, er war seit Wochen im Einsatz. Er war erschöpft. Es war wichtig, weiterhin positiv zu denken.

Im hinteren Teil des eingezäunten Gartens, wo Mrs Saunders Kräuter und Blumen zog, führte ein Tor hinaus auf einen Pfad, der am Rande einer mit Schafen gefleckten Wiese verlief und dann in die Nebenstraße nach Bourton mündete. Der Spaziergang auf der schmalen Straße, die ohne größere Erhebungen dahinmäanderte, dauerte gut eine Stunde, und Evelyn ging gern zügig, auch mit Kinderwagen. Fingerhut, Butterblumen, Wicken und Bärenklau sprossen im Graben. Ihr Brief an Harry lag zu Lillians Füßen unter der Decke. *Nun bin ich also immer noch hier,* begann er, dabei konnte sie sich nicht vorstellen, dass er wusste, was damit gemeint war, hatte er doch offenbar nichts von dem erhalten, was sie seit ihrem Umzug aufs Land geschrieben hatte.

Was würde er davon halten, wenn er irgendwann begriff, wo sie war? Er wollte, dass sie London verließen, aber sie ahnte, dass es ihm lieber wäre, wenn sie nicht arbeitete oder zumindest etwas *Besseres* fände. Die Vorstellung, wie sie einen Eimer sandiger Kartoffeln schält oder den fettigen Ofen reinigt oder die Wäsche anderer Leute auswringt, würde ihm nicht gefallen: Das konnte sich nicht mit ihrer Arbeit bei Wilson & Wilson messen, wo man sie entlassen hatte, sobald sie verheiratet war. Im Grunde ging sie putzen, wie ihre Mutter, und weil das ihr selbst nicht gefiel, hatte sie Harry bislang über die wahre Natur ihrer Lage mehr oder weniger im Dunkeln gelassen und stattdessen gesagt, sie habe sich nicht wirklich als Hausmädchen beworben und sie und Mrs Saunders hätten »eine Abmachung getroffen«.

Lieber hätte sie Granaten oder Gewehre gefertigt; hervorragende Bezahlung, aber Vollzeit, oft mit unfreiwilligen Überstunden. Aber sie wollte Lillian nicht den ganzen Tag jemand anderem geben, *insbesondere* nicht ihrer Mutter, die ständig darauf anspielte, zu welch ungünstigem Zeitpunkt dieses Baby gekommen sei, oder fallen ließ, dass sie mit der Heirat hätten warten sollen und dass sie Ärger und Leid geradezu herausfordere ... *Mache ich nicht, das kannst du mir glauben!* Es war schrecklich gewesen, nach den Wochen allein mit Harry nach Hause zurückzukehren.

»Ich will nicht alle zwei Stunden zu hören bekommen, was du von meinen Lebensentscheidungen hältst. Und ich brauche auch keine Ratschläge von dir, was Lillian angeht. Dafür ist die Kinderschwester im Krankenhaus da. Das Einzige, was ich *wirklich* will, ist ein sicheres und hygienisches Haus.«

»Was hast du nur immer damit? Ich halte alles sehr sauber!«

»Ich rede nicht von Schmutz, ich rede von *Keimen*. Jedes Mal, wenn er hustet! Man kann sie nicht sehen, aber er versprüht Bakterien in der Luft, die auch uns alle infizieren können.«

»Dann geh doch, wenn es deinen gottverdammten Ansprüchen hier nicht entspricht!«, hatte ihre Mutter entgegnet. Dann hatte sie angefangen zu weinen und gesagt, sie habe es nicht so gemeint und wie sehr sie Evelyn und Lillian liebe und nur das Beste für sie beide wolle.

»Wie soll ich dir das glauben?«, sagte Evelyn, obwohl sie wusste, dass es die Wahrheit war. Was sie eigentlich meinte, war: *Was nutzt mir das, wenn du nicht das tust, was ich brauche? Warum setzt du nicht mich und Lillian an die erste Stelle?*

Also war sie gegangen, und schon jetzt war ihr klar, dass es hier um die Hygiene nicht besser bestellt war als zuhause, vermutlich sogar schlechter, wenn man die Tiere und die riesigen

Mengen an Dung bedachte, die überall in Haufen herumlagen. In dieser Hinsicht war es kaum eine oder gar keine Verbesserung. Doch gab es hier auf dem Land zumindest Sicherheit, frische Luft und gutes Essen, und wenn Lillian nachts unruhig war, war da niemand, der empfahl, ihr etwas Brandy in die Milch zu mischen. Im Großen und Ganzen verhieß der Hof ein ruhigeres und glücklicheres Leben und außerdem Abstand von ihren Eltern.

»Oder etwa nicht, Lily«, sagte sie, blieb kurz stehen und beugte sich in den Kinderwagen. Lillian war normalerweise eher blass, aber heute waren ihre Wangen rosig; Evelyn küsste sie beide, knöpfte Lilys Strickjäckchen auf und klappte das Verdeck des Wagens zurück, damit sie die Bäume und den Himmel sehen konnte. Sie pflückte eine Butterblume und gab sie Lillian: *gelb*. Eines Tages, bald, würde es ein Antwortecho geben, und sie konnte es kaum erwarten. Immer zeigte sie auf Dinge und nannte ihre Namen: *Baum, Himmel, Biene, Vogel, Mummy*; sie liebte es, den Blick ihrer Tochter auf ihrem Gesicht zu spüren, wie sie ihre Lippen studierte, wenn sie sprach oder sang – wobei ihre so strahlenden Augen heute an Evelyn vorbei in den Himmel zu blicken schienen. *Blau*, sagte Evelyn lächelnd, *blau*.

Etwa einen Kilometer lang säumten fahle Steinmauern die Ränder der Felder, die sich langsam schon mit neuem Getreide einfärbten, dann kam der Teil des Wegs, wo sich die Bäume über ihren Köpfen berührten und ineinander verwoben und einen Blättertunnel formten. Dahinter lichteten sich die Bäume und gaben den Blick frei auf Lämmer, die auf den höhergelegenen Feldern herumtollten; sie blieb stehen, nahm Lillian aus dem Wagen, damit sie die Schafe sehen konnte, beobachtete, wie sie konzentriert die Stirn runzelte, und spürte, wie sich ihr Körper anspannte. *Nicht mehr lang*, hatte Evelyn an Harry geschrieben, *und sie antwortet mir*.

Sie kamen an einem schmiedeeisernen Tor vorbei, das stets geschlossen war und das in ihrer Fantasie zu irgendeinem stattlichen Anwesen führte. Die kleine Landstraße wurde nur wenig genutzt, doch ab und an klapperte ein Pferd mit Wagen oder ein Radfahrer an ihr vorbei. An der Hauptstraße in der Nähe des Hofes gab es einen Briefkasten, aber in Bourton konnte sie Briefmarken kaufen und ihren Brief persönlich abgeben. Es gab Geschäfte, eine Bibliothek, Leute, die hierhin und dorthin unterwegs waren, Züge. Und auf dem Weg konnte sie ihren Gedanken nachhängen und Lillian etwas vorsingen. Es war der schönste Teil des Tages, und war man erstmal aus dem Haus, war das ganze Arrangement im Grunde gar nicht mal so schlecht, und so war sie also immer noch hier.

Es war nicht ihre Schuld, dass sie nicht kochen konnte.

Mrs Saunders hatte ihr nicht zugehört, als sie das erwähnt hatte. Halbgare Kartoffeln. Zu wenig Soße. Die verschiedenen Bestandteile eines Essens für so viele Menschen zu koordinieren war neu und überforderte sie. Für Harry hatte sie daraus eine Geschichte gemacht, aber in dem Moment war es beschämend gewesen. »Entschuldigen Sie bitte, mit Tippen kenne ich mich besser aus«, hatte sie am nächsten Morgen erklärt.

»Ziemlich wenig Bedarf daran hier«, entgegnete Mrs Saunders und reichte ihr den Schäler. »Hat Ihnen Ihre Mutter das nicht gezeigt? Wenn Sie nicht kochen können, müssen Sie vorbereiten und putzen, dann kann ich den Mädchen draußen helfen. Und jetzt Kopf hoch. Sie tragen Ihren Teil bei, weit weg von Rauch und Bomben. Und«, fügte sie hinzu, »machen Sie sich keine Sorgen um Verschwendung. Die Schalen verfüttern wir direkt an die Schweine.«

Zwei eiergroße Kartoffeln für eine Frau und vier für einen Mann. Zählte man die Saunders', mehrere alte Männer und ein paar Landarbeiterinnen, saßen mitunter zehn oder mehr Personen um den großen Esstisch in der Küche. Kartoffeln waren

Bestandteil *jeder* Mahlzeit, genug, um einem die verdammten Dinger ein für alle Mal zu verleiden. Aber es gab jede Menge frische Eier.

Im Großen und Ganzen war es eine faire Regelung.

Die Landarbeiterinnen beneidete sie nur zum Teil. Sie wohnten in Hütten nahe der Straße und konnten in Grüppchen unterwegs sein und zusammen lachen, waren aber auch den ganzen Tag bei Wind und Wetter draußen im Matsch, fuhren Traktor im Regen, gruben, putzten die Scheunen und bekamen davon Bizeps wie ein Mann. Sie rauchten und tranken. Keine von ihnen war verheiratet; einige waren überraschend wohlhabend. Sie alle liebten Lillian, und sie konnte sie für eine Stunde oder so bei ihnen lassen, wenn sie sich die Haare waschen und legen musste, und sie hatten darauf bestanden, dass Evelyn mitging, als die Amerikaner aus Toddington mit ihren Autos und Lastern vorbeikamen, um sie auszuführen. Sie zog ihr gutes Kleid an und quetschte sich ins Auto. Der Tanzabend fand in der Dorfhalle statt, in der sonst die Wochenschauen liefen; eine Band und ein Sänger brachten bald alle zum Mitsingen, und *ja*, es machte Spaß, obwohl sie herausstach: »Mann an der Front, ja? Wette, er kann's kaum erwarten, nach Hause zu kommen.« Die Amerikaner waren gut gebaut und hatten wunderbare Zähne, aber beim Tanzen hatten sie ihre Hände überall. Und weil sie nicht mehr als ein halbes Glas Cider trank, während alle anderen sich volllaufen ließen, nahm sie den Geruch sehr deutlich wahr. Vermutlich dachten sie, sie sei hochnäsig.

Und vielleicht bin ich das ja auch, hatte sie an Harry geschrieben.

Es ist hier also nicht perfekt, aber sehr malerisch. Ich werde weiterhin die Augen nach etwas Besserem offenhalten, aber bis dahin kann Mum mich hier wenigstens nicht mehr wahnsinnig machen. Sie versteht immer noch nicht, worum es mir geht … Von ihm ganz zu schweigen, in seinem ganzen Leben hat er nie an andere gedacht. Er tut so, als wäre nichts, dabei ist er zu schwach, um arbeiten zu gehen oder auch nur seine Schuhe aufzuheben.

Ich bin froh, dass Lillian von alldem weit weg ist. Es tut mir leid, dass ich Dir nicht viele Bücher schicken kann. Zur Charing Cross Road komme ich nicht, und hier vor Ort findet sich kaum etwas, aber ich habe eine Edward-Thomas-Biografie gefunden, die werde ich Dir mit etwas Seife und Tee schicken. Das Dorf, über das er schrieb, ist nicht weit von hier.

Dein Foto steht auf der Kommode in unserer Dachkammer. Ich hoffe, Du bleibst weiterhin unversehrt und bist bald raus aus dieser fürchterlichen Wüste. Ich ertrage es kaum, mir die Wochenschau anzusehen, Harry, obwohl ich es immer mache, für den Fall, dass Du darin vorkommst. Ich weiß, vorerst ist es so und nicht anders. Unser Mädchen hat jetzt zehn Zähne. Sie kann schon fast laufen …

Das Postamt war aus dem cremegelben Stein, der in dieser Gegend verbreitet war: von außen hübsch, von innen düster. Sie strich die Briefmarke über den bereitgestellten Schwamm, drückte sie auf den Brief und schob ihn über die Theke. Sie legte Wert darauf, ihre Post Mrs Mathieson persönlich zu übergeben, um sicherzugehen, dass sie die letzte Leerung erwischte.

»Wie geht's drüben bei den Saunders'?«

»Gut, danke. Nicht ganz so viel los wie letzte Woche.«

»Und Ihrer Mutter in London?«

»Ganz gut.«

»Kein Brief an sie? Sie muss Sie und das Baby doch sehr vermissen. Und Ihr Mann ist immer noch in Tunesien? Was man so hört, treiben wir die Teufel gerade in Richtung Abgrund.« Mrs Mathieson, klein, mit silberweißem Haar, lehnte sich vor und berührte Evelyns Hand. »Alles wird gut, meine Liebe, und ich glaube, heute ging ein Brief an Sie ab.«

Aus irgendeinem Grund traten Evelyn Tränen in die Augen.

Am Fluss blieb sie stehen, setzte sich auf eine Bank und nahm Lily auf den Schoß. Der armen Kleinen klebten die Haare verschwitzt am Kopf, sie war ganz rot im Gesicht; Evelyn zog ihr das gelbe Strickjäckchen aus und pustete ihrer Tochter über Nacken und Rücken. Sie zerbrach die Brotkruste, die sie in der Tasche hatte, in zwei Stücke und machte Lily die Bewegung vor, mit der man sie den Enten zuwarf; als Lilys erster Versuch im Gras landete, heulte sie enttäuscht auf. Trotzdem watschelten die Enten laut quakend näher.

Für den zweiten Versuch nahm sie Lily mit ans Ufer, und sie sahen zu, wie die Enten sich drängelten und zankten. Ein Mann mit Augenklappe, der auf der anderen Bank gesessen hatte, kam zu ihr herüber und machte eine Bemerkung zum schönen Wetter. Sie sah sich genötigt zu antworten, da er sie beim Entenfüttern beobachtet hatte, was eigentlich eine verbotene Verschwendung von Nahrungsmitteln darstellte – doch dann wollte er natürlich nur wissen, was sie am Abend vorhabe.

»Ich wüsste nicht, was Sie das angeht«, sagte sie, »aber ich freue mich darauf, mein Kind zu baden und dann einen Brief meines Mannes zu lesen.«

»Ich habe nur gefragt«, sagte er.

»Nicht ganz bei Trost«, sagte Evelyn zu Lily, als sie wieder unter sich waren. Sie warf einen Blick unter das Verdeck des Kinderwagens. »Was soll ich dir vorsingen? Du bist immer noch so heiß. Wirst du mir womöglich krank? Bitte nicht.« Ihre Hände verkrampften sich, nervös biss sie die Zähne aufeinander – aber, sagte sie sich, sie durfte nicht vergessen, sie wieder zu entspannen, das war wichtig, solche Sachen waren ja am Ende meist doch nicht der Rede wert.

»Ich hoffe, Sie hatten einen schönen Nachmittag«, sagte Mrs Saunders, als sie nach Hause kamen. Sie starrte abwesend in den Wagen, in dem Lily schlief, verschwitzt und mit rotem Gesicht. »Aber ich muss Sie an den Boden erinnern. Er muss jeden Tag gewischt werden, sonst kommen die Ameisen.«

»Soll ich es gleich machen?«

Mrs Saunders seufzte. Sie trug ihre Kochschürze, doch ihre Hände waren schmutzig, bemerkte Evelyn, vor allem unter den Nägeln.

»Da kommen Sie mir nur in die Quere. Nach dem Abendessen.«

»Und dann wieder morgen früh?«

»Wie gesagt, jeden Tag«, sagte Mrs Saunders. Es war ein Steinfußboden, der immer schlimm aussah, egal, was man mit ihm anstellte. Zu Evelyns eigener Überraschung kribbelten wieder Tränen in ihren Augen; sie konnte sie zurückhalten, indem sie daran dachte, dass es, sollten sie und Harry jemals ein eigenes Haus oder auch nur eine eigene Wohnung haben, darin anständige Fliesen geben würde oder Linoleum. Dazu einen elektrischen Herd und einen Kühlschrank, ein großes Fenster mit Vorhängen und ein makelloses Waschbecken aus Edelstahl. Es würde so sauber sein wie im Krankenhaus.

Ihr Brief, ein richtiger Brief, keine Postkarte, lag auf dem Regal neben der Haustür.

»Abendessen, dann baden«, sagte sie zu Lillian, während sie sie vom Töpfchen hob, doch als das Essen auf dem Tisch stand, drehte sich Lily vom Löffel mit dem Brei aus Möhren und Hackfleisch weg. Evelyn konnte nicht anders, sie verfolgte die gespitzten kleinen Lippen mit dem Löffel, obwohl ihr halb bewusst war, dass es falsch war. Ein Kind muss essen! »Du lieber Himmel!«, sagte sie, als das Essen, das sie ihr mühsam eingeflößt hatte, wieder herauskam und sich über das ganze Tablett verteilte.

»Lassen Sie sie doch«, mischte sich Mrs Saunders ein.

»Vielen Dank! Ich weiß sehr wohl, wie ich mich um mein Kind zu kümmern habe.« Sie stand auf, spülte das Lätzchen unter dem Wasserhahn in der Küche aus und wischte den Hochstuhl mit einem Lappen sauber. »Wenn sie nicht isst, wird sie nur schlecht einschlafen. Heben Sie mir bitte etwas vom Abendessen auf?«

Mrs Saunders antwortete nicht.

»Da ist Erbrochenes in deinem Haar!«, sagte sie zu Lillian. Auch in den Falten ihres Halses war etwas. Der Geruch stieß Evelyn ab, beinahe wurde ihr übel. Sie wischte das Gröbste ab, ließ die kleine Blechwanne volllaufen, testete die Temperatur mit ihrem Ellbogen und setzte Lillian hinein. Ihr Kleid war klatschnass, als sie sie gewaschen und abgetrocknet, die Wanne im Kräutergarten ausgeleert und Lily nach oben in die Dachkammer geschleppt hatte, wo sich trotz des geöffneten Fensters die Hitze des Tages hielt. Sie legte Lily ab, zog sich bis auf die Unterwäsche aus und streckte sich neben ihr auf dem Bett aus. *Mmm, mmm ma, ma, maa,* sagte Lily immer wieder, leise, aber unermüdlich. Ab und zu hustete sie. Heiße Luft rollte in Wellen durch den Raum.

Na, dachte Evelyn, sobald Lilys Rufe spitzer wurden und dann langsam nachließen, dir wird es morgen früh bestimmt besser gehen. Sie gestattete ihren Augen zuzufallen und schlief umgehend ein. Als sie in der Dunkelheit erwachte, lag Lily noch immer schlafend neben ihr. Die Taschenlampe im Mund, öffnete Evelyn Harrys Brief mit einer Nagelfeile.

12. April 1943

Liebe Evelyn,

vielen Dank für 59 und 60. Und vielen Dank für das Päckchen, das selbstverständlich nicht angekommen ist. Ich gebe die Hoffnung nicht auf, und ich freue mich so sehr, von Euch beiden zu hören.

Ich weiß nicht, welchen Brief Du meinst, und ich bin ganz sicher nicht kurz angebunden. Falls ich mitunter fremd oder kühl wirke, dann bin ich nur niedergeschlagen und erschöpft, zu müde, um viel zu spüren oder ganz einfach nicht in der Lage, gut zu schreiben. Wir haben viel zu tun und sind immer unterwegs. Halten wir irgendwo an, schlafen wir alle sofort ein, bei Tag oder Nacht, was meine Entschuldigung dafür ist, dass ich so wenig Briefe schreibe. Und in anderen Momenten bin ich wütend oder deprimiert und will Dich mit meinem Kummer nicht anstecken.

Inzwischen sind alle mit zuhause verbundenen Gefühle zwangsläufig Erinnerungen. Und im Laufe der Zeit verlieren Erinnerungen vielleicht an Genauigkeit, an Vollständigkeit. Wenn Du jetzt versuchst, Dich an mich zu erinnern, wirst Du wahrscheinlich feststellen, dass das Bild verwischt. Bestimmte Details stechen vielleicht heraus, anderes musst Du rekonstruieren. Fotografien sind sehr hilfreich, also bitte schicke mir alle neuen, die Du hast! Und bitte versteh, die Bedingungen hier draußen machen es schwer, Liebe oder irgendetwas anderes wirklich zu *fühlen*. Wir sind immer beschäftigt und schlafen wenig, daher fühlen wir nicht viel, können es gar nicht. Wenn ich also »ich liebe Dich« sage, dann ist das eine Art Stenogramm, das eigentlich »ja, ich erinnere mich daran, dass ich Dich liebe« bedeutet. Soll ich also lieber »ich werde Dich lieben« sagen? Denn ich weiß, ich *werde* Dich lieben. Aber klingt das zu hart? Und vielleicht wirst Du mich nicht lieben, wenn ich zurückkehre? Das hoffe ich nicht, aber was, wenn ich mit Deiner Erinnerung an mich nicht übereinstimme? Ich habe einen Hang zu düsteren Gedanken.

Beim Lesen bekam Evelyn eine Gänsehaut, weil sie darüber nachdachte, wie wenig dieser Harry mit dem übereinstimmte, an den sie sich erinnerte. Dieser Mann war weniger pragmatisch, weniger positiv und weniger liebevoll ... Erschöpft oder nicht, sie hatte das Gefühl, dass er mehr für sich selbst schrieb als für sie. Sie legte den Brief zur Seite, knipste die Taschenlampe aus, lehnte sich in der Dunkelheit zurück und erinnerte sich ganz bewusst an die munteren Geräusche, wenn Harry sich am Morgen wusch und anzog. Wie er ihr Tee brachte und ihr sagte, dass sie schön sei.

Ihr fiel ein, dass sie die Böden zu wischen und das Geschirr zu spülen hatte, ging aber erst um vier hinunter, als Lillian hustend und weinend aufwachte. Abgekochtes Wasser, gekühlt und gesüßt mit einem Tropfen des Likörs aus Mrs Saunders Speisekammer, machte es nur schlimmer.

»Sie glüht«, sagte sie um sechs zu Mrs Saunders. »Das Husten tut ihr weh.« Zwei der Landarbeiterinnen hatten etwas Ähnliches, bemerkte Mrs Saunders. In ruhigen Zeiten passierten solche Dinge nie. Es werde vorübergehen. Kein Grund, einen Arzt aufzusuchen.

Evelyn wischte den Boden so schnell sie konnte. Lillians Augen waren rosa und tränten heftig. Nachdem sie erschöpft in den Schlaf gefallen war, das Gesicht an Evelyns Schulter, trug Evelyn sie nach oben. Schlaf war gut, immerhin. Trotz ihres inneren Widerwillens entfaltete sie Harrys Brief erneut.

Also hoffe ich, dass Du mich verstehst. Ich weiß, dass ich Dich liebe. Und ich weiß, dass ich Lillian liebe, auch wenn meine Erinnerung an sie mit ihr, wie sie heute ist, nichts zu tun hat und ich sicher bin, dass sie sich an mich nicht erinnert.

Gestern Morgen hatte ich ein ziemlich scheußliches Abenteuer, aber keine Angst – ich sitze ja hier und schreibe Dir davon. Ich hatte Dienst auf dem Beobachtungsposten, weit vor unserer Infanterie, einem Posten, um den sich keiner reißt. Um sieben, als ich eigentlich abgelöst werden sollte, tat sich nichts. Ich sehnte mich nach einer Feierabend-Zigarette und hatte keinen Tabak. Also machte ich mich auf nach hinten zu unseren Linien, um mir welchen zu schnorren. Ich traf meine Ablöse, Anderson, der gerade auf dem Weg war, aber er hatte auch keinen. »Macht nichts«, sagte ich und klopfte ihm auf die Schulter. Ein paar Minuten später kam ein schrecklicher Donnerschlag, und der Beobachtungsposten und Anderson waren Vergangenheit.

Gestern Morgen?, dachte sie, als ich gerade dabei war, Kartoffeln zu schälen? Aber natürlich war es nicht *dieses* Gestern. Es war am Tag vor dem zwölften April passiert. Vor beinahe einem Monat. Und ihm ging es gut. Damals jedenfalls. Wo war er jetzt?

Ein grausiges Geschäft. Ich bin froh, dass mich der Tabak in diesem Fall gerettet hat, aber das mit Anderson nimmt mich sehr mit. Natürlich liegt weder Gerechtigkeit noch Sinn darin, wen es erwischt und wen nicht.

Aber das Entscheidende ist, wandte sich Evelyn in Gedanken an ihn, dass du lebst! Bestimmt wurden schlimme Dinge noch schlimmer, wenn man so viel darüber nachdachte, oder?

Das Bild, wie er davongeht, lässt mich nicht los. Was, wenn ich mehr gesagt hätte? Aber ich wollte ihn nicht aufhalten und den Posten unbemannt lassen, und ich wollte meine Pfeife stopfen, also gingen wir beide unserer Wege.

Seither bin ich, wann immer ich Zeit habe, überhaupt etwas zu fühlen, ziemlich niedergeschlagen, aber dieser

Nachmittag hat mich aufgeheitert, weil wir eine mobile Badeeinheit besucht haben. Die Ausstattung war italienisch und ziemlich gut, und es ist wunderbar, sich wieder sauber zu fühlen. Seit November, seit Kairo hatte ich nichts Bad-Ähnliches mehr zu sehen bekommen. Normalerweise bin ich sehr dreckig. Du würdest mich nicht in Deiner Nähe haben wollen, mein Liebling.

Nun, nein, das würde sie nicht.

Hinter Lilys Ohren und unter ihren Haaren blühte ein Ausschlag.

»Masern!«, sagte Evelyn zu Mrs Saunders, die gerade Brot in den Ofen schob und Nachrichten hörte. Ich hätte nicht herkommen sollen, dachte Evelyn. Es war eine solche Dummheit.

»Die hatten wir alle mal«, erwiderte Mrs Saunders und schloss die Ofentür. »Ihr Gejammer hilft da auch nicht.«

»Weiterhin heftige Kämpfe nördlich von Enfidaville«, teilte ihnen der Radiosprecher mit, »und unsere Artillerie zertrümmert feindliche Stellungen in den Hügeln.«

»Das ist Ihr Harry«, betonte Mrs Saunders überflüssigerweise. Die Frau war noch schlimmer als ihre Mutter, die sie und Lily wenigstens gernhatte, wie töricht sie auch sein mochte. Die sie, wäre sie hier, in den Arm genommen hätte … Ihr Kind und ihr Mann, beide in Gefahr. Was, wenn sie einen von beiden verlöre? Was, wenn Harry erschossen würde, während sie Teller in ein Holzregal stapelte? Was, wenn sie beide verlöre – doch derartige Grübeleien brachten einen nicht weiter. Harry hatte bis jetzt überlebt. Er war ein Glückspilz, das sagte er selbst. Als Kind hatte sie auch die Masern und war vollständig genesen.

Die Übelkeit, die sie verspürte, war nur die Anspannung, und in der kurzen Notiz, die sie an Harry schrieb, erwähnte sie nichts von alldem, stattdessen sagte sie ihm, wie stolz sie auf ihn war und dass sie sich nie wieder wegen seiner Raucherei beschweren würde, und erzählte ihm die Geschichte mit dem ungewischten Fußboden. Es war unsinnig, ihn wegen der Masern zu beunruhigen. Er wollte sich ein Bild von ihren Gefühlen und Gedanken machen können, das hatte er gesagt, doch was, wenn er wochenlang darauf warten musste zu erfahren, wie es ausgegangen war?

Lillian, die nur ein Hemdchen trug, lag kraftlos auf der Tagesdecke und, für den Fall eines Malheurs, einem Handtuch. Der Ausschlag war zu ihrem Gesicht, ihrem Hals und ihrer Brust vorgedrungen. »Armes Äffchen«, sagte Evelyn und betupfte ihre Haut mit einem Schwamm voll lauwarmen Wassers. Immer wieder sang sie *Schlafe, mein Kindlein …* Lillian, feucht, fleckig, starrte zu ihr herauf, ihre haselnussbraunen Augen glasig, ihr Mund schlaff. Evelyn küsste sie, dann stand sie auf, reckte sich und sah zum Himmel und den Feldern hinaus, über dem Garten schossen die Schwalben vorbei; vom dunklen Dachboden aus kam es ihr vor wie ein anderer Planet. Hinter sich hörte sie ein seltsames Geräusch, halb Keuchen, halb dumpfes Schlagen, und sie wirbelte herum: Lillian hatte Arme und Beine steif von sich gestreckt. Ein Fuß schlug das Handtuch in einem starren Tanz. Unter halb geschlossenen Lidern leuchtete das Weiß ihrer Augen.

»Lily!«

Sie nahm das Kind in ihre Arme, hielt es so fest und dabei so zärtlich, wie sie konnte, und rannte die heimtückische Treppe hinunter. Mrs Saunders zog sich gerade die Gummistiefel an.

»Bitte holen Sie einen Arzt!«

»In Ordnung«, sagte Mrs Saunders. »Ich lasse Bascombe holen. Aber die Rechnung geht an Sie, und vermutlich vergeuden Sie Ihr Geld.«

Geld? Sie hätte ihr Leben gegeben. Warum nur waren sie überhaupt hergekommen?

Als sich Lillian ein paar Minuten später entspannte, dachte Evelyn, sie sei gestorben, aber dann richtete sich erst das eine, dann das andere Auge wieder.

Der Arzt kam auf einem Fahrrad, seine Tasche hatte er auf den Gepäckträger geschnallt. Er trug einen Anzug und merkwürdigerweise einen Kradmelder-Helm der Armee. Er stellte seine Tasche auf das Tischchen im Flur und trat seine Schuhe auf der Fußmatte ab. »Bascombe«, sagte er und reichte ihr die Hand, dann nahm er den Metallhelm ab und enthüllte ein Gewirr aus drahtigem grauem Haar. Er gab ihr den Helm; sie hängte ihn an den Garderobenständer.

»Hätten Sie so viele Kopfverletzungen gesehen wie ich und so viele in Krüppel und Gemüse verwandelte gesunde Männer, würden Sie sich nicht wundern, dass ich so ein Ding trage«, ließ er sie wissen. »Er ist mit Kork gefüttert, sehr heiß, aber das Beste, was es derzeit gibt.« Sie brach in Tränen aus. Er bot ihr sein Taschentuch an. »Wo kann ich mir die Hände waschen? Das kranke Kind?«, soufflierte er und folgte ihr in die Küche und dann in das Wohnzimmer, wo sie sich ans Ende des Sofas setzte, auf dem Lillian döste. Unter noch heftigerem Weinen berichtete sie von dem Anfall.

»Elf Monate. Das Fieber hat gestern angefangen. Sie hatte einen Anfall. Ihre Augen sind zurückgerollt! Und außerdem wirkt sie mit einem Mal schrecklich dünn …«

Bascombe kniete sich neben Lillian, schüttelte das Thermometer, schob es in ihre Armbeuge und hielt es dort fest. Sie schien halb aufzuwachen.

»Ich würde sagen, das Schlimmste ist überstanden«, sagte er sanft, »aber es war klug von Ihnen, mich holen zu lassen. Manchmal können Masern das Seh- oder Hörvermögen beeinträchtigen, und in diesem Alter ist es schwer zu sagen. Enzephalitis und Meningitis sind *sehr* selten, aber ich möchte sie im

Auge behalten … 38,9 ist immer noch hoch.« Er fühlte Lillians Hals, unter ihren Achseln, seine Hände wirkten riesig auf ihrem winzigen Körper, aber sehr sauber, wie Evelyn bemerkte, die Nägel waren gestutzt und gefeilt.

»Aus London?«, fragte er unterdessen. »Und Ihr Mann?«

»Bei der 8. Armee, Artillerie. In Tunesien.«

»Sich zu sorgen hat noch niemandem geholfen«, sagte er, während er die Windel löste, die sie ihr vorsichtshalber angelegt hatte, obwohl Lillian tagsüber schon fast immer aufs Töpfchen ging. Die Windel war trocken.

»Urin?«

»Letzte Nacht. Dr. Bascombe, wird sie wieder gesund?«

»Davon gehe ich aus, aber sie muss trinken … Wenig und häufig. Ein Fläschchen, eine Pipette oder ein Teelöffel. Oder Sie lassen sie an einem sauberen nassen Tuch saugen. Wenn sie innerhalb der nächsten vier Stunden keinen Urin produziert, muss ich das wissen … Wie gefällt es Ihnen hier?«, fragte er, noch immer auf Knien vor dem Sofa.

»Die Landschaft ist sehr hübsch.«

»Haben Sie Freunde gefunden?«

Sie zuckte mit den Schultern.

»Haben Sie Familie?«

»Ich wollte weg von meinen Eltern«, sagte sie zu ihrer eigenen Überraschung. »Mein Vater ist immer wieder im Krankenhaus, zur Behandlung seiner Tuberkulose. Ich will nicht, dass er Lillian anhustet und dass meine Mutter mir vorhält, was für ein Fehler meine Heirat war und all das. Aber natürlich ist es hier genauso dreckig wie zuhause! Verzeihen Sie«, sagte sie und wischte sich mit dem Handrücken über das Gesicht. Der Arzt schüttelte den Kopf, legte eine Hand auf die Armlehne des Sofas und richtete sich mit etwas Mühe auf.

Lily, mit loser Windel, zerbrechlich, noch immer halb abwesend, starrte an die Decke.

»Niemand verliert gern einen Menschen, Mütter einge-schlossen«, sagte Bascombe. Nach einer Pause setzte er hinzu: »Machen Sie mit dem Schwamm weiter. Wenn sie bis sechs noch trocken ist oder sich irgendetwas zu verschlechtern scheint, lassen Sie mich holen. Andernfalls komme ich morgen zur gleichen Zeit wieder vorbei.«

Oberflächlich betrachtet hatte Bascombe nichts weiter ge-tan, als Lillians Temperatur zu messen, doch Evelyn spürte eine Welle der Dankbarkeit und Zuneigung zu diesem Mann. Sie bot ihm eine Tasse Tee an, aber er lehnte ab.

»Was schulde ich Ihnen?«, fragte sie.

»Ich bin fünf Minuten hier gewesen, und es liegt auf meinem Heimweg … Ich berechne Ihnen dieses Mal nichts, obwohl ich Lord George Whitmore sehr wohl etwas berechnen würde, so er denn geruhte, mich zurate zu ziehen, oder Mrs Angela Bad-cock, die es des Öfteren zu tun pflegt, obwohl sie bei bester Gesundheit ist.«

Im Flur reichte sie ihm den Helm, wobei ihr die dicken, ledernen Ohrenschützer auffielen, der Geruch nach Schweiß und Haarwasser. Irgendwie erinnerte er sie an Harry, und gleichzeitig war er, wie ihr klar wurde, als sie etwas später da-rüber nachdachte, die Art von Mann, die sie gern als Vater gehabt hätte – ein abwegiger Gedanke, den sie sogleich wieder verwarf.

»Denken Sie daran, auch selbst zu schlafen«, sagte er, als er den Helm aufsetzte, dann nahm er seine Tasche und ging.

Niemand sonst war zuhause. Sie sah noch einmal nach Lil-lian und holte sich dann die Zeitung. *Deutsche und italienische Truppen leisten weiterhin stur Widerstand,* las sie, *doch sie sind von ihren Versorgungsketten abgeschnitten, und ihre Niederlage ist unausweichlich. Die Alliierten werden ihnen keine Ruhe gön-nen* … Ein paar Augenblicke später war sie eingeschlafen.

Bei seinem dritten Besuch verkündete Dr. Bascombe, dass Lillian außer Gefahr sei. Sie hatte wieder Appetit. Die rosa Färbung war aus dem Weiß ihrer Augen gewichen, und sie saß auch wieder, fröhlich trotz des Ausschlags.

»Mrs Miles«, sagte der Arzt, »wissen Sie, vielleicht sollten Sie lieber wieder nach Hause fahren. Saunders' Herde ist sehr sauber, aber Kühe sind nicht gerade die beste Gesellschaft, wenn man Angst vor Tuberkulose hat. Und ich glaube, in einer Sache könnte ich Ihnen vielleicht helfen. Ein Freund von mir leitet ein stationäres Behandlungszentrum für Patienten mit Lungenkrankheiten und ist manchmal sehr verständnisvoll, was die Kosten angeht.«

Lieber Harry, schrieb sie am Ende jener Woche und wandte sich an den Harry, an den sie sich erinnerte, nicht an den grüblerischen, ziemlich verstörenden Mann, der ihr in letzter Zeit geschrieben hatte.

Lieber Harry,
ich bin immer noch hier, allerdings nur noch gerade so. Lillian hatte die Masern, ist jetzt aber wieder gesund. Eine Weile habe ich mir Sorgen gemacht, aber der Arzt hat mir versichert, dass es überstanden ist, obwohl sie später vielleicht eine Brille brauchen wird. Durch einen Brief wirst Du Dich nicht anstecken. Der Arzt war sehr nett. Dreimal kam er aus Stow herüber und hat nichts berechnet. Er ist ein alter Mann, das sei rasch hinzugefügt.
Ich sagte, ich bin immer noch hier, aber nicht mehr lange. Dad wurde ein bezahlter Platz in einem Genesungsheim im Lake District angeboten, in vierzehn Tagen kann er dorthin. Ich habe Mum gesagt, dass ich es mir überlege und vielleicht zurückkommen würde, wenn er ihn annimmt, und sie wurde vernünftig und setzte ihn unter Druck. Und da

all diese Treppenstufen mit einem Baby fürchterlich anstrengend sind und weil ich auch nicht das Gefühl habe, dass Mrs Saunders, besonders im Hinblick auf die Hygiene, eine wirkliche Verbesserung im Vergleich zu meiner Mutter ist, plane ich also, nach Hause zurückzukehren, wenn auch nur für den Übergang. Ich habe mir fest vorgenommen, eine Wohnung zu finden.

Die Eier werde ich vermissen.

Mach Dir keine Sorgen, London ist momentan einigermaßen ungefährlich. Solange Du ein Bad genommen hast, bin ich sicher, dass wir die verlorene Zeit bald wiedergutmachen werden.

»Sie sind sehr freundlich«, hatte sie zu Dr. Bascombe gesagt, nachdem er ihr von dem Behandlungszentrum im Lake District berichtet hatte. Er schrieb den Namen und die Adresse des Arztes ihres Vaters in sein Notizbuch, steckte es in seine Brusttasche und sagte, er kümmere sich darum, sobald er zuhause sei. Erneut hatte er den Vorschlag einer Bezahlung abgetan.

»Danke«, sagte sie, und sie gingen gemeinsam in den Flur.

»Aber wofür denn? Auf gewisse Weise war es mir ein Vergnügen. Und wäre ich ein jüngerer und impulsiverer Mann und mir der Umstände weniger bewusst ...«, sagte er mit einem Lächeln. Ihre Augen trafen sich, und zu ihrer eigenen Überraschung errötete Evelyn. Sie mochte ihn, und obwohl er alt war, fand sie die Vorstellung, ihn anzufassen, nicht so abstoßend, wie sie vielleicht geglaubt hatte; ja, sie wollte in den Arm genommen werden, und beinahe unbewusst machte sie einen halben Schritt auf ihn zu, doch er blieb stehen, bückte sich, um die Fahrradklammern anzulegen, griff nach dem Helm, setzte ihn sich auf dem Kopf zurecht, knöpfte seine Jacke zu und nahm die Tasche.

Danach hielt er ihr seine freie Hand entgegen, doch stattdessen reckte sich Evelyn und küsste ihn – sie zielte auf die Wange, doch wegen der Kopfbedeckung landeten ihre Lippen näher an seinen als beabsichtigt.

Und dann war er fort.

Nichts, verdammt

Harry würgte einen Schluck der nach Diesel riechenden Flüssigkeit hinunter, die als Tee durchging, und spähte aus dem Schatten des Zeltes hinaus in das gleißende Licht eines neuen Tages. Es war das reinste Pech, hier eingesetzt zu sein, ein Stück nördlich von Enfidaville, am bitteren, sinnlosen, gefährlichen Ende des Ganzen weiterarbeiten zu müssen, während alle anderen mit rauschhaftem Schulterklopfen beschäftigt waren. Helden! Das Ende des Krieges in Nordafrika! Hier nicht, fünf Kilometer südlich der nächsten feindlichen Stellung. Versteckt hinter den vielen Bergzügen und Gipfeln im Westen und Norden (*Dschebel* genannt), waren die Deutschen und Italiener gut geschützt, wobei sie gleichzeitig von allen Seiten umzingelt waren. Ihre Lage war so hervorragend wie hoffnungslos, was auch ihnen klar sein musste, doch aus Stolz und Sturheit – und sogar entgegen der Befehle – weigerten sie sich aufzugeben, also musste er, trotz des sogenannten Sieges, hierbleiben und *aufwischen*. So wurde es genannt. Ein ziemlicher Euphemismus – seit dem Fall von Tunis und Bizerta war die hiesige Artillerieschlacht sogar noch heftiger geworden.

Und gestern dann, nach einem donnernden Luftangriff, der dem Ganzen wirklich ein Ende hätte machen müssen, hatte, wie man ihnen mitteilte, von Arnim sich ergeben. Messe allerdings harrte weiter aus. Dennoch liefen Italiener und Deutsche scharenweise die Bergstraßen hinunter, durch das Fernglas sahen ihre weißen Flaggen aus wie ein Schwarm riesiger Kohlweißlinge: ein erheiternder Anblick, dabei war es offensichtlich, dass viele Kanoniere der beiden feindlichen Armeen sich nicht ergeben hatten. Sie feuerten derart heftig, dass die 230. Batterie den Rest des Tages entweder kauernd in ihren Löchern verbrachte oder das Feuer erwiderte. Am Nachmittag verlor Harry nach den vielen gebrüllten Befehlen seine Stimme, also legten sie Telefonleitungen vom Kommandoposten bis zu den Kanonen. Das nächtliche Schießen hörte erst kurz nach elf auf, danach hatten sich alle noch bis ein Uhr bereitzuhalten.

Sein Hals schmerzte, seine Augen brannten, und es war unmöglich, die unsichtbaren Feinde nicht dafür zu hassen, dass sie dieses beidseitige Leiden sinnlos hinauszogen, und ja, es hätte noch schlimmer kommen können: Er hätte tot sein können. Trotzdem, es war *sehr* großes Pech, ausgerechnet dort zu sein, im Windschatten eines nicht sonderlich schützenden Bergrückens, hinter dem andere höhere, noch immer mit Waffen gespickte Bergrücken und Gipfel aufragten, während ein weiterer zu heißer, zu heller, unvermeidlicher Tag anbrach.

Und doch war er nun einmal hier. Er schleuderte den Rest seines Tees auf die Erde, warf den Emaille-Becher neben die Zelttür und lief zur Geschützreihe hinüber. Er ging von einer Einheit zur nächsten und bemühte sich nach Kräften, mit jeder Mannschaft ein paar Minuten lang zu scherzen. Glücklicherweise ließ sein heiseres Flüstern beinahe alles, was er sagte, irgendwie unterhaltsam wirken, im krassen Gegensatz zu seiner inneren Verfassung.

»Die geben wohl ihr Bestes, um diese Reise unvergesslich zu machen.«

»Gut gefrühstückt? Hoffe, Sie konnten den köstlichen Tee mit der Extraportion Staub und Sand genießen?«

»Eines Tages blicken Sie zurück und lachen über das alles hier, ganz sicher.«

Dem dritten Trupp gönnte er ein Zitat: »Hier ist kein Wasser sondern nur Fels, Fels und kein Wasser und die sandige

Straße …‹ Verzeihung! Der Herr Eliot. Gott weiß, wo das gerade herkam.«

»Erwähnt jedenfalls keine Kanonen, der Gute, was?«

»Hans und Giovanni können uns wohl einfach nicht in Ruhe lassen«, sagte er zur vierten Mannschaft, »aber ewig wird es nicht mehr dauern.«

»Sind Sie sich da sicher, Sir?«, erwiderte Alder, die Nummer drei: ein drahtiger Bursche mit strahlend blauen Augen, immer fröhlich und hilfsbereit. Er schien kein Mädchen zu haben, schrieb aber lange und häufig sehr lustige Briefe an seine Eltern; Harry, der die Post der Truppe zu zensieren hatte, las sie mit Vergnügen.

»Heute ist der letzte Tag«, sagte Harry, »da bin ich mir fast sicher.« Huggins, der fast nie einen Brief schrieb, aber gut singen konnte, sagte, dann sei ja alles in Butter, er freue sich schon auf die Party.

Alle lachten, und Harry ging zurück zum Gefechtsstand, keine zehn Meter dahinter.

Wie satt er das alles hatte, die Wände aus Sandsäcken, das Zelt aus grobem Gitterstoff und Netzen über einer Mulde, die sie hinter einem Felsvorsprung geschaufelt hatten, die Munitionskisten, auf denen sie saßen. Die menschengemachte Welt und im Besonderen diesen Teil davon.

Es *würde* bald vorbei sein. Sie würden tanzen gehen … Aber er hatte nicht das Gefühl einer bevorstehenden Erleichterung, sondern war nur erschöpft und wütend.

Marsh, der hinter zwei Telefonen saß und Kopfhörer aufhatte, mit zwei weiteren um den Hals, blickte auf, als Harry hereinkam. Seine Augen waren in dunklen Kuhlen versunken, seine Wangen eingefallen.

Bei Tagesanbruch, berichtete er, hätten sich ein paar Boches auf der Straße von Takrouna ergeben, aber jetzt war sie wieder menschenleer. Harry dachte an die Maoris, die erst vor ein paar Wochen die Höhenfestung von Takrouna eingenommen hatten – er war von den fremden Kriegsgesängen fasziniert gewesen, die von ihrem nahegelegenen Lager zu hören waren, bevor sie in den Kampf zogen. In jener Nacht verloren sie die meisten ihrer Offiziere.

»Keine Neuigkeiten«, sagte Marsh, »nichts, verdammt.«

Wie ein Kind, das in der Schule ein Nickerchen macht, lag Wilkinson über dem improvisierten Schreibtisch, auf dem seine Karten, Regularien und Schusstafeln lagen, der Zielrechner lehnte neben ihm.

Harry setzte sich neben seine Telefone und stellte sicher, dass sie nach wie vor funktionierten. Minuten dehnten sich und schwollen an, weigerten sich mehr oder weniger zu vergehen; Reden hätte unter Umständen geholfen, doch sie waren zu erschöpft, um auch nur einen Versuch zu wagen. Als sich Chesterton vom vorderen Beobachtungsposten meldete, setzten sich alle auf, dann sackten sie wieder in sich zusammen: keine Befehle, keine Informationen, nichts und verdammt nochmal wieder nichts.

Ohne das Geschützfeuer waren allerdings andere Dinge zu hören: Er nahm das oszillierende Gesumme der pausenlos kreisenden Fliegen wahr, das Raspeln anderer Insekten und das trockene Rascheln irgendeiner kleinen Kreatur – einer Eidechse oder eines Nagers –, die über den lockeren Boden und vertrocknete Blätter huschte. Vor ihnen hier und da menschliche Stimmen, sogar Gelächter. Und ohne das Geschützfeuer wurde man sich seiner umherschweifenden Gedanken bewusst oder Gedankenfetzen, die in dem hervortraten, was früher mal der eigene Geist gewesen war. Und schlafen wollte man … Harrys Lider, ja sein ganzes Gesicht verlangte es danach, sich der Schwerkraft hinzugeben. Um sich wach zu halten, nahm er sein Fernglas und ging zum Beobachtungsspalt. Das kräftige Grün, fast Türkis, das den Bergen ihren Namen gab, war von

Feuerkugeln versengt und von zahllosen Explosionen verwüstet worden, doch weiter oben leuchteten die blassen felsigen Gipfel noch immer scheinbar unberührt, leicht violett eingefärbt durch die Entfernung. Der Feind lag versteckt hinter den Bergkämmen, unmöglich, ihn zu sehen. Beim Schießen verließen sie sich ausschließlich auf Karten, Luftaufnahmen und die Schlussfolgerungen der vorderen Beobachter.

Harry wandte den anderen den Rücken zu.

»Vielleicht«, krächzte er, »haben sie den Hinterausgang genommen oder sich selbst erschossen. Vielleicht genehmigen sie sich ein großes Frühstück aus ihren Vorräten, damit wir sie nicht bekommen. Hoffen wir mal, dass sie nicht mit Tellern werfen.«

»Teller wären in Ordnung«, erwiderte Marsh, und dann, um 8.45 Uhr, erwachte das Funkgerät zischelnd zum Leben.

»Messe hat ein Angebot gemacht. Vorübergehender Waffenstillstand in Kraft bis 12.30 Uhr. Bereithalten … Sie wünschen uns einen ruhigen Morgen, sagen sie.«

»Wird aber verdammt nochmal auch Zeit!«, sagte Wilkinson.

Nachdem Harry die Nachricht per Telefon an die Kanoniere weitergegeben hatte, spürte er, wie sich seine Schultern etwas entspannten, auch wenn bald klar wurde, dass ihre unmittelbaren Ziele sich zwar ruhig verhielten, nordwestlich von ihnen aber immer noch gefeuert wurde.

»Wirklich ruhig ist es nicht«, sagte er. »Vielleicht hört Giovannis Haufen nicht mehr auf seine Befehle. Vielleicht schmollen sie oder sind nicht ans Telefon gegangen.«

»Oder können's nicht hören.«

»Feuer nördlich von Saouaf«, informierte Chesterton sie über Funk. »Weit außerhalb unserer Reichweite.« Beinahe eine Stunde lang horchten sie auf das unregelmäßige Knallen und das Echo der Detonationen und beobachteten, wie ein Rinnsal aus sich ergebenden Soldaten die Straße hinablief.

Harrys Schultern entspannten sich noch ein bisschen mehr. Er ging hinaus, um an den Busch, den sie dafür nutzten, zu pinkeln, und war gerade auf halbem Weg zurück, als der obszöne, jammernde Schrei eines Raketenwerfers – *Nebelwerfer* nannten sie die Dinger – die Luft zerriss. Fünf weitere folgten dicht aufeinander. Während sie in Deckung sprangen, explodierten alle sechs Raketen ein paar hundert Meter vor ihnen im offenen Feld.

Während der folgenden sekundenlangen Stille, während der sein Herz hämmerte und sein Körper zu allem bereit war, was von ihm verlangt werden mochte, hoffte Harry, dass es sich bei dem Beschuss um einen Fehler handelte: das Werk irgendeines kriegsverrückten Kraut-Kanoniers, der sich den Befehlen widersetzte und den man bändigen oder erschießen würde. Doch sechs weitere Raketen kreischten auf sie zu und landeten sehr viel näher, in rascher Folge erschütterten die Aufschläge die Felsen. Geröll und Erde prasselten auf den Gefechtsposten nieder, gefolgt von einem leisen Rieseln kleinerer Steine und Zweige.

»Mann, verpisst euch!«, brüllte jemand.

»Das nennt ihr Waffenruhe?«

»*Wir sind getroffen, verfluchte Scheiße!*«

Harris war am Telefon. »Ich habe zwei Tote zu melden, Sir.« Er atmete tief ein. »Alder und Huggins. Jameson aus der dritten ist bei uns.«

»Wir zahlen es ihnen heim«, schrie Harry. »Halten Sie sich bereit.« Um den Tod konnte man sich im Gefecht nicht kümmern. Seine ruinierte Stimme verriet kein neues Gefühl, dabei hätte er in Tränen ausbrechen können; vielleicht, dachte er später, wäre das besser gewesen als sein Getobe. Hatten diese Idioten noch immer nicht genug von dem gottverdammten Krieg? Und wo zur Hölle war Chesterton? Jeder wusste, wie schnell und leicht diese Raketenwerfer zu bewegen waren …

Nochmal sechs. Rein logisch sollte man meinen, dass sie ihren letzten Schuss wiederholten, doch sie zielten viel zu kurz. Warum? Egal. Er wollte mit ihnen abrechnen. Normalerweise unterdrückte er solche Gedanken, indem er sich auf technische Details konzentrierte, aber jetzt wollte er die Köpfe derjenigen, die diese Kanone abgefeuert hatten.

Wo war Chesterton?

»Vielleicht konnte er den Rauch nicht sehen. Hat nicht damit gerechnet.«

»Wofür bitte ist er denn da?«

Doch dann meldete er sich: »Bewegliches Ziel, kommen …«

»Bewegliches Ziel, kommen«, wiederholte Harry in sein Telefon.

»Planquadrat Ost zwo sieben vier sechs null neun eins, Nord fünf acht null eins sieben zwo null …«

Das war Dschebel Tine, südwestlich von ihrem letzten Ziel gelegen. Harry hockte sich neben Wilkinson, überprüfte noch einmal den erforderlichen Winkel und die Geschwindigkeit, raste zurück zu seinem Telefon, schrie die Zahlen flüsternd in den Hörer. Er wollte ihren Tod. Womöglich würden sie auf dreißig Meter genau sein.

»Sprenggeschoss einhundertsiebzehn, zwo laden, null fünfzehn Grad, Sichtwinkel … rechts fächernd sieben zwo fünf null.«

Das Getöse, das er im ganzen Körper hörte und spürte, das Geräusch des Verlangens, etwas von der Erde zu tilgen – eine auf Rache sinnende Rakete –, es war sein Befehl gewesen, und jetzt wollte er zu dieser Rakete werden. Wollte dieses Stück heißes Metall sein, das durch die Luft geschleudert wird, wollte in zahllose tödliche Stücke explodieren, diejenigen durchbohren, zerschneiden, auslöschen, die vom Dschebel Tine aus gefeuert und Alder und Huggins getötet hatten. Er wollte ihnen ein für alle Mal ein Ende machen. Er wollte, dass genau diese Männer starben.

»Überschuss!«

»Überschuss!« Sein rechtes Bein zitterte. Er griff zum Telefon und wiederholte Chestertons Korrekturen: »Rechts fünf null, feuern wenn bereit, fünf Schuss.« Erneutes Gedonner. Wieder nachjustieren. Wieder fünf Schuss. Zielen, fünf Schuss.

Und nach alldem kam nichts zurück. In ihren Ohren breitete sich Stille aus. Minuten vergingen, dann hob Marsh, das Ohr am Funkgerät, die Hand, horchte und sah auf.

»Messe hat sich ergeben. Feuer einstellen. Feuer einstellen!«

Harry zögerte, denn die Männer, die auf sie gefeuert hatten, gaben vermutlich, sofern sie noch am Leben waren, nicht viel auf Befehle. Und was Messe anging, war Vertrauen da überhaupt …

»Feuer einstellen!«, brüllte Marsh, und weil das nichts war, was man in ein Telefon flüsterte, schnappte Harry sich das Megafon und rannte hinaus zu den Kanonieren. Mit dem Rücken zu ihm hielten sie sich bereit. Die Sonne stand im Zenit: keine Schatten, nur staubige Uniformen und staubige Gerätschaften, die vom Untergrund kaum zu unterscheiden waren. Er zerrte seine gebrochene Stimme aus dem Hals:

»Feuer einstellen! Feuer einstellen!« Sie wandten sich um. Er wiederholte den Befehl. Das Freudengeheul kam immer mehr in Fahrt, als eine Mannschaft nach der anderen ihre Befehle erhielt, doch nach der Kakofonie der letzten Tage wirkte selbst der größtmögliche Menschenlärm winzig; anfangs erschien ihm der Jubel zu leise, doch dann begriff Harry, dass die Lautstärke dem entsprach, worum es sich hier handelte, um ein allein von Stimmen erzeugtes Geräusch.

»Geschütz entladen!«

»Geschütz entladen!«

Später erinnerte er sich daran, dass er am liebsten niedergekniet wäre, gesungen hätte, wäre sein Hals nicht gewesen, und auch geweint hätte, aber keinen Tropfen Flüssigkeit mehr in sich hatte. Stattdessen Händeschütteln, gegenseitiges Schulterklopfen, dann kehrte er zum Kommandoposten zurück, wo sie zu dritt herumstanden und einander ansahen. »Gott sei Dank, wurde auch Zeit«, sagte Marsh.

»Ich weiß nicht«, fügte Wilkinson hinzu, »ob sie die Sache von eben im Protokoll haben wollen.«

Es war vorbei. Es war vorbei, und jetzt mussten sie Alder und Huggins begraben. McKenzie, der Feldgeistliche, beaufsichtigte eine Arbeitsgruppe, die ein vorübergehendes Grab aushob. Zehn Minuten lang standen sie in dem zerstörten Olivenhain, während er über Kameradschaft, Opfer und Pflichterfüllung sprach. Sie würden unvergessen bleiben, sagte er und dirigierte dann das gemeinsame Singen von *Jerusalem*, wobei Alders Stimme auffallend fehlte. Harry bewegte nur die Lippen. Und was das Vergessen betraf, dachte er, so hing das doch wohl von der eigenen jeweiligen Lage ab. Er war froh, dass Chesterton derjenige war, der den Familien schreiben musste.

Sie zogen die Geschütze durch Gestrüpp und über aufgelassene Felder und dann auf einem kurzen Stück einer richtigen Straße in Richtung Süden. Sein Hals brannte und schmeckte nach Blut; da war wieder dieses angespannte Gefühl in ihm, als wäre er kurz davor zu weinen, doch er tat es immer noch nicht. *Stern, Stern, wunderschöner Stern*, sangen einige jetzt, *Statt dir ein Bier, das hätt' ich gern* … Es roch nach Schweiß, heißem Metall und Erschöpfung. Vor ihnen marschierten zweihundert Italiener unter britischem Kommando – die Umstellung schien ihnen nichts auszumachen –, zusammen mit einer kleineren Gruppe von Deutschen, die auch jetzt noch steif und stolz waren. Und was hat es euch gebracht?, dachte er. Kurz darauf bogen die Gefangenen links ab und trotteten gen Norden, in Richtung der Häfen.

»Wer gibt ihnen etwas zu essen?«, krächzte er.

»Meinetwegen können sie verhungern«, sagte Chesterton.

Wie viele waren hier gestorben? Doch das war jetzt Vergangenheit. Es war geschafft, geschafft, geschafft, und der Wagen rumpelte weiter, Stille klingelte in seinen Ohren.

Enfidaville, monatelang ein gefürchteter Kriegsschauplatz, wirkte jetzt wie ein geradezu freundliches Dorf. Es war ziemlich mitgenommen, hatte sich aber immerhin Reste seines früheren Charmes erhalten können. Die zentrale Allee säumte eine Reihe abgebrochener Baumstümpfe, doch vor dem Rathaus und der Kirche raschelten elegante Palmen immer noch mit ihren Wedeln. Die meisten der weißgestrichenen Gebäude waren im französischen Kolonialstil gehalten, mit blauen Fensterläden und Zierbalken; andere – maurisch gewölbt – versprachen ruhige, kühle Innenräume. Bougainvilleen fielen über einen Zaun. Ein paar westlich gekleidete Einheimische schwenkten Flaggen und jubelten ihnen zu, während sie vorüberzogen; schon jetzt, vermutete er, waren sie damit beschäftigt, ihr Leben wiederaufzubauen. Es war ein gutes Land, ohne den Krieg. Überall schien jetzt irgendetwas zu wachsen: Oliven, Mandeln, Orangen. Wo der Krieg nicht hingelangt war, blühten Wildblumen in allen erdenklichen Farben.

»Sir, können wir jetzt mal schön was zu saufen besorgen?«, fragte Bennet, doch als Harry antworten wollte, bekam er keinen Ton heraus.

Sie schlugen ihr Lager in einem Mandelwäldchen südlich des Dorfes auf, und jeder, der spielen konnte, setzte sich an das Klavier, das sie unter einem Baum gefunden hatten, und haute eine Melodie in die Tasten. Irgendwo trieben sie Wein auf, einen wässrigen Rotwein aus der Gegend.

»In Medemine haben wir sie erwischt, an der Mareth-Linie, im Wadi und beim Gabès Gap, und hier haben wir sie verdammt nochmal endgültig erwischt«, sagte Chesterton und schlug Harry auf die Schulter.

Huggins, dachte Harry. Alder. Jungs vom Land. Aber im Krieg durfte man dem Tod nicht allzu viel Aufmerksamkeit schenken. Sie hatten ihr Begräbnis bekommen. Man machte weiter. Er hielt den Weinbecher in der Hand, ohne davon zu trinken, und war dankbar, dass er nicht reden musste. Er war froh, dass es hier vorbei war, doch er würde den mit fremden südlichen Sternbildern gesprenkelten Himmel vermissen, das trockene, leere Land, das in ihrem Rücken noch über Tausende von Kilometern sanft atmete, die ungeheuren Mengen Sand und Fels.

Es wäre das Naheliegendste gewesen, wenn das gesamte Bataillon am nächsten Tag an die Küste gefahren wäre und sich in das glitzernd blaue Meer geworfen hätte, aber es stand eine Offiziersbegehung des Schlachtfelds an. Um 6.45 Uhr machten sie sich auf den Weg, der Major und seine Leute an der Spitze, Sand- und Staubwolken über allen drei Lastwagen. Hinter einem Gebiet voller Kakteen und Aloen wand sich die Straße zu den zerfurchten Bergrücken hinauf, die den Feind so gut verborgen hatten. Durch eine Plantage kamen sie in einen dicht bestandenen, aber verkümmerten Wald aus breitblättrigen Bäumen, Zedern und Wacholdersträuchern. Sie überholten einen Berber mit seinen Schafen, und später kam ihnen eine fünfköpfige Familie entgegen, die zu Fuß bergab unterwegs war und die Soldaten kaum beachtete. Ansammlungen von terrakottafarbenen oder weiß getünchten Lehmhäusern hockten auf unerwarteten Bergfalten oder an Hängen, die von unten unsichtbar gewesen waren: Es war eine verworrene Landschaft, die jede Menge Möglichkeiten zum Verstecken bot. Lange vor diesem Krieg hatte man beim Bau dieser Siedlungen bereits an Verteidigung gedacht.

Mit brummenden Motoren bogen sie ab auf eine noch schmalere, holprigere Straße. Jetzt sahen sie Krater, Erdrutsche und große Flächen mit zermalmter, entwurzelter oder verbrannter Vegetation. Von einem tags zuvor in Brand gesetzten Brennstofflager stieg Rauch auf. Sie bogen ein weiteres Mal ab, wurden schlingernd langsamer und kamen hinter den anderen Fahrzeugen zum Stehen. Ein ausgebrannter Lastwagen blockierte die Straße; dahinter ein Bergrücken. Hinab in Richtung Enfidaville und über die Felder und Wälder in der Ebene hatte man einen weiten, freien Blick. Die letzte Position des Feindes war leicht nachzuvollziehen, eingebuddelt hinter den Felsen und den buschbestandenen Hügeln, die an die Olivenhaine grenzten. Jenseits davon die Salzmarschen, das glitzernde Meer; die Straße nach Tunis war dunkel vor lauter Verkehr, alle fuhren in Richtung Norden.

Der schmale Bergrücken war übersät von Granatsplittern und Geröll, und hinter ihnen, am unteren Ende der Stellung, hatte der Feind einen tiefen L-förmigen Graben ausgehoben. Sie hatten flache Bunker gebaut und ihre Raketenwerfer im Schatten des Bergrückens aufgestellt. Hinten fiel der Untergrund beinahe senkrecht ab.

»Was für ein Glück, dass wir den nicht einnehmen mussten«, sagte Chesterton.

Sie folgten Major Hamilton bis zum Rand des Bergrückens und fanden den Raketenwerfer, mit dem Huggins und Alder getötet worden waren: ein großes trommelartiges Gebilde, dessen sechs Geschützrohre noch immer in ihre Richtung zeigten.

Und zunächst war Harry entsetzt, weil er glaubte, dass ihr Gegenfeuer gestern völlig unnütz gewesen sei, doch als er näherkam, sah er – vielleicht zehn Meter hinter den Geschützen, dort, wo sich die Fernzündanlage befunden haben musste – einen Haufen aus Trümmern und Splittern und die Überreste zweier Männer, über denen Fliegen surrten. Dahinter führten Reifenspuren zur Felskante und verschwanden. Ein weiterer Raketenwerfer, vermuteten sie, den man ans Ende der Stellung gezogen und über die Klippe geschoben hatte, wo die meisten, wenn auch nicht alle ihrer gestern abgefeuerten Granaten eingeschlagen waren.

Sie standen in respektvollem Abstand zu den Leichen, der einen fehlte ein Bein, der anderen Gesicht und Hände. Zwei für zwei. Selbst wenn diese beiden gottverdammten mordenden Dummköpfe es sich selbst zuzuschreiben hatten, dachte Harry, war hier ausgleichendes Pech am Werk: am bitteren Ende unnötigerweise von einer Position aus zu schießen, die die meisten Granaten verfehlt hatten, und es trotzdem zu schaffen, sich in Stücke pusten zu lassen.

Warum hatten die beiden ihr Geschütz bewegt, nachdem sie die 230. Batterie getroffen hatten? Waren sie womöglich nur dabei gewesen, ihre Geschosse zu entladen, und wollten gar nicht mehr zielen und feuern? Wussten sie überhaupt, was sie getan hatten? Konnte niemand mehr sagen.

»Gute Arbeit«, sagte Hamilton.

Ja und nein, dachte Harry.

Marsh nahm eine Gruppe Männer mit, um nach Vorräten zu suchen. Harry entschied sich für den Graben und die Bunker. Funkgeräte und Teleskope waren zerstört, doch überall lagen Kleidungsstücke und Kochgeschirr, Landkarten, Bücher, Zigaretten, volle und leere Konservendosen, Stahlhelme, Fotografien und Briefe herum. Einer der Bunker war getroffen worden, die anderen drei waren unversehrt. Die Männer stöberten nach Messern, Kameras, Armbanduhren und Ferngläsern: die besten Funde, die sie einstecken durften, bevor nachgeordnete Ränge sich hier auf die Suche machten.

Schon bald entdeckte einer etwas Schnaps.

Es war kurz nach neun, sehr heiß, und vor ihnen lagen noch mindestens vier solcher Stätten. Schwitzend hockte sich Harry im Schatten des zweiten Bunkers zwischen die zurückgelassenen Habseligkeiten. Eine intakte Brille mit Drahtgestell lag auf dem Boden, er hob sie auf. Und dann, ohne Vorwarnung, standen ihm plötzlich die Tränen in den Augen. Das Gefühl von Verlassenheit, die Trauer darüber, dass niemand zuhause war, gingen ihm trotz aller Fahnentreue ebenso nahe wie die Feindseligkeit der Umgebung: der Beton, der Stein, die trockenen Berge im Hintergrund. Eine fürchterliche Leere herrschte dort, oder in ihm, oder in beidem. Wieder stiegen Eliots Worte in ihm auf:

> Hier ist kein Wasser sondern nur Fels,
> Fels und kein Wasser und die sandige Straße …
> Man kann in den Felsen nicht halten noch denken …

Er dachte daran, wie Whitehorse ihnen in der Schule Auszüge aus *Das öde Land* vorgelesen hatte, in jenem ersten Trimester, als sie »Gedichte der Seele« durchnahmen, wie er es nannte. Anspielungsreich und flüchtig, hatte er es ziemlich abschätzig beurteilt; es hatte nicht in der Anthologie gestanden, und sie mussten es nicht in voller Länge durcharbeiten. Trotzdem war davon ein Gefühl geblieben, und Harry hatte das ganze Gedicht ein paar Jahre später gelesen. Teile davon hatten sich in sein Hirn eingegraben und diesen Moment hier im verlassenen Bunker gewählt, um wiederaufzuleben. Mit geschlossenen Augen lehnte er mit dem Rücken an der Wand, die Beine lagen geöffnet am Boden, die Hände ruhig darauf, und er sprach lautlos die Worte, die als geformter Atem, kaum mehr, seinem Mund entströmten:

> Zog eine Frau an ihren schwarzen Haaren
> Und fiedelte wispernd im lila Licht
> Und Fledermäuse unter Flügelschlagen
> Pfiffen und zeigten ein Säuglingsgesicht
> Und krauchten kopfabwärts an geschwärzter Wand
> Und in der Luft die umgestürzten Türme

Schlugen die Gedächtnisglocke, Schelle, die die Stunden
bannt
Und Stimmen aus leeren Zisternen sangen und versiegter
Quelle.

Er war im Klassenzimmer im zweiten Stock. Er war in einer
Kathedrale, und in den Bänken saßen all die Dichter aus *Whytes Poesieschatz in englischer Sprache*: Shakespeare, Shelley, Blake, Hopkins, Thomas, Rossetti, Dickinson, Barrett Browning,
selbst Neulinge wie Owen und Thomas. Alle hörten zu, und er
saß da, lehnte an der Wand und flüsterte sie immer und immer
wieder. Er achtete nicht auf den Inhalt, sondern gab sich dem
Rhythmus und den Bildern hin. Es war eine sonderbare Medizin, auf eine Art sogar ein Gottesdienst, doch langsam ging es
ihm besser: Er war leer, aber nicht mehr trostlos.

Er schlug die Augen auf. Ein warmer Luftzug ging durch den
Bunker, wirbelte auf der rückwärtigen Bank durcheinanderlie-
gende Dokumente auf und lenkte seine Aufmerksamkeit auf
eine geöffnete Schachtel mit Schreibpapier. Er wischte sich die
Hände an seinem verdreckten Hemd ab, nahm ein Blatt und
hielt es gegen das Licht: Es war cremefarben mit Büttenrand,
beinahe weich, und hatte eine kleine Krone als Wasserzeichen.
Das gleiche Symbol und der Schriftzug *Papeterie Saillat* standen auf dem Deckel der Schachtel. Wunderschön – fraglos aus
Vorkriegszeiten. Würde es so etwas danach je wieder geben? Er
suchte im Schutt, fand aber nur zwei Umschläge.

Er klemmte sich die Schachtel unter den Arm und kletterte
ungelenk aus dem Bunker. Vom Licht geblendet, kam er ins
Stolpern, fing sich wieder und ging, ohne sich noch einmal zu
den toten Soldaten neben dem Raketenwerfer umzublicken, in
Richtung der anderen Stimmen.

Fast wie Musik

Lily hatte an diesem Tag schulfrei, und sie und ihre Mutter
trugen ihre besten Kleider, die beide aus demselben dünnen
Stoff geschneidert waren – dunkelblau mit weißen Tupfen.
Ihre Brille war in der Handtasche ihrer Mutter, weil sie sie
außerhalb der Schule nicht unbedingt brauchte und sie heute besonders schön sein wollte. Sie standen an Gleis vier am
Bahnhof Clapham Junction, gleich bei den Treppen, unter
dem Schild »Ausgang«. Hier würde er vorbeikommen müssen.
Sie hatten den Bahnsteigwärter gefragt, und er hatte ihnen gesagt, es sei unmöglich, ihn zu verpassen, wenn sie genau dort
stehenblieben.

Vorsichtshalber waren sie sehr früh gekommen.

Der Bahnsteigwärter ging erneut vorbei.

»Verzeihen Sie – sind Sie sicher«, rief ihre Mutter ihm zu,
»sind Sie ganz sicher, dass der Zug um 10.30 Uhr aus Woking
hier hält?«

»Ja, Madam. Zwanzig Minuten noch, bis er kommt.«

»Vielen Dank.« Lilys Mutter nahm wieder ihre Hand und
drückte sie.

»Ich habe Hunger«, sagte Lily.

»Du hättest dein Frühstück essen sollen.«

»Ich konnte nicht!« Sie hatte sich noch nicht einmal hinset-
zen können. Und jetzt machten die Gleise diese merkwürdigen,
hohen, singenden Geräusche, die immer kurz vor dem Geklop-
fe und Geratter des Zugs zu hören waren, der erst lauter wurde, dann langsamer und dann fauchend stehenblieb, die Lok
von ihnen aus gesehen nur ein Stückchen weiter vorn – doch

wieder, zum dritten Mal schon, war es der falsche Zug, und nur eine Handvoll Leute stieg aus.

Ein Mann mit einer Aktentasche blieb am Absatz der Treppe stehen und sagte: »Sie warten bestimmt auf jemand Wichtiges.« Er hatte es zu Lily gesagt, das wusste sie genau, und ganz schnell, nur für den Fall, dass ihre Mutter an ihrer Stelle antworten würde, sah sie ihm in die Augen und sagte: *Ja*.

Dabei fühlte sich Harry, während sein Zug durch ineinander verschwimmende Vororte, Wälder und über verschlungene, mit Brombeerbüschen überwachsene Nebengleise rasselte, überhaupt nicht wichtig, nur frei: ein aus dem Kriegsdienst entlassener Mann, bedankt, verabschiedet und jetzt, an einem sonnigen Dienstag im Juni, unterwegs von einer Sache zur nächsten. Hätte man ihn gefragt, er hätte geantwortet, dass es niemandem zustehe, sich selbst wichtig zu nehmen; dass gewaltige Mächte sie alle vor sich herschoben und sie kaum etwas dagegen ausrichten und höchstens entscheiden konnten, in welche Richtung es ging. Auf eine Art hatte er sich als etwas Besonderes gefühlt, hier und da war sogar Stolz in ihm aufgewallt, als die 84. in Nordfrankreich und Belgien nach der Landung im Schritttempo die mit jubelnden Menschenmengen gesäumten Straßen entlangfuhr. Die Leute hatten ihnen zugewunken und gelacht und geweint; sie warfen Blumen, boten Bier und warmes Brot an, ganze Schalen voller Obst. Frauen umarmten und küssten sie, und angesichts einer solchen Freude schien ihm der Weg voller Elend und Verlust und Vernichtung, der zu diesem Moment geführt hatte, plötzlich aller Mühen wert.

Das war jetzt zwei Jahre her, und später mussten sie die neue 5,5-er durch die Gegend ziehen und sie ihre scheußliche Arbeit machen lassen. Es stand ihnen noch viel Ärger bevor und ein weiteres Dienstjahr, bevor der Krieg zu Ende war. Ja: Die

Armee hatte ihn, so lange sie konnte, an die Leine gelegt. Aber er hatte Glück gehabt. Im Gegensatz zu Anderson, Alder und Huggins und weiteren, die er gekannt hatte, im Gegensatz zu der armen Cicely Osborne, im Gegensatz zu Millionen anderen, die er nicht gekannt hatte, und im Gegensatz zu Edward Thomas, dem Dichter, den er irgendwie zu kennen meinte, hatte er seinen Krieg überlebt und saß jetzt in einem halbleeren Zug, der ihn zu seiner Frau brachte, mit der er bisher nur hier und da ein paar Wochen zusammengelebt hatte, und zu einer ziemlich ernsten Tochter, die ihn kaum kannte. Jetzt sollte für sie die »tödliche Routine« beginnen, über die er sich lustig gemacht und nach der er sich zugleich gesehnt hatte: eine endlose Abfolge von Küssen und Essen und Spaziergängen, ein Muster aus Gesprächen, Zuwendung und Auseinandersetzungen. Und Arbeit natürlich, auch wenn er ungern darüber nachdachte, wo er wohl landen mochte.

Lieber stellte er sich vor, wie es mit ihnen beiden werden würde, jetzt, wo sie im Grunde am Anfang einer neuen Ehe standen: einer echten dieses Mal, alltäglich und wirklich anstelle einer hektischen Woche, in der sie versuchten, die verlorene Zeit wiedergutzumachen, gefolgt von einem Schwung Briefe – er wäre froh, nie wieder einen schreiben zu müssen. Tag für Tag würde er aufwachen und Evelyn berühren; seine Worte würden sich an eine atmende Frau richten, die sie hier und jetzt hören konnte, die ihm Antwort gab …

Plötzlich fiel ihm dieser arme Junge ein – er war wohl um die vierzehn gewesen –, dessen Hochzeit er in Tunesien mitbekommen hatte: wie sie ihn in das Zelt geschoben hatten, während seine Verwandten draußen sangen – und wie er nach einer halben Stunde wieder herauskam und von Männern umringt wurde, die ihn zurück ins Zelt stießen. Schließlich kam er wieder zum Vorschein, dieses Mal mit einem blutigen Tuch, was alle ganz wild machte.

Warum dachte er daran? Ein Jammer, von Reinheit derart besessen zu sein, einer am Ende doch wenig interessanten Eigenschaft. Er war sich ziemlich sicher, dass Evelyn nicht von irgendeinem Amerikaner oder Kanadier verführt worden war. Er merkte, er war aufgeschlossen, seine Einstellung recht modern, dabei war er Evelyn treu geblieben, mal abgesehen von den dankbaren Küssen der Befreiten, seinen Gedanken an Cicely und dieser armen Belgierin, bei der sie einquartiert worden waren und die eines Morgens verhaftet und von ihren Kindern getrennt wurde – ob sie nun eine Kollaborateurin war oder nicht, er hatte großes Mitleid mit ihr –, und dann waren da natürlich die Partys mit den Krankenschwestern gewesen, unendlich langweilig, aber verpassen konnte man sie auch nicht, unmöglich. Er war sexuell ausgehungert gewesen, alles Mögliche war ihm durch den Kopf gegangen. Der Anblick eines Beines machte ihn rasend, und doch, um wessen Bein handelte es sich?

Und nun ratterte der Zug durch Surbiton, vorbei an den Rückseiten gepflegter Häuser und Geschäfte, dann vorbei an kleineren Häusern und zerfallenen Gebäuden, in denen Trümmerblumen und Sommerflieder wuchsen, und er war nur noch zwanzig Minuten von Evelyn und Lillian entfernt. Er würde erfahren, was sie im Schlaf murmelten, den Geruch ihrer Haare kennenlernen. Ihr Lachen und ihre Tränen: eine völlig andere Art von Abenteuer.

Der Anzug, den er bei seiner Entlassung erhalten hatte, lag gefaltet im Koffer auf der gegenüberliegenden Gepäckablage. Anständiges Material. Er würde ihm zweifellos noch gute Dienste erweisen, doch da Ärmel und Hosenbeine gekürzt werden mussten, hatte er für die Heimreise seine Uniform gewählt. Er stellte sich vor, wie Evelyn sie aufknöpfen und ihn herausschälen würde. Es erschien ihm logisch, dass sie es war, die ihn für immer davon befreien würde.

Er lehnte den Kopf gegen die gepolsterte Lehne, ließ die Hände locker auf die Oberschenkel sinken und dachte an ihre Finger, wie sie sich an ihm zu schaffen machen würden, zuerst am Krawattenknoten, dann an den vergoldeten Jackenknöpfen, den Hornknöpfen seines Hemdes und schließlich an der Gürtelschnalle. Das Grün der Büsche und Bäume, der strahlend tiefblaue Himmel voller Wattewolken sausten vorüber, und ihm blieb nichts mehr zu tun, als zu lächeln, während Kilometer und Minuten dahinflogen und die Entfernung zwischen ihm und Evelyns echten Fingern und der ganzen übrigen Evelyn mit jeder Sekunde kleiner wurde. Sie würden spät ins Bett gehen und am Morgen lange liegen bleiben; er war ein außerordentlich glücklicher Mann.

Evelyn hielt Lillian an der einen Hand, die andere schob sie in die Tasche. Sie musste an sich halten, um nicht an den Nägeln zu kauen – eine ihrer Schwächen. Sie hasste sich dafür, besonders an einem solchen Tag, doch sie konnte nicht damit aufhören. All ihre Sorgen verdichteten sich zu der Frage, ob sie auf dem richtigen Bahnsteig standen, ob der Zug pünktlich sein würde und ob sie nicht doch besser zuhause auf ihn, auf sein Klopfen an der Tür, gewartet hätten oder ganz einfach an der Straßenecke … Und dann das Mittagessen: ihre selbstgemachten Fischfrikadellen, die im Kühlschrank warteten. Ein neues Rezept aus der Zeitung, mit echtem Kabeljau. Petersilie, Kartoffeln, Brotkrumen, mit Salat aus dem Kleingarten seiner Eltern als Beilage. Es müsste alles in Ordnung sein, solange der Fisch wie versprochen tatsächlich frisch war, und sie würde Mr Jeffries ermorden, wenn nicht. Abends würden sie alle bei seiner Mutter sein; dort musste sie nicht kochen, nur mithelfen. Die Kleider jedenfalls waren schön geworden, nur Lillians Haar löste sich schon aus dem geflochtenen Zopf. Sie feuchtete einen Finger an und versuchte, es zu ordnen, spürte, wie ihre Tochter ganz steif wurde.

Entspann dich, ermahnte sie sich selbst, als sie Lillians Hand wieder ergriff. Entspann dich … jedoch, jedoch: Neben Rezepten und aufmunternden Nachrichten lauerten in den Zeitungen Geschichten über heimkehrende Soldaten, auf den ersten Blick wohlbehalten, die dann aber doch ganz fremd wirkten. Manche vermissten die Aufregungen des Krieges und fanden nicht mehr in den Alltag hinein, andere hatten Albträume und brauchten ständig Trost und Verständnis, fingen an zu trinken oder wurden misstrauisch und herrisch. Nichts davon würde sie aushalten. Dann war da noch die Anpassung an eine neue, geregelte Arbeit, oft genug verbunden mit schlechterer Bezahlung … All diese Sachen, und dann überlegte sie: Weil sie so daran gewöhnt war, Harry zu vermissen und sämtliche Entscheidungen ganz allein zu treffen, was in mancher Hinsicht ein Verlust war, in anderer nicht – jetzt, wo er endgültig nach Hause kam, wie würde es sein, mit ihm zusammenzuleben, tagein, tagaus? Eine Ehe zu haben, die man innerlich lebte, anstelle von etwas, das man eines fernen Tages wiederaufnähme? Die echt sein würde und *für immer*? Und aus welchem Grund fragte sie sich ausgerechnet jetzt, ob sie ihm von dem polnischen Piloten in Torquay hätte erzählen sollen? Das war drei Jahre her, und so oder so war nichts passiert. Ein einziger Kuss. Es war ganz einfach ein Fehler gewesen.

»Mummy«, flehte Lily, »drück nicht so fest!«

»Mach ich gar nicht.«

In Wimbledon wurden ein paar Türen geöffnet und zugeschlagen, und ein Mann, der aussah wie ein Beamter, kletterte in den Waggon, murmelte guten Morgen, setzte sich Harry gegenüber und faltete seine Zeitung auf Lesegröße zurecht. Außerdem habe ich Glück, dachte Harry, dass ich nicht so eine Nacktschnecke von Mann bin, blass und ahnungslos, gelangweilt, auf der Welt, ja, aber kaum mehr als das. Oder ich habe

Glück, *noch nicht* er zu sein … Jetzt, wo ich den Krieg überlebt habe, lasse ich mich hoffentlich nicht vom Frieden zermalmen. Ich will wach und munter bleiben. Leidenschaftlich lieben. Über mich hinauswachsen. Sogar schreiben, immer noch.

Solche Dinge konnte man denken, aber es war schwer, sie auszusprechen.

Die Männer saßen schweigend beieinander, wieder gepflegte Häuser und Geschäfte, dann die Trümmergrundstücke, zerfallene Gebäude, halbe Häuser, aus denen halbe Schornsteine wie ins Nichts laufende Leitern aufragten, verblichene Tapetenkarrees an den Wänden früherer Schlafzimmer, Brachflächen, auf denen Unkraut zwischen dem Schutt wuchs – bald würde sich all das in Baustellen verwandeln und dann in neue Häuser, Schulen und Läden. Die aneinandergeschmiegten Häuser und die engen Straßen der Stadt lagen vor und hinter ihnen, rechts und links, belebt, verschachtelt, vertraut. Sie passierten Signalanlagen, Züge kamen ihnen entgegen. Zahllose Gleise liefen zusammen, gingen ineinander über und trugen sie in Richtung Clapham Junction. Begleitet von einem ächzenden, quietschenden Chor, wurde der Zug langsamer.

Lily befreite ihre Hand aus dem Griff ihrer Mutter und rannte, Evelyns Rufe ignorierend, ihrem Vater entgegen. Sie sah, dass er sie sah und seinen Koffer abstellte, rannte weiter, sprang. Er fing sie auf, und sie bekam den ersten Kuss, dann standen sie alle zusammen auf dem Bahnsteig, selbst dann noch, als die anderen Passagiere längst weg waren, sie umarmte beide, während sie sich küssten. Es sah mehr nach essen aus, daher schloss sie die Augen.

»Ich hatte mich schon auf den Spaziergang gefreut, aber so ist es noch besser«, sagte er, als sie aus dem Bahnhofstunnel hinaus in das Licht und den Lärm der Straße traten. »Was für eine schöne Überraschung! Wenn ich doch nur den Koffer auf dem Kopf balancieren könnte, dann hätte ich für euch beide eine Hand frei!« So aber ging er Arm in Arm mit Evelyn, Lily auf der anderen Seite ihrer Mutter.

»Mummy kann ihn doch tragen«, sagte Lily. »Oder ich.«

»Das ist eine sehr nette Idee, aber ich kann Frauen ja nicht meine Sachen tragen lassen.«

»Ist er schwer?«, fragte Lily.

»Nicht sehr. Aber trotzdem, für dich ist er einfach zu groß.«

Weil sie die Straße überqueren mussten, und wegen der vielen Menschen, Busse und Autos, bemerkten sie erst beim Einbiegen in die Strathblaine Road, dass sie weinte.

»Was ist denn, um Himmels willen?«, fragte ihre Mutter, doch Lily konnte es nicht laut aussprechen. Nur flüstern.

»Wie bitte?«, fragte ihre Mutter und beugte sich zu ihr hinunter.

»*Ich will seine Hand halten!*«, wiederholte sie.

»Denk daran, dass du heute schon nicht zur Schule musstest! Also jetzt keine Tränen mehr«, sagte ihre Mutter, »ich trage den Koffer ein Stück.« An keinem anderen Tag wäre so etwas passiert. Seine Hand lag heiß und groß um ihre. Bald lagen zur Linken keine Häuser mehr, und sie kamen an die Bahngleise.

»Sieh mal, da unten, da bin ich zur Schule gegangen«, sagte er. »Hinter den Bäumen, auf der anderen Seite der Gleise. Man kann gerade so die Farbe der Ziegel sehen.«

»Werde ich da auch mal hingehen?«

»Nein, das war eine Jungenschule. Ich muss schon sagen, es kommt mir vor wie eine andere Welt«, sagte er, und dann waren sie im Park, wo das Sonnenlicht durch die Bäume Tupfen warf, fast zuhause.

»Es sieht anders aus«, sagte er. Zuletzt war er im November in der Wohnung gewesen, zum Teil war es wohl also die andere

Jahreszeit, die alles heller wirken ließ und die Räume ziemlich aufheizte, aber da war doch, dachte er, als er im Flur stand, von dem aus er die Küche und das L-förmige Wohnzimmer einsehen konnte, aber da war doch noch etwas anderes, oder? Evelyn, die schon in der Küche war, sagte nichts und signalisierte auch Lily still zu sein, was ihr nicht recht gelang:

»Es fängt mit V an«, sagte sie. Er sah zum Fenster und begriff sofort, was gemeint war, tat aber so, als verstünde er nicht.

»Die Vitrine? Die Vasen? Aber die sehen aus wie immer …«

»Daddy«, rief sie, »die V-V-Vorhänge!«

»Mrs Dickinson hat gesagt, dass ich die hässlichen braunen Dinger ruhig abnehmen kann, solange ich sie ersetze. Aber gute Stoffe sind immer noch schwer zu bekommen, ich musste ziemlich lange suchen … Es ist kein besonders schönes Muster, aber viel heller … Natürlich ungefüttert. Ich hoffe, du magst diese Fischfrikadellen.«

»Ich mag alles«, sagte er und ging hinaus, um sich die Hände zu waschen und auszupacken. Die Flasche 4711 legte er auf Evelyns Seite des Betts, und weil der Teddybär nicht eingepackt war, setzte er ihn auf den Esstisch neben einen der Teller. Lily beäugte ihn misstrauisch.

»Aber ist das ein *deutscher* Bär?«, fragte sie und schielte auf das Schild, das ihm um den Hals hing und auf dem auf Deutsch *Mein Name ist Hans* stand. Vielleicht hätte er das abmachen sollen.

»Wie wär's mit Dankeschön?«, sagte Evelyn.

Sie war ganz schön streng, dachte er, wobei das vielleicht das Beste war.

»Da wurde er hergestellt«, erklärte er, »vermutlich vor dem Krieg. Danach waren sie zu beschäftigt, um sich um ihre Bären zu kümmern, erst mit Kämpfen, dann mit Wiederaufbauen. Und überhaupt, Tiere haben eigentlich gar keine Länder.«

Sie zögerte immer noch.

»Wenn du ihn nicht magst, jemand anderes würde sich …«, hob Evelyn an.

»Der Krieg ist jetzt vorbei«, fuhr er fort. »Wir können alle wieder Freunde sein. Er ist ein sehr anhänglicher Bär, und du könntest ihm jederzeit einen anderen Namen geben … Sind die Frikadellen nicht köstlich? Ich nehme deine, wenn du sie nicht willst.«

»Zeig doch Hans mal dein Zimmer«, schlug er nach dem Essen vor.

Er folgte Evelyn in die Küche und bot ihr seine Hilfe an.

»Nein, danke«, sagte sie, wie immer, weil es einfacher war, etwas nach den eigenen Vorstellungen selbst zu erledigen, als es jemandem zu erklären oder freundlich zu sein, wenn es falsch gemacht wurde.

»Dann lenke ich dich ein bisschen ab«, sagte er, als sie an der Spüle stand, und stellte sich dicht hinter sie. Er legte den Arm um ihre Taille und zog sie zu sich heran. Sie spürte, wie er hart wurde, sich an ihren Hintern drückte. Er küsste ihren Nacken, legte eine Hand auf ihre Brust, während die andere das V am oberen Ende ihrer Beine fand und es durch den dünnen Stoff ihres Kleides hindurch streichelte. Es war albern, aber um ehrlich zu sein auch ziemlich schön.

»Ich muss abspülen. Und Lillian wird gleich wieder hier sein.«

»Aber ich bin verzweifelt! Du sollst mir diese schreckliche Uniform ausziehen. Ich will, dass du es machst.« Sie schob ihn zurück und drehte sich um. Er griff nach ihren Pobacken und zog sie wieder zu sich heran, stieß nun gegen die Stelle, die er eben gestreichelt hatte. Sie lehnte sich zurück und ließ ihre Hände die Knopfreihe hinuntergleiten; sie konnte verstehen, dass er die Uniform leid war, obgleich sie ihn darin mochte. Die Korrektheit dieser Kleidungsstücke – ihre Passform, die ordentlichen Knopfreihen und der Gürtel – glich eine gewisse

Ungleichmäßigkeit in seinem Gesicht aus, das Strahlen in seinen Augen, die Art, wie er sein Haar immer etwas länger trug als die anderen.

»Wir müssen warten, bis sie schläft«, sagte sie.

»Und wann ist das?«

»Um sieben. Heute etwas später, weil wir ausgehen. Wir gehen gegen vier Uhr rüber. Jetzt lass …« Er würde aufhören, das wusste sie, und sie war dankbar dafür – auch wenn irgendetwas in ihr, dachte sie manchmal, es durchaus mögen würde, überwältigt zu werden.

»Mum?« Lily stand im Türrahmen und betrachtete sie. »Dürfen Daddy und ich in den Park gehen?«

Später sangen sie *For He's a Jolly Good Fellow*, und seine Mutter Adeline nahm ihn in die Arme und weinte: Er konnte sich nicht daran erinnern, das jemals bei ihr erlebt zu haben. Sie hielt ihn fest und sah zu ihm auf, mit glänzendem Gesicht. Er spürte, dass auch ihm Tränen in die Augen stiegen.

»Jeden Tag habe ich mir gesagt, dass du zurückkommst, jeden einzelnen Tag. Und jetzt bist du da. Ich hätte es nicht ertragen, dich zu verlieren«, sagte sie. »Ich wäre verrückt geworden, wie die arme Tante Em. Aber nun ist ja alles gut.« Sie sah zu Evelyn hinüber und lächelte sie an, bevor sie ihn losließ. »Jetzt könnt ihr zwei euch niederlassen«, sagte sie. Sein Vater, der gerade von der Arbeit gekommen war, schlug ihm auf den Rücken und setzte sich auf seinen Stuhl, um zuzusehen, wie sich die Feierlichkeiten entwickelten. Er hatte seine Eltern erst vor sechs Monaten das letzte Mal gesehen, doch sowohl sie als auch Evelyns Eltern schienen gealtert. Irgendwie waren sie weniger definiert als früher, wie alte Fotografien ihrer selbst. Mit seinem früheren Zuhause war es das Gleiche. Das Wohnzimmer, dreieinhalb mal vier Meter, mit derselben, aber irgendwie verblassten Tapete und Farbe, hatte Mühe, selbst eine kleinere Gesellschaft unterzubringen: ihn, Evelyn, Lily, seine Eltern, seinen Bruder George, der das Land während des Krieges nicht verlassen hatte, sondern in die Midlands gezogen war und den Anschein erweckte, in irgendwelche geheimen Kriegstätigkeiten involviert zu sein. Beziehungsweise hatte es Hinweise darauf gegeben, dass es bei diesen Heimlichkeiten vielmehr um Schwarzhandel ging … Georges Frau Alexandra war da, Evelyns Mutter May und ihr Vater Edward – der sich momentan gerade so auf den Beinen halten konnte –, Josephine und Will und die anderen Mieter von oben, Fred und Lottie, sowie die Nachbarn von links, Ernest und Margaret. Die Nachbarn rechts waren neu und unbeliebt. Nicht für alle gab es Stühle. Immer wenn Männer aufstanden, um die Örtlichkeiten aufzusuchen, oder Frauen, um in der Küche mit dem Essen zu helfen, setzten andere sich auf deren Plätze. In der Küche gab es Eis und Bier und Limonade und, wie seine Mutter sich ausdrückte, »einen kleinen Happen Schinken«, sehr dünn geschnitten, neue Kartoffeln aus dem Kleingarten, ein paar Tomaten, Rote Bete, Salat, Brot und Margarine und einen mit aufgesparten Rationen gebackenen Kuchen. Lebensmittel waren immer noch sehr knapp. Evelyn und Lily befüllten Teller und reichten das Essen herum.

»Und was kommt jetzt, Harry? Was ist der Plan?« George hatte die Frage gestellt, aber das war es, was alle, besonders Evelyns Mutter, wissen wollten. Er war versucht zu sagen, dass er vorhatte, zum Theater zu gehen, ein Bordell aufzumachen, Gedichte zu schreiben oder einfach der faulste, fetteste rothaarige Kater auf Erden zu werden, zum Beispiel, oder ein Frosch, ein Hase oder ein Schmetterling, aber er hielt sich zurück.

»Keine Ahnung«, sagte er und nahm sich ein halbes Stück Kuchen von der angeschlagenen Platte mit dem Weidenmuster, die Lily ihm hinhielt, »aber irgendwas wird sich schon ergeben. Denkt nur mal an die vielen Sozialwohnungen und

Krankenhäuser, die sie schaffen wollen, die vielen anstehenden Wiederaufbauten. Es wäre schön, zur Abwechslung mal etwas aufzubauen, anstatt es zu zerstören. Von Schutt, Sand und Staub habe ich allerdings genug, ich hoffe, ich werde nicht zur Kelle greifen und selbst mauern müssen.«

»Ich bin sicher, dass jetzt viele eine Arbeit suchen«, sagte May.

Ach, hol dich der Kuckuck, dachte er. Schau dir doch mal an, wen du geheiratet hast! Aber ganz egal, was ich mache, du wirst deine Meinung über mich nicht mehr ändern.

»Und ich bin sicher, dass du recht hast«, sagte er mit einem Lächeln.

»Auf die Zukunft!«, schaltete George sich ein und hob sein Glas. Er lallte hörbar. »Was auch immer sie bringt!« Niemand wagte, *ihn* zu fragen, was er eigentlich mache, fiel Harry auf.

Es dauerte eine Weile, bis die Dankesworte, Verabschiedungen und Versprechen, einander bald zu besuchen, ausgetauscht waren. Alle quetschten sich für einen letzten Toast in den schmalen Flur, und seine Mutter begleitete sie hinaus, um ihnen auf der Straße nachzuwinken.

»Vergiss nicht, egal, was die alle sagen, es heißt *Guten Tag*, nicht *Tach*, *sag mal*, nicht *sach ma'* und *habe*, nicht *hab'*«, ermahnte Evelyn Lily, als sie um die Ecke bogen. »Manchmal glaube ich, Mum macht es absichtlich, um mich zu ärgern ...«

»Das geringste ihrer Verbrechen«, sagte Harry.

»Und dein Bruder war schrecklich. Wir müssen hier weg«, sagte sie. »Ich halte das nicht aus.«

Er liebte die Klarheit ihrer Begehren. Natürlich hatte sie recht, und das sagte er ihr auch.

Zuhause setzte er sich auf den Stuhl neben Lilys Bett und bot ihr an, eine Geschichte vorzulesen. Sie suchte sich *Peter Hase* aus, auch wenn sie eigentlich zu alt dafür war; um es spannender zu machen, machte er die Geschichte von Peter Bär daraus, der Äpfel von Mr McGregors Apfelbaum stiehlt und beinahe erschossen wird. Sie erinnerte ihn daran, dass sie noch immer den Samthasen hatte, den er ihr aus dem Krieg geschickt hatte.

»Auf dem Schild steht ›Hergestellt in Manchester‹, aber gekauft habe ich ihn in Kairo, und es fühlt sich an, als wäre das vor sehr langer Zeit gewesen«, sagte er. »Wer von den beiden soll denn in deinem Bett schlafen?« Beide, erklärte sie, machte sich aber Sorgen, weil Bären und Hasen sich nicht vertrugen. Draußen in der Wildnis mochte das stimmen, sagte er, aber bei Kuscheltieren sehe die Sache anders aus.

Evelyn, im Morgenmantel, steckte den Kopf zur Tür herein. Es sei sehr spät, sagte sie, sie müssten das Licht ausmachen. Im Halbdunkel, die Gesichter nur erhellt vom Lichtschein aus dem Flur, nahm Lily seine Hand. In ihren Augen glänzten Tränen.

»Daddy«, fragte sie, »jetzt bist du wirklich wieder da, oder? Du gehst nie wieder fort? Versprich es mir.«

»Das verspreche ich«, sagte er und lehnte sich ihr entgegen. »Und jetzt musst du mir versprechen zu schlafen. Nicht mehr aufstehen.«

»Morgen früh bist du auch da?«

»Natürlich.«

»Ja«, sagte sie, »das verspreche ich«, und schloss die Augen. Er küsste sie auf die Wange und wartete einen Moment, stellte sich vor, wie Evelyn sich am Frisiertisch das Haar kämmte, aufstehen und sich umdrehen würde, sobald sie ihn hereinkommen hörte. Er hoffte, dass sie nicht müde war oder dass, falls doch, er sie wieder munter machen konnte. So leise wie möglich stand er auf und schlich davon, zog die Tür vorsichtig hinter sich zu.

Doch Lily war viel zu glücklich, um schlafen zu können. Sie hörte, wie ihr Vater in das Schlafzimmer ihrer Mutter ging, hörte sie lachen. Ein paar lange Minuten waren sie ganz still, und es war nur das Flattern der Vorhänge zu hören, eine Tür, die unten bei ihrer Vermieterin geschlossen wurde, und entfernte Stimmen irgendwo draußen. Dann öffnete sich die Schlafzimmertür mit einem Quietschen, und ihr Vater ging in das schmale Bad zwischen den Schlafzimmern. Sie hörte ihn pinkeln und abziehen. Er platschte längere Zeit im Waschbecken, ließ mehrfach frisches Wasser ein, bevor er sich schließlich die Zähne putzte. Die Schlafzimmertür schloss sich wieder, und danach war nur noch ein gedämpftes Murmeln zu hören. Ihre Worte waren nicht zu verstehen, aber schon bald waren es auch gar keine Worte mehr, sondern nur noch halb vertraute, halb fremdartige Geräusche. Lily setzte sich im Bett auf und spitzte die Ohren. Es klang wie Geräusche von Tieren oder Vögeln, und gleichzeitig war es fast wie Musik. Sie hatte nur ein ganz kleines bisschen Angst.

BLAU

Bestes Mädchen

»Hoffentlich kommen wir noch rechtzeitig«, sagte Evelyns Mutter, als sie über die Westover Road eilten. Der Regen hatte nachgelassen, aber der Wind blies heftig und zerrte an ihren Halstüchern und Haaren. Zum Glück war Samstag, dachte Evelyn; Harry würde es eine Weile lang hinbekommen, und später konnte er Lily und Val zu Irene und Bob bringen ... Ihre Mutter fasste ihren Arm.

»Ich hoffe, er erkennt dich«, sagte sie. »Und ich hoffe, du kannst ihm vergeben und dich im Guten von ihm verabschieden. Aber ich muss dich warnen, Evelyn, es ist schwer auszuhalten, wie es inzwischen um deinen Vater steht.«

Wenige Minuten später schoben sie sich durch das Tor und hinein in das Halbdunkel des Hauses, hängten ihre Mäntel an die Haken neben der Tür und gingen gleich die vertraute schmale Treppe hinauf. Die Gemeindeschwester war weg, und Fran von nebenan brach ebenfalls auf, sobald sie ankamen.

»Teddy, Liebling, Evelyn ist hier«, sagte ihre Mutter und winkte sie ans Bett heran.

Er war gelb. Riesige, eingefallene Augen. Schlaffe Haut. Gelb. Hohle Wangen, sehniger Hals. Gelb. Seine Atemzüge klangen flach, verzweifelt. Der ganze Körper, der sich unter der Decke abzeichnete, sah falsch aus. Ein Schlauch voll dunkler Flüssigkeit schlängelte sich aus dem Bett hervor und verschwand darunter: vermutlich die Quelle für den Gestank im Zimmer. Bald würde sie ihn nicht mehr wahrnehmen, sagte sich Evelyn und schluckte.

»Teddy, Liebling, Evelyn ist gekommen, um dich zu besuchen … Evie ist da, Evie«, wiederholte ihre Mutter etwas lauter, und die berühmten Augen ihres Vaters – das Weiß hatte jetzt diese fürchterliche Farbe – wandten sich ihr so langsam zu, als müsste er gegen eine Kraft anschieben, und ruhten dann auf ihrem Gesicht. Sah er sie? Oder wenigstens irgendetwas? Sein Gesicht war matt.

»Sag deinem Vater hallo, Evelyn.«

Hallo? Das schien kaum die richtige Begrüßung. Aber gab es überhaupt eine?

Was hätte ich gern gesagt?, grübelte Evelyn später. *Warum, zum Teufel? Was willst du mir sagen? Wie kannst du es wagen, meiner Mutter das anzutun? Ich bin froh, dass es fast vorbei ist. Du nicht?*

Weil es eine sehr lange Geschichte war. Weil sie ihn manchmal tagelang nicht zu Gesicht bekamen. Weil Evelyn ihn manchmal, auf dem Heimweg von der Schule oder wenn sie eine Besorgung machte, in der Menge draußen vor dem Halfway House oder vor dem Leather Bottle entdeckte und eine andere Richtung einschlug, damit er nicht nach ihr rufen würde, und oft genug musste ihre Mutter los, um ihn zu suchen oder einzusammeln.

War er zuhause und wach, saß er im Kaminsessel im Zimmer neben der Küche.

»Komm her zu mir«, sagte er dann, und sie musste sich so nah neben ihn stellen, dass er ihr zitternd das Haar aus dem Gesicht streichen oder sie feucht auf die Wange küssen oder ihr die Hand auf die Schulter legen konnte, um in feierlichem Ton, mit langsamen, bedachten Worten zu sagen, dass sie sein *bestes Mädchen* sei und er glaube, sie habe seine Augen, was stimmte. Große, flüssig wirkende Augen, die Iris von dunkler Farbe, aber irgendwie unbeständig … Ein schöner Mann, sagten alle. Deswegen hatte sich ihre Mutter auch in ihn verliebt.

Beziehungsweise war ihm verfallen, das träfe es besser. War in ein beinahe unendlich tiefes Loch gestürzt.

Ich glaube, ich habe ein Geschenk für dich, sagte er dann, konnte es jedoch nur selten finden. Hatte es irgendwo liegenlassen oder sich draufgesetzt und es kaputt gemacht, und dann lachte er und sagte *macht nichts, nächstes Mal.* Wenn er ihr stattdessen Geld gab, reichte sie es immer gleich an ihre Mutter weiter, die sagte, er könne nichts dafür, und die ihm seine Versprechungen abnahm, weil sie ihn liebte. Ihre Mutter wusch ihn mit einem Waschlappen, wenn er es selbst nicht mehr schaffte, und kniete sich vor ihm auf den Boden, um ihm die Stiefel auszuziehen. *Gib Daddy einen Kuss, damit es ihm schnell wieder besser geht,* sagte sie dann.

Und dann, an einem Samstagmorgen, unten in ebenjenem Haus: Ihre Mutter war bei der Arbeit, und sie, damals vielleicht neun, saß auf der Hintertreppe in der Sonne und aß ein Brot mit Butter und Zucker. »Evie, hilf mir!«, hörte sie, ließ die Brotscheibe auf die Treppe fallen und rannte hinein.

Er hatte sein Jackett über einen Stuhl geworfen und kauerte wie ein Hund auf Händen und Knien. Heftige, bellende Huster, dazwischen ein fürchterliches Röcheln.

»Krieg keine Luft …«

»Was soll ich machen?«, fragte sie und legte ihm die Hand auf den Rücken, der sich erst hob und dann zusammenfiel, als ihm ein Strahl bräunlicher Flüssigkeit aus dem Mund herausschoss. Was war das? Ihre Hand zuckte zurück. Er drehte den Kopf und sah sie keuchend an. Würde er sterben?

»Wie hole ich den Arzt?«, sagte sie.

»Nein!«, sagte er, das Gesicht verschmiert von Schleim und Erbrochenem. »Keine verdammten Ärzte.« Seine Augen waren blutunterlaufen und rotgerändert.

»Nachbarn?«

»Hilf mir, Evie.«

Wie?

Er richtete sich kniend auf, atmete schwer. »Nach draußen«, sagte er. Er stützte sich auf ihre Schultern und stand auf. Machte kleine, unsichere Schritte. Setzte sich dann auf die Treppe, wo sie eben gesessen hatte, mitten auf ihr Brot, mit zitternden Händen und Armen.

Unter der Spüle waren Lappen und eine angeschlagene Emailleschüssel, sie holte etwas Wasser, um ihm, so gut es ging, das Gesicht zu waschen. Doch plötzlich stand er auf, ging die drei Stufen hinunter und über den Gehweg zur Außentoilette. Er schlug die Tür zu, öffnete sie einen Augenblick später wieder und rief nach ihr: Er bekam seine Hose nicht auf. »Schnell!«, sagte er, aber es war zu spät; sein warmer Urin ergoss sich über ihre Hand, und dann musste sie ihm, für den Fall, dass die Nachbarn zu ihnen herübersahen, die nasse Hose wieder hochziehen und zumachen und ihn ins Haus bringen, um sie ihm dort wieder auszuziehen. Sie ließ sie und die grässliche Unterhose im Eimer neben der Tür einweichen, dann warf sie den Wischlappen über den schlimmsten Teil des Erbrochenen und schrubbte anschließend ihre Hände mit der gelben Küchenseife.

Mit nichts als seinem Hemd bekleidet, kroch ihr Vater die Treppe hinauf in das Schlafzimmer mit der verblichenen Veilchentapete, die sich in einer Ecke von der Wand löste.

Daran hatte sich nichts geändert.

»Bronchitis«, hatte ihre Mutter damals gesagt, und »Brustkorbinfektion«, lange bevor sie wussten, dass er Tuberkulose hatte und Alkoholiker war, lange bevor er sich in sein Bett zurückzog und ein lebendiges Skelett wurde, aber weiterhin rauchte und trank, lange bevor er aus dem Sanatorium davonlief, in dem er kostenlos behandelt wurde. Das war über zwanzig Jahre her, aber sie konnte sich noch gut daran erinnern. Ihr Vater war sein Leben lang gestorben.

Den ganzen Sommer über war er besonders apathisch und antriebslos gewesen, hatte kaum mehr das Schlafzimmer verlassen, vom Haus ganz zu schweigen. Häufig, auch am helllichten Tag, war er bei ihren Besuchen oben geblieben, hatte geschlafen oder »sich ausgeruht«, doch sie glaubte, dass er wie üblich ganz einfach zu faul war und es ihrer Mutter überließ, sich um alles zu kümmern.

Und dann war ihre Mutter zu ihr gekommen, klatschnass, als sie gerade in der Küche beim Frühstück waren. Sie wollte den Mantel nicht ausziehen und sich auch nicht setzen, trank nur schnell eine Tasse Tee im Stehen.

»Es steht schlimm um deinen Vater. Der Arzt glaubt nicht, dass er noch lange durchhält.«

»Aber ich dachte, die letzte Behandlung hätte angeschlagen. Es hieß, seine Lungen seien stabil!«

»Ja, Liebes ... Aber es ist seine *Leber*.«

»Vom Trinken?«

»Was spielt das für eine Rolle, wo es herkommt?« Ihre Mutter ging auf sie zu, und Evelyn nahm sie in den Arm und streichelte ihr den Rücken, während sie sich durch den Rest der Geschichte schluchzte: Dass er in der Woche zuvor endlich einverstanden gewesen war, den Arzt kommen zu lassen. Was für ein Engel die Gemeindeschwester war. Wie sie das Krankenhaus abgelehnt hatte, obwohl es jetzt kostenlos war, weil Teddy die Leute dort so hasste.

Er hasste sie, weil sie ihn nicht trinken ließen, dachte Evelyn.

Die beiden standen eng umschlungen in der Küche. Evelyns Augen brannten, aber sie hielt die Tränen zurück. Ohnehin galten sie nur ihrer Mutter, alles, was sie, jetzt erst recht, für ihren Vater empfinden konnte – selbst angesichts seiner schrecklichen Gebrechlichkeit und obwohl es sich nun sicherlich um seine letzten Stunden handelte –, war Wut.

»Sag was zu ihm, Evie«, wiederholte ihre Mutter und zeigte auf den Küchenstuhl, den jemand heraufgebracht und neben das Bett gestellt hatte.

Sie konnte es kaum ertragen, ihn anzusehen, umso weniger fühlte sie sich in der Lage, etwas zu sagen, aber sie riss sich zusammen und schaffte es, die Stille zu durchbrechen.

»Dad. Ich bin's, Evelyn. Ich wusste nicht, dass es dir so übel geht.« Ein Wort, das sie normalweise nicht benutzte. »Es tut mir sehr leid, Dad.« Sein Blick entglitt ihrem Gesicht. Er zog einen knochigen gelben Arm unter der Bettdecke hervor und kratzte sich stöhnend an der Brust; ihre Mutter griff nach seiner Hand und hielt sie fest.

»Er kann dich hören. Ich bin ganz sicher, dass er uns versteht«, sagte sie. »Manchmal jedenfalls, aber der Arzt hat mir gesagt, dass sein armes Hirn vergiftet wird. Und in seinem Körper staut sich immer mehr Flüssigkeit. Sie versuchen sie abzulassen. Er hat eine Spritze bekommen wegen der Schmerzen ... Nimm mal die andere Hand, machst du das?«

Sie wollte nicht, tat es aber ihrer Mutter zuliebe. Die Hand war kühl und feucht und fühlte sich mehr als halb tot an. Sie wusste, dass er nicht ansteckend war, und sie sah, wie ihre Mutter die Hand, die sie hielt, drückte und streichelte, doch ihr eigener Körper schreckte bei der Berührung zurück.

Sie wusste, was ihre Mutter sie gern hätte sagen hören: *Ich liebe dich, Daddy. Ich werde dich nicht vergessen.* Und natürlich könnte sie diese Worte sagen, ganz gleich, ob es der Wahrheit entsprach oder nicht, wenn es einem Sterbenden – dem Mann, der ihr das Leben geschenkt hatte – half? Oder vielleicht nicht für den Mann im Bett, aber für ihre Mutter? Für sie, und er würde sie auch mitbekommen? Warum nicht. Es sprach nichts dagegen, und doch war es unmöglich. Alles in ihr – Lippen, Zunge, Kiefer, Kehle, Herz – sperrte sich dagegen.

»Ich hoffe, die Spritzen helfen, Dad«, sagte sie. »Die Gemeindeschwester ist bestimmt bald zurück.« Er verkrampfte sich, während sie sprach.

»Weg! Lasst mich in Ruhe, verdammt!«, blaffte er.

»Ganz ruhig, Teddy.« Ihre Mutter stand auf; er rief mehrmals: »Nein!«, dann wurde er still, abgesehen von seinem verzweifelten Atmen, das mehr über die Natur seiner Qualen verriet, als alle Worte es vermocht hätten. Zwischen seinen geschlossenen Lidern sickerten Tränen hervor.

»Siehst du, mein Lieber, alles wieder gut«, sagte ihre Mutter, »ich bin's doch nur, ich und Evie«, und sie tupfte sein Gesicht mit ihrem Taschentuch ab, setzte sich wieder und küsste ihn auf die Wange. Als sie sich aufrichtete, blickte sie Evelyn an, halb flehend, halb lächelnd.

Gib deinem Daddy einen Kuss, damit es ihm besser geht.

Evelyn blickte wieder zu dem alten Mann auf dem Bett.

»Es ist ein Jammer, Dad«, brachte sie heraus. »Es tut mir sehr leid, dass es so weit gekommen ist.« Zu mehr war sie nicht in der Lage.

Er gab keine Antwort.

Sie saßen da, hielten seine Hände, bis es draußen dunkel wurde und der Arzt wiederkam und dann die Gemeindeschwester mit einer weiteren Spritze.

»Er wird jetzt friedlich sein, mindestens ein paar Stunden lang«, sagte sie. »Sie beide sollten versuchen, etwas zu schlafen.« Ihre Mutter wollte davon nichts wissen, ermunterte Evelyn aber, sich in ihrem alten Zimmer über der Küche hinzulegen.

Das Bett knarrte vertraut, als sie sich auf die Kante setzte; die Vertiefung in der Mitte war tröstlich und abstoßend zugleich, doch sie legte sich darauf, deckte sich zu und schloss die Augen. Sie wollte nur kurz schlafen, lag aber lange wach, hörte Geräusche und dachte, dass sie aufstehen und ihrer Mutter Gesellschaft leisten sollte, wollte nach draußen zur Toilette, verschob es aber, weil ihr davor graute, in das Zimmer zurückzugehen oder auch nur an der geöffneten Tür vorbeizukommen und ihn noch einmal zu sehen … Sie hatte das Gefühl, überhaupt nicht geschlafen zu haben, doch sie musste eingenickt sein, weil sie davon aufwachte, dass ihre Mutter sie an der Schulter schüttelte und immer wieder sagte: »Er ist tot, Evie! Er ist tot!«

Ihr Vater lag mit geschlossenen Augen auf dem Rücken. Er war noch immer gelb, aber sein Gesicht hatte sich entspannt; das fürchterliche Atmen hatte aufgehört, und der Raum wirkte außergewöhnlich still.

»Ganz ruhig. Komm, wir gehen runter«, sagte sie zu ihrer Mutter, und kurz darauf setzte sie ihr am Küchentisch eine Tasse Tee mit einem Schuss Brandy vor, den Fran von nebenan vorbeigebracht hatte.

»Er hatte seine Schwächen, aber auf seine Art hat er uns geliebt. Der arme, liebe Mann.« Ihre Mutter hielt ihr Taschentuch in der Hand, ließ ihren Tränen aber freien Lauf. »Ich habe für alles, was er jetzt braucht, Geld zur Seite gelegt.«

Es war ein trauriger Gedanke, dass ihre Mutter sich, was auch immer es gewesen sein mochte – neue Schuhe, etwas Käse, Kohle –, für so etwas versagt hatte … Aber immerhin war es jetzt vorbei. Ihre Mutter war gerade erst fünfzig, und ohne die Aufgabe, sich um ihren Mann zu kümmern, würde ihr Leben in vielerlei Hinsicht leichter sein. Sie musste sich nicht mehr so aufreiben, konnte mit der Familie ans Meer fahren, mit ihren Enkeln spielen; wenn Evelyn und Harry in ihr Haus zogen, wann immer das sein mochte, würde es dort ein Zimmer für sie geben.

Während sie auf Mays Schwester Beth warteten, auf den Arzt, der den Totenschein ausstellen musste, und auf den Bestatter, machte sich Evelyn daran, die Pfannen, Becher und Teller zu spülen, die sich in der Küche ihrer Mutter angesammelt hatten. Danach wischte sie die Schränke von innen und außen, putzte das Fenster und schrubbte den Fußboden.

Auf Anweisung ihrer Mutter ging sie ins Wohnzimmer – den Raum, der zur Straße hinausging –, um die Vorhänge zu schließen. Es war die angemessene Art, den Tod zu verkünden, und doch war es zu schade: Das silberne Morgenlicht flutete den Raum, und sie spürte, wie eine große Energiewelle, eine manische Hitze durch ihre Adern strömte – ein wildes Verlangen, die Mächte zurückzudrängen, die ihren Vater besiegt hatten, die Dunkelheit zu vertreiben. Sie stand mitten im Raum, spürte ihre eigene Lebendigkeit und dachte an ihren Mann, Harry, der den Krieg überlebt hatte und zu ihr zurückgekehrt war, an seine starken Arme und seine klare Sprache, seine Hingabe an sie, keine leeren Worte, nicht nur Küsse und Liebkosungen, sondern Taten: Arbeit, Geld; seine durchdachten Pläne, seine Skizze des Hauses, in dem sie eines Tages leben würden: die großen Fenster, der sonnige Garten, die Anordnung der Bäume, die dazugehörigen Berechnungen. Wie er auf dem Boden saß und mit den Mädchen spielte. Sie hatte die richtige Wahl getroffen. Ein einziges Mal war sie versucht gewesen, hatte aber widerstanden ... Evelyn zog die Vorhänge zu, ging schnell hinaus und schloss die Tür hinter sich.

Nach der Beerdigung drängten sich etwa dreißig Leute in Mays Zuhause: hauptsächlich Familie und Nachbarn, dazu zwei Frauen, für die May gearbeitet hatte. Nur einer von Teddys sogenannten Freunden war da, Dickie Weston, ein Lebemann mit glänzenden Augen und einer ungekämmten eisengrauen Haartolle, der die Flasche Brandy fast allein austrank und dann viel zu lange blieb, nachdem alle anderen, selbst Harrys Eltern, bereits gegangen waren und sie, die Mädchen und Harry mit ihrer Mutter und Beth noch im Wohnzimmer saßen.

»Dickie, es ist sehr spät, und wir werden uns jetzt aufmachen«, sagte Evelyn, und er sah regungslos zu ihr herüber. Es war die Art Mann, die sich von einer Frau nicht sagen ließ, was er zu tun und zu lassen hatte. Sie scherte sich nicht darum und hielt seinem Blick stand.

»Ich trinke noch aus«, sagte er, erhob sein Glas, und sie bemerkte, dass seine Hand zitterte. Kaum war das Glas geleert, brachte sie ihn zur Tür, öffnete sie, bedankte sich für sein Kommen, sagte auf Wiedersehen und trat schnell zurück, um dem Kuss auszuweichen, der ihm, wie sie bemerkte, vorschwebte. Sie schloss die Tür und ignorierte sein erneutes Klingeln.

Valerie, die vor Harry auf dem Boden saß, war eingeschlafen, den Kopf gegen sein Bein gelehnt. Evelyn nahm Lily mit in die Küche, damit sie ihr beim Teekochen half.

»Ich glaube, ich mag keine Beerdigungen«, sagte Lily, als sie die vier Löffel für die Kanne abzählte.

»So sind sie auch nicht gedacht, mein Schatz.« Evelyn umarmte sie, bevor sie mit dem Tablett zurück zu den anderen gingen. Trotz des Kaminfeuers war es klamm im Wohnzimmer, und sie fröstelte beim Hereinkommen. Ihre Mutter saß zusammengesackt und mit rotem Gesicht in einem der Sessel am Feuer, ihre Tante Beth, eine füllige Frau, die jünger aussah, obwohl sie die Ältere war, ihr gegenüber; Evelyn stellte das Tablett auf einem Hocker ab und setzte sich wieder neben Harry auf das alte Sofa. Sie freute sich, als er seinen Arm um sie legte und sie in seine Wärme hineinzog.

»May«, sagte er, »wir würden gern etwas tun, um dir zu helfen. Was hältst du davon, wenn ich dein Schlafzimmer renoviere? Sobald wir Tapete aufgetrieben haben, könnte ich das gern machen und auch mit etwas Farbe darübergehen.« Ihre Mutter lächelte dünn. Lily goss Milch in die Tassen.

»Ich glaube, die Veilchen hingen da schon, bevor ich geboren wurde«, sagte Evelyn. Die Renovierung war ihre Idee gewesen. Die Erinnerung an ihren Vater in diesem Zimmer verfolgte sie, sein eingefallenes gelbes Gesicht; außerdem dachte sie an die Keime, die sich dort ganz sicher tummelten und die man durch Schrubben, eine neue Matratze und Auswischen mit Desinfektionsmittel nicht ansatzweise wegbekommen würde. »Es wäre gar kein Aufwand, Mutter«, setzte sie hinzu.

»Das ist sehr nett von dir, mein lieber Harry«, sagte ihre Mutter, »aber das will ich dir im Moment nicht aufbürden. Das Zimmer hat Teddy tapeziert.«

Wie bitte? Dass ihr Vater so etwas jemals getan haben sollte, war ein ungewöhnlicher Gedanke, und Evelyn stellte ihn sich einen Augenblick lang vor, nüchtern, im Overall, wie er eine Leiter hinaufstieg, das feuchte Papier vorsichtig gefaltet, sich dann vorlehnte, das Papier genau anpasste und es festdrückte, wobei er die Luftblasen verstrich. Einen Augenblick lang zog diese Version ihres Vaters, eine, die sie selbst nie kennengelernt hatte, sie in den Bann und erfüllte sie mit Zärtlichkeit. Doch natürlich war es nicht ihre eigene Erinnerung. Noch immer wollte sie einen strahlenden Neuanfang, eine bessere Geschichte.

»Sag einfach Bescheid, wenn du so weit bist oder falls wir irgendetwas anderes tun können«, sagte Harry.

Abends war es schummrig im Schlafzimmer, es gab nur die eine, an einem Verlängerungskabel auf Evelyns Bettseite hängende Lampe. Es hatte über eine Stunde gedauert, bis die Mädchen eingeschlafen waren, erst hatten sie noch Hunger, dann weinten sie, weil die Vorstellung vom Tod sie verstörte, und jetzt lag Evelyn auf dem Rücken und starrte an die Decke, während Harry sich auszog.

»Ein schwieriger Tag. Wie geht es dir?«, fragte er.

»Dieser Dickie treibt mich zur Weißglut!«, sagte sie und verkrampfte sich.

»Du hast es gut gemeistert«, sagte Harry, als er sich neben sie legte. »Und jetzt ist es vorbei. Und was deine arme Mutter angeht, haben wir es wenigstens versucht. Vielleicht meldet sie sich demnächst bei mir.«

»Das wird sie nicht«, sagte Evelyn. »Sie wird ein, zwei Wochen bei Beth in Walthamstow bleiben und dann zurückkommen und in dem traurigen alten Haus weiterleben wie immer!« Sie löschte das Licht, und in der plötzlichen Dunkelheit tastete er nach ihr, doch sie wich zurück und wandte ihm den Rücken zu. »Lass mich in Ruhe!«, sagte sie mit gebrochener Stimme. Hätte sie, dachte sie und biss sich auf die Knöchel, um nicht laut zu weinen, hätte sie doch nur tun können, was ihre Mutter wollte. Aber es war ihr nicht möglich gewesen, nicht um alles in der Welt, und damit war die Sache erledigt … Oder eben doch nicht, denn ohne es zu wollen, warf sie sich wieder zu Harry herum und sagte mit einer ganz fremden Stimme: *Hätte ich – hätte ich doch nur* … Ihre Finger gruben sich in seinen Rücken. Sie presste ihr Gesicht an seine Brust.

»Schsch, schsch, du hast alles getan, was du konntest«, murmelte er in ihr Haar, ihre Körper drückten sich verschwitzt aneinander, »alles, was du konntest.« Langsam ließen ihre Schluchzer nach, und dann, als er sie zart auf ihren Halsansatz küsste, spürte sie seine Lippen auf ihrer Haut, spürte sie mit ihrem ganzen Körper.

Nicht aufhören, sagte sie.

Ein anderer Mann

Vor den Fenstern zucken und glänzen die jungen Blätter der Platanen im Regen. Irgendwo muss es einen Regenbogen geben. Hier und jetzt aber heißt es Nutzholz, Arbeitskraft und konstante versus positive Skaleneffekte, während hinter ihm das Radio läuft und die Mädchen in ihrem Zimmer auf der anderen Seite des Flurs entzückt quieken. Genau wie bei der Armee, nur ohne den Lärm und die Aufregung, und ihm fallen unendlich viele Dinge ein, die er lieber täte, doch stattdessen muss er den Rechenschieber zur Hand nehmen und einstellen, lesen, nachprüfen, seine Antwort notieren – *für jede Einheit mit Hohlwänden werden 17 800 einfache Ziegel und 17 800 Verblendziegel, 2 500 Anker und 1 800 Dachziegel benötigt* – und sich dann an den nächsten Posten machen. Eine Maschine könnte das erledigen und wird es eines Tages auch tun.

Vorerst aber drei Abendkurse pro Woche, drei Jahre lang, und zu allem Überfluss heißt es jetzt hundert Prozent oder Durchfallen, und so muss er sich an diesem Sonntagnachmittag vor Evelyn, Lily und der kleinen Val einschließen, um diesen Unsinn zu pauken, während sich ihm die Kante des Esstischs in den Bauch schiebt und der harte Stuhl seinen Hintern quält, noch eine Übungsklausur, Audens *Nonen* in der Aktentasche, vor drei Wochen in der Charing Cross Road gekauft, kein einziges Gedicht darin gelesen. Zu Kriegsbeginn hatte ihn sein Händchen für Zahlen zur Artillerie gebracht und ihm womöglich das Leben gerettet; jetzt stellt es ihm einen Beruf in Aussicht – das heißt, ja, er sollte dankbar sein, aber wird er jemals den Weg zurück zu den Worten und ihrer wunderbaren Wendigkeit finden, zu dem Gefühl, dass sie mit ihm durchgehen?

Tropfen spritzen gegen das Glas. Gleiten nach unten.

Was das *Schreiben* betrifft, ist er bereit, sich den Fakten zu beugen und sich damit abzufinden. Bis jetzt nichts, wird also auch nichts mehr. Bestenfalls Notizen. Später wieder versuchen. Wenn alles leichter wird. Als Rentner, falls er denn so lange lebt! Doch wenn es so wie jetzt weitergeht, wird er überhaupt Zeit zum *Lesen* haben? *Ach*, ermahnt er sich selbst, *halt die Klappe und setz dich auf den Hosenboden …*

Evelyn schiebt sich durch die Tür, als er gerade die Menge Kupferrohr pro Einheit addiert. »Welches Hemd soll ich für morgen bügeln?«, fragt sie, und die Zahl, die er gerade von einer Spalte in die nächste übertragen wollte, löst sich in Luft auf. Er wirft den Stift hin und dreht sich zu ihr um.

»Wie bitte?«, fragt er, obwohl er sie bestens verstanden hat.

»Welches Hemd willst du morgen anziehen?«

»Ich habe keine Ahnung.« Ist eine ungestörte Stunde zu viel verlangt? Von dem verdammten Examen haben sie doch schließlich alle etwas. »Ehrlich gesagt, es ist mir egal! Ich will einfach nur in Ruhe gelassen werden.«

»Jetzt sei nicht so ein Bär!« Bei anderer Gelegenheit hätte dieser Ausdruck eine zärtliche Schelte sein können. In diesem Fall aber nicht: Das merkt er sofort an der Art, wie ihr Mund sich verzieht, ihr Kiefer plötzlich ganz schief wird.

»Du kannst deine Sachen auch gern selbst bügeln!« Evelyn knallt die Tür hinter sich zu, und er sollte ihr jetzt eigentlich nachlaufen und sich entschuldigen, sich anhören, wie satt sie die Hausarbeit und den Regen hat, aber er will, dass *sie* weiß, wie *er* sich fühlt, ihn bemitleidet, und deshalb macht er die Sache, zumindest halbbewusst, noch schlimmer, indem er sich wieder seinen Zahlen zuwendet. Eindeutiges, ödes, zweckdienliches Zeug. Er hasst es mehr denn je.

Fängt wieder von vorn an. Kann sich nicht konzentrieren. Hört, wie Evelyn die Mädchen hastig in ihre Mäntel steckt und sich fertigmacht, um das Haus zu verlassen, hört Valerie laut flüstern, ob Daddy auch mitkommt? Hört Lily sagen, nein, beeil dich. *Doch, ich komme mit,* sagt er sich, *sobald ich mit der hier fertig bin* … Und ein paar Minuten nachdem unten die Haustür zugeschlagen ist, legt er den Rechenschieber ins Etui, schlüpft in seine Schuhe und rennt ihnen nach. Der Regen hat gerade aufgehört, und auf halber Höhe der noch immer glänzenden Straße geht Evelyn, Rücken gerade, Schultern zurück, mit großen Schritten voran, die beiden Mädchen im Schlepptau, Valerie schwankend auf dem Tretroller, den er für Lily gebaut hatte.

Bald holt er sie ein, läuft neben seiner Frau. *Liebe Evelyn, Du bist die süßeste Ehefrau* … hatte er ihr in seinen Briefen von der Front geschrieben. *Liebe Evelyn. Meine Liebste.*

»Oh …«, sagt sie und blickt dabei geradeaus, »ich dachte, du wolltest in Ruhe gelassen werden. Und *ehrlich gesagt*, ich auch.« *Touché.* Er muss ihr Geschick mit dem Degen bewundern; obwohl es ihm gleichzeitig beinahe die Tränen in die Augen treibt. Warum? Was machen sie da? Was für eine Verschwendung! Er geht neben ihr her, sagt aber nichts. Er ist an einem Tiefpunkt, muss seine Kräfte sammeln.

Nie hätte er gedacht, dass sie mal so sein würden. Doch lebt man erst einmal zusammen, lernt man schnell. Wie abweisend er sein kann. Wie sensibel Evelyn darauf und auf jede Form von Kritik oder mangelndem Respekt reagiert, sei sie real oder von ihr als solche wahrgenommen. Wie sie, sobald sie sich beleidigt fühlt, auf Selbstverteidigung umschaltet. Wie sie grausam und sanft zugleich sein kann. Die Kunst, der es bedarf, sie, sobald das losgeht (meist wegen einer plötzlichen, dummen, pedantischen Unbeweglichkeit seinerseits oder Sarkasmus oder irgendeiner Überlegenheit), wieder zu beruhigen. Der direkte Weg funktioniert nur selten. Selbst der Versuch, in ruhigen

Zeiten über die Reibereien zu sprechen, macht es nur noch schlimmer: *Was bitte wirfst du mir vor?* Um da wieder herauszukommen, braucht es Kreativität, Tatkraft, perfektes Timing.

Hat sie ihre Wutanfälle, ihre Rage unter Kontrolle? Schwer zu sagen. Vielleicht nicht mehr als er seine eigenen plötzlichen Koller oder Ausfälle. Das Wichtige ist, es nicht eskalieren zu lassen. Und er weiß auch, dass ihr Stolz und ihr Temperament das äußerste Ende von etwas darstellen, das ihn anzieht, dass Evelyns feurige, eigensinnige Stärke nicht ohne ihre Neigung zur Überreaktion zu haben ist. Die sich unweigerlich mitunter auf ihn richtet.

Am St. Ann's Hill lässt er sich zurückfallen und läuft mit den Mädchen weiter.

»Wo gehen wir hin?«, fragt er.

»Zur Windmühle«, sagt Valerie, blickt zu ihm auf und verbiegt sich dabei derart den Hals, dass sie beinahe stolpert. Dieses Lächeln! Diese dunklen, funkelnden Augen. Sie scheint in ihrem Mantel zu schwitzen.

»Vorsicht!«, ermahnt Lily ihre Schwester.

Lily ist noch unschlüssig, auf welche Elternseite sie sich schlagen wird, doch für sie ist es völlig klar, dass Valerie, die den Tretroller nicht fahren kann, aber sich gleichzeitig weigert, ihn zu schieben, schuld ist, weil sie ihn mitgenommen hat.

»Warum fährst *du* nicht ein bisschen damit?«, fragt ihr Vater, während sie sich hintereinander einreihen, um eine ihnen entgegenkommende gutgekleidete Frau mit einem Dalmatiner an der Leine vorbeizulassen: Bestimmt wohnt sie in einem der großen Häuser auf der anderen Parkseite, denkt Harry.

»Ich bin fast elf!«, sagt Lily. »Und der Griff ist viel zu niedrig für mich.«

»Im Park verstecken wir ihn einfach zwischen den Büschen«, erklärt er, »und nehmen ihn auf dem Rückweg wieder mit.«

Ein Fehler: Als er den Roller im Gebüsch verbergen will, atmet Evelyn hörbar aus, schnaubt beinahe. Sie tadelt ihn, weil er den Mädchen nachgibt, weil er den Verlust ihres Eigentums riskiert. Dabei ist sie es gewesen, die das verdammte Ding überhaupt erst mitgenommen hat. Was soll's.

»Lauft schon vor«, sagt er zu Lily und Valerie. »Wer als Erstes bei der Windmühle ist. Wartet dort auf uns.«

»Ich will nicht rennen«, sagt Lily, aber da saust Valerie schon los. Sosehr es ihr auch missfallen mag, Lily hat auf ihre Schwester aufzupassen, also spurtet sie hinterher. Ganz sicher ist Daddy schuld, sollte der Roller gestohlen werden, denkt sie und hofft zumindest ein klein wenig, dass er bei ihrer Rückkehr nicht mehr da ist.

Er passt sein Tempo Evelyn an.

»Es tut mir leid, mein Liebling. Ich war einfach nur mies gelaunt, weil ich am Wochenende so viel arbeiten muss, und dann die Prüfung morgen.« Evelyn blickt geradeaus und schweigt weiter.

Er hütet sich davor, nach ihrer behandschuhten Hand zu greifen oder zu versuchen, seinen Arm unter ihren zu schieben. »Es ist so anstrengend«, sagt er. »Lernen und arbeiten, alles hier zu bezahlen und für das Haus zu sparen … Nicht gerade lustig *jetzt*, auch wenn es sich lohnt und ich es gern mache, aber manchmal bin ich einfach erledigt. Das ist natürlich keine Entschuldigung. Und natürlich weiß ich, dass es für dich auch nicht leicht ist, wir alle in der engen Wohnung, und ich breite mich ständig am Esstisch aus und bin zudem noch launisch. Aber wenn wir erst umgezogen sind, wird sich das alles auszahlen.«

Hofft er. Ein Teil von ihm sehnt sich danach, alles einfach beiseitezuschieben – den Job, das Bedürfnis nach Sicherheit, den Kontostand, die ständigen Gedanken an die Zukunft, sogar das Haus. Stattdessen ein *unstetes Leben* zu leben. Jeden Tag stundenlang zu lesen. Wochenlang wandern zu gehen. Zu reisen, irgendwo auf dem Land zu leben, meilenweit weg von allem, die wenigen Möbel, die sie brauchen, vielleicht selbst zu bauen … Aber die Mädchen brauchen Schulen und ein geregeltes Leben, und dann ist da noch Evelyn: dem Reisen nicht abgeneigt, aber auch niemand, die im Gebüsch schlafen würde. Nicht vergessen: Sie hätte sich auch für einen anderen entscheiden können. Ganz sicher hätte sie es besser treffen können; ihre Schulfreundin Jennifer, obgleich bieder und langweilig, hat nach dem Krieg einen Anwalt geheiratet und ist in ein sehr großes Haus bei Tunbridge Wells gezogen, in das jeden Tag eine Frau kommt, um zu putzen.

»Ich wünschte, ich hätte dich nicht so angeblafft«, sagt er. Um jeden Preis die zweite Person Plural vermeiden. Die ganze Schuld auf sich nehmen. Ohne Wenn und Aber … Nur so geht es, und schon verraten ihm der Ausdruck um ihren Mund, ihre sich leicht entspannenden Schultern und etwas kaum Merkliches in der Art, wie sie die Füße aufsetzt, eine nachlassende Feindseligkeit. Schweigend gehen sie durch den Eichenwald, wo der Geruch von Laub- und Humuserde die Luft verdichtet. Junge Grashalme und Unkraut schießen zu beiden Seiten des Weges aus dem Boden. Rotgrüne frische Blätter brennen vor einem blau gewaschenen Himmel.

»Diese schlechte Laune entspricht mir ja eigentlich gar nicht«, fährt er fort, »und es klingt bestimmt seltsam, aber es fühlt sich fast an, als wäre das ein, naja, ein anderer Mann … Als wäre der Mann, der da am Tisch sitzt und Rechenaufgaben löst und mürrisch wird, jemand, in den ich mich unter bestimmten Umständen verwandele. Je nach Bedarf auch für längere Zeit. Aber das bin nicht ich, und jetzt, wo wir hier draußen sind und zusammen durch den Wald gehen, fühle ich mich *überhaupt nicht* wie er. Schwer zu erklären! Vielleicht ist er mit dem Mann verwandt, der ich im Krieg sein musste, dem es nur um Zweckmäßigkeit geht, der tut, was getan werden muss. Er wird angeheuert und bezahlt … Ich muss er sein, aber er ist nicht ich. Weil es noch einen anderen Mann gibt, der spazieren gehen will und lesen und schreiben und fühlen und denken, der dein Haar streicheln und dich betrachten und den ganzen Tag mit dir schlafen und alles andere vergessen will. Er ist derjenige, in dem ich mich selbst erkenne.«

Jetzt sieht sie ihn an, und er erwidert ihren Blick.

»Also, ich bin jedenfalls immer nur die eine«, sagt sie.

»Ich weiß.« Sie erlaubt ihm, ihre Hand zu nehmen und zu küssen. Sie gehen weiter.

»Wir haben es fast geschafft«, fährt er fort. »Ich mache die Ausbildung fertig, und wir werden uns das Haus leisten können. In zwei Jahren wohnen wir drin. Dann sind wir im Garten, freunden uns mit den Nachbarn an und all das.«

»Es kommt mir noch so lang vor«, sagt sie. Ihre Augen glänzen, aber sie hält die Tränen zurück. Sie weint nicht oft, außer zu einer bestimmten Zeit im Monat. Sie ist eine Kämpfernatur, keine Heulsuse.

»Das ist es, aber gleichzeitig auch nicht«, sagt er.

»Am Ende dauert es länger als der verfluchte Krieg.«

Stimmt, aber nicht so schlimm wie der Krieg, ganz und gar nicht, also … Sie gehen etwas langsamer.

»Was sollen wir im Garten pflanzen?«, fragt er sie. »Abgesehen von deinen Rhododendren?«

»Narzissen«, sagt sie, höchstens mit dem Anflug eines Lächelns.

»Jede Menge!«

»Rosen.«

»Natürlich.« Er schiebt den Gedanken an Blakes unsichtbaren Wurm zur Seite, seine dunkle, geheime Liebe. »Stiefmütterchen«, schlägt er vor, als er seinen Arm um sie legt. »Oder vielleicht doch nicht: Ich glaube, es war ihr Saft auf Titanias Lid – die Feenkönigin, erinnerst du dich? –, durch den sie sich beim Aufwachen in den Esel verliebte. Es sei denn natürlich, *ich* bin der Esel.«

Er ist gern einer, wenn sie ihn nur anlächelt.

»Wo sind sie?«, fragt Valerie ihre Schwester. Es ist windstill, und die Mühlenflügel drehen sich nicht. Als sie durch den Zaun in den Garten lugen, ist niemand zu sehen, nur eine orangerote Katze, die nicht näherkommt, sosehr sie auch nach ihr rufen. Sie stehen mit dem Rücken zur Mühle und starren den Weg hinunter.

»Sollen wir uns eine Geschichte über die Windmühle ausdenken?«, fragt Valerie. »Oder zu ihnen zurücklaufen? Bist du sicher, dass sie kommen?«

»Was sollen sie denn sonst machen?«

»Sei doch nicht so patzig.«

»Sei doch nicht so verwöhnt.«

»Ich bin nicht verwöhnt!«

»Nein? Kapierst du nicht, wie viel Glück du hast, dass sie beide da sind, immer da waren, seit deiner Geburt? Dass es *keine Bomben* gibt? Dass du Daddy *jeden Tag* siehst? Und kapierst du nicht, wie viel *sie* dir durchgehen lässt?« Lily liebt Valerie – manchmal sogar sehr –, merkt aber, dass sie, wenn sie erst einmal angefangen hat, nicht mehr aufhören mag und es ihr zumindest ein bisschen gefällt, wenn Valerie anfängt zu weinen. Die roten Flecken, die sie dann im Gesicht bekommt … Weil sie so verwöhnt ist, hat sie es verdient, dass es ihr ab und zu schlecht geht.

»Aber dafür kann ich doch nichts«, jammert Val.

»Jetzt benimmst du dich wie ein Baby«, sagt Lily genau in dem Moment, in dem ihre Eltern auftauchen, und Valerie rennt ihnen tränenüberströmt entgegen. Lily folgt in Schrittgeschwindigkeit.

»Ich habe es nicht so gemeint«, sagt sie ruhig, mit einem angedeuteten Achselzucken. »Es tut mir sehr leid.«

Harry hebt Valerie auf seine Schultern. Sollen sie nicht, schlägt er vor, einen Bogen laufen, im Dorf Tee trinken und dann mit dem Zug oder Bus nach Hause fahren? Aber während sie sich aufmachen, erinnert er sich, natürlich, der verdammte Roller! Er ist sehr versucht, so zu tun, als hätte er ihn vergessen, weil auch die anderen nicht mehr daran gedacht haben, ahnt aber Ärger voraus: Valerie, die ihn plötzlich wiederhaben will, Evelyn, die ihn mit Spott überzieht und fragt, ob sie denn wohl Geld wie Heu hätten. Also zieht er an der Weggabelung sein Jackett aus, reicht es Evelyn und sagt, er renne zurück zum Gebüsch und hole das Ding, er treffe sie in der Teestube.

Auf dem Weg durch das dichte Grün vergisst Harry – mit schweißnassem Hemd, seinem von der willkommenen Anstrengung erhitzten Körper, geschärften Augen, die fast berstende Knospen und mit glitzernden Tropfen geschmückte Spinnweben wahrnehmen –, die Auseinandersetzung vollkommen. Und was den anderen Mann – die anderen Männer – angeht, fällt ihm ein, dass er unmöglich sagen kann, welcher davon er wirklich ist oder wie viel von ihnen am Ende in dem Mann steckt, der er unter Umständen irgendwann sein wird – doch in Momenten wie diesen, draußen, können sie alle zugleich da sein und dieselbe Freiheit genießen, die weite und komplexe Welt, in der sie leben.

Nach dem Abendessen stellt Evelyn das Bügelbrett auf und schließt das Bügeleisen an der einzigen, ungünstig neben der Tür platzierten Steckdose im Schlafzimmer an. Sie summt eine halb ausgedachte, halb vergessene Melodie vor sich hin, greift Harrys hellblaues Hemd aus dem Korb und legt es auf das Brett, tippt mit einem angefeuchteten Finger das Bügeleisen kurz an, um zu sehen, ob es heiß genug ist, und nimmt sich dann die beiden Vorderhälften vor, lässt die Spitze des Bügeleisens zuerst zwischen die perlmuttschimmernden Knöpfe gleiten, dann rasch und sorglos über die Seite mit den Löchern. Es ist angenehm vertraut: der schwache Geruch nach frischer Luft, das dumpfe Zischen, wenn sie das Eisen auf das Stück Musselin presst, das sie in eine Schüssel mit Wasser getaucht und dann ausgewrungen hat, um eine hartnäckige Falte glattzudampfen. Seiten, Rücken, Schulter, Passe. Zerknittert, dann glatt. Ärmel, Manschetten, Kragen. Sie schiebt die Versteifungen hinein, hängt das Hemd auf einen Holzbügel und an den Haken an der Tür. Dort wird es bis zum nächsten Morgen auf ihn warten, wenn er die Ärmel mit seinen Armen füttert und sich hineinknöpft.

Haus Garten Haus

Er treibt die kleine Herde, bestehend aus seinen Eltern und
Evelyns Mutter, von der Bushaltestelle aus über die Straße,
führt sie dann langsam die Allee hinauf, vorbei an einer Reihe halbverfallener viktorianischer Herrenhäuser, denen eine
Zukunft als Seniorenheim, Mehrfamilienhaus oder Neubau
vorherbestimmt ist. Es ist zehn Uhr, aber bereits warm. Nach
einer Verschnaufpause am Briefkasten lenkt er sie den Hügel
hinunter und nach rechts, vorbei am Cheshire-Behinderten-
heim und dem weitläufigen Anwesen gegenüber. Die Grund-
stücke und Gebäude auf dem folgenden Straßenstück sind
zwar ebenfalls freistehend und stattlich, aber etwas kleiner
und niedriger.

Er lässt das Grüppchen anhalten und deutet mit großer Ges-
te auf das Haus: »Da ist es!« Es ist nicht halb so groß wie das
Haus hinter ihnen, trotzdem schnappen sie alle nach Luft, und
seine Mutter ergreift seinen Arm.

»Das sieht alles so frisch aus!«, sagt sie. »Wie ein Gemälde.«

»So viele Fenster! Ihr werdet jemanden fürs Putzen bezahlen
müssen«, stimmt Evelyns Mutter ein und fügt hinzu: »Und
habt ihr keine Angst, dass die Nachbarn euch ausspionieren?«
Die Fenster, erklärt Harry, haben Metallrahmen mit Fenster-
bänken aus Hartholz: alles sehr pflegeleicht.

»Aha, aha«, sagt sein Vater. Er schiebt seine Hände in die
Taschen und beäugt Breite und Höhe des Hauses, als wäre es
ein gelandetes Raumschiff. »Schönes Stück Maurerarbeit. Aha,
aha. Das also ist das Haus.«

Das Haus. Die Worte, die sie jahrelang zwanzigmal am Tag in den Mund nahmen, ganz zu schweigen von der Präsenz in ihren Gedanken. Neun Monate hatte der Bau gedauert. Harry musste die Baustelle beinahe jedes Wochenende besuchen und besichtigen. Das Grundstück, 1200 Quadratmeter, seine Wahl, fällt zur Straße hin sanft ab: gut für die Entwässerung und hervorragend für einen Blick vom Haus aus auf den Garten.

Wie alle anderen ist das Haus knapp zehn Meter von der Straße zurückversetzt und nimmt beinahe die gesamte Breite des Grundstücks ein. Es ist sechzehn Meter breit und zehn Meter tief. Es ist mit Hohlwänden gebaut, erklärt er seinem überwältigten Publikum, außen Londoner Fassadenziegel und billiger hergestellte Ziegel für die Innenseite. Vorschriftsgemäß wurden Anker verwendet und Tropflöcher gelassen. Die wichtigste tragende Wand, die das Haus der Länge nach durchzieht, ist ebenfalls geziegelt; bei den anderen Innenwänden handelt es sich um Trockenbau. 42 000 Steine wurden für das Haus verbaut, dazu 2 800 Dachziegel; der Bauunternehmer hatte versucht, sie übers Ohr zu hauen und zwanzig Prozent mehr berechnet, als er benötigt hatte, aber Harry war die Diskrepanz aufgefallen.

»Schwindler. Ist an den Falschen geraten. Der konnte seine Sachen packen!«, erzählt er ihnen. »Kommt, gehen wir rüber und hinein. Evelyn wird schon auf uns warten … Ich glaube, sie hat einen Kuchen gebacken. Hier kommt zu beiden Seiten des Weges natürlich noch Rasen hin …«

Die Haustür besteht aus massiver Eiche; die Zimmertüren, das werden sie gleich sehen, aus Mahagonifurnier – keine Täfelung, keine Staubfallen, ganz modern. Zentrale Deckenleuchten, erklärt er und bleibt auf der offenen Veranda stehen, in jedem Zimmer (im Wohnzimmer zwei); Steckdosen an mindestens drei Wänden in allen Räumen und natürlich neue Vorhänge an den Fenstern im Erdgeschoss, von Evelyn selbst genäht. Die Kosten dafür verschweigt er, ebenso die Tatsache, dass deswegen oben nur geliehene hängen. Sie müssen bis Jahresende oder noch länger warten, bis sie sich auch hier etwas Dauerhaftes leisten können.

Als sie den Preis sah, wäre sie beinahe gestorben: fast ein ganzes Monatsgehalt von Harry. Aber sie hatte sich in den Stoff verliebt – Baumwolle, schwer, aber dabei weich, mit einem Muster aus handgezeichneten Dreiecken und Diamanten in üppigen Grüntönen: Saft, Blatt, Olive, Viridian, hier und da etwas Braun. »Tiefer Wald« hieß er, der einzige, der ihr im ganzen Geschäft gefiel. Im Geiste sah sie es vor sich – die abendlich geschlossenen Vorhänge, schwach erleuchtet. Man konnte sie ansehen, so oft man wollte, sie wurden nicht langweilig …
Ausgeschlossen.
»Madam? Das ist ein guter Preis für diese Qualität.«
»Tja, es ist mehr, als ich eingeplant habe.«
»Sie wissen sicherlich, dass wir uns niemals bewusst unterbieten lassen.«
»Bei uns kommen zahlreiche Ausgaben zusammen, wie Sie sich vorstellen können.«
Und so zogen sie wieder zurück zu den Naturtönen, um etwas Ähnliches, aber Preiswerteres zu finden, das Evelyn vielleicht übersehen hatte. Aussichtslos! Im ganzen Geschäft gefiel ihr nur das eine, und Schluss. Miss Laney-Smith griff zu ihrer Schere, um eine Probe abzuschneiden. Wollte die Kleine vielleicht ein Stück Samt? In diesem Moment fiel ihnen auf, dass Valerie verschwunden war. Zunächst nahmen sie es nicht ernst, weil die Tische und Ständer perfekte Verstecke für ein gelangweiltes Kind darstellten.
Evelyn und Miss Laney-Smith sowie eine pummelige Frau in einem hellen Mantel mit Gürtel, die als Nächstes an der Reihe gewesen wäre, eilten durch die Gänge voller Rollen und Ballen, Kästen und Regale. Sie spähten um Ecken, unter

Tische, zogen Stoffbahnen und Vorhänge zurück. Ganz bestimmt würde sie jeden Moment wieder auftauchen.

»Wo bist du? Valerie?«

Nichts.

»Komm bitte her, Val. Wo versteckst du dich?«

»Valerie! So langsam verliere ich die Geduld, Valerie!«

Mehrere Mitarbeiter verkürzten ihre Kaffeepause. Gemeinsam durchsuchten sie die Bettwarenabteilung. Gingen die Treppe hinunter und rasch durch die Herrenbekleidung, die Valerie wohl kaum angelockt hatte. Damenoberbekleidung. Damenmode. Unterwäsche. Parfüm. *Haben Sie ein kleines Mädchen gesehen? Entschuldigung. Braunes Haar, braune Augen.*

In den unteren Etagen war es belebt. Sie drängelten sich durch die Menschen und sahen dabei auch hinter Knäueln aus Kunden nach.

»Ich bin sicher, sie wird bald gefunden, Madam«, wiederholte der Mann mit Brille aus der Möbelabteilung mehrfach, während er sie durch Strumpfwaren, Handtaschen und Hüte begleitete, wo gar keine Kinder zu sehen waren … Hatte eine verwirrte kinderlose Frau oder ein leise sprechender, aber böser Mann sie womöglich angelockt oder geschnappt? Evelyn rannte hinaus in die Mai-Sonne und den Straßenlärm, wandte sich nach rechts, wo laut des Mannes mit Brille immer ein Polizist nicht weit vom Warenhaus entfernt stand. Sie rannte, die Tasche schlug ihr ans Bein … Und da war der Polizist, massiv und dunkelblau kam er ihr entgegen, an der Hand ein kleines Mädchen, das unter einem großen, mit einem fließenden Schal und Seidenblumen verzierten Strohhut kaum zu sehen war.

»Gott sei Dank!« Sie hockte sich hin, gleich dort auf der Straße. »Was um Himmels willen machst du hier draußen mit diesem Hut? Sieh mich an!« Das rosa Gesicht, das ihren Blick erwiderte. Feuchtglänzende Augen. Hatte Vorhänge satt!

Hasste Warenhäuser. Wollte den Sonnenhut in der Sonne ausprobieren.

»Du wolltest ja unbedingt mitkommen! Nochmal nehme ich dich ganz sicher nicht mit.«

Das kaum verhohlene Grinsen des Polizisten.

Schweißnass zerrte sie Valerie zurück zu den Damenhüten, wo der Hut schon vermisst wurde – eine Kundin hatte ihn auf dem Tisch zurückgelassen und war gerade zurückgekehrt, um ihn zu kaufen. Eine Entschuldigung. Mehr Tränen. Und dann, weil sie ihre Jacke und ihr Halstuch in der Stoffabteilung über eine Stuhllehne gehängt und weil Valerie Angst vor Rolltreppen hatte, musste sie, ihre weinende Tochter hinter sich an der Hand herzerrend, die drei Stockwerke wieder hinaufstapfen. Sie war fest entschlossen, ihre Kinder nicht so zu verwöhnen, wie ihre Mutter sie verwöhnt hatte, und sie fand, die Situation verlange nach einem kräftigen Schlag auf die Waden: Dann würde sie es sich künftig gut überlegen, so etwas noch einmal zu machen. Aber auf der Treppe ging es nicht, das wäre zu peinlich gewesen – und außerdem war Miss Laney-Smith in der Nähe, die gerade einen Verkauf abschloss.

»Ich bin froh, dich gesund und munter zu sehen, junge Dame. Madam, ich habe Ihre Jacke und die Stoffproben.«

Da war es wieder, das Gefühl von »Tiefer Wald«, wunderschön, aber ruinös, ein Schmerz in der Brust.

»Vielen Dank«, sagte Evelyn, die keinerlei Dankbarkeit verspürte, bis Miss Laney-Smith sich zu ihr vorbeugte und mit sehr leiser Stimme sagte:»Madam, ich dürfte Ihnen das eigentlich gar nicht sagen, aber angesichts Ihres aufreibenden Vormittags … im Vertrauen … Es wäre vielleicht klug, nächsten Monat zu unserem Sommerschlussverkauf wiederzukommen.«

Sie gingen ein Eis essen, bevor sie sich nach Hause aufmachten.

Der Stoff wurde um fünfzig Prozent reduziert. Doch selbst dann war er noch teuer.

»Elf Pfund? Du meine Güte, Evelyn«, sagte Harry, als er die Quittungen ablegte. »Eingeplant hatten wir *sieben*.«

»Das Futter ist mit inbegriffen. Sehr gute Qualität für den Preis«, sagte sie. »Man darf nicht am falschen Ende sparen. Außerdem gab es nichts anderes, das mir gefiel. Wart's nur ab.«

Überall Nadeln. Die riesigen, steifen Stoffbahnen auf dem dreifach gesäuberten, zu kleinen Esstisch, den sie in den Erker geschoben hatte, um das beste Licht zu bekommen, die Quälerei, sie abzumessen, zu markieren und dann zuzuschneiden, trotz sorgfältiger Anweisungen aus dem Hause Laney-Smith … *Um nicht durcheinanderzukommen, nehmen Sie sich einen Vorhang nach dem anderen vor. Geben Sie zehn Zentimeter plus fünfundzwanzig Zentimeter zusätzliche Länge zu, damit das Muster passt. Zweimal messen, einmal schneiden.*

Stoffbahnen angepasst, festgesteckt, geheftet, dann auf der geliehenen Maschine genäht. Den Saum gebügelt. Das cremefarbene Futter zehn Zentimeter schmaler und sieben Zentimeter kürzer zurechtgeschnitten …

Mum, nein, warte! Es ist nicht gerade …
Was soll das heißen, natürlich ist es das!
Nein! Hier!

Die beiden Bahnen Vorder- auf Rückseite zusammengefügt, dann alles auf rechts gezogen … Kanten einrollen und bügeln. Ecken gehren. Die obere Kante umschlagen und das Faltenband feststecken (ein Ende zuerst knoten). Durch alle drei Stoffe nähen … Ein schwacher Gummigeruch von der Maschine. *Bitte nicht kaputtgehen!*

Nach der Arbeit nahm Harry die Maschine auseinander, reinigte sie, justierte den Treibriemen, gab ein durchsichtiges Tröpfchen Öl dazu. Dann: die Fäden im Faltenband straffen, den Stoff gleichmäßig wellen, Haken einfädeln … An diesem Punkt, mit klopfendem Herzen, eine Fahrt zum beinahe fertigen Haus, um sicherzugehen, dass alles richtig hing. Der Maler, der gerade mit den Fensterbrettern beschäftigt war, winkte ihr von der anderen Seite der Scheibe aus zu. Mrs Symonds, die Nachbarin von rechts, kommentierte: *Das ist sehr mutig von Ihnen. Ich lasse meine immer machen.*

Dreimal wiederholen. Nur ein paar Streifen übrig und rechtzeitig fertig, kurz vor dem Umzug.

»Doch, sie gefallen mir, sehr sogar. Aber *elf Pfund* …«

»Es lohnt sich, etwas zu haben, was wir mögen. Und sie werden lange halten. Sie verblassen nicht.«

»Verstehe. Aber du bist dir im Klaren darüber, dass wir damit für nichts anderes mehr Geld ausgeben können. Für *gar nichts*. Der obere Stock wird warten müssen.« Evelyn sagte nichts, sie starrte nur in die Leere.

Sie packte. Harry lieh sich einen Lastwagen, nahm den Freitag frei, organisierte einen befreundeten Arbeitskollegen, der sie am Haus treffen würde.

»Was ist denn los? Du siehst so grimmig aus!«, sagte sie, während sie den Hügel bei Crystal Palace erklommen, den Pub und die großen alten Häuser zur Linken, den Park zur Rechten.

»Dann sieh mich halt nicht an«, sagte er. Keiner von beiden hatte gut geschlafen, und die Mädchen hatten das erste Mal geweint, als sie die Wohnung verließen, und dann noch einmal, als sie bei seiner Mutter abgesetzt wurden, und Harry hatte keine Lust zu erklären, dass ihn der Lastwagen, sein Geklapper und das Gefühl beim Einlegen der Gänge, an den verdammten Krieg erinnerte.

»Wenn du die ganze Zeit so bist, steige ich aus und gehe zu Fuß!«, sagte sie und tastete nach dem Türgriff, aber sie fuhren fast fünfzig und holperten just in diesem Moment über ein Schlagloch. Außerdem hatten sie noch nicht einmal die Hälfte der Strecke geschafft.

»Fahr langsamer!«, sagte sie, aber er ignorierte sie. Sie bestand nicht weiter darauf auszusteigen, und sie tauchten weiter ab durch Penge und nach Beckenham, wo immer mehr Bäume die Straßen säumten und sich die Stimmung langsam hob. Vier Fuhren an zwei Tagen, und am Montag wieder ins Büro.

Jetzt ist alles an seinem Platz. Harry drückt die elektrische Klingel, hört von innen den durchdringenden Ton; die Tür schwingt auf und gibt den Blick frei auf Evelyn in einem dunkelblauen, taillierten Kleid, rote Lippen, das Haar frisch gewellt.

»Mum, Adeline, Albert, willkommen!« Sie nimmt zuerst Adelines Jacke, öffnet eine der beiden Schiebetüren des Garderobenschranks.

»Der ist allein für Mäntel da?« Seine Mutter grinst ihn an, als sie das sagt, aber er ist dennoch wenig erfreut.

»Ja! Und jetzt kommt alle herein. Nicht zurückbleiben, Mum«, sagt Evelyn. Unten im Haus hallt es ein wenig, was an fehlenden Teppichen, Bildern und Möbeln liegt. Die Stimmen klingen eine Idee zu laut, als die Frauen – neben dem Schrank, unter der Lampe – ihre Kopftücher ablegen, Wangenküsschen mit Evelyn austauschen, den Duft von einander, von Puder und Haarspray, einatmen. Harry fällt auf, dass ihre Eltern sich für den Besuch besonders fein gemacht haben, May in einem Blumenmuster auf dunklem Grund und feinen Nylonstrümpfen; seine Mutter in einem neuen dunkelgrünen Kleid. Das Jackett seines Vaters glänzt frischgebügelt.

»Das war ein hübscher Marsch«, sagt Evelyns Mutter. »Zum Bahnhof ist es sogar noch weiter, sagtest du?«

»Hält mich fit!«

»Ihr könnt euch jetzt alle ausruhen … Das ist der Flur«, fügt Evelyn hinzu und zeigt auf den sie umgebenden Raum, größer als das Esszimmer ihrer Mutter, an den Wänden die Tapete mit dem Welleneffekt, brauner Teppich, achtzig Prozent Schurwolle. Sie deutet noch einmal auf den niedrigen Tisch mit passendem Stuhl unter der Treppe, auf dem, wie sie hofft, eines Tages ein Telefon stehen wird. Lily und Val hocken auf der Treppe und linsen durch das Geländer nach unten.

»Das ist die Treppe!«, verkündet Lily, und sie beide können sich kaum halten vor Gekicher, schütteln sich Arm in Arm.

»Ihr Äffchen!«

Valerie, die Harry bei seinen Besichtigungen oft begleitet hatte, mag das Haus. Lily nicht. Zugegeben, sie hat jetzt ihr eigenes Zimmer und durfte die Tapete aussuchen (ein dezent geometrisches Muster, viel weniger aufdringlich als die Pferde bei Val), aber *Das Haus* schluckt so viel Zeit. Früher sind sie am Wochenende mit dem Bus zum Museum gefahren, haben Spaziergänge in den Stadtparks gemacht und sich die Bands angehört oder sind durch die Grünanlagen in ihrer Gegend gestromert. Jetzt wo *Das Haus* steht, müssen sie es pflegen, müssen pflanzen und sich um den Garten kümmern und ganz offenbar bei jedem Essen darüber reden: Haus. Garten. Haus. Sie vermisst ihre alte Schule. Sie gibt sich Mühe, aber der tiefere Sinn des Ganzen will ihr nicht recht einleuchten.

Evelyn zeigt auf die Mahagoni-Türen, ihre schimmernden Stahlklinken. »Küche hinter mir. Gästezimmer hier, untere Toilette hier …«

»Zwei Toiletten für ein Haus?«, murmelt Harrys Vater fassungslos. Er hatte schon vorher klargestellt, dass seiner Meinung nach solcherlei Dinge besser draußen aufgehoben sind.

»Wenn du nichts dagegen hast, springe ich kurz hinein und benutze es gleich mal, ja?«, fragt ihre Mutter, und natürlich können sie dort nicht stehenbleiben, direkt vor der Tür, während sie ihr Geschäft macht; Harry führt die anderen an der

Treppe und dem Vorderfenster vorbei ins Wohnzimmer, das die gesamte Tiefe des Hauses einnimmt, rund zehn mal fünf Meter. Es hat einen Parkettfußboden und Panoramafenster zu beiden Seiten. Diese, betont Evelyn, werden voll zur Geltung kommen, wenn der Garten erst gewachsen ist.

»Ist das hell! Man fühlt sich ja geradezu angegafft«, sagt May, die wieder zu ihnen gestoßen ist. »Als wäre man in einer Zeitschrift!«

»Die Möbel«, führt Evelyn aus, »sind natürlich noch falsch, aber das ist nur vorübergehend.« Es folgt eine Pause, in der alle das dunkelrote Sofa in Augenschein nehmen, die beiden hellbraunen Lehnsessel samt Fußhockern und zwei Tischchen neben dem Kamin, dann fragt Adeline:

»Was ist falsch daran?«

»Sie passen nicht zueinander. Und ohnehin sind sie viel zu klein für einen Raum dieser Größe«, erklärt Evelyn. »Wir brauchen etwas Moderneres – und auch ein paar Bilder an den Wänden.«

Die ältere Generation sieht sie an, sagt nicht, was sie denkt.

Der Kamin, erklärt Harry, ist so konstruiert, dass er auf der anderen Seite der Wand heiße Luft zum Esszimmer abführt. Dorthin gehen sie als Nächstes und begutachten den speziellen Lüftungsschlitz aus Messing und die Terrassentür. Draußen grenzen niedrige Ziegelwände die beiden unteren Blumenbeete ab, in denen eine Handvoll Geranien eine Ahnung dessen vermitteln, was eines Tages daraus werden soll. Eine breite, niedrige Treppe führt zum künftigen Rasen.

»Diesen Tisch werden wir natürlich nicht behalten«, sagt Evelyn. Sie gehen weiter in die quadratische Küche mit den cremefarben gestrichenen Schränken, die den Raum möglichst hell wirken lassen sollen, und den mintgrünen, abwaschbaren Formica-Arbeitsflächen. Dem wundersamen Gasherd. Dem koksbeheizten Boiler.

»Wo lagert ihr eure Kohle?«, fragt Harrys Vater, und Harry gibt ihm eine Sonderführung zu den Containern im betonierten Hof gleich an der Hintertür. Alles kann abgespritzt werden, und Albert zeigt sich davon und von dem Abfluss mitten im Hof beeindruckter als von allem bisher Gesehenen.

»Eine dieser Metallspülen!«, ruft May aus. »Aber sie wirkt sehr klein.«

»Edelstahl«, korrigiert Evelyn. »Das ist die Größe heute, Mum. Und hier, darunter, seht mal: Das ist meine Waschmaschine, mit Wringer.« Sie hebt den klappbaren Tresen an und führt die Schläuche vor, den Griff des Wringers, wie einfach das alles ist. »Linoleumboden«, hebt sie hervor. »Dunstabzug!«

May wirft einen Blick in die gefliese Speisekammer mit eigenem kleinem Fenster, darunter der Kühlschrank. An der Hintertür: ein Schrank für Wischmops, Besen und Putzsachen. »Und der hier, Mum, nur für Tabletts!«

Zurück in den Flur und die mit Teppich ausgelegte Treppe hinauf, vorbei an der oberen Toilette, hinein ins Badezimmer, in das nicht alle gleichzeitig passen. Blaugraue Fliesen, glänzende Chrommarmaturen. »Das ist das Waschbecken!«, gibt Valerie bekannt, und es wird noch mehr gekichert, als sie dem weichen Teppich, dank Gummiunterlage noch weicher, ins Elternschlafzimmer folgen. Das Bett mit seinem altmodischen Kopfteil aus Holz – »kommt auch raus« – wirkt sehr klein, aber Harry lenkt ihre Aufmerksamkeit auf die eingebauten Kleiderschränke.

»Was wollt ihr alles kaufen, um das zu füllen! Und so viel Platz«, sagt May, »nur, um darin zu schlafen! Als wäre man im Freien. Ich weiß nicht, ob ich das könnte. Ich mag ein kuscheliges Schlafzimmer.«

Wieder unten im gewaltigen Wohnzimmer, sind alle, sogar die Mädchen, verstummt, und keiner will sich setzen, bis, auf

Nachdruck, Evelyns Mutter sich schließlich auf dem nicht-neuen Sofa niederlässt, so vorsichtig, als könnte sie es kaputt machen oder ruinieren.

»Das hätte ich mir nie träumen lassen!«, sagt sie und blickt zu den anderen auf. »Ich wünschte so sehr, der liebe Teddy hätte das sehen können … Aber da draußen, was wollt ihr denn mit alldem anfangen?«

»Du musst es dir vorstellen, May.« Harry gestikuliert beim Sprechen. »Hinten Rhododendren. Sträucher. Rosen. Gemüsebeet mit einem Weg daneben. Rasen – der ist schon gesät, aber wir kämpfen mit der Dürre und den Vögeln …«

»Ihr werdet also vorerst nicht in euren Liegestühlen herumlümmeln!«, fällt ihm seine Mutter lächelnd ins Wort. Sie setzt sich neben May, und die beiden, Hände im Schoß, sehen aus, als würden sie gemeinsam Bus fahren. Sie sind hier noch gar nicht angekommen. Können noch nicht wirklich daran glauben. »Wie sind denn die Nachbarn? Sehr etepetete?«

Valerie kichert wieder. Lily bedeutet ihr, still zu sein.

Also, sagt Evelyn, nebenan sind ein Anwalt und seine Frau, ihre Tochter ist in Vals Alter; auf der anderen Seite ein Paar mit zwei älteren Jungs, vermutlich ein Angestellter; in dem älteren Haus schräg gegenüber ein Arzt, irgendein Spezialist mit einer blassen, ziemlich niedergeschlagenen Frau und einer großen Familie; zwei Häuser weiter ein Zahnarzt und seine schwangere Frau.

»Dann müsst ihr euch um eure Gesundheit und eure Zähne ja keine Sorgen machen!«

»Nein! Nicht, dass wir es täten. Tee, Kaffee oder eine schön kühle Limonade?«, fragt Evelyn. Keine Antwort. Sie müssen es noch verdauen: Anwalt! Zahnarzt! Das Parkett und die Vorhänge. Den künftigen Rasen, den man, so er jemals wächst, sicherlich stundenlang mähen muss.

»Wie viel musstet ihr aufnehmen?«, fragt Harrys Vater.

»Viel«, sagt Harry. »Keine Ruhe den Gottlosen. Es wird aber mit jedem Jahr leichter.« Bei dem Gedanken daran bekommt er nächtliche Schweißausbrüche, vierzig Jahre – vierzig Jahre – sind schließlich eine lange Zeit. Zahlen lügen nicht, und im Augenblick liegen die Zinsen bei zwei Prozent. Er weiß, dass er einen Aufstieg vor sich hat, der seinem Vater nie möglich gewesen wäre, wie begabt er an der Drehbank auch sein mochte, wie hart er auch arbeitete. Vorarbeiter war das Äußerste.

Büroarbeit ist anders. Vorgegebene Schritte. Regelmäßige Gehaltserhöhungen. Chancen. Er hat die Gehaltsleiter mit beiden Händen gepackt und wird sie so schnell wie möglich hinaufklettern, wird alles in seiner Macht Stehende tun, um seinen Kindern ein gutes Leben zu bieten, um Evelyn ihre Wünsche zu erfüllen. Während er dort mit seinen Eltern im Wohnzimmer des fertigen Hauses steht, erinnert er sich an den Tag, an dem er Evelyn kennenlernte und sie nach Hause begleitete, wie sie an den großen Villen am Park vorbeikamen und sie sich ihm zuwandte und sagte: »Stellen Sie sich mal vor, in so einem Haus zu leben! Wie es wäre, von dem großen Erkerfenster aus auf all das hinauszusehen.« Wie es ihn sowohl berührte als auch erregte. Und noch immer liebt er die stürmische, körperliche Art, auf die Evelyn will, was immer sie will. Er ist ihr Agent. Sie äußert einen Wunsch, er findet einen Weg; gemeinsam arbeiten sie dafür; und ja, er wird also jeden Tag ein Hemd mit gestärktem Kragen anziehen, eine Krawatte und einen seiner zwei Anzüge; er wird den Zug um zwanzig nach sieben nehmen, eine Aktentasche tragen, Unterlagen mit nach Hause bringen, sich umziehen und im Garten oder am Haus arbeiten. Manchmal, wenn er nicht einschläft, hat er im Zug Zeit zu lesen …

»Mum, sieh mal«, sagt Evelyn. Sie greift einen der Vorhänge und zieht ihn ein Stück zu, damit sie das Muster erkennen können und sehen, wie er fällt. »Weißt du noch? Ich habe dir doch erzählt, dass ich den Stoff zum halben Preis bekommen habe. Und mir Cousine Bettys Nähmaschine borgen durfte, um sie zu nähen.«

May studiert das Muster, irgendwas Modernes, das ihr nicht sonderlich gefällt: Und hatte Evelyn für den Stoff nicht *elf Pfund* bezahlt, selbst noch zum halben Preis? Nur für Vorhänge. Sie macht eine Pause, blickt ihre Tochter an, ihre Lippen fühlen die Worte vor. »Sehr hübsch, Liebes. Aber wir sind so etwas nicht gewöhnt, und wie gesagt, es ist so weit weg, und ich für meinen Teil werde es vermissen, auf einen Sprung vorbeikommen zu können, um dich und die Kleinen zu sehen.« Tränen treten ihr in die Augen; Evelyn lässt den Vorhang los und geht einen halben Schritt auf sie zu, doch Lily ist schneller, kniet sich auf den Parkettboden, streckt die Arme aus und vergräbt ihr Gesicht im geblümten Schoß ihrer Großmutter. Ihre Schultern beben.

»Ich werde dich vermissen, Granny!«

»Aber ich bringe dir die Mädchen doch alle zwei Wochen vorbei«, sagt Evelyn, »und du kannst jederzeit herkommen und hier übernachten. Es wird so viel schöner sein, wenn erst alles wächst und wir draußen sitzen können, dann pulen wir Erbsen und hören den Vögeln zu.«

»Wir werden sehen«, sagt May, streichelt über Lilys Haar und wendet den Blick nicht von ihrer Tochter ab; Jahre später, nachdem Lily geheiratet hat und sie und Ed ihr den Plan eröffnen, nach Australien auszuwandern, wird Evelyn sich an diesen Blick erinnern, diese furchtbare Mischung aus Liebe und Vorwurf; jetzt steht sie da, hält ihm stand, und Adeline legt den Arm um Mays Schultern und drückt sie an sich.

»Selbst die Luft hier ist anders! Man muss sich nur daran gewöhnen«, sagt sie, während sich Lily, mit nass im Gesicht klebendem Haar, mühsam aufrappelt, »oder, Al? Aber was für ein Haus! Ich bin sicher, ihr werdet hier sehr glücklich werden.«

Und erst dann, endlich, mit einer Art von erteiltem und vereinbartem Segen, sind sie so weit, können Tee trinken (zum Glück aus vertrauten Tassen) und später ins Esszimmer zu Schweinepasteten, sauren Gurken und Salat umziehen, dann zurück ins Wohnzimmer zu noch mehr Tee mit großen Stücken eines selbstgemachten Biskuitkuchens, um sich für den Rückweg zu stärken.

»Zum Bus geht es immerhin meist bergab!«, verkündet May, als sie sich auf den ersten Teil der Heimreise begeben: ein Satz, den Valerie so oft nachplappern wird, bis niemand mehr darüber lacht.

Und bald darauf werden Harry und Evelyn, in Unterwäsche und einander an den Händen haltend, nebeneinander auf dem Rücken auf ihrem Bett liegen, umgeben von der Maßlosigkeit des Zimmers und all den Schränken und Kommoden, die sich danach sehnen, befüllt zu werden.

»Es wäre ihnen einfach viel lieber, wir würden in einer Bruchbude um die Ecke wohnen!«

»Jede Wette, wenn wir es *nicht* gemacht hätten, würde deine Mutter jammern, dass ich nicht gut genug für dich sei.«

»Stimmt. Sie wird ihre Meinung schon noch ändern, glaube ich. Und selbst wenn nicht, tja …«

»Evelyn«, sagt er, »erinnerst du dich an den Tag, an dem wir uns kennengelernt haben? Als wir an den großen Häusern am Wandsworth Common vorbeigegangen sind?«

»Mmm …«, sagt sie. Weder ein Ja noch ein Nein.

»Wir kannten uns gerade erst eine halbe Stunde«, fuhr er fort, »aber schon damals wusste ich, dass du dein eigenes Haus mit Garten haben musst. Groß und sauber und hell, das Gegenteil von den verrußten, kleinen Reihenhäusern, in denen wir aufgewachsen sind. Ich wusste, ich muss es schaffen, für dich.« Er betrachtet ihr Gesicht. Die weiche Haut ihrer Augenlider, ihre vollen Lippen, die jetzt lächeln.

»Das weiß ich noch. Du hattest einen dunkelblauen Anzug an.« Sie atmet ein und langsam wieder aus. Ihre Hand streift sein Bein, legt sich daneben – er kann nicht anders, als zu reagieren: die herrliche, vertraute Blutwelle. »Ich wünschte nur, der Garten würde schneller wachsen«, sagt sie, als er sich zu ihr umdreht.

So gut

Der Weg zur Praxis – die Allee hinunter bis zu den wenigen
Geschäften an der Grünfläche, die Hauptstraße hinauf (es sei
denn, sie bekam den Bus, doch der war nie pünktlich) und dann
links durch die Wohnstraßen am Stadtrand – dauerte bei straffem Tempo rund eine halbe Stunde. Vermutlich war es Zeitverschwendung, weil das Gefühl, das sie mitunter überkam, aller
Wahrscheinlichkeit nach nichts bedeutete. Doch so oder so war
es immer noch angenehm, an einem strahlenden Novembertag
draußen zu sein, und alles lief bestens, abgesehen von Valerie
und dem Lippenstift und den verfluchten Nachrichten, denn
wenn die Russen nicht gerade ihre eigenen Leute in Lager steckten oder so taten, als hätten sie ein neues Kapitel aufgeschlagen,
dann schleuderten sie einen Hund ins All, schlugen die Polen
oder die Ungarn nieder oder zündeten Atombomben, woraufhin alle anderen gezwungenermaßen nachzogen, sodass sich
niemand jemals wieder entspannen und sicher fühlen konnte.
Bei den armen Leuten im Lake District war die Milch schon
radioaktiv. Doch diese Atomwaffengegner, angebliche Genies,
waren verrückt. Drohungen durfte man nicht nachgeben.

Und vielleicht hatte Harry recht, und sie sollte kein Radio
hören, wo es sie doch so aufregte. »Versuch, dich damit nicht
zu sehr zu befassen«, hatte er gesagt, als er im Bett hinter ihr lag
und ihr den verspannten Nacken massierte. »Immerhin haben
wir den Krieg überlebt.«

»Noch einen würde ich nicht aushalten.«

»Ich fürchte, es wird immer wieder welche geben, das ist
der Lauf der Dinge«, meinte er und ließ seine Hände einen

Augenblick lang sinken, bevor er sie weiter massierte, »aber ich glaube auch, dass wir Glück haben werden und den nächsten nicht mehr erleben. Lass dir von dem Gedanken daran nicht alles vermiesen. Wir können ohnehin wenig dagegen tun. Denk einfach an alles, was wir haben.«

Wenig tröstlich.

Dabei hatte er recht, der Garten war wunderschön gediehen und die Luft in den Vororten frisch; die Läden waren randvoll mit allem, was man sich nur vorstellen konnte, und trotz der Russen ging es ihnen, wie Macmillan ziemlich salopp gesagt hatte, so gut wie nie. Am besten hielt man sich daran. Und dann der gestrige Schulbesuch – die Freude, im Studierzimmer neben dem Schreibtisch von Mrs Phillips zu sitzen, zu lächeln und zu nicken, als ihnen gesagt wurde: *Sie können mit Ihren Mädchen sehr zufrieden sein. Beide sind Universitätsmaterial.* Ein merkwürdiger Ausdruck, kamen sie und Harry anschließend überein, stolz waren sie natürlich, und doch wusste Evelyn nicht recht, ob ihr die Idee behagte, dass man die Mädchen zerschneiden und in etwas verwandeln würde, Vorhänge oder Kleider oder was auch immer. »So ist es nun mal«, sagte Harry.

»Wie fänden Sie es, wenn Ihre Töchter ein Studium aufnähmen, Mr und Mrs Miles?« Niemand in der Familie hatte so etwas bisher gemacht. Auf beiden Seiten hatten die meisten die Schule mit vierzehn verlassen. Dass sie auf der Oberschule in der Abschlussklasse gewesen war und Harry ein Stipendium bekommen hatte, machte sie bereits zu Ausnahmen.

Das müssten die Mädchen selbst entscheiden, sagte Evelyn, wobei sie und ihr Mann natürlich wüssten, dass Bildung generell etwas sehr Gutes sei, weshalb sie die beiden auch ermutigt hatten, an der Stipendienprüfung der Schule teilzunehmen.

Ermutigt? *Darauf bestanden.* Niemand, der seine fünf Sinne beisammenhatte, würde sich diese Chance entgehen lassen. Seht nur, was es eurem Vater gebracht hat.

Als Mrs Phillips nickte, funkelte die Goldkette an ihrer Brille im Licht der Tischlampe mit ihrem Jugendstil-Schirm aus buntem Glas. Lily könnte vielleicht Jura studieren, sagte sie. Sie könnte Anwältin werden. Sicher, das war ungewöhnlich, aber es war *möglich* ...

»Lilian hat einen ausgeprägten Gerechtigkeitssinn. Sie begreift komplizierte Gedanken leicht und nimmt oft Details wahr, die manch andere vielleicht übersehen ... Valerie dagegen scheint mir praktischer und naturwissenschaftlicher veranlagt, dabei aber auch künstlerisch – eine große Gabe, wenn auch natürlich weniger verlässlich in Sachen Berufswahl. Möglicherweise wäre Medizin etwas für sie, obwohl es zugegebenermaßen wohl zu früh ist, das zu beurteilen.«

Medizin? Valerie, die sie wegen des Lippenstifts angelogen hatte.

Manchmal, sagte Mrs Phillips, schafften es Widmore-Mädchen sogar auf geförderte Plätze in Oxford oder Cambridge. Auch wenn natürlich immer noch die meisten, unabhängig von ihrem Potenzial, heiraten wollten. Zumindest aber würden sie als Studentinnen wahrscheinlich etwas später und außerdem gebildetere, wohlhabendere Männer heiraten.

Oxford oder Cambridge!

Wobei es einfacher wäre, wenn es sich um Jungen handelte. Unkomplizierter.

»Wir werden ihnen selbstverständlich nicht im Weg stehen«, sagte Harry, und beide schüttelten Mrs Phillips' knochige, aber überraschend warme Hand, bevor sie die Fachlehrer aufsuchten und sich dann die Aufführung von *Das Wintermärchen* ansahen ... Und während sie sich das jetzt alles noch einmal durch den Kopf gehen ließ und den Berg hinaufeilte, um dem Lärm der Hauptstraße so schnell wie möglich zu entkommen, dachte sie an einen Ausflug vor dem Krieg: das intensive Grün des Flusses bei Cambridge und Harry, der mit aufgekrempelten Ärmeln den Stechkahn steuerte, in dem sie sich zurücklehnte …

Obwohl sie ihren Mantel aufgeknöpft hatte, war sie errötet und verschwitzt, als sie in der Praxis ankam, wo die ledige Tochter von Dr. Ransome am Empfang saß, eine Frau um die dreißig, mit einem bedauernswerten Pferdegesicht. Es machte wohl kaum Spaß, dachte Evelyn, noch immer zuhause zu wohnen und dort auch zu arbeiten, schließlich nahm die Praxis in dem großen Einfamilienhaus des Doktors den größten Teil des Erdgeschosses ein. Niemals fortgekommen zu sein und den ganzen Tag in einem trostlosen Raum voller keimtriefender Menschen zu verbringen … Auf der Damentoilette ließ sie sich kaltes Wasser über die Handgelenke laufen und spritzte es sich ins Gesicht. Sie fühlte sich noch immer kerngesund.

»Herein!«, rief Dr. Ransome, und sie schob sich in das Sprechzimmer, das früher einmal das Wohnzimmer des Hauses gewesen war. Ransome, ein gepflegter kleiner Mann, dessen Glatze von einem Kranz aus silbernen Haarbüscheln gesäumt war, saß an einem großen Tisch, ein Erkerfenster im Rücken. Er hatte ihnen in den vergangenen Jahren gute Dienste geleistet, auch wenn sich alle einig waren, dass er zu viel redete und sein gutes Gedächtnis gern unter Beweis stellte.

»Nehmen Sie Platz, Mrs Miles«, begrüßte er sie, »wie schön, Sie zu sehen. Wie geht es der Familie? Wie alt sind die Mädchen jetzt?«

»Siebzehn und zwölf.«

»Und wohlauf? Beide auf der Widmore House? Und Ihr Gatte ist weiterhin bei der Londoner Stadtverwaltung beschäftigt? Gefällt es ihm dort? Kommt er voran?«

»Ja …«

»Für die Regierung zu arbeiten hat seine Nachteile, wie ich aus eigener Erfahrung weiß! Urlaubszeiten und Rente sind andererseits natürlich gut … Also, was führt Sie zu mir, Mrs Miles?«

Evelyn richtete sich auf. Räusperte sich. Hörte in ihrer Stimme zu ihrer eigenen Überraschung ein Zittern.

»Ich habe manchmal das Gefühl, dass mein Herz sehr heftig schlägt.«

Gerade wieder letztes Wochenende, lange nachdem Valerie die Wahrheit gestanden, geweint und sich entschuldigt hatte und obwohl sie beinahe akzeptieren konnte, dass der Kauf eines Lippenstifts vergleichsweise trivial war – sie hätte ihn, betonte Harry, ja auch stehlen können –, hatte sie schlaflos auf dem Rücken gelegen und das schreckliche unablässige Klopfen in ihrer Brust gespürt. Es *gehört*. Schockiert hatte sie festgestellt, dass ihre Hände zu Fäusten geballt waren, und um sich abzulenken, war sie nach unten gegangen und hatte den Ofen geputzt. Irgendwann kam auch Harry nach unten und fand sie dort auf Knien, mit Gummihandschuhen.

»Es ist halb drei!«

»Ja, und?«, erwiderte sie. »Soll ich vielleicht einfach so herumliegen?« Dann erzählte sie ihm von dem Herzklopfen, und am nächsten Morgen nahm er ihr das Versprechen ab, Ransome aufzusuchen, für alle Fälle.

Die Lüge war aufgeflogen, weil sie zum Zirkus im Park gegangen waren und Valerie Zuckerwatte gewollt, aber kein Geld mehr hatte und behauptete, es sei ihr aus dem Portemonnaie gestohlen worden. Harry nahm es ihr ab und lud alle ein; Evelyn, die aus irgendeinem Grund misstrauisch war, durchsuchte später die Lackleder-Handtasche, die Val von ihr geerbt hatte, und fand den Lippenstift, einen teuren in einer goldglänzenden Hülle, Farbe *Rouge intense*, wie auf der Unterseite stand.

»Du bist viel zu jung für Lippenstift«, sagte sie. »Und kein Wunder, dass dir das Taschengeld ausgegangen ist!«

»Ich habe ihn ja nur bei Angela getragen, aus Spaß. Sie wollte mir ihren nicht geben, aus Angst vor Keimen.«

»Und das soll ich dir glauben? Mir hast du erzählt, dass ihr gemeinsam Mathe-Hausaufgaben macht.«

»*Haben* wir auch, aber wir haben halt auch den Lippenstift ausprobiert … Es tut mir leid, sehr.« Die Tränen waren glaubwürdig, aber welche anderen Lügen hatte sie ihnen bereits aufgetischt (und welche würden noch folgen?) Angelogen zu werden war unerträglich, selbst wenn, wie Harry an jenem Abend gesagt hatte (warum nur musste er immer darauf bestehen, beide Seiten einer Sache zu betrachten?), es womöglich ein ganz natürlicher Teil der Kindheit war, mit Kosmetik und Unaufrichtigkeit herumzuexperimentieren. Er konnte nicht verstehen, was sie daran so aufregte – fand die Vorstellung, wie die Mädchen mit ihren scharlachroten Lippen den Winkel der Hypotenuse berechneten oder was auch immer, vielmehr amüsant.

Er habe ganz ähnliche Sachen gemacht, sagte er – nicht mit Lippenstift, aber Lügen und sogar Stehlen, das ja –, und sie doch bestimmt auch?

»Nicht, dass ich wüsste«, hatte sie gesagt und sich geweigert, ihn anzusehen …

»Und mein Zahnarzt meint, ich knirsche mit den Zähnen«, sagte sie zu Ramsome.

Wenn die Leute sich nicht an Regeln halten und man die Fakten nicht kennt, wie soll man wissen, was wahr ist, und entscheiden, was zu tun ist? Weigert sich jemand …

»Vermutlich ist es nichts. Ich dachte nur, ich frage besser mal nach.«

»Nachsehen schadet nie.« Ransome lehnte sich zurück, wischte sich die Brille von der Nase, langte nach einem quadratischen Stückchen Stoff und polierte die Gläser, während er fortfuhr: »Schlägt es heftig bei normalem Tempo, oder würden Sie sagen, dass es auch schneller schlägt?«

»Nur heftiger.«

»Seit wann haben Sie das?«, fragte er. Weil sie es immer ignoriert hatte, ließ sich das schwer sagen. »Wochen, Monate oder Jahre?«

»Dieses Jahr ist es mir häufiger aufgefallen«, sagte sie. Ransome stand auf und zog die Blutdruckmanschette aus seiner Schublade. Schweigend legte er sie ihr um den Arm, blieb vor ihr stehen und pumpte die Manschette auf. Beide warteten, dass sie die Luft mit einem Seufzen wieder abließ. »Recht hoch«, bemerkte er.

»Wie fühlt sich Ihr Herzschlag jetzt gerade an?«, fragte er und ließ das Stethoskop in den V-Ausschnitt ihres Kleides gleiten.

»Bestens.«

»Klingt auch so ... Wie ist Ihre Periode?«, fragte er.

»Gleichmäßig. Heftiger, als es mir lieb ist«, sagte sie. Sie räumte gewisse Stimmungsschwankungen im Vorfeld und eine Neigung zu Reizbarkeit und Tränenausbrüchen ein, und ja, das Herzklopfen trat zu diesen Zeiten auf, aber auch zu anderen.

»Ich denke, wir machen besser eine gründliche Untersuchung. Nehmen Sie das und flitzen Sie hinter den Wandschirm.«

Flitzen!, dachte sie, wie bitte? Bin ich vielleicht eine Dreijährige?

Der Wandschirm bestand aus einem rollbaren Metallgestell mit Stoffbahnen, die zwischen die Querstreben gespannt waren. Sie war schon mal dahinter geschickt worden, mehrfach mit Lily, die ihre neue Schule anfangs nicht gemocht und eine Phase mysteriöser Organschmerzen durchgemacht hatte sowie eine richtige Brustkorbinfektion, Windpocken und so weiter. Sobald irgendetwas umging, steckte sie sich an. Valerie dagegen war ein robustes Kind und selten krank. Gut möglich, hatte Ransome bei früherer Gelegenheit gemutmaßt, dass ein Nachkriegskind gesünder und selbstsicherer sei als ein im Krieg geborenes.

Als sie ihre Schuhe auszog, fiel ihr Blick auf die schmale, verstellbare Behandlungsliege, eine Stehlampe und einen Stuhl sowie diverse Vorratsschränke und ein Becken, an dem sich der Arzt die Hände waschen konnte. Mit mir ist alles in Ordnung, dachte sie: Ganz sicher war da nichts, was es wert war, das Gewand überzuziehen, das Ransome ihr gereicht hatte, ein blassgrünes Etwas mit weißen Bändern. Wie herum trug man das? Sie kämpfte mit dem Reißverschluss am Rücken ihres Kleides, pellte sich dann aus Hüfthalter und Strümpfen und beschloss, Büstenhalter und Höschen anzubehalten.

Die Behandlungsliege war merkwürdig hoch, und davor stand ein tragbarer Tritt. Sie legte das dünne Kissen zurecht und zog das Laken hoch.

Ransome schrubbte sich energisch die Hände mit einer stark riechenden antiseptischen Seife und trocknete sie an einem blauen Papierhandtuch ab. Dann zog er das Laken beiseite und hob den Kittel an.

»Oh«, sagte er. »In Ordnung. Ich untersuche zuerst Ihren Bauch, aber an Ihren Gebärmutterhals komme ich nicht heran, wenn Sie angezogen sind. Würden Sie die bitte etwas herunterschieben?«

Was, dachte sie, hat mein Gebärmutterhals bitte mit meinem Herzen zu tun?

Seine Finger drückten auf dem Fleisch ihres Unterleibs herum, fuhren systematisch von einer Seite zur anderen, dann ein Stück aufwärts und wieder zurück.

»Ist da etwas unangenehm?« Nein, außer dass er ihr übereifrig erschien. Was glaubte er zu finden? Sie fragte nicht danach.

»Befriedigendes Eheleben?« Eine ziemlich zudringliche und auch irrelevante Frage, aber sie nickte.

»Ich nehme an, Sie haben die Familienplanung abgeschlossen?«

»Ich denke ja.«

»Treffen Sie Vorkehrungen?«

Es wäre ihr lieber gewesen, diese Dinge im Sitzen und angezogen gefragt zu werden, aber weil es einfacher war, als alles ausführlich zu erklären, und auch weil sie das Gefühl hatte, dass es das war, was er hören wollte, sagte sie schlicht *ja*. Es war gar nicht so weit von der Wahrheit entfernt: Nach Valeries Geburt hatte sie einige Jahre lang mit Unterbrechungen ein Diaphragma benutzt. Mehrere, um genau zu sein, von denen jedes fälschlich behauptete, es sei leichter einzuführen und weniger störend als das letzte. Ihrer Meinung nach raubte es den Dingen die verbliebene Romantik, und so hatten sie es aufgegeben.

»Und was, wenn wir noch eines bekommen?«, hatte Harry gesagt. »Ich hätte nicht das Geringste dagegen.«

Er musste das Bekommen ja auch nicht mitmachen.

»Also, seien Sie vorsichtig«, sagte Ransome. »Sie sind siebenunddreißig, wenn ich mich recht entsinne? Eine Schwangerschaft ist immer noch möglich, aber nicht ratsam. Ich werfe jetzt einen Blick ins Innere.« Er verschwand kurz, während sie ihre Unterwäsche auszog, kam zurück und wies sie an, wie sie ihre Füße in den Halterungen positionieren solle, wusch sich noch einmal die Hände und hielt, wie sie erleichtert feststellte, das grässlich aussehende Stahlding unter den heißen Wasserhahn.

»Ganz entspannt«, sagte er, woraufhin ihr Herz heftig zu schlagen begann: *Leichter gesagt als getan*, dachte sie, als er sich bückte, um das Ding in sie hineinzuschieben. »Schön«, murmelte er, »schön ... sehr gut.«

Zurück am Schreibtisch beglückwünschte er sie: »Sie sind das blühende Leben. Wenn Ihre Periode schlimmer wird, kann ich Sie an einen Spezialisten überweisen. Was den Blutdruck betrifft, er könnte sicherlich etwas mit dem zu tun haben, was Sie beschreiben. Da hilft am besten Bewegung. Allerdings habe ich tendenziell das Gefühl, dass dieses Problem zwar zum Teil hormonell bedingt sein könnte, vor allem aber psychologischer Natur ist.«

»Was meinen Sie?«

»Nun, wann tritt es auf?«

»Zu allen möglichen Zeiten.«

»Aber gibt es bestimmte Umstände, Stimmungen, die Sie damit assoziieren? Geschieht es einfach so, zufällig, oder gibt es einen Auslöser?«

»Na ja«, sagte sie. »Meistens gibt es eine bestimmte Sache, die mich aufregt.«

»Nun, das müssten wir beobachten. Was ruft den Stress hervor, der Ihren Körper so reagieren lässt?«

Sie starrte ihn an, unfähig, ihm zu antworten.

»Und da ist noch etwas, was es zu bedenken gilt – doch das ist nur eine Vermutung –, Ihre Mädchen werden größer. Sie sind noch jung und dynamisch. Bald werden Sie wieder mehr Zeit zur Verfügung haben. Man darf mit Fug und Recht sagen, dass eine so intelligente, lebhafte Frau wie Sie vielleicht etwas anderes als nur die Hausarbeit braucht, um sich zu beschäftigen. Ich meine natürlich nicht unbedingt bezahlte Arbeit, insbesondere, wenn das nicht nötig ist …«

»Das ist es selbstverständlich nicht …«

Kurz musste sie an ihren Schreibtisch im Empfangszimmer bei Wilson & Wilson denken: das Telefonklingeln, die ruhige Freude, den Hörer abzunehmen, Klienten zu begrüßen, die zu ihren Terminen erschienen. Sie erinnerte sich daran, wie sie hineinging, um ein Diktat aufzunehmen, an haufenweise getippte Briefe, die überprüft und unterschrieben werden mussten. Dickes cremeweißes Papier mit geprägter Adresse … Beide Partner lobten sie oft für ihre Arbeit und kündigten ihr dennoch in dem Moment, in dem sie ihnen sagte, sie werde heiraten. Karriere oder Ehemann. Nicht beides. Nicht damals. Wie sie geweint hatte. Dabei wäre ihr die Lust bestimmt irgendwann vergangen. Wäre es heute wirklich anders, selbst wenn man Jura in Oxford studierte? Und überhaupt, was war so wunderbar daran zu arbeiten? Harry war jedenfalls nicht fürchterlich enthusiastisch.

Vielleicht, schlug Dr. Ransome vor, irgendeine *freiwillige* Tätigkeit?

»Erklären Sie mir doch bitte, inwiefern das mein Herzklopfen lindern soll.«

»Nur so eine Ahnung. Etwas, in das Sie sich stürzen können. Das Women's Institute ist wohl passé, habe ich gehört. Aber ich weiß, dass die Krankenhäuser immer freiwillige Damen suchen.«

»Ich mag keine Krankenhäuser«, sagte sie und merkte, wie ihr Herz nun immer kräftiger schlug, zu viel Raum in ihrer Brust einzunehmen schien. »Sie sind sehr deprimierend. Abgesehen natürlich von den Entbindungsstationen. Überall Krankheit und Tod ...«

»Ich würde meinen, dass die meisten Menschen sehr viel gesünder herauskommen als sie hineingehen«, sagte Ransome und starrte sie auf eine ziemlich enervierende Weise an.

»Mein Vater hat sie gehasst.«

»Nun, sicher«, sagte Ransome und stellte sein berühmtes Gedächtnis zur Schau, »Tuberkulose ist heutzutage sehr viel besser erforscht und wird entsprechend behandelt. Damals jedoch muss es für Sie und Ihre Mutter sehr schwer gewesen sein.« Er lehnte sich ein Stück vor.

»Ja. Über Jahre hinweg ging er in Arztpraxen, Krankenhäusern und Kliniken ein und aus«, sagte sie. »Und natürlich musste man damals manchmal, je nachdem, wieviel Glück man hatte und wer das jeweils veranschlagte, die Kosten übernehmen, und meine Mutter konnte es sich kaum leisten. Er trank. Und rauchte, was nicht gerade hilfreich war. Irgendwann hatten sie die TB im Griff, aber dann setzte seine Leber aus ...« Ransome nickte.

»Hmm«, sagte er, »sehr schwierig.«

»Meine Mutter bat mich zu kommen und mich zu ihm zu setzen«, erzählte Evelyn zu ihrer eigenen Verwunderung. »Er hielt unsere Hände und weinte. Es war entsetzlich. Ich wusste nicht, was ich sagen sollte.«

Damals war sie erschrocken, wütend und traurig gewesen, alles zugleich, doch sie hatte nicht geweint. Jetzt, aus heiterem Himmel, war ihr Gesicht tränenüberströmt.

»Das ist zehn Jahre her, und normalerweise bin ich nicht so!«, sagte sie und tupfte sich das Gesicht mit dem Taschentuch ab, das der Arzt ihr anbot.

»Schon gut, schon gut. Ich bin sicher, er wusste es zu würdigen, dass Sie da waren … Gut, dass Sie das einmal loswerden«, sagte Ransome. »Im Krankenhaus auszuhelfen wäre offensichtlich keine gute Idee, aber ich bin sicher, dass es noch andere Möglichkeiten gäbe. Denken Sie mal darüber nach. So lange könnte ich Ihnen, für ein paar Monate nur, ein mildes Beruhigungsmittel anbieten.« Sie warf das Taschentuch in den Mülleimer und richtete sich in ihrem Stuhl auf.

»Bekommen so etwas nicht geisteskranke Patienten?«

Er lächelte auf eine ihrem Gefühl nach recht herablassende Art und blickte verstohlen auf seine Armbanduhr.

»Nicht direkt, nein. Es ist niedrig dosiert, geeignet für Alltagsprobleme. Es kann sehr dabei helfen, Stimmungsschwankungen auszugleichen, und wird in solchen Situationen immer häufiger verwendet.«

Als wäre sie eine Kuh oder ein Schaf, das gebändigt werden müsste! Geleitet. *Gehandhabt.*

»Ich denke, ich komme auch so zurecht«, sagte sie und begriff beim Sprechen, was ihr Herz so heftig pochen ließ: Es geschah immer dann, wenn Leute die Regeln brachen, wenn sie logen, wenn sie das, was sie sagte, ignorierten oder scheinbar verspotteten, wenn sie ein überlegenes Wissen heuchelten, über das sie gar nicht verfügten, und versuchten, sich über sie hinwegzusetzen, sie herablassend zu behandeln, niederzudrücken oder übers Ohr zu hauen. Es geschah, wenn andere nicht verstanden, was sie meinte, und es auch nicht verstehen wollten und sich widerwärtig verhielten oder idiotisch oder sie absichtlich frustrieren wollten ...

Sie stand auf, und er tat es ihr gleich, reichte ihr über den Schreibtisch hinweg die Hand; als sie sie nahm, legte er die andere darauf – feucht und heiß –, um ihre Hand fest zu drücken. Unangebracht.

»Zögern Sie nicht, sich wieder einen Termin geben zu lassen«, sagte er. »Immer ein Vergnügen, Mrs Miles.«

Der Form halber sollte sie *vielen Dank* sagen, brachte es aber nicht über sich. Wollte er sie für dumm verkaufen? Weshalb musste er ihr das gottverdammte Ding hineinstecken, wenn sie eine Frage zu ihrem *Herzen* hatte? Und ganz sicher würde sie weder in einem Krankenhaus noch irgendwo anders umsonst arbeiten. Welchen Sinn sollte das haben?

Als sie die Hauptstraße erreicht hatte, war ihr Gesicht getrocknet. Sie kaufte Staubsaugerbeutel für den Hoover, eine Packung Surf-Waschpulver und eine Flasche 1001-Teppichshampoo für die obere Etage und ging dann, weil sie das Gefühl hatte, eine Belohnung verdient zu haben, bevor sie den Bus nach Hause nahm, noch ins Silver Spoon.

Eine ältliche Kellnerin in der Café-Uniform, bestehend aus einem strengen schwarzen Kleid und einer rüschenbesetzten Schürze, kam an ihren Tisch, in der Hand einen winzigen Notizblock und einen ebenso winzigen silbernen Stift.

»Madam?«

»Ich hätte gern einen Milchkaffee und ein Rosinenbrötchen mit Butter.« Sie beobachtete, wie sich die Kellnerin mit ihrer Bestellung zurückzog: Sie hinkte ein wenig, und ihre dicken fleischfarbenen Strümpfe verdeckten weder die dunklen, beinahe grünlichen, erhabenen Venen, die sich an einer ihrer Waden hinaufwanden, noch ihre über die Schuhe hinausquellenden Füße, ganz gleich wie zweckmäßig sie sein mochten.

Die Bedienung hier war berüchtigt langsam, also stand sie auf und ging nach unten, um sich auf der Damentoilette frisch zu machen. Der Raum war mit einer Tapete geschmückt, deren geprägtes Muster vage an Königshäuser erinnerte. In einem Bereich abseits der Waschbecken und Toiletten befanden sich drei gepolsterte Hocker und hell erleuchtete Spiegel über einem Regal mit Messinghaken, an die man seine Handtasche hängen konnte, anstatt sie auf den Boden zu stellen. Als sie überrascht feststellte, wie blass ihr Gesicht war, wollte sie mit etwas Farbe nachhelfen, grub in ihrer Handtasche und fand neben ihrem eigenen Lippenstift auch jenen, den sie bei Valerie konfisziert hatte, *Rouge intense*. Einem Impuls folgend, nahm sie die Kappe ab, lehnte sich zum Spiegel vor und folgte sorgfältig den Konturen ihres Mundes, bevor sie die Lippen aufeinanderpresste, um die Farbe zu verteilen. Er war greller als ihr eigener, aber auf eine Art auch genau das, was sie jetzt brauchte. Ohne es zu hinterfragen, setzte sie die Kappe wieder auf und warf den Lippenstift in den Mülleimer, dann trat sie einen Schritt zurück, um die Frau im Spiegel anzulächeln, die aufrecht und stolz in ihrem mit einem Gürtel verschlossenen blaugrünen Mantel dastand – die Mutter zweier Mädchen, die studieren würden –, ihre schwarzen Lederhandschuhe in der rechten Hand, die linke in der Manteltasche, und nichts, aber auch gar nichts fehlte ihr.

Klänge

Valerie hatte *Black Beauty* neben ihren Teller auf den Tisch gelegt und bereits angefangen zu essen. Immer wieder fiel etwas aus ihrem Sandwich heraus.

»Also«, verkündete Harry, »bislang ein guter Tag.«

»Freut mich, dass du es so siehst«, sagte Evelyn, die auf halbem Weg zwischen Küche und Esszimmer stand, und schleuderte eine Salatschüssel in seine Richtung. Es war dicke spanische Töpferware, ein Geschenk von den Hallidays, und als sie die Wand hinter ihm traf, vielleicht dreißig Zentimeter von seinem Kopf entfernt, zerbrach sie nicht, sondern schlug dumpf auf und prallte nach vorn ab; krachend kam sie auf der Ecke des Tisches auf und zersprang in mehrere große Stücke, die weiter zersplitterten, als sie mit einem kurzen, spröden Getrommel auf dem Parkett landeten. Salatblätter und Gurkenstücke, die unterwegs herausgeflogen waren, erreichten den Boden ungefähr zur gleichen Zeit. Es folgte ein Moment absoluter Stille, dann brach Evelyn, massig in ihrem Hängekleid, in Tränen aus.

»Ich hätte das holen sollen«, sagte Harry und schob seinen Stuhl zurück.

»Ich habe das alles so satt! Wann ist es endlich vorbei?«, sagte Evelyn. »Wage es *ja* nicht, darauf zu treten, du ruinierst die Versiegelung des Bodens!«

»Val – holst du bitte Kehrblech und Handfeger?«, sagte Harry, und seine angehende mittlere Tochter, die bald dreizehn wurde, stand vom Tisch auf und ging hinter ihrer Mutter vorbei in die Küche, um beides zu bringen. Evelyn zog ihren Stuhl vor und setzte sich. »Ich wollte das nie«, sagte sie mit glänzenden

Wangen, ihre eben noch so verkrampften Arme lagen schlaff in ihrem Schoß. Val machte sich daran, die Scherben aufzufegen.

»Danke, mein Schatz«, sagte Harry zu Val. »Keine Sorge, deine Mutter ist nur sehr müde, weil das Baby über den Termin ist ...«

»Ich weiß«, sagte Val.

»Willst du etwas essen?«, fragte er Evelyn.

»Nein«, sagte sie, nahm ihr Sandwich und biss hinein. »Val, vergiss nicht, die Scherben da in Zeitung einzuwickeln, bevor du sie in die Mülltonne wirfst.«

»Ich weiß«, sagte Val erneut, und sie kam nur noch einmal ins Esszimmer zurück, um ihr Buch und ihren Teller zu nehmen und nach oben zu verschwinden.

»Ich hätte etwas gegen dieses Baby unternehmen sollen!« Evelyn starrte die Wand an und aß weiter, die eine Hälfte ihres Sandwiches hatte sie bereits verspeist. »Tja, jetzt ist es verdammt nochmal zu spät.«

Am besten nicht anfassen.

Er blieb sitzen und sah ihr beim Essen zu.

»Ich weiß, wie schwer es ist ...« Wie sollte er das wissen können? Trotzdem. »Natürlich ist es ungerecht, dass du alles machen musst, das ganze Biologische ... Aber ich bin sicher, wenn es erst auf der Welt ist, geht es dir besser.«

»Bist du, ja?« Sie sah zu ihm auf, ihre Augen, immer außergewöhnlich, jetzt dunkel und feurig und flüssig zugleich.

»Ja«, sagte er und erwiderte ihren Blick. »Was kann ich tun?«

»Nichts«, erwiderte sie, und als sie nach seinem Teller griff, dachte er kurz, sie wolle den auch noch werfen.

Er meinte, sich an den Moment erinnern zu können. An einem Freitag im Juli waren sie mit dem Taxi von der Abschiedsfeier eines Kollegen nach Hause gefahren. Die Champagner-Cocktails dort und die Gerüchte um Harrys anstehende Beförderung hatten Evelyn in ausgesprochen gute Laune versetzt, und in ihrer festlichen Aufmachung – hochhackige Schuhe, silbergraues, figurbetontes Kleid und eine Perlenkette, für die er sich in Unkosten gestürzt hatte – lehnte sie sich an ihn und ließ die Fahrt über ihre Hand auf seinem Bein ruhen. Es war eine sternklare Halbmondnacht, und nachdem Harry den Fahrer bezahlt hatte, gingen sie durch das stille Haus nach hinten in den Garten, der sich von seiner schönsten Seite zeigte, üppig selbst in der Finsternis und voller Rosenduft. Die Luft war lau, nur eine hauchzarte Brise ging durch die Blätter, und eine Weile standen sie dort, mitten auf dem Rasen, und küssten sich, bis Harry zufällig aufblickte und Valeries kleines Gesicht in der Ecke ihres Fensters sah, wo sie den Vorhang aufgezogen hatte. Sobald er sie entdeckte, fiel der Vorhang wieder zu und sie verschwand, aber ohnehin fand er, dass sie besser hineingingen. Das musste die Nacht gewesen sein, da war er fast sicher.

In Sachen Vorkehrungen waren sie ziemlich nachlässig geworden, und was ihn anging, war die Schwangerschaft ein glücklicher Unfall. Doch wie er neulich seiner Ältesten, Lillian, bei ihrem wöchentlichen Anruf aus ihrer Studentenbude erzählte, hatte sie sich zu einer Achterbahnfahrt entwickelt. In seiner – zugegeben schwindenden – Erinnerung an die beiden anderen Male war die schwangere Evelyn jeweils eine sanftere Version ihrer selbst gewesen: noch immer energiegeladen, aber etwas ruhiger, mitunter beinahe träge. Und auch sinnlicher.

Diesmal war es anders. Sie war älter. Die Übelkeit am Morgen war schlimm gewesen, ihre Launen unberechenbar, intensiv und düster.

Ein Kulissenwechsel half. Noch hatten sie kein Auto, also gingen sie langsam eine Runde spazieren, vorbei an den Gärten der Nachbarn, am Ende links, vorbei an den größeren Häusern mit ihren Steinmauern und Toren und auf der anderen Seite zurück. Danach war sie wieder ganz die Alte und wollte eine Tasse Tee.

»Ich kann dir gar nicht sagen, wie froh ich sein werde, wenn das endlich vorbei ist«, sagte sie, ausgestreckt auf ihrem Sessel mit dem Fußhocker, vor sich den aufragenden Babybauch.

»Dauert nicht mehr lang.« Er stellte ihr eine Tasse Tee auf den Beistelltisch. Schon eine Woche überfällig – der Arzt hatte angedroht, die Wehen einzuleiten, wenn sich bis Montag nichts tat.

»Lillian fürchtet, die Leute könnten glauben, es sei ihres, das hat sie mir gesagt. Und Valerie geht es nur darum, bloß kein Zimmer teilen zu müssen. Wirklich, was wir uns da aufbürden, gerade jetzt, wo wir es fast geschafft haben. Zwanzig Jahre, bis es erwachsen und aus dem Haus ist. Dann bin ich *sechzig*.«

Sechzig!

»Unmöglich!«, sagte er. »Es wird alles gut, sobald es auf der Welt ist. Kann ich dir noch etwas bringen?«

»Du könntest mir die Füße massieren. Es wird bestimmt wieder ein Mädchen. Man muss sich nur unsere bisherige Erfolgsbilanz ansehen.«

»Ich mag Mädchen«, erwiderte er.

Er kniete sich neben den Hocker und zog ihr die Hausschuhe aus. Ihre Füße waren leicht feucht in den Strümpfen; seine Finger glitten über das Nylon. Er beugte die Zehen in Richtung Sohle und fuhr mit dem Daumen über den Spann. Als er den Ballen des einen Fußes drückte, verriet ihm ihr Atem, dass sie bereits eingeschlafen war. Ihr Gesicht, von jeglicher Anspannung befreit, sah genauso aus wie damals, als er sie kennengelernt hatte. Ihr leicht geöffneter Mund war sehr anziehend, aber er durfte sie keinesfalls wecken.

»Leise«, sagte er zu Valerie, die mit ihrer dürren Freundin Joanna die Treppe hinaufkletterte.

Er war mit dem Beschneiden der Rhododendren beinahe fertig und hatte gerade innegehalten, um sich den Schweiß und den Blätterstaub von der Stirn zu wischen, als eine Drossel zu singen begann: eine kurze, dreimal wiederholte Phrase, dann eine längere. Wenig später sah er ihn auf einem der unteren Äste der Eberesche am Ende des Beetes sitzen, einen plumpen, getupften Vogel mit erhobenem Schnabel.

Was hatte es mit diesen kurzen Klangsequenzen bloß auf sich, diesen Wiederholungen und Pausen, die ihn reglos dastehen und zuhören ließen? Was daran war so berührend? Er hatte den Vogel schon früher singen hören, hatte ihn, und auch sein Weibchen, gesehen, wie sie Schnecken auf dem Weg aufschlugen, sich durch gefallenes Laub pickten und Würmer aus dem Komposthaufen zogen. Was also war es?

Der Vogel sang weiter. Ein entschlossenes Zwitschern, und dann das Rinnsal eines Gesangs, dreimal wiederholt. Noch einmal. Mehr. Wie Wasser, das einem über das Gesicht gegossen wird.

Valerie hatte eine Zeit lang gern Vögel beobachtet, daher wusste er ein paar Dinge über Drosseln: blau getupfte Eier, Allesfresser, sehr territorial. Ihr lateinischer Name, *Turdus philomelos*, war eine Anspielung auf einen traurigen Mythos, und es war besonders heikel, ihn einer zwölfjährigen Tochter zu erklären. Einer Frau, die vom Ehemann ihrer Schwester vergewaltigt wurde, wird die Zunge herausgeschnitten, um sie zum Schweigen zu bringen, doch sie schafft es, ihre Geschichte zu erzählen, indem sie Bilder in einen Teppich webt und ihn ihrer Schwester schickt, die dadurch Rache übt, dass sie ihren eigenen Sohn, die Brut des Vergewaltigers, tötet, kocht und dem Vergewaltiger zum Abendessen vorsetzt. Die Götter verwandeln beide Frauen in Vögel: Leid und Grausamkeit in Gesang. Transzendenz. Konnte Gesang Grausamkeit und Leid wirklich lindern? Für die Leidenden? Für das Publikum? Doch warum darüber nachdenken oder überhaupt denken … Er wollte ja nur dem Vogel zuhören.

Ein aufsteigender Triller, vier Wiederholungen, ein einziger, sich aufschwingender Ton, und dann irgendetwas zwischen Geplapper und einem Aufschrei, jeder Ton abgesetzt und rein. Er konnte die Kehle und den Bauch des Vogels pulsieren sehen, während er Atem ausstieß und ihn formte und der schmale Schnabel den Klang in fließende Segmente zerhackte. Sein gesamter Körper war beteiligt, wahrscheinlich sogar die Füße, die sich am Zweig festkrallten; nichts trennte die Drossel von ihrem Gesang. Keine Erwartung, kein Zögern, keine Selbstzweifel. Einssein. War es das, was Thomas in seinen Gedichten über die Drossel hatte ausdrücken wollen? Vielleicht würde er sie nachlesen, wenn er hineinging. Aber jetzt lasst mich in Ruhe, beschied er den drosselverliebten Dichtern, allen, ganz besonders aber Edward Thomas, der sich, seit Whitehorse ihn »Adlestrop« in der Schule hatte vorlesen lassen, immer wieder in den Vordergrund drängte … Allerdings ging es da um eine Amsel. *Tretet doch bitte zur Seite und lasst mich es selbst hören*, sagte er zu ihnen. *Hör einfach zu*, sagte er zu sich, *hör jetzt zu*.

Die kurzen kleinen Melodien, stets viermal wiederholt, stießen hinab und stiegen wieder auf. Flüssig und spitz zugleich, waren diese Klänge ganz anders als Laute von menschengemachten Instrumenten, auch wenn eine Flöte ihnen vielleicht nahekam. Fließendes Wasser. Die Pausen zwischen diesen Phrasen oder Melodien, kontrastierende Leerstellen, erwartungsvolle Räume, waren Teil des Gesangs. Es gab Vogelarpeggios. Wendungen und Schnörkel. Klänge, die fast zu scherzen schienen oder zu quaken wie ein Frosch. Tsk, tsk. Uiih! Befehle. Vorhalte. Waren das Worte? Vielleicht. Doch selbst wenn es einfach nur Klänge waren, oder allenfalls Signale, selbst wenn der Vogel nicht wusste, dass er sang, wie wundervoll war es, mit einem gefiederten Wesen in Einklang zu sein, das mit jeder

Zelle seines Körpers sang, um seinen Platz zu markieren – sich danach zu sehnen, in diese Klänge miteinstimmen zu können, und zu spüren, dass er es beinahe konnte.

Die Drossel wiederholte viermal eine aufwärts hüpfende Sequenz aus drei Tönen, verstummte und flog über die Hecke davon, ihr Flügelschlag ein verschwommener Federfleck.

In diesem Augenblick war er sicher, dass im Haus etwas geschah. Er ließ Schere und Schubkarre zurück und eilte hinein. Evelyn war aufgestanden, lief herum, blieb immer wieder stehen, hielt sich an der Tischkante oder einem Fensterbrett fest und gab ein tiefes Stöhnen von sich. »Ich muss ins Krankenhaus«, sagte sie. Er sorgte dafür, dass Valerie mit Joanna nach Hause gehen konnte, lief dann schnell nach nebenan, um sich das Auto der Hallidays auszuleihen. Nur rund die Hälfte der Leute in der Straße besaßen ein Auto.

Im Krankenhaus lehnte Evelyn einen Rollstuhl ab, sagte, im Stehen gehe es ihr besser. Sie mussten mit dem Aufzug in den zweiten Stock fahren und schlurften dort, immer den spärlich gesäten Wegweisern zur Entbindungsstation nach, sehr langsam durch lange Schneisen aus grauen, mit quadratischen Deckenlampen grell ausgeleuchteten Linoleum-Korridoren. Gelegentlich trafen sie auf eine Krankenschwester oder einen Pfleger, der ihnen mit Mopp und klapperndem Eimer oder einem quietschenden Wagen voll sauberer Laken entgegenkam, aber ansonsten war es abgesehen von ihren Schritten und Evelyns schweren Atemzügen gespenstisch ruhig.

»Harry, ich habe einen Riesenhunger«, sagte sie, kurz bevor sie die Rezeption erreichten – einen hohen Tresen, eigentlich fast eine Kabine, über dem an Drähten ein Schild mit dem Wort ENTBINDUNG hing – nicht ungefährlich, ging es Harry durch den Kopf. Just als sie ankamen, erfüllte ein Klang die Luft, halb Stöhnen, halb Schreien. Das Geräusch konnte nur von einer der geschlossenen Türen im Gang links des Tresens kommen.

Die blass aussehende Krankenschwester am Empfang ignorierte es und überprüfte Evelyns Unterlagen.

»Es kommt gleich jemand, meine Liebe«, sagte sie, nahm Harry die Tasche ab und wies ihn an, ein paar Stunden lang das Krankenhaus zu verlassen. Er wartete, bis zwei weitere Schwestern auftauchten und Evelyn in den vierten Raum führten, dann fuhr er zum Fish-and-Chips-Laden; es dauerte nur eine halbe Stunde, aber als er mit je einer Portion für sie beide zurückkam, sah die Lage bereits ganz anders aus.

»Sie ist viel zu beschäftigt, um zu essen«, sagte die blasse Schwester lachend, »am besten, Sie gehen wieder nach Hause und legen sich hin.«

»Sie hat gesagt, sie sei sehr hungrig«, sagte er, während ihm der Geruch des frittierten Essens, der mit dem Karbol und den Reinigungsmitteln des Krankenhauses kämpfte, unangenehm bewusst wurde.

»Glauben Sie mir, es würde ihr gleich wieder hochkommen«, erwiderte die Krankenschwester, aber sie nahm Evelyns Päckchen und sagte, sie werde es für nachher im Schwesternzimmer aufbewahren, für alle Fälle, und ja, schmunzelte sie, ihr auch sagen, dass er sie liebe. Womöglich isst sie es selbst, dachte er, aber was blieb ihm übrig? Er kannte den Drill noch von den ersten beiden Malen: Sie wollten einen einfach aus dem Weg haben.

Im Auto, mit offenen Fenstern, schlang er seine eigene Portion Kabeljau und Pommes frites herunter, dann fuhr er nach Hause, gegen halb neun kam er an. Er parkte das Auto der Hallidays auf seiner Einfahrt; sie hatten ihm gesagt, er solle es behalten. In dem leeren Haus starrten ihn die Fenster schwarz an. Er zog alle Vorhänge zu, schlich herum, räumte auf und legte sich die Sachen für den Morgen heraus. Er nahm ein Bad und lag danach auf dem Bett, unruhig, wartend, er versuchte gar nicht erst zu lesen. Lustig: Ihm fiel kein einziges Gedicht über seine Situation ein oder darüber, was Evelyn gerade durchmachte. Wo waren die Dichter, wenn man sie brauchte?

Er dachte an die beiden anderen Geburten: Lillians am Wochenende, lange Wehen; er hatte die beiden zwei Stunden lang gesehen, danach musste er für drei Tage zum Manöver, was ihm ausgesprochen pervers vorgekommen war – wer den Beginn eines neuen Lebens vor Augen hatte, wollte nicht darüber nachdenken, wie man andere am besten tötet. Eine Woche später waren sie zurück in der Wohnung, die Evelyn in der Nähe des Stützpunktes gefunden hatte, und kaum ein Jahr darauf wurde er eingezogen. Bei Valerie hatten Evelyns Wehen während eines Besuchs bei ihrer Mutter eingesetzt, die darauf bestand, sie ins Krankenhaus zu begleiten. Er musste sie zur Beruhigung in den Pub mitnehmen. Und dann diese verfluchten Treppen hinauf zu wieder einer anderen Wohnung, dieses Mal im obersten Stockwerk … Beide Geburten waren problemlos, mit Sauerstoff und Lachgas gegen Ende und einer schnellen Erholung, doch bei etwas so Elementarem wie einer Geburt – ein Mensch drückt einen anderen aus sich heraus – spürte man unwillkürlich das Risiko. Die Ärzte hatten mehrfach auf Evelyns Alter hingewiesen, aber sie war sehr kräftig und hatte es bereits zweimal hinter sich …

Im Nachttisch fand er eines seiner vernachlässigten Notizbücher und versuchte, ein paar seiner Gedanken aufzuschreiben. Wie ähnlich sie in dieser Sache den Tieren waren. Die schiere Körperlichkeit des Ganzen. Die Freude an der Schöpfung. Das strich er wieder durch, weil es kitschig war, und außerdem war Sex auch eine *ernste* Angelegenheit. Gefolgt von Glück und Gefahr … Aufregung, Angst. Und Rätseln: Manchmal war er hinterher sicher gewesen, sie hätten ein Kind gezeugt, doch stellte sich heraus, dass er falschlag. Seine jetzigen Befürchtungen waren also vermutlich unbegründet … *Absurd*, schrieb er. *Diese Trennung ist absurd, wenn man bedenkt, dass es ja mit uns beiden begann, so nah, wie man einander nur sein kann.*

Um Mitternacht, mehr als sechs Stunden nachdem er sie hingebracht hatte, rief er in der Hoffnung, jemand würde ihm von Fortschritten berichten können, auf der Station an. Keine Antwort. Wieder und wieder ertönte der mechanische Rückrufton in der Leitung, entnervend, unermüdlich. Er legte auf, versuchte es wieder, stellte sich das klingelnde Telefon vor, auf dem Tresen, vor dem er gestanden hatte. Warum saß unter dem Schild *Entbindung* keine Schwester? Gab es einen Notfall? Der Gedanke nagte an ihm, also zog er sich an und raste zurück zum Krankenhaus, wo er das Auto unter einer Laterne gleich neben dem Eingang stehen ließ. Er schob sich durch die Doppeltür und eilte beinahe im Laufschritt die Treppe hinauf und wieder durch die hell erleuchteten, verwaisten Korridore zur Station. Im Wartebereich saß jetzt ein anderer Mann, zerzaust und in sich zusammengesunken, doch am Tresen war keine Schwester zu sehen, nur ein halbverwelkter Blumenstrauß, der ihm zuvor nicht aufgefallen war. Das Telefon klingelte – irritierend, fand er, da er selbst erst vor Kurzem angerufen hatte. Er ging mit großen Schritten auf das Zimmer zu, in das man sie vorhin vor seinen Augen gebracht hatte, das vierte auf der linken Seite, und öffnete die schwere Tür.

Das Licht hier war noch heller. Evelyn lag in einem komplizierten Metallbett, die Beine aufgestellt und gespreizt. Zwei Schwestern, Zwillingsschemen in Weiß und Hellblau, beugten sich über sie, eine zu jeder Seite, und studierten das Fleisch zwischen ihren Beinen, die rotblaue geschwollene Öffnung, durch die sich etwas – das musste der Kopf sein! – hindurchschob. Ihr Gesicht war verquollen und zugleich angespannt, ihr Mund öffnete sich, während sie presste: *Aaaah!*, ein tiefes Stöhnen, beinahe ein Grunzen. Abstoßend. Ergreifend. Ihr Blick lag auf dem Hügel ihres Bauches, der absurderweise mit einem blassgrünen Handtuch bedeckt war. Sie sah noch nicht einmal kurz in Harrys Richtung, aber ein älterer Arzt mit glänzender Zweistärkenbrille, der auf der anderen Seite des Raumes an einem Waschbecken stand, bemerkte ihn und blaffte: »Verlassen Sie sofort den Raum! Keine Väter! Warten Sie draußen!« Harry gehorchte nicht.

»Nochmal«, sagte die Krankenschwester, und er sah, wie sie zugriff, als Kopf und Schultern des Babys blutverschmiert zwischen Evelyns Beinen herausglitten. »Einmal noch«, sagte die Schwester, und dann schoss das ganze Baby, fast lila, mit Schlieren von Käseschmiere, heraus in ihre behandschuhten Hände, hinter sich die blaue, pulsierende Nabelschnur.

»Wunderbar, meine Liebe, gut gemacht!« Die Krankenschwester – die jüngere der beiden, wie er jetzt sah – hüllte das Baby in ein Handtuch. Die ältere lehnte sich vor. Er sah, wie sie die Nabelschnur griff, und dann nahm ihr Körper ihm glücklicherweise die Sicht. Aber irgendetwas fehlte! Und dann, *endlich* – so fühlte es sich an, dabei hatte es nur ein, zwei Minuten gedauert – kam ein Laut, dünn und kräftig zugleich, ein rhythmisches Heulen, kaum menschlich. Ein vorsprachlicher Laut, auch wenn Sprache daraus entstehen würde. Er wiederholte sich, immer wieder, wurde etwas lauter. Natürlich, bis man das gehört hatte, diesen winzigen und doch gewaltigen Laut, konnte man leicht vergessen, dass dieses erste Verlangen der Ursprung aller Worte war. Die Schreie wurden schneller, während die erste Schwester das Baby – ihr Baby, die Nabelschnur durchtrennt und abgeklemmt – zu einem rollbaren Edelstahltisch trug. Der Arzt schob sich das Stethoskop in die Ohren. »Ein gesundes Mädchen«, sagte er zu Evelyn, Harry ignorierte er vollständig. Der Mund des Babys war weit geöffnet, ein schwarzes Loch. Ihre Schreie wurden kräftiger, als die Schwester ihr die Käseschmiere von der Haut tupfte. Harrys Beine zitterten. Er zog sich einen Stuhl zu Evelyns Bett heran und setzte sich. Ihr Kopf lag reglos auf dem Kissen, aber ihre Augen wandten sich ihm zu.

»Warum bist du so früh da?«, fragte sie.

»Ich hatte so ein merkwürdiges Gefühl«, sagte er. Sein Gesicht war nass. »Evelyn, ich habe gesehen, wie sie herausgekommen ist.«

»Da hast du mir was voraus!«, erwiderte Evelyn, dann zuckte sie zusammen. Eine der Schwestern machte sich an ihr zu schaffen. Er nahm ihre Hand. Kein Wunder, dass Dichter vor dieser ungeheuren, so überwältigenden und zugleich so zärtlichen Sache Angst hatten. Niemals könnten sie ihr gerecht werden. Kein Wunder, dass sie lieber über Vögel schrieben.

Und wie seltsam, dachte er viele Jahre später, als er sich an die Geburt erinnerte und an das Glück, dabei gewesen zu sein, dass nach einem solchen Auftakt Louise ihnen mehr Ärger bescheren sollte als die beiden anderen zusammen.

Chatterley

Es kostete dreieinhalb Schilling, aber nach all dem Wirbel um den Prozess im Radio und in den Zeitungen konnte Evelyn nicht widerstehen, als sie das Buch bei Smith's liegen sah – und das, obwohl D. H. Lawrence ihrer Meinung nach alles andere als einnehmend war: klein, fast schon kümmerlich, und ein scharf geschnittenes, fuchsartiges Gesicht mit viel zu viel Haar darin – ganz abgesehen davon, dass er tot war. Selbst die Umstände seines Todes sprachen gegen ihn: Tuberkulose, die Krankheit ihres Vaters. Jahrelang hatte sie Angst gehabt, sie oder ihre Mädchen könnten sich infizieren.

Evie hatte er sie genannt.

Sie hatte die Erinnerungen an ihn tief in sich begraben und dachte nur selten bewusst an ihn, aber sein notorischer Geruch – nach Bier, Schnaps, kaltem Zigarettenqualm und einem Hauch von Schweiß, Urin und feuchter Wolle – und ihre Gefühle damals, als sie mit seiner Krankheit umgehen musste, erst Hilflosigkeit, dann ein schal werdendes und sich zu Abscheu verfestigendes Mitleid, all das begleitete sie noch immer. Selbst heute, Jahre nach seinem Tod, erlaubte sie niemandem, ihren Namen abzukürzen. Und wenn sie an einem abgerissenen Menschen vorüberging oder an einem Pub vorbeikam, dessen Türen sich gerade öffneten und Luftschwaden herausließen, musste sie unwillkürlich an ihren Vater denken und empfand Dankbarkeit, dass Harry gesund war und hart arbeitete, dass ihre Kinder in einem modernen Haus mit einem Garten voller Blumen aufwuchsen, dass ein Besuch beim Arzt kostenlos war, wenn man denn einen brauchte, was bei ihr nur selten der Fall war, und es zahlte sich aus, auf der Hut zu sein. Manchen war gar zu sehr daran gelegen, irgendwelche Pillen zu verschreiben.

Dass Lawrence Tuberkulose hatte, war sehr abstoßend, aber andererseits war im Radio und in den Zeitungen seit Wochen über den sexuellen Inhalt des Buches und sein verderbliches Potenzial diskutiert worden. Obszön oder nicht? Nach dem Urteil warben Schaufensterplakate und halbseitige Anzeigen mit der Aufforderung: *Jetzt können SIE es lesen.* Harry meinte, das sei ein billiger Trick, aber sie war neugierig. Auf einem Tisch neben der Kasse lag ein großer Stapel mit den Büchern, und ungewöhnlich viele Leute, vor allem Männer, drängelten sich darum.

»Sie haben Glück«, sagte das allzu füllige Mädchen an der Kasse. »Bis Mittag sind die alle weg. Letzten Samstag stand hier morgens eine Schlange bis nach draußen. Ist es wirklich so unanständig?«

»Ich habe es noch nicht gelesen«, sagte Evelyn und legte die Papiertüte mit dem Buch hinten in die Kinderkarre. Sie hatte vor, es nach dem Mittagessen anzufangen, wenn Louise schlief. Valerie kam um fünf aus der Schule, Harry um sechs von der Arbeit, und Lillian würde erst am Wochenende wieder zuhause sein. Den Hammeleintopf für heute Abend musste sie nur aufwärmen. Sollte *Lady Chatterleys Liebhaber* sie fesseln, würde sie viel Zeit haben, sich eine Meinung zu bilden. Sie würde es sich mit einer Tasse Tee im großen Sessel mit Blick in den Garten bequem machen.

Draußen auf der Hauptstraße ging sie in die Hocke und lächelte Louise an, die, fest eingewickelt in ihren Mantel und eine Decke, schon fast eingeschlafen war, das blonde Haar löste sich aus den Zöpfen, ihre Lider sanken über die Augen. »Mal sehen, ob du den ganzen Weg bis zur Bushaltestelle schaffst«, schlug sie vor. »Komm.« Sie hob sie aus der Karre, umarmte sie und stellte sie auf die Füße.

»Warum?«, fragte Louise.

»So wird dir wärmer. Halte dich hier an der Seite fest, Schatz, und dann wollen wir mal sehen, wie schnell wir laufen können. Zuhause kannst du dich richtig ausschlafen.«

Am Ende der Busfahrt wartete ein weiterer Spaziergang, noch dazu bergauf, und die kalte Luft war natürlich ermüdend, es lief also alles wie am Schnürchen. Was würde sie machen, wenn die Zeit der Mittagsschläfchen vorüber war, überlegte Evelyn, als sie sich aus Louises abgedunkeltem Zimmer hinausschlich, wobei ihre Strümpfe leise knisterten und ihre Füße im neuen Teppichboden versanken.

Sie brauchte die Mittagspause, um bei Kräften zu bleiben. Harry war entzückt gewesen, selbst als sich herausstellte, dass es wieder ein Mädchen war, und ja, das war berührend, aber er war auch nicht derjenige, der die Arbeit hatte: den endlosen Schwall von Fragen und Habenwollen und die permanente Unordnung im Haus. Im September würde Louise in die Vorschule kommen, ein Jahr später in die Schule. Einstweilen war das Haus perfekt: sauber, warm, absolut still, und sie hatte es ganz allein für sich. Sie kuschelte sich in den Sessel, legte ihre Füße auf den Hocker und schlug *Lady Chatterleys Liebhaber* auf.

Connie war ein im Grunde nettes Mädchen, welches das Pech hatte, mit Clifford verheiratet zu sein, der aus dem Weltkrieg als Krüppel heimkehrte, sodass Connie zu einer Art persönlichem Dienstmädchen wurde, was keine Freude gewesen sein konnte. Noch dazu war er ein ruhmsüchtiger Schriftsteller, und sie musste ihm beim Schreiben helfen: Natürlich tat sie Evelyn leid. Sie hatten zwar Geld und Hausangestellte, aber Connies Leben gehörte ihr nicht, und ihr Haus, Wragby (dieser Name!), lag mitten in einem düsteren Wald voller Fasane. Man konnte sich vorstellen, wie die Vögel schrien und kreischten, wenn sie geschossen wurden, und es war kaum verwunderlich, dass hier niemand glücklich war. Keine Frage, es wäre besser gewesen, wenn Clifford gestorben wäre. Trotzdem war Evelyn schockiert, als Connie, ohne jede Vorwarnung oder vorheriges Abwägen, mit einem Dramatiker namens Michaelis schlief, der einen dubiosen Eindruck machte. Die Beschreibung der Details, was genau sie miteinander taten, überraschte sie ebenso wie die Diskussionen beim Abendessen über freie Liebe, vor allem aber Michaelis' rüde Beschwerden darüber, dass Connie nicht mit ihm gemeinsam zum Höhepunkt gelangte, was ihn zwang, sich in ihr zurückzuhalten, eine Strapaze, die er nur mit zusammengebissenen Zähnen ertrug. Ihrer Meinung nach hätte Connie dem Mann eine Ohrfeige geben sollen.

Clifford, obwohl er sich in mancher Hinsicht änderte, blieb dennoch sehr unterwürfig. Sie fand es nachvollziehbar, wenn Connie ihn allein dafür verabscheute, insbesondere da sie Kinder wollte und er, der wegen seiner Verletzung nicht funktionierte, sie ihr nicht verschaffen konnte … Und dann noch Mellors! Anfangs war Evelyn entsetzt, aber sobald er seinen idiotischen Akzent ablegte, wurde er ihr etwas angenehmer. Eine Weile lang war es beinahe unterhaltsam, aber dann, nach den ersten Sexszenen im Fasanenstall und im Wald, fing die Geschichte an, sie zu ärgern. Würden sie etwa bis zum Ende nur noch *ficken*, wie sie es nannten, oder darüber reden? Ganz offenbar, aber das überspannte den Bogen dann doch, dachte sie. Wenn man zu viel über Sex nachdachte, raubte es einem die Lust. Und warum bloß ständig dieses eine Wort, das kaum nach etwas klang, was man gern tat?

Sie legte das Buch zur Seite und lief nach oben, um nach Louise zu sehen, die mit ausgestreckten Armen dalag und durch den halb geöffneten Mund atmete. Sie ging in ihr Schlafzimmer auf der anderen Seite des Flurs: Wie das Wohnzimmer im Erdgeschoss nahm es die gesamte Tiefe des Hauses ein und ging zu beiden Gärten hinaus. Sie durchquerte das

Zimmer, öffnete das rückwärtige Fenster und freute sich über die kühle, feuchte Luft. Connie und Mellors hatten einander Vergissmeinnicht und andere Blumen ins Schamhaar geflochten! Wie man nur auf so etwas kommen konnte. War ein Garten dafür etwa da?

Zu dieser Zeit, obwohl der Rasen noch tiefgrün leuchtete, hatten die meisten Sträucher und Bäume in ihrem Garten bereits ihr buntes Herbstlaub abgeworfen, und es war keine einzige Blume mehr zu sehen. Es würde lange dauern, bis Schneeglöckchen und Nieswurz hervorkamen, von Vergissmeinnicht ganz zu schweigen, die sie tatsächlich hatten, am Weg vor dem Haus und rund um die Magnolie. Sie passten sehr gut in Frühlingssträuße mit Tulpen und Narzissen, sagte sie sich, als sie plötzlich gegen Tränen ankämpfen musste.

Es war ein albernes Buch, aber das Problem war, dass es ihr aus irgendeinem Grund die Ereignisse in Torquay ins Gedächtnis rief – damals im Krieg, als sie und ihre Mutter eine Woche lang dem Staub und der Hitze Londons entflohen waren. Torquay war in jenem Jahr bombardiert worden, aber sie sagten sich, dass es wohl kaum schlimmer als zuhause sein konnte, und immerhin war einer der Strände für die Allgemeinheit freigegeben. Sie war noch nie in Devon gewesen. Sie ergatterten preiswerte Fahrkarten für die Züge und Busse und fanden ein billiges Zimmer auf Brandon's Cliffe: ohne Meerblick, aber nicht zu klein und vergleichsweise hübsch. Eine kurze, erholsame Auszeit.

Und sie musste daran denken, wie ihre Mutter nach dem Abendessen – nicht besser, als zu erwarten war, spielte aber keine Rolle – und nach Lillians Gute-Nacht-Geschichte mit dem Vermieter, Mr Briggs, in der Lounge Karten spielte und mit ihm dabei auf Lillian aufpasste – sie musste damals etwa vier gewesen sein –, sodass Evelyn eine Weile das Haus verlassen und für sich sein konnte. Eine herrliche Tageszeit, es war noch warm, das Meer verfärbte sich lila und rosa, die Luft roch zunächst nach Gartenblumen und dann nach der See.

Natürlich wimmelte es in dem Städtchen vor Soldaten, und irgendwer probierte immer sein Glück. Sie hatte sich angewöhnt, einfach weiterzugehen, doch als sie an jenem ersten Tag schließlich stehenblieb, um den Sonnenuntergang über dem Wasser zu betrachten, hatte der Mann, der aus dem Nichts aufgetaucht und auf sie zugekommen war, etwas an sich, was sie so lange zögern ließ, dass ein Gespräch einsetzen konnte. Er war weder besonders groß noch muskulös, genau genommen eher schmächtig, aber von Anfang an spürte sie eine Intensität, eine seltsame Art von Selbstvertrauen und Autorität, die von ihm ausging. Und gleichzeitig war er überaus höflich. Er hielt Abstand, nannte sie Madam und stellte sich mit einer angedeuteten Verbeugung vor:

»Aleksander Grutowski. Polnische Luftwaffe. Mein Geschwader wurde beim Einmarsch der Deutschen evakuiert, und jetzt sind wir zu Übungszwecken hier in diesem Land, im Exil. Mehr darf ich nicht sagen … Aber ich hoffe, Sie gestatten mir, Sie zu begleiten, es sei denn, Sie möchten lieber allein sein?«

Zum Teil lag es an der polnischen Luftwaffe, aber dass sie mit einem Spaziergang einverstanden war, hatte auch mit seiner Körperhaltung zu tun, mit seinen altmodischen Manieren und der wachen, entschiedenen Art, wie er sie ansah.

Sie gingen etwas langsamer, als Evelyn es gewohnt war. Er habe, sagte sie vorsichtig, großes Glück gehabt, dass sein Geschwader es geschafft habe, das Land nach dem Einfall der Deutschen zu verlassen.

»Ja«, sagte er und atmete tief ein, »ja, aber ich hatte keine Gelegenheit, mich zu verabschieden, und nun, fürchte ich, werden mein Vater, meine Mutter und meine Schwester vermisst. Hier …«

Er blieb vor einer mit Kapuzinerkresse überwachsenen Steinmauer stehen und zog zunächst seinen Pass aus der Tasche, dann ein Foto der Familie, die mit glänzenden Haaren steif in einem Wohnzimmer voller vergoldeter Möbel und Bilderrahmen posierte.

»Alle fort!«, sagte er.

Beim Blick auf das Bild, auf seine Schwester in ihrem Schmuck und dem eleganten knöchellangen Kleid und die Eltern in ihrer dunklen, formellen Kleidung, auf die jugendliche, pausbäckigere Version des Piloten selbst, war ihr das unmöglich erschienen.

»Vielleicht verstecken sie sich an einem sicheren Ort«, meinte sie. Sie kamen überein, darauf zu hoffen.

Sein Vater war ein Graf.

»Eines Tages«, sagte sie und rang mit den Tränen, »werden wir Hitler dafür bestrafen, was er Ihrem Volk und Ihrem Land angetan hat.« Sie legte ihre Hand auf seinen Arm, während sie das sagte, zog sie dann schnell wieder zurück.

»Schon jetzt strafen wir die Deutschen recht häufig ab«, sagte er. Er lächelte kurz und fuhr fort. »Natürlich ist es nie genug, und gleichzeitig ist es nichts, was irgendwer zu tun gezwungen sein möchte. Sollen wir an der Bucht umkehren?« Das Meer war außergewöhnlich, es schimmerte in orange und gold.

Er würde sehr gern wieder mit ihr spazieren gehen, sagte er. Wie er sehe, sei sie eine verheiratete Frau, und er würde gern etwas über ihren Mann und ihre Familie erfahren. Und dann, als sie am Ende der Straße auseinandergingen, wieder diese angedeutete Verbeugung … Er war ein guter Gesprächspartner, und schließlich trafen sie sich in dieser Woche an jedem Tag zu einem Spaziergang, außer am Samstag, den sie ausfallen lassen musste, weil es ihr fünfundzwanzigster Geburtstag war und ihre Mutter etwas vorbereitet hatte.

»Sie wirken nicht älter als neunzehn!«, sagte er, nachdem sie es ihm erklärt hatte, und sie errötete. »Bei mir«, sagte er, »ich bin etwa gleich alt, aber bei mir ist es genau umgekehrt, würde ich meinen.«

Ihr Herz schlug heftig, sobald sie auch nur an ihn dachte. Nichts Ungehöriges war geschehen, aber sie war außerstande, eine Gelegenheit, ihn zu treffen, vorbeiziehen zu lassen, und das erschien ihr auf eine Art abstoßend, irgendwie entwürdigend – jedoch bewunderte sie Aleksander Grutowski sehr, und das machte es weniger beschämend. Bei der Aussicht, ihn nach diesem Urlaub nicht mehr wiederzusehen, weinte sie in ihr Kissen.

»Am Tag nach Ihrer Abreise werde ich zu meinem Stützpunkt zurückkehren und meinen Pflichten wieder nachkommen«, sagte er. »Ich werde zugleich traurig und froh sein. In der Luft sind wir andere Männer. Ich klettere in das Cockpit, und schon fühle ich mich leichter«, erzählte er. »Meine Schultern entlassen sich …« Er blieb abrupt stehen und legte die Stirn in Falten.

»Entspannen?«, schlug sie vor, und ein Lächeln huschte über sein Gesicht.

»Vielen Dank … Das Dröhnen der Maschinen, der Augenblick, wenn das Flugzeug abhebt … Das ist unbeschreiblich. Und wenn ich sehe, wie sich die kleine Welt da unten ausbreitet, dann vergesse ich meine Sorgen, zumindest für eine Weile. Ich liebe das Fliegen. Obwohl es heutzutage bedauerlicherweise ein sehr tödliches Geschäft ist.«

Die meisten von ihnen überlebten nur ein paar Wochen. Sie unterdrückte ihre Tränen, und das Geräusch in ihrer Kehle beim Schlucken war so laut, dass er es gehört haben musste.

»Keiner von uns hat um das hier gebeten«, sagte er und nahm ihre Hand, »aber es ist unausweichlich. Das Wichtige ist, zu leben, wirklich zu leben, solange es uns vergönnt ist.«

An einer Wegbiegung blieben sie stehen, und er zog sie zu sich heran und küsste sie.

Sie ließ es geschehen, und viel mehr als das: Sie spürte, wie sich der Kuss in ihr ausbreitete, sie lehnte ihren Kopf zurück und öffnete sich ihm. Sie genoss seine Hände an ihrer Hüfte, auf ihrem Hintern, die Hitze und den Druck seines Körpers an ihrem. Sie wollte all das, legte ihre Arme um ihn. Niemand sonst war da. Wie weit wäre es gegangen, wenn er sich am Ende des zweiten Kusses nicht zurückgelehnt und mit einem Lächeln gesagt hätte: »Das also wollen Sie?«

Und dann fiel ihr wieder ein, wer sie eigentlich sein sollte. Auch sie wich zurück. Heftig atmend sah sie ihm direkt in die Augen.

»Nein«, sagte sie. »Nein. Ich bin verheiratet.«

»Verzeihen Sie«, sagte er. »Ungewöhnliche Zeiten mögen vielleicht ungewöhnliches Benehmen verlangen, doch ich wollte mich Ihnen oder Ihrem Gatten gegenüber ganz sicher nicht respektlos zeigen.«

Er ließ sie ganz los, und dann gingen sie, stets mindestens zwei Handbreit Abstand zwischen sich, schnell zurück zur Pension, wobei sie etwa auf halber Strecke eine höfliche Unterhaltung aufnahmen: das anhaltend schöne Wetter, wie lange ihre Reise zurück nach London dauern würde, ihre Lieblingsorte in der Stadt. Die Sonne versank hinter dem Horizont; die Farben wurden sanfter und irgendwie satter. Er begleitete sie bis vor die Tür der Pension.

»Ich wünsche Ihnen und Ihrer Familie das Beste«, sagte er mit einer Verbeugung, bevor er in der Dämmerung verschwand.

Etwa um diese Zeit hatte Harry ihr in einem Brief aus Tripolis von einem Mann aus seiner Truppe berichtet, der die Scheidung eingereicht hatte, als er erfuhr, dass seine Frau mit dem Kind eines amerikanischen Soldaten schwanger war. *Ich glaube wohl, dass ich nach dem ersten Schock toleranter wäre,* schrieb er, *aber bitte stell mich nicht auf die Probe.*

In dem Brief, den sie ihm nach ihrer Rückkehr aus Torquay schrieb, erwähnte Evelyn den polnischen Piloten und sein Geburtstagskompliment, berichtete aber nicht, dass sie jeden Abend mit ihm spazieren gegangen war oder dass sie ihn geküsst und es mehr als nur gemocht hatte.

Natürlich hatte sie keine Vorstellung von den noch bevorstehenden Schrecken. Der Warschauer Aufstand – das Elend und der Hunger, die Hunderttausenden getöteten Zivilisten. Wie Polen nach dem Krieg betrogen und den Sowjets überreicht wurde, die dessen Niederlage dirigiert hatten. *Dieser polnische Pilot,* sagte sie damals zu Harry, *von dem ich dir erzählt habe. Wie würde ich ihm gegenübertreten?* Wobei er vermutlich bereits tot war. Ihr Gefühl sagte ihr, dass es besser war, in dieser Sache keine Nachforschungen anzustellen, und je mehr Zeit verstrich, desto weniger dachte sie an ihn.

Nur noch einmal, Jahre nachdem der Krieg vorüber war, hatte sie, angeregt durch eine Radioreportage über Polen, mit Harry über den Piloten gesprochen, den sie im Urlaub getroffen hatte.

»Auf eine Art war ich ganz hingerissen von ihm«, sagte sie. »Aber nichts ist passiert.« Sie drehten gerade eine Runde im Garten, um zu sehen, was schon spross.

»Versteht sich«, sagte Harry. Er sah sie an, legte ihr einen Augenblick lang den Arm um die Taille. Zu dem Zeitpunkt hatten sie bereits zwei Kinder und eine Hypothek; die Straßen ihrer Kindheit hatten sie schon lange verlassen und waren beinahe in mittlerem Alter.

Aber wenn er mich nicht gefragt hätte, ob es das war, was ich wollte, wenn ich den Kuss hätte andauern lassen, dachte Evelyn, als sie auf den grünen Rasen hinausblickte, auf die saftige Erde im Gemüsebeet, die Sträucher, hochgewachsen, aber gerade in Winterruhe, die Zypressen und die hintere Hecke, auf die Nachbargärten zu den drei Seiten, alle groß und gepflegt – hätte ich mich von dem *letzten, blinden Schwall der äußersten Leidenschaft* fortreißen lassen? Hätte ich *das Herz des Dschungels, der ich war,* gefunden? Wäre ich *ein passives, duldendes Etwas* geworden, wie *eine körperliche Sklavin?* Sie war aufgewühlt.

Harry war ein gewissenhafter Liebhaber. Er ließ sich Zeit und wollte, dass Sex ihr Freude machte, was meistens auch der Fall war, einen Dschungel aber gab es nicht, sie war kein *duldendes Etwas.*

Was für Gedanken!, sagte sie sich auf dem Weg nach unten.

Sie beschloss, das Buch nicht zu Ende zu lesen, und legte es in die Schublade mit ihren Strümpfen, in die niemand je einen Blick werfen würde. Generell sollte man von modernen Romanen vielleicht die Finger lassen, fand sie. Man wusste nie, was einen daraus anspringen konnte.

Irgendetwas ging da vor sich: Evelyns Augen stachen heller hervor als sonst, dachte Harry, und ihr Kiefer wirkte angespannt. Louise schlief oben, und Valerie war bereits vom Tisch aufgestanden, um ihre Hausaufgaben zu machen, also fragte er: »Was ist denn los?«

»Ich weiß nicht, was du meinst«, sagte Evelyn.

»Du wirkst ein bisschen nervös.«

»Das bildest du dir ein«, sagte sie, und er hätte es besser wissen und dabei bewenden lassen müssen, aber er hakte nach: »Vielleicht bist du müde«, woraufhin sie aufstand und sagte: »Ich habe es langsam satt«, und die Teller einsammelte. Oh, nicht schon wieder, dachte Harry.

»Entschuldige«, sagte er, »Ich dachte nur …«

»Dein *nur* kannst du dir schenken«, sagte sie und ging in die Küche. Er folgte ihr.

»Jetzt sei doch vernünftig«, sagte er, obwohl ihm spätestens jetzt klar war, dass es um vernünftig überhaupt nicht ging und dass es töricht war, sie herauszufordern. Aber er wollte es wissen: »Was *ist* denn mit dir?«, fragte er. Sie stand mit dem Rücken zu ihm, die Hände in der Spüle.

»Ich habe dir gesagt«, erwiderte sie, »und wann wird das endlich in deinen Schädel gehen, dass mit mir nichts ist.«

»Es wäre mir lieber, du würdest nicht so mit mir reden«, sagte er, noch ein Fehler: Diese Gelegenheit hätte er ihr nicht geben sollen. *Lieber*. Sie drehte sich zu ihm um, mit wilden Augen.

»Oh, wäre es das, ja?«

»Nicht so laut.«

»Ich mache, was mir passt, verdammt nochmal!«

Er zögerte – *beinahe* hätte er so etwas gesagt wie: »War das jemals anders? Dann lass ich dich mal«, und *beinahe* hätte er, wie er es früher manchmal gemacht hatte, die dunstige Küche verlassen – hinaus in den kalten, durchweichten Garten oder in die Garage, wo er irgendeine Ablenkung fand und wenigstens rauchen konnte. Doch stattdessen machte er einen Schritt auf sie zu, stand so nah vor ihr, dass er sie atmen hörte. Ihre Brust hob und senkte sich. Sie stand aufrecht, mit geballten Fäusten zu beiden Seiten, Rücken und Hals gestreckt, das Kinn etwas vorgeschoben, ihre riesigen Augen größer als sonst, funkelnd und fest auf ihn gerichtet. Es war nichts Simples. Er sah, dass sie wütend war, aber zugleich untröstlich.

»Und das wäre?«, fragte er sanft, mit einem kleinen Lächeln. »Was würde dir verdammt nochmal passen?« Sie gab keine Antwort, sah ihn nur an.

»Ich weiß, was mir passen würde«, sagte er, schloss die Lücke zwischen ihnen und legte ihr die Hände auf die Schultern. Er umfing ihren Nacken, küsste sie und führte sie zur Kammertür, der einzigen Stelle in der Küche, wo man sich anlehnen konnte.

»Valerie …«, ermahnte sie ihn. Sie solle sich um Valerie

keine Sorgen machen, sagte er. Er schob sie sanft die Stufen hinauf, und im Schlafzimmer sagte er, dass ihm die verfluchten Druckstellen des Hüfthalters egal waren, und weshalb sie das Ding überhaupt trug? Weg damit, bitteschön. Sie standen in dem dämmerigen Zimmer beieinander, ließen ihre Hände über die Haut des anderen gleiten – an diesen Teil würde sie sich erinnern –, sanken dann auf den Boden neben dem Bett und *fickten*, wie Lawrence sich ausgedrückt hätte.

Eines Abends zehn Jahre später, als Evelyn und Harry bei den Starks zum Essen waren – etwa zu der Zeit, als die Dinge aus dem Ruder liefen, allerdings noch lange vor dem Besuch auf dem Polizeirevier –, entdeckte Louise beim Herumstöbern das Buch noch an Ort und Stelle, in der mittleren Schublade von Evelyns Kommode neben dem Bett. Es war unter einem Wirrwarr aus unterschiedlich dicken Strümpfen in ähnlichen Farben begraben, das aussah wie abgeworfene Häute in einem Nest großer sandfarbener und hellbrauner Schlangen.

Zentimeter

Das Gebäude hatte die Farbe von getrocknetem Blut, und hinter ihnen schlug die Tür schwer ins Schloss. Drinnen stank es nach Zigaretten. An dem schwarz-weiß gefliesten Boden waren mehrere Bänke verschraubt. Das Büro befand sich auf der linken Seite: Ein junger Polizeibeamter mit rosarotem Gesicht und sehr kurz geschnittenem Haar schob ein stark verschmiertes Fenster zur Seite.

»Ja, bitte, Madam?«, sagte er. Zuvor hatte Louise mit dem Gedanken gespielt, aus dem Auto zu springen, jetzt spielte sie mit dem Gedanken, sich aus dem Griff ihrer Mutter zu befreien und wegzurennen, doch wohin? Sie trug Flipflops und hatte kein Geld dabei; außerdem wollte ein Teil von ihr wissen, ob das alles wirklich wahr sein konnte, und falls ja, was als Nächstes geschehen würde. Die Finger ihrer Mutter gruben sich in ihren Arm.

»Wachtmeister Ryan? Mrs Miles. Ich hatte vorhin angerufen, ich habe meine Tochter mitgebracht, weil sie außer Kontrolle geraten ist«, sagte sie. Der Beamte wandte sich Louise zu, die in Jeans und T-Shirt vor ihm stand und ihn anstarrte, wobei ihr eine speckige Nackenfalte auffiel, die sich über seinem Kragen wölbte. »Ich möchte offiziell Beschwerde einlegen«, sagte ihre Mutter, und der Beamte langte nach dem Telefonhörer. Der Griff ihrer Mutter lockerte sich, und Louise zerrte ihren Arm frei.

»Wachtmeister Ryan. Eine Mutter mit einem jugendlichen Mädchen, das sich der elterlichen Kontrolle entzieht«, sagte der Beamte ins Telefon. »Ja. Mrs Miles. Bitte setzen Sie sich und warten dort«, wandte er sich an sie, wies auf die Bänke hinter ihnen, und beide folgten der Anweisung.

»Jetzt sieh nur, wozu du mich gebracht hast«, sagte Louises Mutter und klammerte sich an ihre Tasche auf dem Schoß.

»Ich habe dich nicht gebeten, meine Post zu lesen.«

»Post, die du dir ins Haus deiner Freundin hast schicken lassen!«

»Ja, warum wohl?«

»In diesem überheblichen Ton sprichst du nicht mit mir ...«

Plötzlich öffnete sich die Tür neben dem Schiebefenster, und der kurzhaarige Beamte bedeutete ihnen, einzutreten.

Sie folgten ihm in einen schmalen, aber sehr hohen, zellenähnlichen Raum, wo ein sehr viel größerer, älterer und vollkommen kahlköpfiger Beamter an einem Metallschreibtisch saß. Hinter ihnen schloss sich die Tür mit einem lauten metallischen Dröhnen.

»Sergeant Whitney«, sagte er. »Was gibt es für ein Problem, Madam?«

»Ich glaube, meine Tochter hat ungehörige Beziehungen.«

Vielleicht war es Instinkt gewesen. Es war ein Freitagnachmittag, sie saugte Staub, auf den Treppen und Fluren und im Elternschlafzimmer. Montag und Dienstag waren Waschtage, dazu Küche und Bäder putzen, Mittwoch und Donnerstag waren Wohn- und Esszimmer an der Reihe. Sie hatte das Haus endlich unter Kontrolle, und alles lief sehr viel besser, seit sie mit Harry über die sich ansammelnden Bücher und ihre unordentliche, altmodische Wirkung auf einen Raum gesprochen hatte, insbesondere weil die Umschläge seiner Bücher nicht zueinander passten. Irgendwann war er einverstanden gewesen, sich auf drei Borde in seinem Wohnzimmerregal neben dem Kamin zu beschränken. Schließlich, hatte sie betont, weil er darüber murrte, las er derzeit die wenigsten davon, und war auf dem Dachboden nicht genügend Platz, gab es nicht eine riesige kostenlose Stadtbibliothek?

Im entsprechenden Regal auf ihrer Seite standen ihre Du-Maurier-Sammlung sowie ein paar andere hübsche gebundene Bücher neben gerahmten Fotografien und Zierfiguren. Es war also nicht wirklich symmetrisch, aber das Chaos war immerhin eingedämmt, und die beiden Landschaftsszenen, die über den Regalen hingen, Cornwall und Box Hill, waren gleich groß und gerahmt, was eine beruhigende, ausgleichende Wirkung hatte. Und was Louises grässliches Zimmer anging, so lautete die Regel, dass sie jeweils am Sonntagmorgen alles vom Boden aufheben und dann saugen musste, andernfalls riskierte sie ihr Taschengeld, und das klappte recht gut. Valerie war als Kind auch unordentlich gewesen, war dem aber entwachsen, es bestand also Hoffnung! Lily dagegen hatte es natürlich schon immer geliebt, wenn alles schön aufgeräumt war.

Als sie mit dem Flur im Obergeschoss fertig war, öffnete sie aus irgendeinem Grund die Tür zu Louises Zimmer. Es roch nach diesen fürchterlichen Räucherkerzen. Sie bemerkte die halb geschlossenen Vorhänge, die Pflanze auf dem Fensterbrett, die ihre Blätter verlor. Der neue Teppich war übersät mit Papier, einem Tacker, Klammern, Klebeband, benutzten Wattebäuschen, T-Shirts. Auf dem Spiegel und einem Haufen billiger Kosmetik darunter lag eine Staubschicht. Das Bett war gemacht, wenn auch nur gerade so, daneben flogen Bücher herum oder stapelten sich, auf dem Nachttisch überall Tassen und Gläser, Bleistifte, Anspitzer. Der Mülleimer war leer, aber umgeben von zerknülltem Papier, es war zum Verrücktwerden … Ihre Augen blieben am Schreibtisch hängen, dessen Oberfläche vor lauter Notizbüchern und noch mehr Büchern nicht zu erkennen war. Allein die Titel, *Das Sein und das Nichts*, *Die Pforten der Wahrnehmung*, *Das Selbst und die Anderen*, ließen einen mit den Augen rollen. Lasen sie das heutzutage in der Schule? Oder war es Harry, der so etwas förderte? Und dann sah sie ihn, in einer halb geöffneten Schublade: einen blauen Umschlag.

»Du bekommst offenbar viele Briefe von jemandem«, hatte sie gesagt, als die ersten dieser Umschläge aufgetaucht waren.

»Ja.«

»Von wem?«

»Ein Brieffreund«, hatte Louise gesagt, ihr Haar aus den Augen geschnippt und das Gesicht verzogen, als hätte eine Mutter nicht das Recht zu erfahren, mit wem ihre Kinder Umgang hatten. Junge oder Mädchen? Junge. David. Wohnte in Lancashire. Worüber sie einander schrieben? Kunst, Bücher und Musik, Ideen, solche Sachen. Es hatte plausibel geklungen.

Wie hatten sie ihre Adressen ausgetauscht? Louise hatte bei der Frage aufgeblickt und geantwortet: »In der Schule, Mum, es ist ein Projekt«, und obwohl sie wusste, dass Louise die schlimmste – und auch beste – Lügnerin ihrer drei Mädchen war, hatte sie ihr geglaubt. Erst Wochen später war ihr aufgefallen, dass keine Briefe mehr kamen. Sie hatte Louise fragen wollen, es dann aber vergessen. Und jetzt das: Der Brief war, in dieser kleinen, sehr regelmäßigen Schrift, adressiert an *Louise Miles, c/o Miss Andrea Marsden*. Die Sache war in den Untergrund gewandert. Sie nahm den Brief mit hinunter und setzte sich an den Esstisch, um ihn zu lesen.

Liebe Louise,
vielen Dank für Deinen Brief. Es tut mir leid, dass Du so niedergeschlagen bist. Es klingt so, als sei die Trennung von Andy letztes Jahr unvermeidlich gewesen und am Ende vielleicht sogar gut, wegen Eures Altersunterschieds und seiner Pläne, vor dem Studium zu reisen und so weiter. Es wäre sehr viel

schlimmer, wenn er sich aufgemacht hätte und sechs Monate später zurückgekommen wäre, nur um Dir zu sagen, dass er in Peru oder Gott weiß wo jemand anderen kennengelernt hat, oder Dich angelogen und dann mit Dir Schluss gemacht hätte, als er im September wieder wegfuhr. Oder selbst wenn nicht, es aber vorausgesetzt hätte, dass Du bis Weihnachten auf ihn wartest, und wer weiß, was dann passiert wäre.

Er klingt, als wäre er ganz in Ordnung. Und immerhin hattest Du überhaupt schon eine Beziehung! Ich wünschte, ich könnte dasselbe von mir behaupten, aber obwohl ich Deinen Rat befolge und inzwischen häufiger ausgehe und Leute treffe, fällt es mir immer noch s. schwer, Mädchen anzusprechen.

Was Du über den körperlichen Teil zwischen euch erzählt hast, fand ich sehr interessant. Ich habe mir noch nie Gedanken darüber gemacht, wie es wohl für ein Mädchen ist, zum ersten Mal einen erigierten Penis zu sehen! Wir sehen sie ja ständig, aber ich verstehe gut, dass es ein Schock sein kann, selbst wenn man schon mal einen durch Stoff hindurch gefühlt hat. Was meinst Du, wie groß war seiner? Aus Magazinen und dem Kummerkasten in der Zeitung und so weiter weiß ich, dass es wohl große Unterschiede gibt, aber erigiert sind die meisten so um die fünfzehn Zentimeter, können aber auch sehr viel kleiner und ein ganzes Stück größer sein. Die Breite kann auch schwanken. Meinst Du, Mädchen wäre es vielleicht sogar lieber, wenn sie nicht zu groß sind? Meiner ist ziemlich durchschnittlich …

Sergeant Whitney lehnte sich ihnen über seinen grauen Metallschreibtisch hinweg entgegen, der Bleistift wirkte in seiner riesigen Hand winzig. Er verzog das Gesicht und sah von ihrer Mutter zu Louise und wieder zurück, widmete beiden jeweils einige Sekunden Aufmerksamkeit.

»Verstehe. Nur um ganz sicherzugehen, Ma'am, Sie wollen sich über den ehemaligen Freund Ihrer Tochter beschweren, nicht über den Briefeschreiber?«

»Ja. Dieser Junge – junge Mann –, Andrew Smiley, hat unser Vertrauen missbraucht. Er hat während dieser Zeit in unserem Wohnzimmer gesessen und Tee getrunken. Er ist jetzt neunzehn. Damals war er achtzehn und sie minderjährig, das heißt, ja, selbstverständlich möchte ich das melden.«

»Ich nicht!«, sagte Louise, und die Klarheit und Festigkeit ihrer Stimme überraschte sie alle drei. Sergeant Whitney wandte sich wieder ihr zu. »Niemand hat etwas falsch gemacht«, fuhr sie fort, »und außerdem ist das Monate her, und es ist *alles vorbei.*«

»Du hättest schwanger werden können!«

»Nein, Mum ...«

»Hättest du wohl. Unterbrich mich nicht!«

Whitney strich sich über seinen kahlen Kopf, dann legte er beide Hände schwer auf die Tischplatte.

»Jetzt beruhigen wir uns alle mal. Haben Sie den Brief dabei, Ma'am?«

»Ja!«, antwortete sie. Doch als sie in ihrer Handtasche nachsah, war er nicht da.

»Ich glaube, ich habe ihn auf dem Küchentresen liegenlassen«, sagte sie. Dort musste sie ihn hingelegt haben, auf ihrem Weg zu dem niedrigen Stuhl am Telefon, wo sie sich hingesetzt hatte, um die Polizei anzurufen und um auf Louise zu warten, die auf dem Heimweg von der Schule war.

»Bitte setz dich ins Auto«, hatte sie gesagt, sobald Louise zur Haustür hereinkam, wobei sie ihr den Grund wohlweislich verschwieg, für den Fall, dass sie sich weigerte.

»Warum?«

»Das erfährst du schon noch früh genug«, sagte sie und führte das erst aus, sobald sie auf der Hauptstraße waren. »Ich habe den Brief von David Armstrong gelesen.«

»Welchen Brief?«

»Den in deinem Schreibtisch.«

»Oh«, hatte Louise gesagt und lächelnd aus dem Autofenster gestarrt, als wäre nichts, *nichts*. Und um sie zu reizen: »Worum ging's?«

Whitney trommelte mit seinen Fingern auf den Metalltisch und musterte die beiden noch etwas länger.

»Nun, den Brief müssten wir natürlich sehen«, sagte er. »In der Zwischenzeit würde ich mich gern mit der jungen Dame unterhalten.« Er nahm den Telefonhörer ab und ließ jemanden kommen, um Evelyn zurück in den Wartebereich zu begleiten.

Louise saß regungslos da. Whitney war ein großer Mann, und ein bisschen wünschte sie sich, dass ihre Mutter noch da wäre, andererseits war sie froh, dass sie weg war.

»Deine Mutter ist wegen deines Benehmens sehr besorgt«, setzte Whitney an. *Starren Sie mich nicht so an*, wollte sie sagen. »Sie hat Angst, dich nicht im Zaum halten zu können, damit dir nichts passiert. Anstelle deiner Eltern würde es mir genauso gehen. Und wenn du so weitermachst, endest du auf der Straße … Glaub mir, wir begegnen Mädchen aus gutem Hause in diesem Metier, und das ist kein schöner Anblick.« Das Weiß seiner grauen Augen leuchtete in dem fluoreszierenden Licht.

»Ich habe nichts falsch gemacht!«, sagte Louise mit derselben nahezu festen Stimme. »Und ich habe nicht die Absicht, auf der Straße zu enden.« Ihre Hände ballten sich zu Fäusten. Sie zwang sich, sie wieder zu lösen.

»Lass dir eins gesagt sein, im Leben geht es nicht darum, was du vielleicht meinst zu beabsichtigen«, sagte Whitney. Er schob seinen Stuhl zurück, erhob sich halb, stützte sich auf der Tischplatte auf und lehnte sich ihr schwer atmend entgegen.

»Nein. Im Leben geht es um *Konsequenzen* ...«, er stach mit dem Zeigefinger in ihre Richtung, »... darum, dass eine Sache zu einer anderen führt.«

Trotz aller Bemühungen stiegen ihr die Tränen in die Augen. Sie wischte sie mit ihrem Ärmel ab, sah unverwandt in das drohende Gesicht, die in bläulichem Weiß schwimmende graue Iris. Sie wusste, sie durfte seinem Blick nicht ausweichen. »So, und jetzt sag mir, hattest du ...«, er senkte die Stimme, »hattest du *Geschlechtsverkehr* mit ...«, er warf einen Blick in seine Notizen, »Andrew Smiley?«

»Nein!«

»Und was bitte *habt* ihr gemacht?«

»Darüber will ich nicht sprechen.« Weil ihre Hände jetzt zitterten, setzte sie sich darauf.

»Also, mein Rat an dich, junge Dame, lautet, am besten nichts zu machen, worüber man nicht sprechen will.« Whitney atmete einen muffigen Hauch aus und ließ sich schwer zurück auf seinen Stuhl sinken. »So«, sagte er, »jetzt hör mir mal gut zu ...« Er machte eine Pause. Sie starrte ihn an. »Was wir bei jeder Ermittlung brauchen, sind Beweise. In diesem Fall würde dazu eine medizinische Untersuchung durch einen Polizeiarzt gehören, um herauszufinden, ob du Geschlechtsverkehr hattest ...«

»Was?« Es war nicht ihre Absicht, aufzustehen und dabei den Stuhl umzuwerfen, aber sie tat es.

»Heb den Stuhl auf und setz dich bitte wieder hin!«

Sie stellte den Stuhl wieder auf, setzte sich nicht, sondern trat einen Schritt zurück, stand hinter dem Stuhl und hielt sich an der Lehne fest. Er starrte sie an, sie hielt dem Blick stand, bereit – ob zum Kampf oder zur Flucht, wusste sie nicht. Sie war sich ziemlich sicher, dass die Tür nicht verschlossen war, aber was war mit derjenigen am Ende des Korridors? Ihr Blick fiel auf ein vergilbtes Poster eines Autounfalls hinter ihm.

»Deine Mutter«, fuhr er fort, »sagt, du seist zum Zeitpunkt der sexuellen Aktivität *fünfzehn* gewesen, aber jetzt bist du *sechzehn*?«

Sie nickte kurz. Unter ihrem T-Shirt lief ihr der Schweiß den Rücken hinab.

»In dem Fall bräuchten wir für die Untersuchung deine Einwilligung. Wir können sie nur durchführen, wenn du einverstanden bist.«

Jetzt weinte sie richtig, hielt sich die Hände vor das Gesicht. Whitney stand auf, kam auf ihre Seite des Schreibtischs und setzte sich auf die Tischplatte, seine dunkelblaue Hose spannte über den Oberschenkeln. Er war viel zu nah. Sie hörte ihn atmen.

»Bin ich nicht«, sagte sie.

»Dann ist es sehr unwahrscheinlich, dass wir Ermittlungen aufnehmen können, und das werde ich auch deiner Mutter sagen, wenn ich mit ihr spreche … Du solltest es dir zu Herzen nehmen, was ich gesagt habe.«

Als sie die Polizeiwache verließen, dämmerte es bereits. Die Augen ihrer Mutter wirkten größer als zuvor, glänzend. Sie umklammerte das Lenkrad, als wollte sie es erdrosseln.

Also, *was* habt ihr gemacht?

Schweigen.

Ist es unter unserem Dach passiert?

Nein.

Wo dann?

Schweigen.

Bei ihm zuhause?

Schweigen. Sie würde nicht sagen, in seinem Zimmer über der Küche, mit den Büchern und Bildern und dem schmalen Bett. Sein langer, knochiger Körper. Die rauen Bartstoppeln. Wie sie ihr das blaue Oberteil auszogen, nicht aber, da waren sie sich einig, die Jeans. Wie er rot anlief, als sie mit seinem Reißverschluss kämpfte, ihm Jeans und Unterhose herunterschob. Und wie dann sein Penis, von der Kleidung befreit, heraussprang, bläulich-rot, straff, riesig – wobei es rückblickend betrachtet vermutlich um die fünfzehn Zentimeter waren –, und er sie bat, ihn anzufassen, und wie dann, sobald ihre Finger die Haut seines Penis berührten, den er Schwanz nannte, was sie später vielleicht auch tun würde, das Spermazeug herausschoss. *Tut mir leid*, sagte er grinsend. Beide lachten.

»Glaub mir, der Polizei mag es an Rückgrat mangeln, aber ich werde es nicht dabei belassen. Die Sache wird Konsequenzen für dich haben, und ich werde es auch mit Andrews Eltern besprechen.«

»Es hat nichts mit ihnen zu tun! Oder mit irgendwem von euch.«

Louise, die wieder weinte, dachte daran, wie Andrew Schluss gemacht hatte, auf einem Spaziergang im Wald bei ihm in der Gegend, an einem nassfeuchten Tag, Tropfen an den Spinnennetzen, und sie beide hatten geweint, sich dann umarmt, bevor sie in den Bus stieg; wie zufrieden sie mit sich selbst gewesen war, weil sie ihn danach, als sie so niedergeschlagen war, nicht belästigt, kein einziges Mal angerufen, ihm nicht geschrieben hatte. Nichts davon würde ihre Mutter jemals erfahren. Alles wäre ruiniert, wenn …

Beinahe hätte es einen Unfall gegeben, als das Auto vor ihnen anhielt, um jemanden aussteigen zu lassen. Einen weiteren an einem Kreisel.

»Mum!«

Evelyn kämpfte mit dem Schaltknüppel.

»Du machst mich krank. Mir schlägt das Herz bis zum Hals.«

Evelyn, deren Blase zum Bersten gefüllt war, parkte das Auto auf der Einfahrt, um es nicht in die zu enge Garage fahren zu müssen, eilte ins Haus und auf die Toilette; Louise fand den Brief auf dem Küchentresen und stopfte ihn, während ihre Mutter nebenan hörbar pinkelte, in den Ofen, sah, wie er Feuer fing, und schlug die Tür zu, dann rannte sie hinauf in ihr Zimmer und schloss sich ein.

Harry kam nach Hause, Steak und Bohnen waren noch nicht einmal vorbereitet. Sie mussten sich mit pochierten Eiern auf Toast begnügen … Harry fiel es schwer, aus der ganzen Sache schlau zu werden. Ein verfänglicher Brief über Penisse, der verschwunden war. Andrew, der ein paarmal bei ihnen gewesen war und über Physik und moderne Kunst gesprochen hatte, und dann ein weiterer Junge, dieser David, in Lancashire, dem Louise heimlich von Dingen schrieb, die nie hätten geschehen dürfen, in jedem Fall aber privat bleiben sollten. Und erst die Polizei! Völlig unnütz und ohne jedes Rückgrat, erzählte sie ihm, wenn man bedenkt, dass wir sie bezahlen! Wohl kaum die ideale erste Adresse, dachte er … Was hatte sie sich nur dabei gedacht? Und jetzt diese Idee, Andrew Smileys Eltern anzurufen, Leute, die sie nur gelegentlich im Auto sahen und mit denen sie sich zweimal vor der Haustür unterhalten hatten, und irgendwelche Anschuldigungen vorzubringen.

»Ich bin nicht sicher, ob das so eine gute Idee ist«, sagte er und schob seinen Teller mit den verschmierten Eierspuren zur Seite.

»Willst du mir damit sagen, dass ich Unrecht habe? Dass wir unserer Tochter alles durchgehen lassen sollten?«

»Nein …«

»Hast du Angst, dich mit ihnen anzulegen? Ich nämlich nicht.«

»Aber was würde das denn bringen? Ich finde, wir sollten versuchen, nichts Unbesonnenes zu tun, und ich würde gern noch einmal darüber nachdenken.« Das Telefon klingelte, und Evelyn ging ran: Valerie. Louise hatte sie von oben aus angerufen.

»Die Zeiten ändern sich eben, Mum. So etwas machen Jugendliche heute. Das ist alles völlig normal. Und so, wie sie es mir erzählt hat, waren sie ziemlich verantwortungsbewusst. Obwohl ich das mit dem Briefeschreiben auch seltsam finde.«

»Haben wir dich nach deiner Meinung gefragt? Und bist du als angehende Tierärztin qualifiziert, dich dazu zu äußern?

»Nein, ich biete es dir nur an, Mum, damit du darüber nachdenken kannst. Natürlich bist du zu Recht besorgt, wenn etwas Unzulässiges passiert oder falls sie schwanger sein sollte, aber das ist, glaube ich, nicht der Fall. Sie ist ziemlich mitgenommen und …«

»Glaubst du vielleicht, *ich* sei *nicht* mitgenommen?« Evelyn legte auf und rief, obwohl es in Perth bereits nach Mitternacht war, ihre Älteste, Lillian, an, die tatsächlich Jura studiert hatte.

»Was meinst du?«, fragte sie.

Es gab eine lange Pause.

»Ich kenne mich mit dem britischen Recht zum Mündigkeitsalter nicht aus, aber ich würde erwarten, dass der Polizeibeamte wusste, wovon er sprach«, sagte Lily schließlich. »Ich kann natürlich beide Seiten verstehen. Es muss beunruhigend für dich sein, aber alles in allem denke ich, es ist besser, die Sache nicht noch schlimmer zu machen. Und nein, die Eltern des Jungen würde ich auf keinen Fall anrufen.«

»Ich bin sicher, du wirst anders darüber denken, wenn deine beiden älter sind«, sagte Evelyn und legte erneut auf.

Weder sie noch Harry schliefen sonderlich viel.

Er stand auf, sobald es draußen hell wurde.

»Sprichst du jetzt mit ihr oder nicht?«, fragte sie ihn, als er aus der Garage zurückkehrte, wo er einen Beistelltisch abgeschliffen hatte, den sie neu lackiert haben wollte.

»Zu gegebener Zeit.«

»Und wann wird das sein?«

»Hör bitte auf, mich herumzukommandieren«, sagte er und wusste in dem Moment, in dem die Worte seinen Mund verließen, dass es ein Fehler war.

»Jetzt bin ich also plötzlich diejenige, die im Unrecht ist?«

»Nein. Bitte, Evelyn, lass uns nicht so miteinander sprechen.«

»Wie denn? Ich erwarte ja nur, dass du deinen Teil beiträgst … Und bitte lass das Buch da nicht auf dem Tisch liegen. Es gehört ins Regal.« *Himmeldonnerwetter*, sagte Harry nicht, *das ist doch lächerlich!*

»Manchmal glaube ich, du machst es, um mich zu ärgern«, sagte Evelyn.

»Mache was? Lesen?«

»Du weißt sehr wohl, was ich meine. Deine ganzen Sachen überall im Haus herumliegen lassen.«

»Soweit ich mich erinnere, habe ich das Buch und mein Notizbuch auf dem Esstisch liegenlassen. Ich habe darin gelesen und einen Kaffee getrunken, bevor ich rausgegangen bin, um den Tisch für dich aufzuarbeiten, und ich hatte vor, es weiterzulesen. Warum kann ich kein Buch auf dem Tisch liegenlassen? Was sollte ich deiner Meinung nach denn sonst damit tun?«

»Wegräumen. Ins Regal, oder ist das zu viel verlangt?«

»Ich hatte vor, es weiterzulesen.«

»Wie oft soll ich es dir noch sagen …«

»Evelyn, das ist doch unsinnig.«

»Sprich nicht so von oben herab mit mir.«

Unsinnig drückte es für seine Begriffe noch zurückhaltend aus – um ehrlich zu sein, die dünne Linie, die zwischen eigenwillig und unverschämt verlief, überschritt Evelyn inzwischen immer häufiger. Wobei es manchmal seine Schuld war, weil er sie aufstachelte. Oder weil er ihr, seinen Töchtern zufolge, alles nachsah. Oder weil er, wie er sich selbst eingestand, Evelyns

Wut mitunter immer noch erregend fand und die anschließende Versöhnung genoss …

»Ich lese es gerade«, sagte er, setzte sich und griff nach dem Buch. »Oder werde es lesen, sobald ich Gelegenheit dazu habe.«

Hatte er denn nicht schon mindestens eine Biografie über Edward Thomas gelesen, hatte sie ihn gefragt, als er am vergangenen Wochenende das Buch aus der Bibliothek mitgebracht hatte. Im Krieg hatte sie ihm doch eine geschickt, oder nicht? Warum eine zweite lesen?

Schön und gut, dachte er und suchte die Seite, auf der er in den frühen Morgenstunden stehengeblieben war, aber der Krieg war lange her, und das hier war keine Biografie, sondern ein zweiteiliges Memoir, verfasst von der Witwe des Dichters. Er hätte nicht genau sagen können, was daran ihn so anzog, auf jeden Fall aber gefiel es ihm, dass man erahnen konnte, wo die Gedichte des Mannes herkamen, wie viel von seinem Leben in ihnen steckte und auch wie viele Lektüren. Ihm wurde ein intimer Blick auf einen abwechselnd depressiven, verzweifelten und brillanten Mann gewährt, und er stand auch vor dem Bild einer ungleichen Ehe: die Kämpfe der beiden, wie unmöglich die ganze Sache war, obwohl Helen es schönfärbte. Mitunter wünschte er, er könnte mit den beiden reden – Edward vor Augen führen, wie glücklich er sich schätzen konnte, so sehr geliebt zu werden, oder auch gemeinsam mit ihm darüber trauern, dass er unfähig war, ihre Geschenke anzunehmen; er wünschte, er könnte Helen warnen, dass all ihre Gaben niemals vergolten würden, und sie doch zugleich ermutigen, weiterzumachen … Denn was blieb ihr anderes übrig, sie konnte ja doch nicht aus ihrer Haut. Manche Menschen konnten nicht anders, sie mussten lieben, und die meisten waren Gefangene ihres eigenen Wesens. Er identifizierte sich mit beiden Seiten dieser Ehe, besonders jedoch mit Helen, weil sie sich immer wieder einem getriebenen und kompromisslosen Menschen anpasste. Und es war seltsam ergreifend, hatte er versucht, Evelyn zu erklären, aber auch befremdlich, die Intimitäten des Ehelebens eines anderen Paares kennenzulernen.

»Wann kümmerst du dich um den Beistelltisch?«, hatte sie gefragt. Und jetzt lautete die Frage: Wann würde er mit Louise reden? *Mit ihr reden.* Er starrte auf die Seite, doch die Worte öffneten sich ihm nicht, blieben versiegelt, wie Hieroglyphen.

Sie tauchte gegen Mittag auf, blass, in Jeans und einem grauen, altmodischen Männer-Unterhemd mit langen Ärmeln, das Evelyn ganz besonders hasste. Schweigend befüllte sie den neuen elektrischen Wasserkocher, steckte ihn in die Steckdose, griff nach dem Nescafé-Glas, löffelte, goss, rührte.

»Dein Vater will mit dir reden«, verkündete Evelyn. Louise antwortete nicht und bot auch niemandem eine Tasse an. Jetzt hatte er ganz offenbar beide gegen sich.

»Komm, wir gehen raus, nur wir beide«, schlug er vor. Evelyn würde das nicht gefallen, aber nur so würde es gehen; sonst würde sie in der Nähe bleiben und sich einmischen. Auch so war es schon schwierig genug.

Sie setzten sich außer Hörweite an den Gartentisch mit den Lamellen, sie mit dem Rücken zum Haus, fröstelnd im Märzwind.

»Willst du die Decke haben?« Sie schüttelte den Kopf, aber er ging in den Schuppen, um sie zu holen. »Deine Mutter ist deinetwegen sehr traurig«, hob er an und machte eine Pause, damit sie Gelegenheit hatte zu erklären, dass auch sie traurig sei. Das tat sie nicht, und so räusperte er sich und setzte neu an: »Das Entscheidende ist, dass wir uns um dein Wohlergehen Sorgen machen. Selbst wenn es heute die Pille gibt und einen anderen Umgang mit Sex, heißt das noch lange nicht, dass es klug ist, die Dinge zu überstürzen … Du musst trotzdem genau überlegen, was du mit deinem Freund machst.«

»Das mache ich ja«, sagte sie und starrte in ihren schwarzen Kaffee, das Haar wie ein Vorhang, der ihn ausschloss.

»Was hast du für Andrew empfunden?«, fragte er.

»Ich mochte ihn sehr.« Dann sah sie kurz zu ihm auf und nahm einen Schluck Kaffee.

»Warst du – in ihn verliebt?« Unerträglich, fand er, dieses Herumgeschnüffele – erstaunlicherweise aber schien ihr das nichts auszumachen.

»Ich weiß nicht genau, was es war«, entgegnete sie.

»Und warum gehst du dann so weit?«, fragte er. Sie zuckte mit den Schultern, lehnte sich zurück, den Becher in der Hand. Die Sonne schien ihr jetzt auf Haar und Gesicht, und sie sah wieder mehr nach ihr selbst aus.

»Ich mochte ihn, und ich war neugierig«, sagte sie. »Und außerdem, Dad, ist es ganz einfach ein Teil des menschlichen Körpers.« Ja, stimmt, dachte er, andererseits: nein. *Ganz einfach* war da nichts.

»Du darfst Sex nicht auf das Körperliche reduzieren«, sagte er. »Deine Mutter und ich waren sehr verliebt, als wir …«

Sie sah ihm direkt in die Augen.

»Und, zufrieden mit dem Ergebnis?«, fragte sie, die unverhohlene Frechheit überrumpelte ihn und machte ihn sprachlos. »Du solltest ihr wirklich öfter mal die Stirn bieten«, fuhr sie fort. »Dich behaupten. Nicht so oft nachgeben.«

Auf ihre Art hatten offenbar alle drei Töchter das dringende Bedürfnis, ihm zu sagen, dass er Evelyn gegenüber zu entgegenkommend war. Und er konnte es auch nachvollziehen. Natürlich sollte es ihm erlaubt sein, ein Buch auf dem Tisch liegenzulassen! Dabei mangelte es ihm nicht an Mut. Er hatte Raufbolden auf dem Schulhof Paroli geboten, den Deutschen und zahllosen Lügnern und Trotteln auf der Arbeit. Evelyn war allerdings etwas anderes. Ein Teil des Problems war, dass er darin nicht einfach ein *Nachgeben* sah. Er tat, was er konnte, damit es funktionierte. Er konnte einlenken, sie nicht.

»Dann wäre die Atmosphäre ziemlich im Keller«, sagte er zu Louise. Wieder ein Schulterzucken, ein Strecken des Halses zu einer Seite, nach oben, zur anderen, wieder runter. Überall ihr blondes Haar, der Pony, der ihre Augen verdeckte. Sie, das letzte Kind, sah ihm von allen am ähnlichsten. Die gleichen Augen, sagten alle. Sie schnippte die Haare weg und starrte ihn an. »Hast du jemals darüber nachgedacht, alles hinzuschmeißen? Ich meine, manchmal frage ich mich wirklich, was euch beide zusammenhält. Ich kann es ja nicht sein.«

Harry atmete tief ein.

»Ich liebe deine Mutter«, sagte er zu Louise, mit plötzlich rauem Hals.

»Dad«, sagte sie, gerade einmal sechzehn, wie sie da in der Sonne saß, die Füße auf dem Gartenstuhl, den er gebaut hatte, als sie zwei war. »Dad, weißt du, viele Leute lassen sich heute scheiden. Getrennt wärt ihr beide vielleicht glücklicher.«

War er unglücklich? In diesem Moment ja, aber generell? Ehen waren nicht gleichberechtigt oder gerecht: Siehe seine eigenen Eltern, siehe Evelyns Mutter und ihre abwegige Hingabe an einen Mann, der nichts für sie tat. Es war töricht, sich etwas vorzumachen.

»Ein Leben ohne Evelyn kann ich mir nicht vorstellen«, sagte er zu Louise und ahnte dabei noch nicht, dass sie im Laufe eines Jahres mit wieder einem anderen Freund heimlich nach Frankreich verschwinden und weitere Monate voller Sorge und Streiterei herbeiführen würde. »Menschen sind nicht perfekt. Man selbst aber auch nicht, und man liebt sie dennoch, obwohl man weiß, dass es sich niemals ändern wird …«

»Wird wohl eher noch schlimmer«, sagte Louise.

Ein Schritt zu weit.

»Ich habe dich nicht nach deiner Meinung gefragt, und eigentlich sollten wir hier über dich reden«, erwiderte er und sprach lauter als bisher, wie für ein größeres Publikum. »Ob es dir passt oder nicht, wir sind deine Eltern, und wir müssen wissen, mit wem du dich triffst und was ihr macht. Es ist unser Haus, und du bist erst sechzehn, und wir wollen nicht, dass – so etwas – hier passiert, in unserem Haus, meine ich, ist das klar? Und ich finde, dieser Briefwechsel mit dem Jungen in Lancashire muss aufhören. Und es wäre sehr hilfreich, wenn du dich bei deiner Mutter für all die Sorgen entschuldigen würdest, die du ihr bereitet hast.«

Es gab ein langes Schweigen.

»Das mache ich, wenn du sie davon abbringst, Andys Eltern anzurufen«, sagte sie.

»Ich weiß nicht, ob ich das schaffe«, sagte er. »Ich werde es versuchen.« Louise zuckte mit den Schultern, stand auf, reckte sich.

»Ich übernachte bei Sandra«, sagte sie und ging zurück zum Haus. Ihren Becher ließ sie am Weg stehen.

Evelyn starrte vom Küchenfenster aus zu ihnen herüber, und ihm war nicht danach, hineinzugehen. Er wollte nur, dass die ganze Sache endlich vorbei war. Das verdammte Wochenende genießen! Aber es war wohl am besten, es hinter sich zu bringen.

»Also?«, fragte sie, als er sich gegen den Türrahmen lehnte und seine Gartenschuhe abstreifte.

»Ich glaube, es tut ihr leid, dich so bekümmert zu haben …« Evelyn sagte nichts. Sie trug ihre Schürze, und ihre Hände waren nass vom Spülen. »Und ich gehe davon aus, dass sie sich entschuldigen wird. Ich habe betont, dass sie in dieser Hinsicht nicht einfach tun und lassen kann, was sie will.« Ihm fiel auf, dass der Wasserhahn in der Küche einen neuen Dichtungsring brauchte. Das Wasser tropfte in die Spüle und machte dabei ein eintöniges, enervierendes, dumpfes Geräusch. Er versuchte, nicht darauf zu achten, legte Evelyn den Arm um die Schultern. Sie stand steif da und wandte den Blick nicht von ihm ab. »Es war schwierig, und wir sollten einfach abwarten, wie die Dinge ab jetzt laufen … Was die Smileys betrifft, sollten wir sie nicht anrufen. Nicht jetzt. Ich glaube wirklich nicht, dass es hilfreich wäre.«

»Ihr seid alle gleich«, sagte sie und löste sich abrupt aus seiner Umarmung.

»Was in aller Welt meinst du?«

»Ihr alle drei, wie ihr euch gegen mich verbündet. Nein, versuche ja nicht, mich anzufassen!« Er stand in der Küche, fassungslos, hörte, wie sie nach oben marschierte und die Badezimmertür zuschlug.

»Jetzt sei doch nicht so dumm, verdammt nochmal!«, brüllte er, dann riss er die Hintertür auf und ging mit großen Schritten hinaus.

Der Großteil des Gemüsebeetes war zum Bepflanzen bereit, aber ganz hinten musste er noch ein Stück umgraben. Er riss den Spaten aus der Erde, schob die Ärmel hoch und machte sich an die nächste Reihe. Sie war etwa fünf Meter lang und verlief quer über das Beet. Mit einem kräftigen Hackentritt rammte er die Schaufel hinein, hob die schwere Erde heraus und kippte sie neben den Graben. Ein Haus voller gottverdammter Frauen! Was zur Hölle sollte er jetzt machen?

Er grub weiter. Es war dichte Erde, mit Stückchen aus zwei Sorten klebrigen Lehms, der eine grau, der andere gelblich: nicht unbrauchbar und bereits sehr viel besser als früher, aber noch immer harte Arbeit. Fette rosa Regenwürmer krochen durch die Erdklumpen. Ab und zu fand man ein altes Stück Keramik oder eine Tonpfeife. Er kämpfte sich vor, kam ins

Schwitzen. Am Ende der Reihe wechselte er zur Forke und lockerte den festen Untergrund im Graben auf. Er warf etwas Kompost hinein, begann dann von vorn, kippte die neu ausgehobene Erde in den Graben. Jetzt arbeitete er gleichmäßig, fühlte sich langsam wieder mehr wie er selbst.

Sie konnte nicht anders. Das war das Problem. Richtig und falsch musste man aus der Gleichung heraushalten.

Er grub zu Ende, holte eine Blumenschere und ging durch den Garten. Er fand späte Narzissen, Tulpen, Kirschblüten und, im runden Beet ganz hinten, Rosen, die bald aufgehen würden. Er fügte etwas Spargelkraut und zwei Sorten früher Pfingstrosen hinzu, die nicht nur wunderbar dufteten, sondern in Keats' *Ode auf die Melancholie* auch als Tröstung empfohlen wurden.

Die Blumen im Arm streifte er seine Stiefel erneut an der Küchentür ab. Sie war ebenso wie die Haustür abgeschlossen, und der Schlüssel unter dem Ziegel war verschwunden.

Im Krieg hatte er mit Minen gearbeitet, daher brauchte er mit etwas kräftigem Draht und einer Zange nur eine halbe Stunde. Trotzdem.

Das Haus, erfüllt von einer schweren, unnatürlichen Stille, schien sich ihm zu widersetzen, als er die Blumen in einer Vase drapierte, die er unter der Spüle gefunden hatte, und sie auf einen Untersetzer auf dem Esstisch stellte. Das Haus erwiderte: Ja, und? Oben klopfte er an die Schlafzimmertür, und als er nichts hörte, öffnete er sie. Die Vorhänge waren zugezogen. Evelyn schlief oder tat wenigstens so; er wollte sich zu ihr legen, aber er war verdreckt, und so oder so war es eine schlechte Idee.

In den folgenden Wochen schlief er in Lilys und Valeries altem Zimmer mit der geometrisch gemusterten Tapete, schlüpfte, wenn Evelyn nicht im Schlafzimmer war, hinein, um sich frische Hemden und Unterwäsche zu holen, machte sich seinen eigenen Toast zum Frühstück und aß zu Abend, bevor er den Zug nach Hause nahm.

Auch unten hielten sie sich nie im selben Zimmer auf, höchstens durchgangsweise. Wann immer Evelyn auftauchte, sprach er sie an: Sein Anteil an dem Missverständnis tue ihm leid; könnten sie sich nicht zusammensetzen und darüber sprechen? Gab es etwas, das er tun konnte? Sie antwortete nicht, tat vielmehr so, als sähe und hörte sie ihn nicht. Es war, fand er, beeindruckend, aber zugleich auch armselig. Und es machte ihn wütend. Evelyn hinterließ ihm Nachrichten: *Spül bitte Deine Teetasse. Die Gasrechnung ist gekommen. Ich wasche Deine Wäsche nicht.*

Im Zug, auf dem Weg zur Arbeit und nach Hause, rang er mit einem Brief an sie, mühte sich ab, um über die üblichen Phrasen hinauszukommen, die ihm zuerst einfielen: *Ich hasse es, wenn wir zerstritten sind. Wir sollten es nicht zulassen, dass kleine Auseinandersetzungen zwischen uns stehen. Niemand könnte mir jemals mehr bedeuten als Du. Ich liebe Dich, so wie ich es schon immer getan habe …*

Am Freitag machte er früh Feierabend und hielt auf dem Weg zum Bahnhof, um eine Karte zu kaufen, die er beschreiben konnte. Zuhause saß er in Hemdsärmeln im Esszimmer (die Blumen waren vom Tisch auf die Anrichte gestellt worden und völlig verwelkt) und versuchte, Winston Grahams *Im Licht des schwarzen Mondes* zu lesen, als er hörte, wie Evelyn aus dem Wohnzimmer kam, um ans Telefon zu gehen.

»Evelyn Miles am Apparat. Ja, das habe ich, vielen Dank für Ihren Anruf. Vielen Dank. Ja, ich bin noch …« Er fand es seltsam, dass sie unterbrochen wurde, aber als sie wieder ansetzte, lag Stolz in ihrer deutlich vernehmbaren Stimme: »Die Oberschule. Samt Französisch. Steno und Schreibmaschine. Zwei Jahre bei einer Kanzlei in der Stadt, Wilson & Wilson, und dann über zwanzig Jahre Erfahrung in Haushaltsführung …« Erneut verstummte sie, und Harry saß reglos am Tisch, lauschte mit jeder Faser seines Körpers. »Es hat hier einige Veränderungen gegeben, und daher denke ich, dass es für mich an der Zeit ist, auszuziehen. Ja, eine Stellung mit Wohnmöglichkeit im Haus ist genau das, was ich suche ...« Wieder wurde sie still. »Es ist ein recht kleiner Haushalt«, fuhr sie mit etwas weniger zuversichtlicher Stimme fort. »Vier ... Keine Erfahrung bei der Anleitung von Personal als solche, aber das könnte ich selbstverständlich ...«

Sofort wurde ihm klar, wie sie am Montag darauf gewartet haben musste, dass die beiden das Haus verließen, und erst danach aufgestanden war. Immer noch krank vor Zorn hatte sie sich die Sonnenbrille aufgesetzt, war zum Zeitungsladen gegangen und hatte die Ausgabe von *The Lady* gekauft, die ihm an jenem Abend auf dem Telefontischchen aufgefallen war, und beim Bäcker nebenan ein Croissant, da konnte sie nie widerstehen. Zuhause war sie die Kleinanzeigen hinten im Heft durchgegangen. Unter »Aushilfe gesucht« standen Stellenangebote für Haushälterinnen. Worauf sie sich bewerben wollte, hatte sie danach ausgesucht, wie schnell jemand gebraucht wurde und wie sehr ihr der Name des Hauses gefiel: Hartcourt Place, Withinden Manor, Somerset Court, dann hatte sie die Bewerbungen auf der tragbaren Schreibmaschine getippt, die sie in einer Vinylhülle im Gästezimmer aufbewahrte, mit ihrem vollen Namen unterschrieben, Evelyn Anne Miles, und sie zum Briefkasten am Ende der Straße gebracht, bevor sie für sich allein das Abendessen kochte.

»Das verstehe ich«, hörte er Evelyn jetzt sagen. »Vielen Dank.« Sie ertrug es nicht, gekränkt zu werden, und er wusste, dass ihr Puls jetzt im ganzen Körper pochte, dass sie ihn hören konnte, wenn sie die Augen schloss. Er hörte das leise *Pling* und das dumpfe Klacken des Hörers, als sie auflegte. Es folgte eine andere Art von Stille und dann ein schreckliches stöhnendes Geräusch. Er ging in den Flur, wo sie, die Hände zu Fäusten geballt, auf dem niedrigen Stuhl neben dem Telefon saß und weinte. Es war furchtbar. Er kniete sich auf das Parkett und nahm sie in den Arm.

»Was war das für ein Idiot?«, sagte er. »Und warum willst du fort, wenn ich dich doch so sehr will?«

Und dort, hinter ihr an der Wand, war das Stillleben, das sie vor Jahren auf dem Kunstflohmarkt in ihrem Viertel gekauft hatten. Und auf dem Telefontisch lag der Notizblock mit den *Sonnenblumen*, den sie benutzte, aufgeschlagen, leer, daneben der bereitgelegte Stift.

Er wusste, sie würde nicht antworten und sie würden niemals über diese Erniedrigung sprechen oder darüber, was dazu geführt hatte. Aber er spürte, wie sie sich ein wenig entspannte und ihm gestattete, ihr Gewicht zu tragen.

Blau

Nicht gerade der beste Anfang. Er lag in seiner Badehose auf dem Bett in der Kabine, als sie, irgendwo zwischen Tränen und Wut, in einem weißen Bademantel aus dem Badezimmer stürzte. Ihr Badeanzug sehe grauenhaft aus, sagte sie. Sie hatte nicht daran gedacht, ihn zuhause anzuprobieren. Er war zu eng und an manchen Stellen verschlissen. Sie musste viel zugenommen haben.

»Warum hast du's mir nicht gesagt?«

»Weil es mir nicht aufgefallen ist und ich fand, dass du sehr schön aussahst«, antwortete er und setzte sich auf. »Wir haben beide zugelegt. Wir sind halt in dem Alter. Zeig mal.«

Es war ein brauner Badeanzug mit weißen Punkten und einer Schleife über der Brust. Er konnte nichts Falsches daran erkennen, aber sie starrte wie hypnotisiert auf die riesige Spiegelwand hinter dem Bett – die zweifellos das Licht einfangen und die Kabine größer wirken lassen sollte. »Venus von Milo«, sagte er, »nur mit Armen.« Er erinnerte sich an einen ähnlichen Moment, einen Seitenblick in den Spiegel. Man sah und gestand sich ein, dass die eigene Jugend schon lange vorbei war. Dabei hatte es die Zeit mit Evelyn gut gemeint. Ihr Gesicht und ihre Stimme waren frisch, ihr Rücken gerade, ihre Bewegungen kraftvoll.

»So kann ich mich nicht an den Pool setzen«, sagte sie, zog den Bademantel wieder an und stellte sich, mit dem Rücken zu ihm, ans Fenster – kein echtes Bullauge, sondern ein Rechteck mit abgerundeten Ecken. Er hatte schon sagen wollen, na gut, ziehen wir uns halt wieder an und gehen ein bisschen spazieren, da fiel ihm das Geschäft auf dem zweiten Oberdeck ein. Vielleicht hatten sie dort etwas, das ihr gefiel, meinte er. Selbst wenn, wäre es schrecklich überteuert, hob sie hervor. Andererseits, konterte er, wäre es noch viel teurer, den Urlaub zu vergeuden, der trotz der im Preis inbegriffenen Mahlzeiten und Ausflüge nicht billig war. Sie mussten eine hübsche Summe berappen, also lohnte es sich, die Vorzüge auszukosten. Trotzdem brachte sie es nicht über sich, in den Laden zu gehen. Sollte er ihn für sie auskundschaften? Wie um Himmels willen würde er wissen, was ihr gefiel? Er würde einfach mal nachsehen, ob sie überhaupt etwas hatten, sagte er. Welche Größe, musste er fragen.

Der Laden war dunkel, höhlenartig, voller Ständer mit Kosmetikartikeln, Schmuck, Schokolade, Armbanduhren, Hüten, Schals und Sonnenbrillen, die unverschämten Preise standen auf winzigen handgeschriebenen Aufklebern. Im hinteren Teil gab es eine ganze Bekleidungsabteilung, darunter eine Reihe Badeanzüge, alle knapp und tief ausgeschnitten; die Verkäuferin, eine winzige Italienerin, versicherte ihm, das sei jetzt Mode, selbst für die reife Frau, verwies ihn aber an das Ende des Ständers, wo Modelle hingen, die sie »elegant« nannte.

Was war nur in ihn gefahren? Er würde es zwangsläufig falsch machen, wollte aber unbedingt erfolgreich sein. Schließlich wählte er einen Badeanzug mit einem auffälligen Schwarz-Weiß-Muster und einer Art Röckchen, fast wie ein sehr kurzes Sommerkleid. Es war das teuerste unter all den sündhaft teuren Stücken auf dem Gestell. Er bezahlte unter der Voraussetzung, dass es ungetragen am selben Tag umgetauscht oder zurückgegeben werden konnte, und nahm ihn mit in die Kabine. Wieder verschwand sie in dem winzigen Badezimmer.

Sobald er ihn eine Nummer größer eingetauscht hatte, machten sie sich auf zum Pool: Es war ein kleiner Pool, aber dass es überhaupt einen gab, dass ein auf dem Wasser schwimmendes

Schiff Wasser an Bord hatte, wirkte irgendwie angenehm surreal. Sie wurden zu zwei Liegen geführt, mit dazugehörigen Handtüchern, einem blauen Sonnenschirm und einem Tisch, dann wurde ihnen ein Drink angeboten. Er hatte inzwischen das Gefühl, einen gebrauchen zu können.

»Wie wär's mit einem Glas Schampus?«, schlug er vor.

Sie bestellte Tee; er einen Whisky Soda. Zum Tee gab es Kekse, zum Whisky ein Schälchen Erdnüsse. Auf dieser Reise machte man sich besser keine Gedanken um sein Gewicht, er konnte nur hoffen, dass sie es auch nicht tun würde.

Sie waren kaum mit der gegenseitigen Sonnencremesalbung fertig, als sich der Mann auf der Liege neben ihnen aufsetzte und ihnen einen guten Morgen wünschte. Seine Frau, die unter ihrem Schlapphut ziemlich schläfrig wirkte, tat es ihm gleich. »Julian und Mary Russell-Smythe. Sehr erfreut, Sie kennenzulernen …« Unter seinem dichten, recht langen eisengrauen Haar waren Julians Gesicht und Hals tiefbraun. Er war eher hager und saß unnatürlich aufrecht, wie irgendwo aufgehängt. Er schien ganz erpicht darauf, das Gespräch am Laufen zu halten, fast wirkte es, als hätte er nur darauf gewartet, dass sich jemand neben ihn setzte.

»Wie finden Sie es bisher?«, fragte er, sobald die Höflichkeiten ausgetauscht waren.

»Rom hat uns gefallen«, sagte Evelyn.

»Was die Schiffsreise angeht, wird es sich erst noch zeigen«, ergänzte Harry. Das Büroleben hatte ihn so sehr geprägt, dass es ihm etwas merkwürdig vorkam, mit freiem Oberkörper Konversation zu machen.

»Es ist unsere erste Kreuzfahrt«, sagte Evelyn, woraufhin Mary sich vorbeugte. Sie hatte volle blonde Locken, die ziemlich unnatürlich wirkten, und einen leeren Gesichtsausdruck, der sich verflüchtigte, sobald sie sprach, was sie überraschend enthusiastisch tat:

»Sie ziehen die nette Sorte Passagiere an, und wenn irgendetwas nicht stimmt, muss man nur Bescheid geben. Wobei man natürlich die Kabine nicht wechseln kann, wenn das Schiff ausgebucht ist. Ich hoffe, Sie sind auf der Backbordseite?« Das waren sie tatsächlich. »Wenn ich das sagen darf«, fügte sie hinzu und wandte sich direkt an Evelyn, »das ist ein entzückender Badeanzug.« Sie verstummte, und einen Augenblick später war ihr Gesicht wieder vollkommen leblos. Es war, als hätte jemand einen Schalter umgelegt.

»Wie wär's mit einem kurzen Bad vor dem Mittagessen?«, schlug Julian vor.

»Ich hoffe, sie sind nicht zu aufdringlich«, sagte Evelyn zu Harry, während sie sich in der Kabine umzogen.

»Er ist ein bisschen penetrant, aber doch ganz nett«, sagte Harry. »Was hältst du von ihr?« Evelyn zuckte mit den Schultern. »Nicht viel«, sagte sie. »Um ehrlich zu sein, ich glaube, dass mit ihr etwas nicht stimmt.« Sie hatte sich von ihren vorherigen Unsicherheiten erholt und pellte sich vor seinen Augen aus dem Badeanzug. Im Schatten des Zimmers leuchteten ihre Brüste und Hüften weiß, die Haut dort war blass, ohne Flecken, so wie sie es schon immer gewesen war. Alabaster, dachte er. Oder Marmor. Aber warm. Er dachte an Pygmalion, aus den *Metamorphosen*: eine ungewöhnliche Geschichte, weil der Mann bekam, was er wollte, frei von jeder Bestrafung.

Die Russell-Smythes hatten im Restaurant einen großen, günstig positionierten Tisch in Beschlag genommen. Mary hatte Lippenstift aufgetragen und ein Sommerkleid aus Spitze über ihren Badeanzug geworfen, Julian trug jetzt ein kurzärmliges Hemd und eine beigefarbene Hose. Er bestellte eine Flasche Schaumwein als Aperitif.

»Das geht natürlich auf uns«, sagte er.

»Ich warne Sie«, sagte Evelyn in die Runde, »ich bin Alkohol nicht gewöhnt. Schon ein Schluck davon steigt mir zu Kopf.«

»Evelyn trinkt nur Schampus«, erklärte Harry.

»Sie sind ganz offenbar eine Frau mit hervorragendem Geschmack«, sagte Julian zu ihr. »So«, fuhr er fort und wandte sich an Harry, »ich glaube nicht, dass wir uns während der Kampfhandlungen begegnet sind, aber ich bin mir fast sicher, dass Sie gedient haben. Habe ich recht?«

Kampfhandlungen? Was für ein Ausdruck. Und warum behältst du deine Vermutungen nicht einfach für dich, dachte Harry. Gab es denn nichts anderes, über das man reden konnte? Er hoffte, der Mann war wenigstens kein pensionierter Major, oder Schlimmeres, der noch immer Respekt erwartete.

»Zehn von zehn Punkten«, antwortete er mit monotoner Stimme. »58. Feldartillerie.« Als Nächstes fragt er bestimmt, auf welcher Schule ich war.

»Ich liege immer richtig. Es hat etwas damit zu tun, wie ein Mann spricht und sich bewegt«, sagte Julian. Ach, wirklich. Einer von diesen Die-beste-Zeit-meines-Lebens-Typen, dachte Harry, als Julian ihnen davon erzählte, wie er in Ägypten und Italien mit Panzern unterwegs gewesen war und es schließlich, wie Harry, zum Hauptmann geschafft hatte.

»Ihre Wege hätten sich also kreuzen können«, sagte Evelyn und lächelte beide an.

»Wir waren so viele, und wir waren ziemlich beschäftigt, außerdem ist das über dreißig Jahre her«, erklärte Harry. Evelyn hatte sich schon immer für den Krieg interessiert, für den Teil, den sie selbst nicht erlebt hatte; das war wohl nachvollziehbar, aber trotzdem das Letzte, woran er gerade denken wollte. Evelyn hatte die Idee mit der Kreuzfahrt gehabt, seine einzige Bedingung war nur, dass sie nirgendwo hinfuhren, wo er als Soldat gewesen war. Wobei natürlich ganz Europa verwüstet worden war. Diese Jahre voller Zerstörung und Tod trug er in sich, ohne sich dessen sonderlich bewusst zu sein, und er wollte es gern dabei belassen.

»Ich ziehe es vor, nicht daran zu denken«, sagte er und erhob sein Glas. »Wir und unsere Kinder leben offenbar in besseren Zeiten.«

»Auf bessere Zeiten!«, stimmte Julian ein. Der Kellner erschien, und alle vier bestellten Meeresfrüchte. Julian bat um eine weitere Flasche *Spumante*.

»Und Ihre Kinder, was ist aus ihnen geworden?«, fragte Evelyn Mary, deren vernebelter Blick beim Gespräch über den Krieg zu den blau leuchtenden Fenstern abgedriftet war.

»Ehrlich gesagt, ich habe keine Kinder«, antwortete sie und wandte sich wieder dem Tisch zu. »Ich bin Julians dritte Ehefrau. Er hat zwei sehr hübsche Jungs aus seiner ersten Ehe, wunderbare junge Männer, aber das kann ich mir nicht auf die Fahnen schreiben, weil ich sie nicht aufgezogen habe.«

»Oh!«, sagte Evelyn, als gerade das Essen serviert wurde, allerlei Blassrotes und Weißes, angerichtet auf einem sattgrünen Bett, umgeben von Gurkenstreifen und gespickt mit Zitronenstücken, ganz anders als das Essen zuhause.

»Was ist mit Ihrer Familie?«, fragte Mary.

»Wir haben zwei verheiratete Töchter, beide haben studiert«, erzählte Evelyn. »Die andere, meine Jüngste, ist unser Sorgenkind. Launisch und wild. Sie ist schon zweiundzwanzig, aber ständig ändert sie ihre Meinung darüber, was sie machen will. Sie hat keinen Sinn fürs Praktische, scheint mir, und reagiert feindselig auf Vorschläge. Um ehrlich zu sein, versuche ich, nicht an sie zu denken.«

»Das muss schwer sein«, sagte Mary. Sie hatte eine große Garnele gepellt, und warf sie sich jetzt in den Mund.

»Nein, eigentlich nicht«, sagte Evelyn mit einem Lächeln. Sie hatte das Gefühl, zu viel erzählt zu haben. Sie wollte kein

Mitgefühl. Das zog einen nur runter. »Was für ein köstliches Essen!«

Drei Ehefrauen, bemerkte sie am Nachmittag zu Harry.

Praktisch ein Harem, witzelte er. Sie waren an Deck und sahen zu, wie Sorrent ins Blickfeld rückte: überall Gelb und Ocker und Terrakotta, Grüntöne, Rosa und Lila. Die Berge, das Wasser, der Himmel.

»Sie ist die ganze Sache ausführlich durchgegangen, während ihr beide nach dem Essen rauchen wart. Die erste Scheidung, als die Jungs noch zur Schule gingen. Die zweite hatte Krebs und starb. Sie ist zehn Jahre jünger als er, dabei sieht sie gar nicht so aus, findest du nicht? Sie sind erst seit fünfzehn Jahren verheiratet. Er ist eine Art Buchhalter, und sie hat im selben Büro gearbeitet.«

Erst? Gut, verglichen mit beinahe vierzig waren fünfzehn Jahre wenig. Eine kleine Tändelei, ein Experiment! Harry fing an, sich zu amüsieren. Die Phase vor der Abreise war unangenehm gewesen: die Notwendigkeit, neue Kleidung und ein Paar Sandalen zu kaufen, der Entzug seiner besten Unterhosen aus dem Wäschekreislauf, das Packen und Umpacken, das Überprüfen von Dokumenten, der Hausputz von oben bis unten, die Spannung, weil Valerie und Hugh das Haus nicht hüten konnten, was bedeutete, dass sie Louise fragen mussten – sehr nervenaufreibend und vermutlich ein Fehler. Das Schreiben von Notizen und Anleitungen, die Zettel bezüglich der Zimmerpflanzen und geschlossenen Fenster, der unausweichliche Streit, als Evelyn fragte, ob Louise vorhabe, jemanden ins Haus einzuladen, denn falls ja, seien es hoffentlich geeignete Leute, und Louise hatte unverblümt gesagt: »Willst du, dass ich's mache oder nicht?«

Aber jetzt waren alle häuslichen Spannungen und Gewohnheiten von ihnen abgefallen. Es war, als kehrten sie zurück zu den Tagen ihres Liebeswerbens. Altmodisches Wort! Trotzdem. Er war, wie Evelyn sagte, ein Reisemuffel, am liebsten buddelte er im Garten oder strich durch das Hügelland oder den Lake District. Er kehrte gern an Orte zurück. Wäre es nach ihm gegangen, wären sie über Cornwall oder Schottland nicht hinausgekommen. Paris, wenn es denn sein musste. Australien natürlich, allerdings nur, weil Lillian und Ed dort lebten. Doch Evelyn sehnte sich danach, die Welt zu sehen. Schon die Namen bestimmter Orte zogen sie an, also waren sie zur *Kreuzfahrt durch die drei Meere* aufgebrochen: das Tyrrhenische, Ionische und Ägäische Meer.

Von Sorrent aus fuhren die Russell-Smythes an jenem Nachmittag ins Landesinnere nach Pompeji, ein Ausflug, den Harry und Evelyn für den nächsten Morgen gebucht hatten. Unterdessen nahmen sie die Fähre nach Capri, jener Insel, auf der, so ihr Reiseführer, einst die Sirenen sangen, sodass Odysseus seiner Besatzung den Befehl gab, sich die Ohren mit Wachs zu verschließen und ihn am Mast festzubinden. Nicht weit entfernt in entgegengesetzter Richtung, am Festland, siechte die Sibylle dahin, bis sie nur mehr eine Stimme in einem Krug war, weil sie versäumt hatte, Apollo zusätzlich zur Unsterblichkeit auch um unvergängliche Jugend zu bitten.

Dumm von ihr, sagte Evelyn.

Die herrlich warme Luft war erfüllt von Blumenduft und Vogelgezwitscher. Hand in Hand gingen sie durch die Altstadt bis zu Gärten voller Palmen, Rosen und Bougainvilleen; schlenderten unter einer von Glyzinien bedeckten Pergola entlang, vorbei an Brunnen und Mauern aus Sträuchern, blickten zu Bergen hinauf, einen schwindelerregenden, zu einer Bucht führenden Serpentinenpfad hinunter und hinaus auf die erstaunliche See, aus der drei oft fotografierte Kalksteinformationen ragten. Evelyn, die ein blaues kurzärmliges Kleid und eine

Filmstar-Sonnenbrille trug, posierte vor einer niedrigen Mauer für ein Foto, mit dem Ausblick hinter ihr als Kulisse; danach schwang er sich die Kamera auf den Rücken und zog Evelyn zu sich heran, um sie küssen.

Gerade als sie sich wieder voneinander lösten, kam ein Italiener um die dreißig auf sie zu, wünschte ihnen einen guten Tag, zuerst auf Italienisch, dann auf Englisch, und stellte sich ihnen als Antonio vor. Der Mann war, um es vorsichtig auszudrücken, aufdringlich, und sein überschwängliches Gewünsche, fand Harry, richtete sich vor allem an Evelyn. Benötigten sie, fragte Antonio, vielleicht die Dienste eines Fremdenführers? Kannten sie die wahre Geschichte dieses Pfades, die beileibe nicht dem entsprach, was in der Touristenbroschüre stand? Die stets neugierige Evelyn wäre womöglich auf ihn hereingefallen, aber Harry, der vermutete, dass es bei diesem Gespräch früher oder später um Geld gehen würde, dankte Antonio und sagte, sie müssten jetzt weiter, *wegen der Gezeiten*. Kaum hatte er das gesagt, beschlossen sie, doch den Bus zur Blauen Grotte zu nehmen, bei der sie, aus Angst, es könnte eine Touristenfalle sein, zunächst unschlüssig gewesen waren.

»Und wie war es? Mussten Sie ewig auf eines der Bötchen warten, um hineinzukommen?«, fragte Mary beim Abendessen.

»Nein«, sagte Evelyn. »Fast gar nicht.« Was, wie Harry wusste, daran lag, dass sie im Bus Plätze ganz vorn ergattert und sich dann vorsichtig durch die Menschenmenge manövriert hatte, die auf dem kleinen Anleger auf die Boote wartete. Sie war vorgetreten, die Augen mit der Hand abgeschirmt, hatte in die Flotte der Bootsleute gelächelt und beinahe augenblicklich einen von ihnen auf sich aufmerksam gemacht. Kurz darauf befanden sie sich an dem winzigen Eingang zur Höhle; ihr Bootsführer bat sie, sich hinzulegen, während sie durch vorübergehende Finsternis in eine unvorstellbare, leuchtende Welt hinüberglitten. Das Wasser strahlte wie eine Art flüssiger

Himmel; es verströmte Licht und warf eine blaue Blässe auf die Höhlenwände und die Gesichter der Besucher in ihren Booten; sie schwammen nicht auf, sondern *in* Farbe, und doch schien das Wasser, wenn Evelyn ihre Hand durchzog, zu Silber verwandelt. Unwillkürlich verspürte man den Wunsch, sich die Kleider vom Leib zu reißen, hineinzuspringen und zu schwimmen, ganz silbern zu werden, kostbar, verwandelt, wieder jung – was aber natürlich verboten war. Aus dem hinteren Teil der Höhle tönten Stimmen, ein Mann und eine Frau, die ein Duett sangen. Das Boot schaukelte sanft auf der einströmenden Flut. Es war viel zu schnell vorüber und unmöglich zu fotografieren. Besser so, natürlich.

Und es war, ja, erstaunlich, hatte Harry gedacht, im Bus zurück zum Hafen, Evelyns Hand auf seinem Bein, dass sie in der Blauen Grotte auf Capri gewesen waren. Dass sie, geboren zwischen zwei Kriegen in engen Londoner Straßen, an einem Fluss, der einem Betonbett folgte und mit Industrieschaum überzogen war, die Luft erfüllt vom Geratter und dem Qualm der Eisenbahn, von den Gerüchen der Brauerei und den Fabriken, in denen die meisten Menschen ihrer Klasse ganz den Erwartungen gemäß arbeiteten – dass sie jetzt auf einer Insel im *Tyrrhenischen Meer* ausspannen konnten.

Das hatte er vor allem seiner Mittelschule zu verdanken, mochte er noch so sehr damit gehadert haben. Und seinem Vater natürlich, der auf den Lehrer gehört hatte, der sagte, sein Sohn könne vielleicht ein Stipendium erlangen. Dank seiner Ausbildung und des verfluchten Exerzierens nach der Schule ging er als Leutnant in den Krieg, überlebte und stieg in den exklusiven Rang eines Hauptmanns auf. Er war zu einem ausgewiesenen Vertreter der Mittelschicht geworden. Er konnte sich noch an das Gewicht der Hand seines Vaters auf seiner Schulter erinnern, damals, an jenem ersten Tag vor dem Schultor, als er ihn ermahnte, diese Chance nicht zu vertun.

Sie fanden gute Plätze auf der Fähre. Harry holte sein mitgebrachtes Notizbuch und den Bleistift hervor und versuchte, die Eindrücke aus der Höhle zu beschreiben. Es erschien ihm so entscheidend wie unmöglich, das Wort *azur* zu vermeiden, das, wie er wusste, von dem Stein Lapislazuli kam und auch in dem italienischen Namen der Höhle steckte, *La Grotta Azzurra*. Am Ende hatte er eine Liste zusammen: azurblau, coelinblau, königsblau, wasserblau, ultramarin, türkis, ätherisches Blau, himmelblau, saphirblau, elektrisches Blau, empyreisches Blau … Es schien nicht genügend Worte zu geben, und zugleich wirkten sie alle zu angestrengt. Und dann fiel ihm aus irgendeinem Grund das Wort *taumeln* ein. Ein taumelndes Blau. *Taum.* Es gab einen Punkt, an dem Worte sich in Rhythmus und Klang auflösten, und kurz davor, das spürte er, bedeuteten sie am meisten.

An diesem Abend zogen sich die Russell-Smythes früh vom Abendessen zurück, tauchten jedoch in letzter Minute zu Professor Archibald Massons Vortrag »Die Schätze von Pompeji« in der Lounge wieder auf. Masson, der an einer beeindruckenden Reihe von Universitäten Altphilologie und antike Geschichte gelehrt hatte, war ganz und gar nicht der gebrechliche, verschreckt aussehende Akademiker, den Harry erwartet hatte, sondern auf eine Weise stämmig und handfest, die wohl eher zu einem Vorstandsvorsitzenden oder einer Art Bonvivant gepasst hätte. Er war dem Anlass entsprechend formell gekleidet, trug ein gestärktes weißes Hemd mit Fliege, eine teuer aussehende randlose Brille sowie einen goldenen Siegelring. Am anderen Ende des Raumes hatte man ein Rednerpult und eine Leinwand aufgestellt.

Nach einem Schnelldurchgang durch Geografie und Botanik der Gegend, Grundlagen der römischen Zivilisation, Küche, Gestaltung der Häuser, Verzierungen und Bauweise, zeigte Masson Dias der wichtigsten Sehenswürdigkeiten Pompejis und schweifte ab zur Geschichte von Leda und dem Schwan, die auf mehreren Fresken zu erkennen war: »Handelte es sich bei dieser Verbindung von Frau und Vogel, wie es diese sinnlich ausgeführten Bilder vermeintlich nahelegen, um eine Verführung?«, fragte er, hielt inne und ließ seinen Blick durch den Raum schweifen. »Oder war es, wie es W. B. Yeats in seinem Gedicht darstellte, eine *Überwältigung*, ja ein Angriff? *Ein jäher Stoß: noch schlagen die großen Flügel / Über dem taumelnden Weib. Ihre Schenkel umschmeichelt / Von der dunkeln Schwimmhaut, ihren Nacken gepackt im Schnabel?* Es mag davon abhängen, welche Art von Geschichte man bevorzugt. Jedenfalls war es eine folgenreiche Begegnung, aus einem von Leda gelegten *Ei* wurde Helena von Troja geboren, dann kam der Trojanische Krieg und dann die *Ilias*, eines der Meisterwerke der antiken Literatur! Wollten wir darauf verzichten, selbst wenn es Ledas Rettung bedeutete?

Zahlreiche Künstler«, fuhr er fort, »hier beispielsweise Correggio, im Jahr 1530 … haben das Zusammentreffen in einer Deutlichkeit und Sinnlichkeit wiedergegeben, die, wären ein menschlicher Liebhaber oder ein ästhetisch weniger ansprechendes Tier involviert, geschmacklos wirken würden.« Er habe das Gefühl, dies sage ebenso viel über sie selbst aus wie die römische Kunst über die Römer, was ihn zu seinem letzten Punkt bringe: »In Pompeji werden Sie ebenso viel über sich selbst lernen wie über jene, die dort gelebt haben und dort gestorben sind«, sagte er. »Sie werden merken, wie überraschend ähnlich uns die Römer waren, in mancher Hinsicht jedoch auch ganz anders. Ganz sicher weniger verkrampft«, sagte er, »und womöglich weniger verlogen. Manches Material aus den Ausgrabungen liegt bis heute verschlossen im Geheimen Kabinett in Neapel, weil es angeblich für die Öffentlichkeit zu schockierend sei. Nur ernsthaften Forschern ist es gestattet, das zu sehen, was einst Essgeschirr und Gartenschmuck war …«
Langsam ging das Licht wieder an, und Masson, lächelnd und

schweißglänzend, ließ seinen Blick durch die Lounge gleiten, während er zusammenfasste: »Ich lege allen, die es noch nicht getan haben, dringend nahe, die Ruinen morgen zu besuchen. Viele Bücher wurden über Pompeji geschrieben, darunter eines von mir, *Leben und Lieben in Pompeji*, das auf dieser Reise im Andenkenladen erhältlich ist; ich signiere mit Vergnügen. Vielen Dank, meine Damen und Herren, für Ihre geschätzte Aufmerksamkeit.« Er verbeugte sich zu langanhaltendem Applaus.

»Ich habe das Gefühl, schon dort gewesen zu sein«, sagte Evelyn mit einem herzhaften Gähnen. Sie überlegte, in der anderen Lounge noch einen Brief zu schreiben und sich dann in ihre Kabine aufzumachen. Schreibpapier mit Briefkopf wurde gestellt, und es gab einen altmodischen Sekretär mit Rollklappe, an den man sich setzen konnte. *Louise*, würde sie beginnen, *hab vielen Dank, dass Du Dich um das Haus kümmerst. Wir leben hier in Saus und Braus und besichtigen jeden Tag wunderbare Sehenswürdigkeiten. Den heutigen Tag haben wir in einem Garten und einer Grotte verbracht, auf der Insel, wo Gracie Fields ihre Villa hat. Deinen Vater habe ich schon lange nicht mehr so entspannt gesehen ...* So würde sie anfangen, dann das Essen beschreiben und sich ein wenig über die Russell-Smythes lustig machen, und gegen Ende würde sie sich bei Folgendem ertappen: *Ich muss gestehen, ich begreife nicht, wie meine Äußerung einen derartigen Wutanfall Deinerseits auslösen konnte. Schließlich ist es unser Haus, und Sinn und Zweck Deines Aufenthaltes ist doch, dass jemand darauf aufpasst. Einige Deiner Freunde wirken nicht gerade vertrauenswürdig, und Du siehst ungesund aus, also mache ich mir selbstverständlich Sorgen um Dich und Deinen Lebenswandel. Ich fand es liebenswürdig von Dir, dass Du mit Deinem Freund Tony und seiner Mutter in ihren letzten Tagen Zeit verbracht hast, aber ich meine, Du solltest unterwegs sein und Dein Leben genießen, solange Du jung bist, und nicht in Krankenzimmern herumsitzen! Ich weiß noch, wie mein Vater in einem verdunkelten Raum lag, sein Leben hing am seidenen Faden. Es war schrecklich, und sehr schwer für meine Mutter. Ich wünschte, er wäre früher gestorben und hätte ihr das alles erspart. Ohne ihn war sie viel besser dran. Aber jetzt ist sie bald an dem Punkt, wo sie nicht mehr sie selbst ist, und wir werden Entscheidungen treffen müssen. Mach das Beste aus Deiner Jugend! Ich hoffe, Du isst gut und schläfst viel …*

Sobald sie anfing zu schreiben, war es schwer, ein Ende zu finden. Harry sagte, sie solle sich zurückhalten, Louise mehr sich selbst überlassen, aber er wählte ja immer den Weg des geringsten Widerstands. Was brachte das? Und sich zurückzuhalten, wie sollte das gehen? Die Worte drängten geradezu aus ihr heraus, wie Frösche im Märchen. Sie hatte das Recht, ihre Meinung zu sagen … Schreib es doch auf, ohne es abzuschicken, hatte Harry einmal vorgeschlagen. Wozu sollte das gut sein? Und ob er Louise dasselbe sagte? Das tat er, sagte er. Sie verschloss den Umschlag, klebte die Briefmarke auf, die sie am Vortag gekauft hatte, und warf ihn in den kleinen Kasten neben dem Büro des Pursers; danach fühlte sie sich augenblicklich erleichtert.

Und was Pompeji anging, war sie zunächst enttäuscht. Es war ein Wunder, dass es überdauert hatte, eine ganze Stadt, ja, und das Forum, die Bäder und Leitungen und so weiter, für die Harry sich begeisterte, waren sehr fortschrittlich, aber trotz allem war es eine *Ruine*, die Räume hatten keine Dächer, die Wände waren zerfallen, die Mosaike, abgesehen von dem Hund, größtenteils unvollständig, die Fresken verblasst. Es war eine Ruine, *und* es war vernachlässigt. Ihr waren prachtvolle Häuser lieber, in denen sie sich ausmalen konnte, wie es wäre, selbst dort zu wohnen, und Orte, an denen man keine morbiden Gedanken daran verlor, dass es mit dem Leben jederzeit von jetzt auf gleich vorbei sein konnte.

Hier in Pompeji musste man sich Zimmerdecken imaginieren, ein Obergeschoss, ein Dach und dass die Farben, von denen man lediglich Spuren sah, überall waren und leuchteten; man musste sich die Menschen in den Räumen vorstellen, den Geruch von Essen und Parfüm und vermutlich auch weniger angenehmen Dingen. Man musste die Geschichten kennen, um die Bilder zu verstehen: Hero und Leander, die beide ertranken. Theseus, der Ariadne zurückließ, der Riese Polyphem, der Galatea und ihrem Hirten nachspionierte. Überall Leda und der Schwan. Wer hatte sich *das* einfallen lassen? Harry zufolge handelte das Gedicht, das Masson zitiert hatte, von dem Aufeinandertreffen des Menschlichen und des Göttlichen, aber sie war nicht überzeugt.

Nach einer Stunde allerdings war sie so weit, dass sie sich tatsächlich beinahe in einem der größeren Häuser sehen *konnte*, in einem langen weiten Gewand, beim Lavendelschneiden im Hof: eigentlich ganz schön. Und dann, gleich im Eingang zur nächsten Villa, stieß sie auf das Gemälde eines Mannes mit einem riesigen Penis – so lang wie sein Oberschenkel –, der unter seinem Hemd hervorragte und den er offenbar *wog*. Darunter eine große Schüssel mit Obst.

»Oh!«, sagte sie. »Sieh mal!«

»Tut mir leid, wenn ich dich kurzgehalten habe«, sagte Harry.

»Männer!«, erwiderte sie. Was um Gottes willen hatte das hier zu suchen, im Hauseingang? Ein Fruchtbarkeitssymbol. Und dann noch eines, eine gut bestückte Statue, offenbar ein ehemaliger Brunnen, in einem Alkoven neben der Küche – irgendwie unhygienisch. Sowie, ganz in der Nähe, ein verblasstes Bild von einer bleichen nackten Frau mit großen Pobacken, die über einem liegenden Mann hockte.

»Masson hat uns gestern Abend gewarnt«, sagte Harry. Nach dem Vortrag hatte Julian, der allein war, weil Mary sich früh zurückgezogen hatte, Harry überredet, mit Masson etwas trinken zu gehen, während Evelyn ihren Brief schrieb; der Mann war, beharrte er, eine wunderbare Informationsquelle, und er war begierig, mehr zu erfahren, weil er und Mary das meiste von Pompeji verpasst hatten. Mary hatte die Gipsfiguren unheimlich gefunden, also hatten sie sich aus dem Staub gemacht und in einem Restaurant auf den Bus gewartet.

»Ich habe, denke ich, äußerste Vorsicht walten zu lassen, um niemandem zu nahe zu treten«, hatte Masson, der sich an einem großen Brandy festhielt, einer Gruppe erwartungsvoller Männer erzählt, die sich an der Bar versammelt hatte. »Beispielsweise hätte ich nur zu gern die Möglichkeit gehabt, Ihnen meine Dias von Pan zu zeigen, der mit einer Ziege kopuliert, eine Marmorarbeit – ganz außergewöhnlich! Selbstverständlich finden Sie einige Abbildungen und ausführliche Beschreibungen in meinem Buch. Und dann wären da noch meine Dias der Fresken aus dem Hauptbordell nahe des Forums, das der Öffentlichkeit noch immer nicht zugänglich ist … Das volle Spektrum sexueller Möglichkeiten, kann ich Ihnen versichern. Aber man würde mich nicht mehr an Bord einladen, wenn ich sie Ihnen auch nur kurz zeigte. Ich finde die römische Offenheit den Körperfunktionen und Sex gegenüber erfrischend, die Damen allerdings sind häufig schockiert, wie, nun ja, phallisch die Römer waren, doch ich denke, die meisten von uns Männern würden gern einmal für ein, zwei Tage durch die Zeit reisen. *Veni, vidi, vici*, was? Schön wär's, was? Sie werden in jedem Fall viel Interessantes finden, wenn Sie nur danach suchen.«

Dabei musste man kaum suchen. Sex war überall, nicht zu umgehen. Offenbar mochten sie es, wenn die Frau auf Ellbogen und Knien war.

»Schlank sind sie nicht gerade, oder?«, bemerkte Harry Evelyn gegenüber, als sie ein verblasstes Fresko in Haut- und

Erdfarben studierten. »Birnenförmig. Ziemlich üppig«, sagte er. Trotz der simplen Ausführung des Bildes fand er die Knie- und Ellbogen-Position ziemlich erregend – ein Andenken an Zeiten, in denen es zwischen ihnen spontaner und vielfältiger zuging. Er musste an sich halten, um Evelyn nicht die Hand auf die Hüfte zu legen.

»Dieser gewundene Pfad zur Küste hinunter«, sagte Julian am Abend, ihrer zweiten Nacht vor Sorrent, als alle vier an der Reling lehnten und die funkelnden Lichter auf dem Wasser betrachteten, »die Serpentinen nach unten zu dem kleinen Hafen? Haben Sie die Geschichte gehört?« Er erzählte, wie Krupp, der reiche deutsche Waffenhersteller, mit seiner Yacht angelegt, sich in die Insel verliebt und den Bau des Weges zur Bucht bezahlt hatte, an dessen Ende ein kleines, abgeschlossenes Tor zu einer Höhle führte, in dem sich ein nicht allzu heimlicher Club befand. »Unerhörte homosexuelle Orgien«, sagte Julian und riss die Augen auf. »Krupps Frau erfuhr davon und beschwerte sich beim Kaiser, und der Kaiser, der mit ihrem Mann befreundet war, ließ sie in eine Anstalt sperren. Doch irgendwann tauchten Fotografien auf, und Krupp musste Italien verlassen. Kehrte nach Deutschland zurück und erschoss sich.«

»Ein Glück!«, sagte Evelyn. »Und wie schade, dass die Firma nicht zusammengebrochen ist; das hätte eine Menge Leben retten können. Was ist mit der Frau passiert?«

»Das weiß ich nicht«, sagte Julian, »aber ich werde es mir zur Aufgabe machen, das herauszufinden.« Das tat er tatsächlich und lieferte die Antwort zwei Tage später: Sie wurde freigelassen.

»Waren Sie beide auch in der Grotte?«, fragte Harry.

»Ich hoffe, darüber gibt es keine Geschichten«, sagte Evelyn. Obwohl es die, dachte Harry, mit Sicherheit gab: versilberte Schwimmer, die verschwanden, wiedergefunden wurden oder sich in Delfine verwandelten; die Geister von Kaisern, die junge Mädchen heimsuchten.

»Wir haben fast eine halbe Stunde gewartet«, sagte Mary, »aber schließlich mussten wir aufgeben. Es waren so viele Leute da. Wir hätten sonst unsere Rückfahrt verpasst. Wir hätten Sie begleiten sollen.«

»Ich hoffe, du erwartest nicht, dass *ich* mich auf alle viere niederlasse, wie ein Tier«, sagte Evelyn zu Harry, und tatsächlich hatte er darüber nachgedacht, aber das war schließlich nicht verboten.

»Ich erwarte gar nichts«, entgegnete er und knetete die Muskeln zwischen ihren Schulterblättern. Sie lag bäuchlings auf dem Bett, die Decke über ihren Beinen und ihrem Hintern. »Aber«, fügte er hinzu, »erinnerst du dich, wieviel Spaß wir in unserer ersten Wohnung hatten? Damals haben wir, meine ich, durchaus …«

»Ein Stück runter«, sagte sie.

»Mach ich«, sagte er und ließ seine Finger langsam die kleinen Höcker ihrer Wirbelsäule hinablaufen, bis er ihren unteren Rücken erreichte, eine weitere Stelle, der er sich, wenn es nach ihr ging, immer ausführlich widmen durfte. In den letzten Jahren hatte es sich dahin entwickelt, dass das Vorspiel Tage dauern konnte, ja eine Woche, es begann mit ersten verbalen Ouvertüren und oft mit einem Geschenk, wie etwa dem Badeanzug, und schritt von dort fast unmerklich voran.

»Du bist noch immer genauso schön«, sagte er. Wenn er Glück hatte und sie sich genug entspannte, würde sie sich umdrehen und ihn einlassen. Das ganze Schiff, dachte er, war womöglich mit ähnlichen Aktivitäten beschäftigt, nach diesem Tag in der Stadt der Toten, die so überaus lebendig gewesen waren, bevor die Asche fiel.

Am nächsten Tag waren sie auf See, und Harry merkte, dass er, sobald Evelyn einschlief, keine Lust mehr hatte, am Pool zu sitzen. Die Langeweile erinnerte ihn unangenehm an den Truppentransporter, auf dem Weg nach Ägypten. Um diese Gedanken zu zerstreuen, umrundete er die *Calypso* mehrmals, tauschte Höflichkeiten mit anderen Passagieren aus und blieb immer wieder stehen, um die Wellen zu betrachten, den Himmel und die geheimnisvolle Stelle, an der beides ineinander überging. Er dachte, er könne seine Unfähigkeit, über die Grotte zu schreiben, vielleicht überwinden, indem er stattdessen ebendiese Unmöglichkeit beschrieb, ihr Blau in Worte zu fassen. Er lehnte sein Notizheft an die Reling und schrieb: *Blaus haben die Blaus des Himmels nicht nachzuahmen.* Oder auch die des Meeres, dachte er und betrachtete dessen Weite, die dunkleren Bereiche, die glänzenden, lichtbetupften Stellen, die geheimnisvolle Stille. Die Tiefen und die Oberfläche, mal ein Spiegel, mal eine Haut. Die Meereshaut … Hatte nicht Homer, der womöglich dasselbe Unvermögen spürte, darauf verzichtet, die Farbe näher zu bestimmen, und das Meer *weindunkel* genannt? Jedes Blau war sein eigenes Wesen. Ohne die bereits vorhandenen Wörter wäre er besser dran, irgendwie musste er etwas Neues erschaffen. Darum ging es: Die Erfahrung, mit Evelyn in der Grotte gewesen zu sein, erforderte eine *Neuerfindung von Blau*. Auch das schrieb er auf. Vielleicht ein Sonett, dachte er, das mit dem Versuch beginnt, azur zu vermeiden, und mit der Suche nach gänzlich neuen Worten endet, der Notwendigkeit, etwas neu zu erfinden, zu verschieben. Da war eine tiefere Reise, und auch die reale. Was an diesem Blau, an der Erfahrung, darin zu sein, ließ ihn derart schmelzen? Was war es, das er wirklich benennen, behalten und weitergeben wollte? Die Reise von außen nach innen gehörte dazu. Das kleine Boot – der Übergang von Land zu Wasser, die Entkoppelung von der Erde, das stand am Anfang des Ganzen. Von Wellen geschaukelt, glitten sie auf einen unsichtbaren Eingang zu, entschlüpften Sonne und Himmel hinein in jene niedrige Passage, ein enger Felsenhals, an dessen Ende ein blaues Leuchten, eine seltsame Flamme, und die ganze Zeit über schlug das Wasser sanft gegen das Boot und ließ es schaukeln, und Evelyn hatte sich mit dem Rücken an ihn gelehnt. Alles Erleben war Entzücken. Es war wie geboren werden oder vielleicht das Gegenteil davon, eine umgekehrte Geburt, die Rückkehr in einen Schoß aus Licht und Musik, beides vereint im Erleben … *Blauer Schoß*. Er war geborgen und zugleich unermesslich, und darin die Lichtbläue, die Glückseligkeit, das unvorstellbare Blau, ein Mann und eine Frau nach vielen Jahren zusammen, etwas Himmlisches –

Ein Schatten verdunkelte die Seite, und er wusste sofort, dass es Julian war.

»Schöner Morgen! Und beinahe Zeit für ein Glas Wein«, sagte er. Harry klappte sein Notizbuch zu. »Was haben Sie vor?«

Harry zuckte mit den Schultern, sah hinaus auf die unbeschreiblichen Blaus des Ozeans: völlig anders als jene in der Höhle, verwandt und doch einzigartig. Vielleicht war alles wirklich Bedeutsame genau so, dachte er, unaussprechlich. Doch wie gern er imstande wäre, es zu Papier zu bringen. Weshalb? Um es zu bewahren? Nein – das ging nicht. Aus Dankbarkeit? Wem oder was gegenüber?

»Ich schreibe mir nur ein paar Stichworte auf«, sagte er, steckte den Bleistift in die Spiralbindung und verstaute das Buch in seiner Tasche.

»Alle Achtung. Ich bewundere Menschen, die schreiben, sehr.«

»Ich schreibe eigentlich gar nicht«, sagte Harry zu ihm, »ich habe einfach nur ein Notizbuch.«

Es entstand eine lange Pause.

»Ich muss schon sagen, Ihre Frau ist wirklich sehr unterhaltsam«, sagte Julian. Harry wandte sich zu ihm um, doch sein Gesicht war entspannt und vollkommen unauffällig, während auch er die See betrachtete. »So geistreich und voller Leben. Wobei ich mir vorstellen kann, dass sie einen mitunter ganz schön auf Trab hält.«

»Wie bitte?«, sagte Harry.

»Oh, ich wollte Sie nicht beleidigen. Aber ich stelle fest, wie, nun ja, *entschlossen* sie ist. Um ehrlich zu sein, ich wünschte, Mary wäre ihr da ein wenig ähnlicher. Als ich sie kennengelernt habe, war sie sehr temperamentvoll, aber sie hat ein Baby verloren und war danach, offen gesagt, nie wieder die Alte. Sie nimmt jetzt irgendwelche neuartigen Tabletten, aber sie schlagen nicht an. Und bisher jedenfalls hatte dieser Urlaub auch nicht den gewünschten Effekt. Manchmal frage ich mich, wie lange ich das noch ertrage. Mit Ehefrauen scheine ich kein Glück zu haben.«

»Das tut mir leid«, sagte Harry. Die beiden standen an der Reling und starrten auf das funkelnde Wasser des Ionischen Meeres.

»Was meinen Sie«, fuhr Julian fort, »ob Evelyn Mary wohl ein wenig unter ihre Fittiche nehmen könnte? Eine neue Freundin würde ihr vielleicht dabei helfen, es abzuschütteln.« Ihre Augen trafen sich kurz; der Mann war offensichtlich verzweifelt: Warum sonst würde er einen solchen Vorschlag unterbreiten. Aber was um alles in der Welt sollte er antworten?

»Ich kann sie höchstens fragen.«

»Das weiß ich sehr zu schätzen«, sagte Julian und schenkte Harry ein breites Lächeln. »Herrlicher Tag, was? Um auf Ihre Schreiberei zurückzukommen«, fuhr er fort, »was ist es denn, Lyrik oder Prosa?«

»Im Grunde gar nichts«, sagte Harry, »aber Gedichte.«

»Ich frage nur, weil mein Bruder ein kleines Magazin heraus-
gibt, und dafür suchen sie immer nach Material. Ich könnte
Sie beide in Verbindung setzen.«

»Nein, wirklich«, sagte Harry. »Ich hätte nichts zum Ein-
senden.«

In der Abenddämmerung, als die Farbe des Meeres besonders
tief und unergründlich war, erreichten sie Korfu. Massons Vortrag an diesem Abend handelte von Kalypso, Nausikaa und
Odysseus, mit Illustrationen von verschiedenen Malern aus
mehreren Jahrhunderten, manche davon ausgesprochen amüsant, und Zitaten aus der *Odyssee*. Kalypso, rief Masson ihnen
ins Gedächtnis, hatte Odysseus verführt und ihn *sieben Jahre*
lang auf Ogygia festgehalten. Sie war hoffnungslos in ihn verliebt, obwohl es ihn trotz ihrer Reize nach seiner Gattin Penelope verlangte. Auf Druck von Athene ließ Kalypso ihn schließlich
frei, und er stach auf einem Floß in See, nur um in einem Sturm
zu kentern und sich hier in Korfu nackt an Land zu kämpfen,
wo er auf Prinzessin Nausikaa und ihre Jungfrauen traf, sich
zu erkennen gab und ihnen die verworrene Geschichte seiner
bisherigen Abenteuer erzählte.

»Das heißt«, sagte Masson, »wenn wir am Morgen an Land
gehen, stehen wir auf der Insel, auf der die berühmteste Geschichte aller Zeiten zuerst erzählt wurde – jedenfalls wenn
man Homer glauben darf.«

»Nausikaa verliebte sich ebenfalls in Odysseus«, sagte Harry
zu Julian, der links von ihm saß, »er wollte sie aber nicht heiraten. Er segelte nach Hause zu Penelope. Und später heiratete
Nausikaa seinen Sohn. Eigentlich auch viel passender …«

»Mich mit ihr anfreunden?«, hatte Evelyn vor dem Abendessen gesagt, als Harry Julians Bitte erwähnte. »Warum sollte
ich das tun?« Sie saß an dem kleinen Frisiertisch und richtete

ihr Haar. Sie trug die Kette, die er ihr zur Silberhochzeit geschenkt hatte.

»Er dachte, dass es helfen könnte. Sie aufmuntern, nehme ich an.«

»Harry«, sagte sie und wandte sich zu ihm um, »ich mag sie nicht. Uns verbindet nicht das Geringste! Sie ist ein Trauerkloß, und ich bin keine Wohltäterin, das weißt du. Wir sind im Urlaub! Wir haben nicht all das viele Geld bezahlt, um uns die Zeit als Sozialarbeiter zu vertreiben.«

»Ich fand die Bitte auch seltsam«, sagte er, »aber ich habe versprochen, dass ich dich darauf anspreche. Wärst du so niedergeschlagen wie sie, würdest du dich vermutlich auch über etwas Zuspruch freuen.«

»Aber das wäre ich nicht«, sagte sie. »Man kann sich nicht dermaßen gehenlassen. Ich zum Beispiel habe es nicht getan. Natürlich ist es schrecklich, ein Baby zu verlieren, aber das ist bestimmt schon sehr lange her. Sie muss darüber hinwegkommen.«

»Vermutlich ist das nicht die ganze Wahrheit.«

»Schon das reicht aber«, sagte sie. »Was morgen angeht, lass uns die Altstadt und das Kloster ansehen, nur wir beide.«

Es war entsetzlich peinlich, aber Harry hatte das Gefühl, dass es noch schlimmer wäre, darüber zu schweigen, und so begleitete er Julian nach dem Korfu-Vortrag zur Bar.

»Also, ich habe mit Evelyn gesprochen, aber ich glaube nicht, dass es funktionieren wird. Sie hat das Gefühl, dass man solche Dinge eher nicht künstlich herbeiführen kann.«

»War nur so ein Gedanke!«, sagte Julian mit einem unbeirrten Lächeln. »Frauen, was? Sehr kompliziert. Wie geht es mit Ihrem Gedicht voran?« Zweifellos war es nur herkömmliches Geplauder oder der Wunsch, das Thema zu wechseln, doch Harry verspürte plötzlich das dringende Bedürfnis, seinem Gegenüber ins Gesicht zu schlagen: Gab es nichts an ihm, was der

Mann in Ruhe lassen würde? Nicht einmal seine persönlichsten Gedanken, die Worte, mit denen er im Kopf spielte, die Träume von einer anderen Fassung seines Lebens? Doch er schluckte seine Wut herunter, zuckte mit den Schultern und wünschte Julian eine gute Nacht.

Evelyn lag auf der Seite, nur von einem Laken bedeckt, und atmete gleichmäßig. Er zog sich aus und legte sich zu ihr, doch er fand keinen Schlaf. Vermutlich lag es an dem Tag auf See, der fehlenden körperlichen Bewegung, sagte er sich, stand schließlich wieder auf, öffnete das Fenster, so weit es ging, und setzte sich in den nicht gerade ausladenden Sessel. Er überlegte, ob er seine Shorts suchen und sein Notizbuch aus der Gesäßtasche angeln sollte, tat es dann aber nicht. Mit dem Sonett über die Blaue Grotte war es aus und vorbei, es war verdorben, hinüber. Kein einziges Gedicht würde er jemals zu seiner Zufriedenheit fertigstellen, geschweige denn an eine kleine Zeitschrift schicken, ganz gleich wie sehr er sich genau das einmal ausgemalt haben mochte. Es spielte keine Rolle, dass er ein Ohr für Gedichte hatte und in den gleichen Straßen aufgewachsen war wie Edward Thomas. Er war nicht mehr der Junge, der auf der Treppe hinter dem Haus hockte und mit klopfendem Herzen das Sonett las, das sein Lehrer ihm aufgegeben hatte: *Sie* – die Liebe – *aber wechselt nicht mit Tag und Stunde, / Ihr Ziel ist endlos, wie die Ewigkeit* … Und er war nicht mehr jener junge Mann, der nach vielen Jahren aus dem Krieg zu seiner Frau zurückkehrt und schwört, sich vom Alltag nicht zermalmen zu lassen, sich die Möglichkeit eines ekstatischen Lebens offenzuhalten. Er war weder der eine noch der andere, wer also war er?

Ein »passionierter Gärtner«?

Eine Karriere im städtischen Bauwesen, das Zählen von Ziegelsteinen und die Überführung von unlauteren Dienstleistern, die Leitung von anderen, die dasselbe taten, das Verfassen von Richtlinien: All das würde Gott sei Dank bald vorbei sein. Noch vier Jahre. Er war Vater und sehr froh darüber; er hätte gern noch mehr Kinder gehabt, und ihn hatten Evelyns zwei Fehlgeburten mehr mitgenommen als sie. Trotz oder vielleicht gerade wegen all der heftigen Emotionen war er gern unter Frauen. Mehr als alles andere war er ein Ehemann. Er war gern mit einer Frau verheiratet, die andere Männer, auch heute noch, wahrnahmen und um die sie ihn beneideten, einer Frau, die nur kurz auf einem Liegestuhl oder einer Parkbank sitzen musste, und schon tauchte von irgendwoher ein Möchtegern-Charmeur auf ... Und Evelyn, hatte sie sich verändert? Sie war noch intensiver sie selbst geworden. Sie konnte mal großzügig, mal leidenschaftlich loyal sein; sie wusste, was Pflicht bedeutete, und glaubte daran, fand sie in der Praxis aber unerträglich ... Hatte sie sich etwas in den Kopf gesetzt, war sie davon getrieben. Ihre eigenen Gefühle erlebte sie äußerst heftig, gestand sie anderen aber oft nicht zu, insbesondere wenn sie sich mit den ihren nicht deckten. Sie konnte Rüpel und Tyrannen nicht ausstehen; ebenso wenig Selbstbeobachtung, Kompromisse, Schwäche, Vagheit: Er hatte begriffen, dass ihr diese Dinge Angst machten, und außerdem vergeudete man in ihren Augen damit Zeit und Leben. Sie glaubte an Essen, Lachen, Spazierengehen, frische Luft. Evelyn würde nie etwas tun, was sie nicht wollte; dazu war sie nicht in der Lage. So war sie schon immer gewesen, doch schien es sich jetzt, wo sie die mittleren Jahre hinter sich ließ, noch zu verstärken. Vielleicht hatten die Mädchen recht, und er hätte sich ihr widersetzen, sich selbst und sie, die Mädchen, verteidigen sollen? Doch dann hätte er sie verloren, und das war undenkbar.

Ohne das verwirrende Glühen der Jugend schien ihr Hunger nach Leben größer und verzweifelter, und auch primitiver, weniger charmant und immer mächtiger; je deutlicher sie den Druck der Sterblichkeit spürte, desto entschiedener stemmte sich die Lebenskraft in ihr, das Ego oder wie immer man es nennen wollte, dagegen. Das war Evelyn: stark, hungrig, eigensinnig, schön, manchmal liebenswürdig, manchmal barsch – vollkommen außergewöhnlich. Die Frau, die er vor fast vierzig Jahren auf den Stufen der Bibliothek kennengelernt hatte, hatte sich nur graduell verändert. Er hatte sie erwählt, immer wieder, bis heute. Was Liebe war, hatte sich insofern verändert, als er sie nicht mehr verstand, obwohl er ihre Ausmaße und Tiefen kannte und wusste, dass sie ihn zum größten Teil ausmachte.

Sie schlief weiter, während ihm diese Dinge durch den Kopf gingen.

Am Morgen würden sie Korfu erkunden, und am folgenden Tag würde das Schiff bei Olympia anlegen und von dort weiter nach Kreta fahren, wo irgendwo in den nahegelegenen Hügeln die Höhle des Minotaurus ihrer Entdeckung harrte. Sie würden die Ruinen des Palastes von Knossos besuchen, wo Pasiphaë sich mit Zeus' Bullen gepaart hatte und Ariadne, ihre Tochter, Theseus zeigte, wie er sich im Labyrinth zurechtfand, und dann am Strand entführt wurde.

Doch all das lag noch vor ihnen. Es gab Götter, und es gab Sterbliche, dachte Harry. Evelyn war eine Art Göttin, und er war bloß ein Mensch. Sie ruhte auf der Seite, ein Arm unter dem Kissen; das Laken, in das sie gehüllt war, lief am oberen Rand ihrer Brüste entlang und verschwand dann unter dem anderen Arm, der locker neben ihr lag. Ihr jugendliches Gesicht hatte sich wiederhergestellt. Die Augen ruhig hinter weich wirkenden Lidern, schlief sie weiter, und nach und nach wurde es hell, die See funkelte erst silbern, dann golden.

✶

Nur einen Monat nach dem Urlaub schrieb Julian ihnen, dass Mary eine Überdosis Schlaftabletten genommen habe: Er kam von der Arbeit nach Hause und fand sie auf dem Sofa, tot. Sie beschlossen, ihn, wenn er wollte, zu einem Spaziergang in den Hügeln und zu einem Mittagessen im Pub einzuladen. Evelyn stellte fest, dass sie Julian ohne Mary sehr viel lieber mochte.

»Es ist fürchterlich, dass Ihre Frau sich umgebracht hat«, sagte sie zu ihm und legte ihm die Hand auf den Arm, »aber Sie müssen akzeptieren, dass es wahrscheinlich besser so ist, wenn sie dem Leben gegenüber solche Gefühle hegte.« Jetzt sei es an ihm, aus seiner Zeit das Beste zu machen.

Erst war er etwas perplex, nahm es dann aber doch gut auf und gab ihnen später kostenlos noch ein paar sehr hilfreiche Steuertipps.

HOTEL PARIS

Wolke

Die Essensverhandlungen zwischen Evelyn und Harry hatten auch immer noch etwas Komisches, und so begriff Louise bei ihrem Besuch im Sommer zunächst nicht, wie schlimm es stand.

»Was willst du? Hühnchen-Sandwich oder Makkaroni mit Käse?«

»Gern das, was du auch nimmst, mein Herz, vielen Dank.«

»Du weißt genau, es macht mich wahnsinnig, wenn du das sagst. Was *willst* du?«

»Was stand noch gleich zur Auswahl?«

»Hühnchen-Sandwich, Makkaroni mit Käse.«

»Es ist mir wirklich gleich …«

Evelyn drehte sich abrupt zu Louise um. »Er trifft keine Entscheidung, es könnte ja jemand anderes dasselbe wollen«, sagte sie. »Märtyrertum. Macht mich wahnsinnig.« Aber vielleicht ist es Dad ja wirklich egal, dachte Louise. Oder vielleicht will er weder das eine noch das andere.

»Makkaroni, bitte«, sagte er und sah seine Frau unverwandt an.

»Dafür muss ich den Ofen extra wieder aufheizen.«

»Dann gern Hühnchen.«

Wieder und wieder … Nachts war es sogar noch schlimmer.

»Warst du schon auf der Toilette?«

»Würdest du mich bitte in Ruhe lassen?«

»Was bist du nur so starrsinnig?«

Weil sie ihre Kinder zu Weihnachten auf einen Besuch mitnahm, warnte Louise sie, im Taxi zum Flughafen, dass sich ihre Großeltern seit ihrem letzten Besuch vielleicht ein bisschen *verändert* hatten. Sie zuckte zusammen, als ihr der Euphemismus über die Lippen kam.

»Wie denn verändert?«, fragte ihre Älteste, Zoe. Liam, der Jüngste, nuckelte an seinen Fingern. Issy, die zuhause hatte bleiben wollen, blickte trübsinnig zum Fenster hinaus auf die Ödnis aus Industriebauten und Hotels.

»Es ist nicht leicht, alt zu werden. Stress macht sie aggressiv. Bei meinem Besuch im Sommer waren sie sehr grantig.« Dabei hatte man das Gezanke damals noch als Phase abtun können, es war vorstellbar gewesen, dass sich die Lage bessern würde, sobald Harry sich von seiner Hüft-OP erholt hatte. Jetzt, da der Flughafen vor ihnen auftauchte, ging ihr plötzlich auf, dass es womöglich noch schlimmer geworden war.

»Ihr hört sie vielleicht Dinge sagen, die wir nicht sagen würden«, sagte sie zu ihren Kindern, »oder Geschrei … Ich bin sicher, sie werden versuchen, sich zurückzuhalten, aber ich dachte, ich warne euch lieber vor.«

»Mann, freu' ich mich auf diese Reise«, sagte Issy und sah Louise mit großen Augen an. »Dad ist bestimmt am Boden zerstört wegen seiner Grippe.«

Evelyn stand in der Tür zur Küche, die Arme leicht gespreizt. Harry, der von seinem Velourssessel aus nur einen fernen und ungünstigen Blick auf den Fernseher hatte, sah sie an, zögerte. Sie rollte mit den Augen.

»Schinken-Sandwich oder ein Stück Quiche? Sag schon! Was davon? Sandwich, Quiche.«

Er starrte sie an und schwieg.

»Was kann daran so schwer sein? Alle anderen haben sich schon entschieden.« Die Unterstellung, dessen war sich Louise sehr wohl bewusst – er zweifellos auch –, lautete, dass ihr Vater schwachsinnig war. Das stimmte nicht: Zwar war er mitunter vergesslich, doch das Kreuzworträtsel im *Telegraph* löste er fast vollständig, und gestern hatte er gefragt, wie die beiden Bedeutungen des Wortes Kiefer wohl zusammenhängen mochten. Aber sie hatte beschlossen, nicht den Eindruck zu erwecken, für einen der beiden Partei zu ergreifen, und hielt sich erfolgreich davon ab, ihm zur Seite zu springen.

»Es ist mir gleich.« Harry sah Evelyn über den Rand seiner Brille hinweg an, die dringend hätte geputzt werden müssen. Evelyn, einige Zentimeter kleiner als früher, aber keinesfalls weniger energisch, trat mit geballten Fäusten ins Wohnzimmer.

»Sag – mir – was – du – willst!« Sie artikulierte jeden Laut überdeutlich und ließ zwischen den Wörtern lange Pausen, womit sie einmal mehr seine Verblödung andeutete. Dass andere Menschen ihr dabei zuhörten, schien ihr nichts auszumachen. Soweit Louise es beurteilen konnte, fühlte sie sich absolut im Recht; später wurde ihr klar, dass ihre Mutter möglicherweise so verzweifelt war, dass sie sich nicht darum scherte, was andere dachten.

»Was immer dir weniger Mühe macht«, erwiderte Harry und fügte hinzu, »das ist das Wichtigste.« Sein Ton wurde schärfer: Diese Mischung aus Sarkasmus und Anschuldigung war seine äußerste Form von Provokation oder Widerstand. Wollte er sich vor Publikum in Szene setzen?

»Dann bekommst du gar nichts!« Evelyn knallte die Küchentür hinter sich zu. Zoes Augen, die dem Blick ihrer Mutter begegneten, weiteten sich. Mit ihren vierzehn Jahren verstand sie das meiste. Liam, fast vier, und Issy, zwölf, beide auf dem Fußboden, die Reste ihrer Sandwiches vor sich auf dem Couchtisch, saßen kerzengerade und starrten zu ihrer Mutter auf wie zwei Erdmännchen, bereit, im nächsten Erdloch zu verschwinden, wenn sich nur eines gefunden hätte.

»Schon okay«, sagte Louise, obwohl es das ganz offensichtlich nicht war.

Evelyns Herz schlug so heftig, dass sie es keuchen und dröhnen hörte. Sie verspürte das Bedürfnis, um sich zu schlagen, irgendwas kaputt zu machen oder durch die Gegend zu schleudern: Ein tadelloser Tag, einer von sieben des Enkelbesuchs, war ruiniert. Er war unmöglich! Mürrisch. Stur. Unkooperativ. Ganz gewiss nicht der fähige, entscheidungsfreudige Mann, den sie geheiratet hatte. Ein anderer Mann. Beinahe das Gegenteil. Unmöglich. Verblödet. Eine Pfanne vom Mittagessen weichte in der Spüle ein, und sie nahm den Topfreiniger, schrubbte mit aller Kraft über die verbrannte Kruste, schrubbte und schrubbte, bis Louise hereinkam und fragte, ob alles in Ordnung sei, könne sie ihr behilflich sein?

»Ich kann meine eigenen Pfannen reinigen! Und abgesehen davon, dass dein Vater mich wahnsinnig macht, geht es mir bestens!«, sagte sie, ließ den Spülschwamm fallen und drehte sich zu ihrer Tochter um. »Er verlässt kaum das Haus, obwohl sie ihm gesagt haben, dass Bewegung mit der neuen Hüfte jetzt das A und O sei. Ein Anflug von Schmerz oder ein Windhauch reichen schon, um es ihm zu verleiden, und nie entscheidet der Herr sich für irgendwas. Blafft mich an, wenn ich ihm sage, dass er sich angewöhnen muss, immer gleich auf die Toilette zu gehen, sobald er etwas getrunken hat. Es gab schon mehrere Missgeschicke …«

»Ach du je. Es klingt …«

»Und dann die Taubheit seiner …«

»Ich kann dich wunderbar verstehen!«, rief Harry aus dem Wohnzimmer.

»Gratuliere. *Und wenn schon!* Mach die verdammte Tür zu, ja?« Doch Louise stand da wie ein Trottel, also langte Evelyn hinter sie und zog die Tür mit einem Ruck zu.

Und dann sagte Louise, sie glaube wirklich, dass es an der Zeit sei, »Hilfe« in Erwägung zu ziehen. Das nun wieder! Wusste Louise denn nicht, dass Valerie ihnen schon seit Monaten mit »Hilfe« in den Ohren lag? Wusste sie nicht, dass es für manche Dinge einfach keine *Hilfe* gab? Dass man an einen Punkt kam, an dem man akzeptieren musste, dass etwas *vorbei* war oder nicht mehr funktionierte?

»Mit Hilfe meinst du irgendeine unfähige Putzfrau, die ich beaufsichtigen muss und nicht aus den Augen lassen darf, damit sie uns nicht beklaut?«

»Nein, Mum, eigentlich meinte ich …«

»Ich will keine Fremden in meinem Haus. Wie oft muss ich es noch erklären, es würde mir gut gehen, wenn mich dein Vater nicht immer so wütend machen würde. Wobei es in unserem Alter ganz allgemein natürlich bergab geht. Nichts wird mehr besser.«

»Ich überlege, was euch das Leben vereinfachen könnte. Und mit Hilfe meinte ich eigentlich …«

»Na, dann überleg mal schön weiter!«

Evelyn wandte sich von Louise ab, stieß ihre Hand in das klumpige Spülwasser, rupfte den Stöpsel heraus. Die Antwort lag zweifellos auf der Hand. Aber sie mussten es selbst einsehen.

»Rhetorik«, sagte Harry zu Isabel, und sie schrieb die Buchstaben sorgfältig in die Kästchen. Ihre Rechtschreibung war gut.

»Sechs waagerecht. Acht Buchstaben. Wortart. Vorletzter Buchstabe ein I«, las sie vor.

»Aha. Und was glaubst du? Angenommen, es fängt mit einem A an … Eigenschaftswort sagt man auch dazu, meine ich … Sehr gut.«

»Fünf senkrecht. Poetische Sammelbezeichnung für Narzissen, vierter Buchstabe ein A.«

»Schar.« Er war fürchterlich hungrig. Angenommen, er würde rasch in die Küche gehen und sich etwas aus dem Kühlschrank nehmen … Rasch? Wem wollte er etwas vormachen?

Und Evelyn hasste es, wenn er in der Küche war. Er stand im Weg und brachte alles durcheinander. Und dann das Problem mit den Wasserwerken. Bedauerlich. Aber sicherlich –

»Voilà!« Louise reichte ihm einen Teller: Schinken-Sandwich.

»Vielen Dank, mein Schatz«, sagte er. »Du siehst ja, wie hier zugeht«, fügte er hinzu und verabscheute sich sogleich dafür, besonders vor Isabel. Denn was erwartete er von Louise oder den anderen? Dass sie mit einem Zauberstab wedelten? Den Fluss der Zeit umkehrten? Evelyn dazu brachten, ihm das Altwerden zu vergeben, einzusehen, dass auch sie alt war? Das wollte er ganz sicher nicht, obwohl sie auf der Schwelle zum Zimmer stand und ihn wütend anstarrte.

»Du hättest *nur* eine einfache Frage beantworten sollen, das war alles!«

»Bei dir ist nichts einfach«, erwiderte er.

»Würdet ihr beide bitte damit aufhören!«, sagte Louise, woraufhin Evelyn nach oben stürmte, im Schlafzimmer Schubladen öffnete und wieder schloss und die Badezimmertür zuknallte.

Das Sandwich: dick, salzig und saftig, war auf seine Art perfekt.

»Entschuldige«, sagte Louise, »aber ihr solltet euch mal zuhören! Wie oft geht das so?«

Er schluckte, gab vor, sie nicht gehört zu haben, bat Isabel, die verloren auf dem Sofa saß, ihm das Kreuzworträtsel zu reichen, damit er sehen konnte, wie weit sie waren. Da war ihre Schrift, sauber und selbstsicher: *ADJEKTIV, RHETORIK, SCHAR.*

Wie eine Wolke einsam hin, dachte er in das anschließende Gesprächsvakuum hinein, verzweifelt bemüht, diese Leere aus Ungesagtem zu füllen, *Die langtreibt über Hügelland und Tal* … Auch in »Adlestrop« kamen Wolken vor, dort wurden sie mit Heuhaufen verglichen. Und Einsamkeit. *Nicht*

272

weniger still und einsam schön / Wie am Himmel hoch die Wölkchen.

»Das ist, damit Grandpa Grandma nicht aufweckt, wenn er nachts aufs Klo muss«, sagte Louise zu Liam, obwohl sie das neue Schlafarrangement ehrlich gesagt auch verstörend fand: das schmale Einzelbett im kleinsten der freien Schlafzimmer, die durchgelegene Matratze mit der Plastikunterlage, der winzige Nachttisch. Was Gemeinheiten anging, erklärte sie, gemein konnte man auch zu jemandem sein, den man liebte. Liam war nicht überzeugt, setzte sich plötzlich im Bett auf.

»Aber du und Daddy, ihr werdet euch nicht …«, hob er an.

»Natürlich nicht.« Doch wie konnte sie das wissen? Sie hatte eine Kompromisslosigkeit an sich, eine Ungeduld, die sie so manches Mal sehr an ihre Mutter erinnerte. Und in vierzig Jahren, wer weiß?

Das Telefon stand in der Küche, unter dem Schlafzimmer von Harry und Evelyn.

»Es sieht hier ganz schön düster aus, Val«, sagte sie mit gedämpfter Stimme. »Kriegsgebiet.«

»Jetzt weißt du, was wir ständig mitmachen«, erwiderte Val; sie war noch immer böse auf Louise und Rick, weil sie so weit fortgezogen waren.

»Tut mir leid. Ich hatte keine Ahnung, dass es so schlimm sein würde, und vielleicht hätte ich es mir realistischer vorstellen müssen. Aber so kann es nicht weitergehen.«

»Stimmt«, sagte Val sanfter. »Halte durch. Hier ist es sehr zivilisiert, und bald kommt ihr ja zu uns. Meine zwei sind gestern angekommen, gerade mit ihren alten Schulfreunden unterwegs, und wir hören Bach und spielen Scrabble. Max hat die Champagnervorräte aufgestockt, was hoffentlich die Laune hebt. Nach dem Essen können wir drei spazieren gehen und über alles sprechen.«

Noch später rief Louise Rick an, der gerade erst aufstand. Er seufzte, gab sich verständnisvoll, das alles klinge grauenhaft. Ihm ging es viel besser, aber bis zum 28. gab es keine Flüge und danach kosteten sie ein Heidengeld; sie waren sich einig, dass er besser zuhause blieb und das Wohnzimmer strich.

Vierzehn beim Mittagessen. Abgesehen von Rick fehlten nur Susanne, die Tochter von Lillian und Ed, und ihre Familie, weil Susanne mit dem dritten Kind hochschwanger war. Alles war gut gegangen, dachte Val. Sehr gut.

»Auf die Köchin und all ihre Helfer!«, hatte ihr Vater zu Beginn in die Runde gesagt, dann dankte er ihr für die Gastfreundschaft und machte eine Bemerkung zur am Tisch versammelten Altersspanne und der Palette an Talenten und Fähigkeiten; ihre Mutter, deren Hand auf der ihres Mannes lag, hatte während seiner Rede wie eine Königin gelächelt, und es herrschte ein völliger und beinahe unheimlicher Burgfrieden: Ein Triumph, sagte Max anschließend und nahm Val in den Arm, als sie Teller in die Spülmaschine räumte. Ganz im Ernst, sagte er. Magisch.

Und dann der »Tacheles«-Spaziergang, bergauf in einem schneidend kalten Wind: Nun, das war so gut gelaufen, wie es eben ging.

»Also«, hatte Val zu den beiden anderen gesagt, sobald das Gartentor hinter ihnen zugefallen war, »die Sache ist die, es wird nicht mehr besser werden. Bis zu einem gewissen Punkt komme ich mit ihnen klar«, erklärte sie. »Wenn ich sage: ›Passt mal auf, ich gehe jetzt und fahre schnurstracks nach Hause, wenn ihr so weitermacht‹, oder: ›Ich will euch nicht in meinem Haus haben, wenn ihr euch nur zankt‹, dann übertreffen sie einander darin, mich zu besänftigen, und am Ende gibt es vielleicht mal einen ganzen Tag lang keinen Streit. Aber was passiert, sobald sie allein sind …

Mum bemüht sich, so gut sie kann«, sagte sie. »Sie ist nur keine geborene Pflegerin. Das mit der Inkontinenz hat es, soweit ich weiß, nur bei zwei Gelegenheiten gegeben. Aber in ihr bringt es die ganze Sache mit ihrem Vater wieder hoch …

Und Dad läuft so unfassbar langsam, das macht sie wahnsinnig, weshalb er gar nicht mehr spazieren geht, was es nur noch schlimmer macht. Vor allem ist er sehr unschlüssig, kann aber von einem auf den anderen Moment sehr stur werden. Sie wiederum ist überarbeitet, frustriert … Es wird sich alles immer weiter verschlechtern.« Bald darauf hatten sie den Hügel erklommen, vom Gehen war ihnen wärmer geworden, obwohl der beißende Wind ihre Augen tränen ließ. Doch was für eine Erleichterung, endlich alles auf den Tisch zu legen. Sie fuhr fort: »Sie wollen nicht bei uns einziehen. Hier gibt es nichts zu tun, und sie wäre von mir abhängig, um von A nach B zu gelangen. Allein will *er* nicht herkommen … *Nein* zu betreutem Wohnen. *Nein* zu einer Haushaltshilfe, *nein* zu jemandem, der Dad beim Toilettengang helfen würde, et cetera. Ganz entschieden. Es spielt keine Rolle, was wir meinen. Nichts davon wird passieren.« Sie blieben stehen und sahen schwer atmend hinunter auf den Flickenteppich aus Feldern und Häusern, die Lichter ein paar weniger Autos krochen durch die Straßen.

»Aber wenn wir geschlossen auftreten?«, hatte Lily gefragt. Wie konnte sie nicht erkennen, dass so etwas höchstwahrscheinlich den *gegenteiligen* Effekt hätte? Weshalb erwartete ihre ältere, größere Schwester nach wie vor, dass Vernunft und gesunder Menschenverstand zum Erfolg führten? Das Leben musste sehr enttäuschend für sie sein. Doch Val schaffte es, ruhig zu bleiben.

»Du kannst es gern probieren«, sagte sie. »Außerdem bräuchte Mum mal Urlaub. Freiwillige? Eine von euch könnte mit ihr wegfahren, die andere kümmert sich um ihn?«

»Ich glaube, ich hatte einfach nie damit gerechnet, dass sie so sein würden«, sagte Lily, als sie fast schon im Dunkeln den Hügel wieder hinuntergingen. »Allerdings muss man es natürlich im Verhältnis sehen … Erst die letzten Jahre waren schwierig. Besonders das letzte. Wir dürfen nicht vergessen, dass es meistens ziemlich gut lief. Nicht perfekt, aber gut.«

»In Zahlen?«, fragte Val – das war einer ihrer Running Gags. Sie holte eine Taschenlampe hervor und leuchtete ihnen den Weg.

»Sagen wir mal fünfundsiebzig Prozent gut«, erwiderte Lily.

»Hmm … Ich erinnere mich an fünfundsiebzig Prozent Reibereien, neunzig Prozent davon über Nichtigkeiten«, sagte Louise, die unter ihrer pelzbesetzten Kapuze hervorlugte.

»Du vergisst«, hatte Val ihre jüngere Schwester ermahnt und es sofort bereut, weil Louise überempfindlich sein konnte, »dass es bei vielen davon um dich ging.«

»Autsch!«, sagte Louise, schien es aber einigermaßen gut aufzunehmen.

»Louise«, sagte Lily, »vielleicht neigst du einfach dazu, dich eher an die Reibereien zu erinnern und das ruhige Fahrwasser dazwischen auszublenden.«

»Vergiss nicht, Lily«, hatte Val daraufhin zu ihr gesagt, »dass du bei der ersten sich bietenden Gelegenheit in ein anderes Land gezogen bist. Mehr oder weniger so weit weg, wie es eben ging. Und du auch, Lou, du hast auch eine große Pufferzone eingerichtet.« Es war erleichternd, all das laut auszusprechen.

»Wir waren mindestens alle zwei Jahre zu Besuch, und ich rufe jede Woche an«, verteidigte sich Lily, als das Haus in Sicht kam.

»Glaubt ihr beide wirklich, das alles sei meine Schuld?«, fragte Louise, sichtlich geplagt von dieser Vorstellung, die ihr, dachte Val, nicht neu sein konnte.

»Anfangs natürlich nicht«, sagte Lily. »Einem kleinen Kind kann man keine Schuld geben.«

»Was soll das denn heißen?«

»Es reicht!«, sagte Val und schob das Gartentor auf. Sämtliche Lichter im Haus schienen zu brennen, außer im Zimmer ihrer Eltern. »Ich mache bestimmt fünfzig Prozent aus, fünfzig Prozent der Zeit. Du bist halt einfach so viel später aufgetaucht, Louise, da hast du so einiges vom Besten verpasst. Das musst du dir halt ausmalen.«

Zum Glück hatten sie alle gelacht. Und jetzt, da noch mehr Essen auf dem Tisch stand, ihre Mädchen wieder unterwegs waren, die Männer am Feuer herumhingen, schlich sich Val in ihre steingefliste Küche und machte das Licht an. Max hatte den Boden gewischt und das meiste Geschirr eingeräumt. Der Ofen verströmte Wärme, und das Holz und die Fliesen glänzten in dem schwachen Licht der Lampe, die über dem riesigen Kiefernholztisch hing. Es war Zeit für einen weiteren Drink: Nach dem Gespräch, nach dem vierzehnköpfigen Mittagessen hatte sie sich ein paar Gläser ihres besten Rotweins verdient. Sie alle hatten es sich verdient. Sie ging zur Anrichte, um die Kristallgläser hervorzuholen, die ihre Mutter ihr vor Kurzem bei einer ihrer Entrümpelungsaktionen gegeben hatte, und nahm drei davon heraus.

»Wein in der Küche! Nur für Mädchen!«, rief sie ins Wohnzimmer hinüber.

Mädchen!, dachte Lily, als sie und Louise Ed und Max halb eingeschlafen vor dem Fernseher zurückließen und in die Küche gingen. Wohl kaum. Sie setzte sich neben Louise auf den Stuhl mit dem gestreiften Kissen und sah Val dabei zu, wie sie den Wein einschenkte. Sie trugen alle die gleiche Kurzhaarfrisur, dachte sie, aber das war auch so ziemlich alles, was sie rein äußerlich gemein hatten. Val hatte grüne Augen, ihre eigenen waren grau; Louise hatte die strahlend blauen Augen ihres Vaters geerbt, zusammen mit heller Haut und einer kleinen Delle oben auf der Nase. Keine von ihnen war mit dem unwiderstehlichen Aussehen ihrer Mutter gesegnet, obwohl sie, die Größte, in ihrer Jugend mitunter als *elegant* beschrieben worden war. Jetzt lautete die traurige Wahrheit, dass sie ganz einfach wie alle anderen Frauen ihres Alters aussah.

Der Wein war sehr gut. Schwer, beinahe dickflüssig. Sie scharten sich unter der Lampe zusammen, stießen an, tranken, und dann langte Val nach einem abgegriffenen Briefumschlag, der zwischen zwei Einmachgläsern auf einem Regal der Anrichte steckte.

»So«, sagte sie, »das hier sind einzelne Bilder von ganz hinten aus der Schreibtischschublade. Mum hat angefangen, alte Sachen durchzugehen, und will sie wegwerfen. Aber ich dachte, ich sehe sie mir besser mal an.« Sie zog eine Handvoll Schwarzweißfotos heraus. »Seht euch mal diese Schönheit an«, sagte sie und schob Lily eines über den Tisch zu. Es zeigte ihre Eltern, die zusammen auf einer Strandmatte saßen. Ihre Mutter trug einen dunklen Badeanzug und eine Sonnenbrille, eine Kette aus weißen Perlen vervollständigte das Outfit. Sie saß aufrecht auf der Matte, Knie und Unterschenkel aufeinander und seitlich neben dem Körper arrangiert, wie eine Meerjungfrau. Eine Hand lag auf der Erde, die andere eingerollt in ihrem Schoß. Ihr Vater, in Badehose, mit flachem Bauch und auffallend muskulös, saß im Schneidersitz.

Hinter ihnen sandige Klippen, an die sich struppige Pflanzen klammerten.

»Wo mag das sein?«, fragte Val.

»Broadstairs«, erklärte Lily, »siebenundvierzig oder achtundvierzig.«

Sie hatte in all den Jahrzehnten nicht mehr daran gedacht, doch jetzt, schlagartig und glasklar, fiel es ihr wieder ein: wie ihr Vater sich neben sie gehockt und sie angewiesen hatte, ganz still zu stehen und in das Fenster oben auf der Kamera zu sehen.

»Das habe ich gemacht«, sagte sie. »Mit der Rolleiflex, die Dad aus dem Krieg mitgebracht hat.« Sie erinnerte sich daran, wie der Wind in ihren Ohren getost und ihr die Haare zerwühlt hatte.

»Was kannst du sehen?«, hatte er gefragt.

»Mum«, hatte sie zu ihm gesagt, während hinter ihr die Wellen auf den Sand schlugen, die Sonne ihre geröteten Schultern wärmte, die sich später noch pellen sollten.

»Dad hatte ein Foto von Mum gemacht und eines von Mum und mir, und er wollte eines von ihnen beiden. Er war da sehr pingelig. Dass ich seine Schultern nicht abschneiden dürfe oder Mums Füße. Dass über ihren Köpfen Luft bleiben müsse …«

»Beeilt euch, oder ich muss mir das Haar wieder richten«, hatte ihre Mutter gerufen.

»Gott bewahre. Gib einfach dein Bestes«, ermunterte ihr Vater sie, und sie hatte sich zu dem kleinen rechteckigen Fenster hinuntergebeugt und ihn Sekunden später an seinem Platz auftauchen sehen. Plötzlich schlug das Meer gegen Lilys Füße, doch sie rührte sich nicht vom Fleck.

»Also habe ich den Knopf im vermeintlich perfekten Moment gedrückt, als beide gerade lächelten«, sagte sie, »und ich habe darauf geachtet, dass nichts abgeschnitten war, aber als es entwickelt war, hatte Dad die Augen halb geschlossen, und Mum sagte, er sehe dämlich aus, was wohl der Grund dafür war, dass es in der Schublade gelandet ist … Ich weiß auch noch, dass wir im Bed & Breakfast von Mrs Greening gewohnt haben. Ein riesiges Haus mit Garten, ein Stück hinter der Promenade. Die Gäste teilten sich ein Badezimmer pro Stockwerk. Frühstück gab es unten im Keller.

Val«, fügte sie hinzu und gab ihr das Bild über den Tisch hinweg zurück, »ich glaube, du bist auch drauf, allerdings noch nicht zu erkennen. Oder vielleicht sieht man …« Nacheinander starrten sie auf das Foto. Und ja, vielleicht war da eine leichte Rundung um Evelyns Taille.

»Es gibt schlimmere Anfänge.« Valerie schenkte ihnen nach. »Louise, ich fürchte, du bist zu diesem Zeitpunkt noch nicht einmal angedacht.«

»Damit werde ich leben müssen«, erwiderte sie, das Kinn aufgestützt, mit einem Lächeln. Lily strich mit den Fingern über die geriffelte Maserung der Tischplatte.

»Ich kann mich wieder an alles erinnern«, sagte sie. Lag es am Foto oder am Wein? Was es auch war, sie musste weiterreden.

»Ich sollte ein Zimmer für mich haben, eine Schuhschachtel, wie Mrs Greening es genannt hatte. Auf demselben Stockwerk wie das Zimmer von Mum und Dad …« War es so klein wie eine Schuhschachtel, hatte sich ihre Kinderversion gefragt, oder stand es voller Schachteln, und falls ja, wie sollte sie hineinpassen? »Winzig«, erzählte sie ihren Schwestern. »Nur ein bisschen breiter als das Bett samt Nachttisch, mit einem Fenster am Fußende. … Der Aufpreis dafür war etwas höher im Vergleich mit dem Zustellbett im Elternzimmer, das sehr hübsch war, mit einem Erkerfenster und einem eigenen kleinen Waschbecken zum Zähneputzen. Es gab Platz genug für das zusätzliche Bett, allerdings würde es das Ambiente ruinieren … Als wir uns die kleine Kammer ansahen, meinte Mum, die weiße, bestickte Tagesdecke sei unpraktisch für ein Kind, und es sei kleiner als erwartet. Sie fing an zu feilschen.«

»Oh Gott«, sagte Louise, »ich sehe es vor mir.«

Natürlich hatte ihr Vater sie nicht im Elternschlafzimmer gewollt.

»Ich finde, ich hatte nicht ganz Unrecht«, sagte ihre Mutter beim Auspacken zu ihm, er legte Socken und Unterwäsche in die Kommode, sie hängte ihre Kleider und seine kurzärmligen Hemden in den Schrank, während Lily zuhörte und die

Waschlappen und Rasiersachen auf dem Regal und am Haken neben dem Waschbecken drapierte.

»Ja, aber wir könnten das Zimmer für uns haben.«

»Das kommt mir doch recht habgierig vor«, sagte Evelyn. »Und von dieser Tapete bin ich nicht wirklich angetan. Glaubst du, das ist Feuchtigkeit, da drüben in der Ecke?«

»Na ja, schließlich ist sie verwitwet. Ist bestimmt nicht leicht. Auf jeden Fall werden wir nicht viel hier sein.«

»Ich lasse mich nicht gern übervorteilen«, hatte sie gesagt.

Jetzt konnte die erwachsene Lily, die *alte* Lily, es ihren Schwestern erzählen, und sie lachten über die absurde Vorstellung, dass jemand glauben konnte, damit bei ihrer Mutter durchzukommen, doch damals hatte der Ausdruck für sie etwas Geheimnisvolles und Skandalträchtiges gehabt.

Ihr Vater hatte sich an dem kleinen Waschbecken frischgemacht, und sie und ihre Mutter gingen zum Badezimmer am anderen Ende des Flurs. Es war groß und hatte gekachelte Wände. Ein neu aussehender Boiler der Marke Ascot flackerte auf, sobald man das Wasser laufen ließ, und sie spürte – hoffte –, dass ihre Mutter die Ausstattung gutheißen würde. Folgsam zog sie sich aus, stieg in die Badewanne und wusch sich mit der Duschbrause, während ihre Mutter sich bis auf den BH auszog, am Becken einen Waschlappen benutzte und dabei leise vor sich hin summte.

»Weißt du noch«, sagte ihre Mutter, »wie wir einmal am Meer waren, nicht hier, woanders, mit Granny, als Daddy fort war?« Lily versuchte vergeblich, sich daran zu erinnern, und beschloss, nicht so zu tun.

»Nein. War es schön?«, fragte sie. »So schön wie hier? Schöner?«

Ihre Mutter, die sich im Spiegel betrachtete, fing an zu lachen und hörte abrupt wieder auf, drehte sich um und sagte: »Das war im Krieg, mein Schatz.«

Sie mussten die feuchten Handtücher mit zurück in ihr Zimmer nehmen und sie über Stuhllehnen hängen.

»Was bitte sollen wir machen«, hatte ihre Mutter gefragt, »wenn wir auch noch Strandtücher und nasse Badesachen haben?«

»Im Garten gibt es bestimmt eine Leine. Keine Sorge. Alles wird nach Plan laufen …«

»Alles wird nach Plan laufen, und von Jahr zu Jahr wird es besser werden. Das hat er gesagt«, erzählte Lily und hatte plötzlich Tränen in den Augen. Sie griff nach der Weinflasche und stieß dabei ihr Glas um; zum Glück war nur noch ein kleiner Rest darin gewesen.

War es immer besser geworden? Materiell gesehen zweifellos. Das Auto, die längeren, besseren Urlaube und irgendwann sogar Auslandsreisen. Und jetzt kam es Lily so vor, jetzt, ein ganzes Leben später, als Frau mit einem Diplom und einer halben Karriere, mit einer eigenen Ehe und Familie, eine Frau mit *Enkelkindern*, eine Frau, die wegen der Arbeit ihres Mannes ausgerechnet in Australien gelandet war, dass ihr Vater damals in Mrs Greenings Bed & Breakfast, bewusst oder unbewusst, von etwas gesprochen hatte, das über das Materielle hinausging, dass er irgendwie verstanden hatte, warum ihre Mutter diese kleinen Unzulänglichkeiten so sehr störten – dass sie für tiefer sitzende Ängste standen, die sie niemals zugeben würde, vor Krankheit, Invasion, Armut, Hunger etwa. Wovon glücklicherweise nichts eintraf.

Louise riss ein Stück Küchenpapier ab und hielt es ihr hin. Sie wischte sich das Gesicht ab, putzte sich die Nase.

»Und dann erinnere ich mich an noch etwas. Die Eier!«, sagte Lily. »Wie konnte ich das nur vergessen! Ihr wisst doch, wie solche Pensionen sind. Am ersten Morgen gehen wir die mit braunem Teppich ausgelegten Stufen zum Frühstück runter in den Keller. Es ist sehr düster und dabei sehr überladen. Spitzenvorhänge an Fenstern, die zu einer Wand hinausgehen. Paisley-Tischdecken. Ein großer Raum voller Tische, es riecht nach Frittiertem. Menschen reden mit gedämpfter Stimme und klackern mit Löffeln in ihren Schalen und Tassen. Und Mrs Greenings arme pummelige Nichte, die nicht viel älter ist als ich, trägt eine Schürze und serviert … Sie führt uns zu einem Tisch mitten im Raum, bringt eine Kanne Tee und nimmt unsere Bestellung auf. Und ich frage nach Cornflakes, was sehr aufregend war, weil es die bei uns zuhause natürlich nie gab.

Das Essen wird gebracht, und ich schlinge meine Cornflakes runter, als Mum plötzlich ruft: ›Entschuldigung!‹«

»Oh, nein«, sagte Val grinsend. Ihre grünen Augen waren gespannt auf ihre Schwester gerichtet, doch sie alle warteten, während Louise eine weitere Flasche aus dem Regal holte, sie zwischen ihren Oberschenkeln festklemmte und den Korken mit einem befriedigenden *fump* herauszog.

»*Entschuldigung!*«, sagte sie.

»Ja! Das pummelige Mädchen in der Schürze taucht also wieder auf, völlig verängstigt. Starrt Mum mit halb geöffnetem Mund an. ›Entschuldige, Liebes‹, sagt Mum in diesem Ton, ihr wisst schon, so höflich, dass es schon wieder unhöflich ist, ›aber dieses Ei ist hart wie eine *Gewehrkugel*. Ich hätte bitte gern ein weichgekochtes Ei. Das Weiße fest, das Eigelb flüssig.‹

Natürlich hat der ganze Raum in dem Moment, als sie *Entschuldigung* sagte, aufgehört, sich zu unterhalten, das heißt, plötzlich sitzen wir sozusagen auf der Bühne. Ich lege meinen Löffel lautlos ab. Die große Uhr auf dem Kaminsims tickt und tackt. Das arme Mädchen gibt ein glucksendes, kehliges Geräusch von sich und flitzt zurück in die Küche …«

»Oh Gott, das ist zu viel«, sagte Val mit strahlenden Augen. Und das war es auch. Gewesen. Lily erinnerte sich an die Peinlichkeit, aber da war auch noch etwas anderes.

»Nun, es sollte ein Leichtes sein, ein Ei richtig hinzubekommen, und wir zahlen schließlich dafür«, hatte ihre Mutter gesagt, und dann nahmen die Leute an den Tischen langsam wieder ihr Gemurmel auf.

»Ich kann meine Cornflakes nicht aufessen, sie sind völlig aufgeweicht. Mum bestreicht einen Toast mit Butter. Und dann verstummt der Raum wieder, als das Mädchen aus der Küche auftaucht, das neue Ei in seinem Porzellanbecher auf einem Porzellanteller, den sie mit beiden Händen trägt und nicht aus den Augen lässt.«

Die Sache war die, dachte Lily, während sie eine Kunstpause einlegte, dass ihre Mutter immer zuerst signalisierte, wie man ihr eine Freude bereiten würde, und dann, dass man es geschafft hatte: Das war die Kehrseite ihrer Beschwerden darüber, was alles nicht zufriedenstellend war. Man wollte es ihr einfach unbedingt recht machen.

»Abgenagte Fingernägel. Zitternde Hände«, fuhr Lily fort. »Der Porzellaneierbecher und der neue Löffel klappern auf dem Porzellanteller, als sie zu uns herüberkommt. Ich denke die ganze Zeit, das arme Mädchen würde stolpern, aber sie schafft es bis zum Tisch und stellt den Teller vor Mum ab. ›Ist es recht so?‹, fragt sie, mit so einem gewürgten Flüstern, ihr Blick klebt jetzt an Mums Gesicht, und der gesamte Raum sieht zu, und das arme Ding steht da und wartet, während Mum das Ei köpft und hineinsieht …«

Und warum um Gottes willen erinnerte sie sich daran? Aber so war es.

Nicht wiederbeleben

»Lass es dir gesagt sein, Liebes«, sagte Evelyn und presste das schnurlose Telefon fest ans Ohr, »lass es dir gesagt sein, mit deinem Vater ist es schlimmer als je seit eurem Besuch. Er hat mir gesagt, was er von mir hält. Ich habe ihm gesagt, was ich von ihm halte. Das ist der Stand der Dinge. Er ist pingelig mit seinem Essen, schläft die meiste Zeit und wenn er wach ist, wird er boshaft. Und wie du weißt, mache ich mich schlecht als Fußabtreter. Und …«, sie hatte etwas im Hals, »… über dich habe ich mich auch geärgert, Louise. Diese nachlässige Art, mit der du meine Fragen nach dem Kissenbezug abgetan hast. Du hast mich beiseitegeschoben, als wäre das nicht wichtig – aber er gehört zu einem passenden Set, mit einem Blättermuster. Du hast gemeint, er würde *schon wieder auftauchen*! Aber er ist *nicht* wieder aufgetaucht, und wenn du meine Bettwäsche verbaselst, dann bitte ich dich, die Betten das nächste Mal nicht abzuziehen. Überlass das mir. Habe ich mich klar ausgedrückt?« Sie hatte auf ihrem Bett gesessen, stand nun aber auf, um über den Flur in das fragliche Zimmer zu gehen und es in Augenschein zu nehmen: sauber, aber leer, die Matratze noch immer unbezogen.

»Ja, Mum. Tut mir leid. Aber ich glaube wirklich, dass er wieder auftaucht«, sagte Louise. »Irgendwo im Haus muss er ja sein.«

»Du hast gesagt, dass du dein Kissen mit Liam getauscht hast.«

»Ja, er wollte ein weiches Kissen. Aber es muss trotzdem *da* sein, nur in einem anderen Zimmer.«

»Hast du in deinem Gepäck nachgesehen?«

»Ja.« Hatte ihre Mutter *im* Bezug der Bettdecke nachgesehen? Hinten in der Waschmaschine?

»Natürlich! Im Gepäck der Kinder?«

»Ja.«

»Das sind passende Kissenbezüge für das Doppelbett, sie gehören zu den Decken. Die grünen, mit dem Blättermuster.«

»Ich weiß. Es tut mir sehr leid, aber bei uns ist er wirklich nicht.«

Evelyn setzte sich schwer auf das Bett, das ihr am nächsten stand.

»Nun, Liebes«, ihre Stimmer faserte vollständig aus, »so fängt das Jahr nicht gut an!«, würgte sie hervor. »Warum muss er ausgerechnet *mich* so herunterputzen? Und warum soll ich mir das gefallen lassen? Ich könnte auf und davon gehen und alles Mögliche unternehmen. Je länger wir leben, desto mehr Geld haben wir, aber mit ihm, in diesem Zustand, kann ich nirgendwo hin. Ich *weiß*, dass ich bis jetzt sehr viel Glück hatte. Ich wurde geliebt und umsorgt, zuerst von meiner Mutter und dann von deinem Vater. Aber jetzt, so wie er jetzt ist, gibt es absolut nichts, worauf ich mich noch freuen könnte.«

Und danach fühlte sie sich ein bisschen besser, weil sie es sich von der Seele geredet hatte.

Und jetzt gab es schon wieder Frühstück.

»Louise sagt, sie würde bei dir bleiben, wenn ich für eine Woche oder so mit Lillian nach Cornwall oder vielleicht sogar nach Frankreich fahren würde. Sie kann sich Arbeit mitbringen, und es wäre kein Problem. Was meinst du?« Harry, der am Tisch im Esszimmer saß, hatte sie entweder nicht verstanden oder ihr nicht zugehört. Aber sie regte sich nicht auf. Sie fragte ohnehin nur der Höflichkeit halber. Sie hatte die Nase gestrichen voll, und ganz egal, was er sagte, sie würde einen ordentlichen Urlaub einlegen, eine echte Pause.

Sie drückte den Toast herunter, dachte daran, wie sie bei ihrer Hochzeit noch nicht einmal imstande gewesen war, ein Ei zu kochen. Völlig verzogen von ihrer Mutter, das war's. In jenem ersten Jahr gab es daher jede Menge Toast und Sandwiches oder Konservendosen, gelegentlich frisches Obst, der Vitamine wegen, und wenn sie wirklich Hunger hatten, fuhren sie zu ihrer Mutter, um etwas Richtiges zu essen. Mit der Zeit hatte sie es sich selbst beigebracht. Es war gar nicht so schlimm, schließlich mussten wegen der Rationierungen auch alle anderen das Kochen neu lernen, und was es an Lebensmitteln gab, war ohnehin fürchterlich.

Nach einer Weile hatte sie den Bogen raus, und irgendwann wurden auch die Zutaten besser … Täglich Frühstück und Abendessen, plus Mittagessen, Kaffee und Tee am Wochenende und an Feiertagen. Und jetzt, fast siebzig Jahre später, machte sie es immer noch! Einkaufen, kochen, den Tisch abräumen! Wenigstens hatte er bis vor Kurzem einen hervorragenden Appetit: Zum Frühstück aß er Porridge mit braunem Zucker und Sahne, Toast, Butter, Marmelade, drei Tassen Tee. Aber jetzt, mit den Tabletten: Diese Woche hatte er sie jeden Morgen angesehen, als wären sie giftig, und gefragt, wozu sie gut sein sollten.

Sie nahm sich eine Scheibe Toast und setzte sich ihm gegenüber an den Tisch. Von seiner hatte er nur ein oder zwei Bissen gegessen.

»Isst du das nicht auf?«, fragte sie laut.

»Tja …«

»Ja oder nein?«

»Vielen Dank, mein Herz.« Er hustete, legte die halbe Brotscheibe auf seinen Teller, tupfte sich die Lippen mit der Serviette ab. Sie sah ihm dabei zu, wie er sich von seinem Stuhl aufkämpfte, wobei er sich schwer auf die Armlehnen stützte. Er pfiff den Atem zwischen seinen Zähnen heraus wie eine Dampflok – was hatte es damit auf sich? Die Ärzte hatten gesagt, dass seine Hüfte wieder gut verheilt war, und mit seinen Lungen war, soweit sie informiert war, alles in Ordnung. Wenn er seine Stöcke von der Tischkante nahm und so mit ihnen herumfummelte, verspannte sich ihr ganzer Körper allein beim Zusehen. Und wie er schon gesagt hatte, warum machte es ihr so viel aus, schließlich war er es doch, der die verdammten Dinger benutzen musste. Aber es machte ihr nun mal was aus. Es löste in ihr den Wunsch aus, etwas kaputt zu machen, und gleichzeitig war sie es leid, sich so zu fühlen.

»Gehst du ins Bad?«, fragte sie, ohne sich die Mühe zu machen, zuerst ihren Toasthappen herunterzuschlucken.

»Davon gehe ich aus.« Dieser Blick, als wollte er sagen: *Wie um alles in der Welt kommst du auf die Idee, mich so etwas zu fragen?* Entweder wusste er genau, was sie meinte, oder er war ein Vollidiot. *Davon gehe ich aus?* Warum nicht einfach *ja?* Er versucht, seine Würde zu bewahren, hatte Lillian vermutet. Nun, dafür war es zu spät.

»Ganz wie du willst, du lästiger Mistkerl!«, sagte sie. Und wieder war es eine Erleichterung, kein Blatt vor den Mund zu nehmen. Aber hatte er sie überhaupt gehört? Es spielte keine Rolle. Sie ging in die Küche, um die Teller abzuspülen und die Kartoffelschalen vom Vortag hinaus zum Kompost zu bringen. Sie drückte die Hintertür auf und ging um das Haus herum. Ein strahlender Tag, Gott sei Dank, jede Menge Vögel am Futterhäuschen. Im Frühling würde sie das Lorbeerbäumchen umtopfen müssen … Valerie hatte es ihr geschenkt. Und die Nieswurz war von Louise, die Kirsche neben dem Tor von Lillian … Sie kippte ihre Schalen auf den Komposthaufen und blickte zurück auf den Garten. Sogar im Winter war er hübsch – nicht ganz so wie der Garten von ihrem alten Haus, aber doch schön, mit der immergrünen Clematis, die rund um das Fenster zu knospen begann. Sie bemerkte ein Ampferbüschel, das neben dem Weg wuchs und bückte sich, um es herauszuzupfen; dabei spürte sie einen schwachen, geheimnisvollen Zug in Richtung Haus, etwas wollte ihre Aufmerksamkeit, was sie aber ignorierte. Eine Weile kämpfte sie mit der kräftigen Wurzel, dann gab sie auf und beschloss, eine Pflanzschaufel zu holen; erst als sie sich der Haustür näherte, ergaben die Geräusche, die sie mit halbem Ohr gehört hatte, Sinn und fügten sich zu Hilferufen von Harry.

Er lag im unteren Bad auf dem Rücken, hineingequetscht in den winzigen Raum, hechelnd wie ein Hund, rot im Gesicht, brennende blaue Augen, Blut auf der Seite seines Kopfes, mit der er im Fallen irgendwo aufgeschlagen war. Sein Kopf befand sich neben der Toilette. Seine Hose war heruntergelassen, durchnässt, in der Luft lag ein strenger, beißender Geruch.

Er gab ein fürchterliches Stöhnen von sich.

»Hast du dich verdreht? Sie haben dir doch gesagt …«

»Hilf mir!«, brüllte er, und sie bekam seinen freien Arm zu fassen und zog – sinnlos, bei der Größe! Er schrie wieder auf, also ließ sie den Arm los und eilte zum Telefon, wo auch sie brüllen musste: die Adresse und dass er vor sechs Monaten eine neue Hüfte bekommen hatte und sie sich jetzt vermutlich ausgerenkt hatte.

»Sie sind gleich da«, sagte sie zu ihm. Er keuchte nur und starrte an die Decke, als wäre dort eine Nachricht zu lesen. Die Haut unterhalb seiner Augen war nass – Tränen! *Das* hatte sie noch nie gesehen, in all den Jahren nicht … Sie eilte hinaus, um die Haustür und das Gartentor zu öffnen, just als die Rettungssanitäter samt ihrer ganzen Ausrüstung vorfuhren. Wie um alles in der Welt würden sie sich in ihr winziges Badezimmer zwängen? Der große Glatzkopf machte fast alles allein, stellte sich mit gespreizten Beinen über Harry und schob seine

Schultern in Richtung Tür, während ein anderer seine Beine und Füße bewegte. Der Schrei, der ihm entfuhr – so etwas hätte sie sich niemals vorstellen können.

Der Warteraum war übervoll mit niesenden und hustenden Menschen, mehreren weinenden Babys und einem Mann, um dessen Fuß ein blutiges Handtuch gewickelt war, doch Gott sei Dank trugen sie Harry gleich weiter. Sie musste mit den anderen warten. Valerie ging nicht ans Telefon, also hinterließ sie eine Nachricht und setzte sich auf den einzigen freien Plastikstuhl.

»Ich habe so schreckliche Schmerzen in der Seite, als würde ein Speer in mir stecken, und ich bin schon seit zwei Stunden hier«, sagte die Frau neben ihr.

»Oh je. Mir geht es bestens. Es ist mein Mann«, erwiderte Evelyn. »Er ist schwer gestürzt. Ich warte auf meine Tochter.« Beim Sprechen spürte sie, wie ihr die Tränen in die Augen stiegen. Menschen in ihrem Alter erholten sich oft nicht mehr von Stürzen. Sie rief Valerie noch einmal an – wieder keine Antwort: Vielleicht war sie unterwegs oder schon auf dem Weg, das ließ sich nicht sagen. »Ich fürchte, das ist der Anfang vom Ende. Komm, sobald du kannst«, sagte sie am Ende ihrer Nachricht. Zurück im Wartebereich, hatte sich ein schmierig aussehender Mann mit Bart auf ihren Stuhl gesetzt; nach einer Weile erbot er sich aufzustehen, doch so oder so war sie erleichtert, als sie aufgerufen wurde und eine Schwester sie in einen kleinen, schummrigen Krankenraum brachte. Harry lag halb aufgerichtet da, sehr ruhig, die Augen geschlossen, eine Sauerstoffmaske über seinem Gesicht.

Sie rang nach Luft, als sie ihn sah.

»Das größte Problem ist die Lungenentzündung«, sagte der Arzt, ein großer schwarzer Mann mit einem festen Helm aus Haaren auf dem Kopf. Das Weiß seiner Augen war erstaunlich hell, doch sein Englisch war gut. »Haben Sie mitbekommen, ob er gehustet oder gekeucht hat?«

»Ja, aber was ist mit seiner Hüfte?«

»Ausgerenkt. Glücklicherweise ist das Becken in Ordnung. Was rauskommt, geht auch wieder rein«, sagte der Arzt. »Es wird wehtun, und er wird Physiotherapie brauchen. Seine Mobilität wird kurzfristig sicherlich eingeschränkt sein, aber was ich Ihnen eigentlich sagen will, ist, dass die Entzündung in beiden Lungenflügeln sitzt und bereits fortgeschritten ist. Wir hoffen, dass sie bakteriell ist. Intravenöse Behandlung mit Antibiotika ist da üblicherweise sehr effektiv, aber nicht immer. Ich möchte nur, dass Sie die Situation verstehen, Mrs Miles.«

Es *ist* der Anfang vom Ende, dachte sie, und ihr Herz setzte sich in Gang.

»Auf unseren Patientenverfügungen steht ›Keine Wiederbelebung‹«, sagte Evelyn zu dem Arzt, dessen Namen sie nicht glaubte aussprechen zu können. Natürlich wusste man, dass so etwas plötzlich geschehen konnte, aber nichts bereitete einen darauf vor. Sie mussten unbedingt verstehen, was man wollte, dass man weder als Gemüse enden wollte, noch, dass jemand jahrelang hinter einem herwischen musste, während man langsam dahinschwand, vielen Dank auch, *oder* dass man selbst hinterherzuwischen hatte. Man wollte entweder leben oder nicht.

»Nein, nein!«, meinte der Arzt. »Das ist etwas anderes. Ich wollte Sie nicht unnötig aufregen. Es besteht eine realistische Chance, dass die Behandlung anschlägt.«

Doch als sie Harry ansah, bezweifelte sie es: Seine Haut war wie Papier, die Wangen waren hohl, seine Brust hob sich kaum. Das transparente Plastik über Nase und Mund, das fürchterliche Geschnaube der Sauerstoffmaschine. Schläuche, die in seinen Arm führten. Ein Beutel mit bräunlich-gelber Flüssigkeit. Konnte er sie hören? Sie fragte ihn mehrere Male.

Keine Antwort, gar nichts.

»Häufig können sie hören, auch wenn sie nicht sprechen können«, sagte die irische Krankenschwester, die hereinkam, um ihr zu sagen, dass Valerie am Empfang angerufen hatte und jetzt auf dem Weg war: In zwei Stunden würde sie da sein. »Am besten, Sie reden mit ihm, meine Liebe, für alle Fälle.«

Wandschirme trennten sie von anderen, ebenfalls nicht ansprechbaren Patienten, die niemanden bei sich hatten. Nur ihr Atmen und das Summen der Maschinen war zu hören. Es erinnerte sie an die schreckliche Zeit – vor einem halben Jahrhundert –, als sie und ihre Mutter im Schlafzimmer ihrer Eltern bei ihrem sterbenden Vater saßen; ihre Mutter hatte sich gewünscht, dass sie ihm anständig Lebewohl sagte, doch sie konnte es nicht – sie war noch immer wütend auf ihn, und die Worte gingen ihr einfach nicht über die Lippen, und es roch widerlich, und dann, Jahre später, bei ihrer Mutter, hatte sie keine Gelegenheit dazu, weil es so schnell ging.

Man wusste nie.

Sie hatte Krankenhäuser immer gehasst, aber eigentlich war es besser hier, wo alles so sauber war und es Menschen gab, die helfen konnten.

»Kannst du mich hören, Harry?«, fragte sie noch einmal langsam und deutlich. »Hier ist Evelyn … Deine Frau. Valerie ist auf dem Weg. Du bist gestürzt … Ich habe ihnen von der Patientenverfügung erzählt. Es war ein Schock …« Sie schluckte, betrachtete das, was sie von dem auf dem Kissen liegenden Gesicht sehen konnte. Er war wie ein Außerirdischer. Seine Haut schuppig, voller Bartstoppeln. Er hasste es, eine Rasur auszulassen. Sie atmete ein und beugte sich zu ihm vor. »Pass auf, Liebling. Ich will, dass du weißt … dass du weißt, dass ich weiß, dass du – dass ich großes Glück mit dir hatte.« Sie atmete tief ein. Etwas in ihr löste sich. Die Worte waren ihr schwergefallen, sie hatte sie sich aus dem Mund pressen müssen, aber jetzt, mit einem Mal, kamen sie leichter, wie aus freien Stücken. »Ich weiß noch, wie du dich im Luftschutzraum über mir aufgestützt hast, um mich zu schützen – wie stark du damals warst. Wie du den Hausbau in die Hand genommen hast … Im Garten gearbeitet hast. Unsere wunderbaren Urlaubsreisen. Wie gut du immer warst, mit den Mädchen gespielt hast. Und es ist einfach eine Schande, wie es dann zu Ende geht, aber, mein Liebling, wir können es uns nicht aussuchen.«

Er zeigte keine Regung. Sie lehnte sich noch näher zu ihm heran. Ihre Lippen waren nur wenige Zentimeter von seinem Ohr entfernt.

»Du hast mich auf Händen getragen«, sagte sie. »Du warst ein guter Ehemann. Hingebungsvoll. Und ich habe nie bereut, zu Aleksander Grutowski nein gesagt zu haben. Ich danke dir, mein Liebling … Hast du mich gehört, Harry?«

Vermutlich nicht.

Vermutlich war das alles Zeitverschwendung.

Oder vielleicht etwas Gutes.

Doch sie fragte noch zweimal: »Hast du mich gehört, Harry?«, und dann musste sie zur Damentoilette, um sich das Gesicht zu waschen. Es gab keine Papierhandtücher. Auf dem Rückweg ging sie links statt rechts, verlief sich und landete schließlich auf der Kardiologie, und eine der Reinigungskräfte dort musste ihr den Weg zurück zeigen. Die irische Krankenschwester brachte ihr eine Tasse Tee und ein Stück Shortbread, und dann war Valerie da, um sie nach Hause zu bringen.

Und dann, vier Tage später, saß er aufrecht da, munter, wenn auch merklich dünner. Sein Atem ging ein wenig pfeifend, aber er hatte keinen Husten.

Die Streitereien, der Sturz, der Krankenwagen, die höllischen Schmerzen, als sie die Hüfte wieder einrenkten, ohne Betäubung, weil es so schlecht um seine Lungen stand, alles, was sie ihm gesagt hatte, während er mit dem Tod zu ringen schien? Er konnte sich offenbar an nichts erinnern.

»Es tut mir leid, dass ich dir so viel Mühe gemacht habe!«, sagte er und lächelte sie an, als hätte er nie im Wohnzimmer gestanden und ihr Tyrannei vorgeworfen, als hätte er nie vorgegeben, ihre Erwiderung nicht zu hören. »Wenn du das nächste Mal kommst«, sagte er, »ob du mir wohl meine Brille und das Buch, das ich gerade gelesen habe, mitbringen könntest, und vielleicht einen Stift und etwas Papier oder ein Notizbuch?«

»Welches Buch?«, fragte sie, aber er konnte sich nicht an den Titel erinnern, und als sie zuhause auf dem Nachttisch nachsah, lag da keines. Vielleicht hatte sie es weggeräumt.

Niemand schien zu begreifen, dass er nicht der Mann war, den sie geheiratet hatte. Nicht der Mann, der ihr im Krieg diese Briefe geschrieben hatte oder der heimgekehrt war und das Haus gebaut hatte … Die Briefe waren jetzt bei Lillian. Tatsache war, dass Dinge *zu Ende* gingen. Plötzlich fühlte sie sich sehr schwach, setzte sich auf ihr Bett, legte das Gesicht in die Hände und schluchzte, bis in ihr kein Laut mehr übrig war.

»Valerie«, sagte sie ein paar Tage später, als sie mit dem Hörer am Ohr neben dem Telefon in der Küche stand und auf den Efeu draußen an der Rückwand blickte, »ja, Valerie, die Antibiotika schlagen ganz sicher an. Er ist überraschend klar, besonders verglichen mit den anderen, die alle mit geöffneten Mündern herumliegen. Und er scheint sich sehr zu freuen, mich zu sehen – selbst nach allem, was war …« Sie stockte, dann fing sie sich wieder. »Ich habe ihm seine Brille gebracht, sein Buch, den *Poesieschatz*, und etwas Schokolade. Dr. Abiyoe scheint sehr zufrieden zu sein … Aber, Valerie, dein Vater kann nicht zu mir zurück, das halte ich nicht aus. Das geht nicht. Ich habe den Teppich dreimal gereinigt, und er stinkt noch immer.

Ich habe ihnen gesagt, dass sie ihn nicht nach Hause schicken können. Ich habe Dr. Abiyoe gesagt, dass sie zwei Patienten haben, wenn sie das machen. Die nette irische Schwester weiß, was ich meine. ›Sie sind bald neunzig, meine Liebe‹, hat sie zu mir gesagt. Als ob ich das nicht wüsste! Ich habe ihnen gesagt, dass ich meine letzten Monate oder Jahre nicht damit verbringen will, auf allen vieren Impotenz aufzuwischen. Omnipotenz. Inkompetenz! Du weißt, was ich meine. Deswegen brauche ich deine Hilfe, um den passenden Ort für ihn zu finden.«

Und Valerie atmete lang aus und sagte dann ja, sie komme am nächsten Morgen vorbei. Sie würden einen Plan machen. Sie war ein gutes Mädchen. Die Beste von ihnen.

Und dann: »An was für ein Heim habt ihr gedacht?«, wollte Lillian wissen. Hatten sie sich auch wirklich gründlich informiert? Ja, sagte Evelyn: Manche waren hübscher eingerichtet oder komfortabler als andere, Tatsache aber war, dass sie alle dieselben astronomischen Summen forderten, und der Staat half erst, wenn sie einen ausgeblutet hatten. »Wir hätten besser alles für eine Luxuskreuzfahrt ausgeben und dann kurz vor Ende über Bord springen sollen«, sagte Evelyn, »aber im Fall deines Vaters ist es zu spät dafür. Ich habe Valerie gesagt, sie soll mich die Treppe runterstoßen, wenn ich mal nicht mehr ordentlich essen kann oder gaga werde.«

Und dann war da noch Louise, die fragte: »Habt ihr beiden mal besprochen, was passiert, falls du dich nicht mehr um ihn kümmern kannst?«

»Nein.«

»Das heißt, es kann für Dad ein fürchterlicher Schock sein, plötzlich zu hören, dass er aus dem Krankenhaus nicht mehr nach Hause kommen wird. Vielleicht sollte man es ihm schonend beibringen. Ihm sagen, dass du …«

»Das glaube ich nicht, Liebes«, sagte Evelyn. »Er ist sehr glücklich da, liest Gedichte und plaudert mit den Schwestern. Es geht ihm besser, als seine Tests erwarten ließen. Die Ärzte meinen, dass er zuhause vielleicht depressiv war und dass er in einer neuen Umgebung womöglich sogar glücklicher wäre ... Valerie und ich nehmen ihn mit und zeigen ihm die besten Heime, die wir uns angesehen haben, und das Krankenhaus behält ihn bei sich, bis irgendwo etwas frei wird ... Du musst es mich bitte auf meine Art regeln lassen. Es war alles sehr schwer, aber so ist es am besten. Man wird sich um ihn kümmern, und ich kann aus meiner verbleibenden Zeit das Beste machen, ich hoffe, du kannst das verstehen. Und übrigens wollte ich dir noch sagen, dass ich die Kissenhülle mit dem Blattmuster, die an Weihnachten verloren gegangen war, doch noch gefunden habe. Sie steckte tatsächlich in einer Ecke im Deckenbezug. Ich habe sie beim Bügeln entdeckt. Also, Liebes: Ende gut, alles gut.«

Und danach, auf dem Weg ins Bett, nahm sie ein frisches Handtuch aus dem Wäscheschrank und ließ ihre Augen auf der gebügelten und gefalteten Bettwäsche ruhen, die auf den oberen Regalen lag, und beschloss, obwohl es spät war, im mittleren Zimmer doch noch das Set mit dem Blattmuster aufzuziehen, damit alles richtig schön aussah.

Die ganze Welt

»So, das ist Ihr neues Zuhause, Mr Miles«, sagte die Managerin, Sandra Hepworth, zu Harry. Sie saßen in Sesseln in einem kleinen, an das Büro angrenzenden Salon. Teetassen und Kekse hockten neben ihnen auf kleinen Beistelltischen. Mehrere geschmackvolle Bilder drängelten sich an der Wand. »Ich weiß, dieser Umzug kam recht plötzlich. Ich hatte meine Zweifel, was Ihre Beurteilung angeht – ehrlich gesagt, müssten Sie eigentlich noch nicht über Pflege nachdenken. Aber die Leute kommen aus allen möglichen Gründen zu uns, und alles in allem ist es so zum Besten, denke ich. Es wird Ihrer häuslichen Situation den Druck nehmen und Ihnen und Mrs Miles die Möglichkeit geben, sich zu entspannen.«

Du kannst nicht zu mir zurück, hatte Evelyn zu ihm gesagt. Sie war schon immer sehr direkt, was in vielerlei Hinsicht eine gute Eigenschaft war. Und natürlich musste ihr dieser Satz sehr schwergefallen sein. *Entschuldige* oder *Ich tue es nur ungern* hätte die Pille versüßt, aber nun war es raus, das musste er ihr lassen: *Du kannst nicht zu mir zurück.* Weiter kam sie nicht, und Valerie fuhr an ihrer Stelle fort: dass die zusätzliche Arbeit, sich um ihn zu kümmern, einfach zu viel für sie sei, besonders, ergänzte Evelyn nachdrücklich, die zusätzliche Wäsche wegen seiner Missgeschicke; dass sie weder Fremde im Haus haben noch zu Val und Max ans Ende der Welt ziehen wolle; dass Louise wohl häufiger zu Besuch kommen, aber nicht zurück nach England ziehen könne, wegen ihrer Jobs und weil die Kinder ihr Leben in Kanada hatten, und dass Lillian in Australien noch weiter weg sei, ihre eigenen gesundheitlichen Probleme habe und nicht versprechen könne, mehr als bisher zu tun. Dass er und Evelyn, wegen der Belastung, sich verstärkt um ihn kümmern zu müssen, wegen der zusätzlichen Arbeit – besonders der Wäsche –, sich ständig in den Haaren gelegen hätten und er dann zu allem Überfluss von der Toilette gefallen sei und sich die neue Hüfte ausgerenkt habe … An nichts davon konnte er sich erinnern, aber es musste ein furchtbarer Schock für Evelyn gewesen sein. Sie habe keine Ahnung gehabt, dass er ernsthaft an einer Lungenentzündung erkrankt war, was ziemlich gefährlich war. Er könne einfach nicht zu ihr zurück, und alles laufe auf eine einzige Option hinaus, und da saßen sie also, seine Frau und seine mittlere Tochter, im apfelgrünen Tageszimmer des Krankenhauses, und warteten auf seine Reaktion.

Er konnte es gut oder nicht gut aufnehmen – etwas anderes stand nicht zur Wahl. Harry atmete tief ein, traf auf Evelyns Blick. Ihre Augen, immer schon groß und jetzt noch größer durch die dickrandige Brille, die sie in letzter Zeit trug, waren ruhelos, und sie biss die Zähne aufeinander, wie immer, wenn sie nervös oder auf ein bestimmtes Ziel fokussiert war. Es gefiel ihm nicht, dass sie ihm gegenüber solche Gefühle hegte.

»Ich habe nicht den Wunsch, jemandem zur Last zu fallen«, sagte er und meinte es auch so. Dabei hatte er natürlich auch andere Wünsche, die aber ungesagt blieben. Dass sie versprach, ihn jeden Tag zu besuchen. Dass sie ihn umarmte, wie damals bei ihrem Abschied am Busbahnhof in Reading, vor seiner Einschiffung. Daran konnte er sich erstaunlich gut erinnern. Die Liebe machte es zugleich schwerer und leichter, eine Trennung zu ertragen.

Ihr Gesicht entspannte sich.

»Danke, mein Liebling«, sagte sie. »Das hatte ich nicht erwartet«, und sie lehnte sich ein Stück in ihrem Sessel zurück. Doch Val war diejenige, die ihre Hand auf seine legte.

»Es ist nicht leicht«, sagte sie, »aber wir müssen realistisch sein.«

In den folgenden Tagen besichtigten sie fünf verschiedene Einrichtungen. The Beeches war definitiv die beste: ein elegantes Gebäude, wenn auch vom Umbau verschandelt, mit einem sonnigen, interessanten Garten, für Evelyn nicht weit und in der Nähe einer Bushaltestelle. Die Mitarbeiter lächelten und sahen einem in die Augen; sie wirkten beschäftigt, aber nicht gehetzt. Manche der Bewohner waren ziemlich rege.

Wurde ein Zimmer frei, bedeutete es, dass jemand gestorben war oder so abgebaut hatte, dass er umziehen musste. Und da war er nun also.

»Sie entscheiden«, fuhr Sandra fort. »Essen im Speiseraum oder auf Ihrem Zimmer. Viele unserer Bewohner frühstücken gern im Bett, aber wir empfehlen dringend, mittags und abends unten zu essen, damit Sie unter Leute kommen und nicht zu sehr ins Grübeln geraten. Ich habe Sie an einen guten Tisch gesetzt, wo Sie sich vernünftig unterhalten können. Zwei andere Männer und vier Damen, die Crème de la Crème. Sie haben einen Fernseher auf Ihrem Zimmer und auch einen herrlichen Ausblick, einen der schönsten. Aber natürlich möchten Sie vielleicht auch Zeit in der Bibliothek verbringen oder in der Lounge oder im Sonnenzimmer oder im Garten oder mit Ihrer Frau einen Spaziergang machen, wenn sie zu Besuch kommt, oder mit dem Bus oder Taxi in die Stadt fahren. Das alles steht Ihnen völlig frei, sagen Sie uns nur bitte Bescheid, wenn Sie das Haus verlassen. Haben Sie Fragen?«

Warum leben wir so lange?

»Im Moment nicht.«

»Krista, Ihre Hauptbetreuerin, wird nachher noch mit Ihnen darüber sprechen, aber wir bieten täglich Veranstaltungen an und dienstags und donnerstags Ausflüge, alles völlig freiwillig, gegen einen kleinen zusätzlichen Beitrag. Wenn Sie Fragen oder

Probleme haben, sprechen Sie bitte Krista oder jemand anderen vom Personal an, mich inbegriffen.« Sie machte eine kurze Pause und sah ihn an. »Willkommen, Mr Miles. Oder wäre Ihnen Harry lieber?«

»Harry.«

»Ich hoffe wirklich sehr, dass Sie sich hier wohlfühlen«, sagte sie. Er glaubte, dass sowohl dieser Wunsch als auch das darauffolgende Lächeln echt waren, und das Gefühl, dass jemandem sein Wohlergehen am Herzen lag, war etwas Neues und rührte ihn einen Moment lang zu Tränen.

Seither hatte er Sandra, die fast jeden Mittag eine Runde drehte und manchmal an seiner Tür klopfte, um zu sehen, wie er sich machte, immer mehr zu schätzen gelernt. Eine großgewachsene, stämmige Frau um die fünfzig mit wasserstoffblondem Haar, die jeden Tag ein anderes Kleid oder eine andere Bluse trug und nie kopflos wirkte, egal wie viele Leute zur gleichen Zeit mit ihr reden wollten. Godfrey, der Papagei, der neben dem Eingang zur Lounge in einem Käfig saß, pfiff jedes Mal markerschütternd, wenn sie vorbeiging. *Ach, dieser Vogel*, sagte sie dann. Andere Frauen ignorierte Godfrey, selbst die jungen: Das war auch gut so, wenn man bedachte, wie viele es davon hier gab. Sowohl das Personal als auch die Bewohner (Insassen, wie Evelyn sie nannte) waren hauptsächlich weiblich. Auf Harrys Flur wohnte nur ein weiterer Mann, im Zimmer neben dem Fahrstuhl: an den Rollstuhl gefesselt, taub, mit ausdruckslosem Gesicht, blickte kaum auf. Die Pfleger nannten ihn Major Tom, und aus ihm selbst unerfindlichen Gründen fand auch Harry es amüsant, ihn so zu nennen.

Er durfte nicht mehr ins Haus, darauf hatte Evelyn bestanden, noch nicht einmal, um seine Sachen auszusuchen. Warum, sagte sie nicht, aber es lag auf der Hand, dass sie befürchtete, er könnte sich daran erinnern, was er verlor, und sich weigern, wieder zu gehen, wenn sie ihn hineinließe. Eine

Szene machen. Oder zusammenbrechen und vor ihr weinen, was auch er lieber vermeiden wollte, obwohl ihm oft genug danach war. Evelyn, Evelyn, er wusste, das durfte er nicht fragen, wie konntest du nur?

Evelyn, Evelyn! Er hatte sie sein ganzes Erwachsenenleben über geliebt, lange nachdem der Glanz ihrer beider Jugend und deren Illusionen abgetragen war und sie mit dem, was sie im Kern ausmachte, und einer Sammlung von mitunter widersprüchlichen Erinnerungen zurückgelassen hatte … Er hatte ihr nie etwas in seiner Macht Stehende versagt, weder materiell noch emotional, und jetzt verlangte es sie nach seiner Abwesenheit. Evelyn! Schwäche machte ihr Angst. Es half beträchtlich, sie von innen heraus zu begreifen. Sich auf diese Weise mit ihr in Einklang zu bringen.

Am Morgen des Tages, an dem er nachmittags von Sandra willkommen geheißen wurde, hatten ihn Valerie und Evelyn im Krankenhaus abgeholt, zum Heim gebracht, wo man ihm sein frisch gestrichenes Zimmer zeigte. Zuvor hatte der Fahrer mit dem heimeigenen Transporter bereits seinen Lehnsessel, ein Bücherregal mit seinen Gedichtbänden und dem Wörterbuch sowie eine Auswahl von Schuhen und Kleidungsstücken eingesammelt. Harry hatte um das Bild mit den Geranien gebeten, das die Mädchen ihnen vor ein paar Jahren geschenkt hatten, doch Evelyn sagte, es würde einen dunklen Fleck auf der Tapete über dem Kamin hinterlassen, weshalb sie ihm einen Turner-Druck aus dem Gästezimmer zugeteilt hatte. Auf seine Bitte hin hatte sie ein gerahmtes Foto von ihr in einem Liegestuhl dazugelegt, aus den Fünfzigern, zusammen mit einem Foto von ihnen beiden, das vor nicht allzu langer Zeit entstanden war. Dann gab es noch eine sich immer weiter ausdehnende Galerie von kleineren Fotos, darunter von den Kindern und diversen Enkelkindern, deren Namen auf der Rückseite standen.

Der Raum hatte Mühe, all das zusätzlich zu dem Bücherregal, dem Bett, dem Fernseher und zwei Stühlen unterzubringen, konnte aber mit zwei großen Fenstern auftrumpfen, die zum Bowling Green hinausgingen, mit Blick auf Häuser jenseits des Gartens und den Himmel.

»Nun«, sagte Evelyn, »es ist viel besser als das Krankenhaus.« Unten hatte man für sie einen kleinen Mittagstisch gedeckt. Nachdem Evelyn und Valerie fort waren, ging er zurück auf sein Zimmer, setzte sich auf das Bett und schluchzte.

Eine junge Frau, die Klopapierrollen für das Bad brachte, setzte sich neben ihn und nahm ihn in den Arm.

»Harry, hier ist schön«, sagte sie. Sie komme aus Litauen, erzählte sie, und vermisse es sehr. Sie beide würden sich anpassen müssen.

Und natürlich war es eine Verbesserung, nicht ständig kritisiert zu werden, sagte er etwa eine Woche später zu Valerie, wobei der Weg zu diesem Ergebnis doch recht drastisch sei.

»Da sind Sie ja, Harry«, sagte eine kleine, farbenfroh gekleidete Frau mit dicken Brillengläsern, die, da war er sich ziemlich sicher, Elspeth hieß. Sie hatte sich ihm am ersten Tag vorgestellt und lud ihn immer ein, sich zu ihr zu setzen. Jetzt schob sie ihm den Stuhl zurück und rief jemanden herbei, der ihm die Stöcke abnehmen und sie in den Schirmständer in der Ecke stellen solle. »Sitzt nieder! esst!«, fuhr sie fort, »willkommen unserm Tisch!«

»Woraus ist das?«, fragte er, weil er erkannte, dass es ein Zitat war. Sie hatte ihm erzählt, dass sie früher mit dem Theater zu tun gehabt hatte, nicht als Schauspielerin, sondern als Kostüm- und Kulissengestalterin.

»Ah«, sagte sie und strahlte ihn an, während er sich auf dem Stuhl niederließ. »Aus *Wie es euch gefällt*.«

»Die ganze Welt ist Bühne und alle Fraun und Männer bloße Spieler«, sagte er in der Hoffnung, das richtige Stück erwischt zu haben, und hielt dann zu Beginn des Monologs inne, weil er in einer so alten Runde weder Auf- und Abtritte noch die sieben Akte des Lebens erwähnen wollte. Auch wenn ihn vermutlich niemand hören konnte oder ihm niemand zuhörte, selbst wenn sie es konnten. »Bei den Komödien bin ich nicht so bewandert«, sagte er.

»Sie machen solch einen Spaß«, sagte sie. »Inzwischen ziehe ich sie allemal vor. Tragödien treffen mir den Nagel doch zu sehr auf den Kopf.«

»Wer möchte Ochsenschwanzsuppe?«, sagte ein rundliches Mädchen mit einer weißen Schürze und einem Ring in der Nase. Alle hoben die Hand, wie in der Schule. Bald darauf kam die Suppe, zähflüssig und scharf, dazu ein Korb mit weichen Brötchen.

»Guten Tag, Harris«, sagte der Mann, der wie Humpty Dumpty aussah. Der andere Mann, Gregory, der neben ihm saß, war rein körperlich das Gegenteil: dünn, mit zittrigen Händen. Er und seine Frau teilten sich ein großes Zimmer, das zum Garten hinausging, doch heute, erzählte er ihnen mehr als einmal, sei Eleanor krank und komme nicht herunter. Gerüchtehalber hieß es, sie würde trinken.

Eine Frau mit Locken (Shirley, dachte er, oder ansonsten Joyce) fragte Harry, ob seine Frau heute zu Besuch komme. Seine Antwort schien alle zu interessieren.

»Das weiß ich nicht«, sagte er. »Aber normalerweise kommt sie vormittags.«

»Wann war sie zuletzt hier?«, fragte eine andere Frau, deren schütteres Haar in einem unnatürlichen Karottenton gefärbt war.

Harry fand die Frage ziemlich unhöflich und gab daher vor, sie nicht gehört zu haben.

»Am Anfang kommen sie meist regelmäßig, dann lässt es nach«, sagte die Frau.

»Sie wirkte überaus reizend, als ich sie letzte Woche kennengelernt habe«, sagte Elspeth. »Eine immens charaktervolle Frau mit Stil.«

»Ja«, antwortete Harry. »Vielen Dank.«

Das Mädchen mit dem Nasenring räumte die Suppenteller ab.

»Mulligatawny mag ich lieber«, sagte Elspeth zu Harry. »Die erinnert mich an meine Kindheit … Ich bin so froh, dass Sie hier sind. Es bedeutet sehr viel, sich anständig unterhalten zu können.«

»Kabeljau mit Petersiliensoße, gebutterten neuen Kartoffeln, Karotten und Erbsen«, gab das Mädchen mit dem Nasenring bekannt. Das Stück Fisch war recht klein, doch ansonsten war alles essbar. Harry, dem auffiel, dass er schneller aß als die anderen, zwang sich dazu, langsamer zu kauen.

»Auf die Esslust folg ein gut Verdauen, Gesundheit beiden«, sagte er und legte sein Besteck ab. Er hatte keine Ahnung, aus welchem Stück das war.

»*Macbeth!* Harry, wann waren Sie das letzte Mal im Theater?«, fragte Elspeth.

»Letztes Jahr waren wir mit meiner Tochter in *HMS Pinafore*, falls das zählt. Es war sehr gut.«

»Aber natürlich zählt das. Gilbert und Sullivan«, sagte sie, »sind absolute Genies. Haben Sie einen DVD-Spieler?« Sie hatte ihr Essen kaum angerührt, und jetzt wurde es in Windeseile abgeräumt.

»Nein«, sagte er, »ich bin ziemlich altmodisch.«

»Nun, im Großen und Ganzen ist das eine gute Eigenschaft«, sagte sie. »Aber ich habe Aufnahmen von über hundert Theaterstücken und Operetten, und ich hätte Ihnen etwas ausleihen können …«

»Mousse au Chocolat für Nicht-Diabetiker«, verkündete das Mädchen.

»Und in diesem Punkt muss ich dem Barden widersprechen«, sagte Elspeth. »So etwas wie ein Übermaß von Näschereien gibt es nicht.«

Nach dem Dessert gab es widerlichen, dünnen Kaffee in zarten Porzellantassen und eine Schale mit Obst. Was hätte er gern, fragte Elspeth, und besah sich die Schale durch ihre dicken Brillengläser: Apfel, Mandarine oder Birne?

»Eine Birne bitte«, sagte er, und sie wählte eine aus und reichte sie ihm.

»Solche hatte ich früher selbst im Garten«, sagte er. »In unserem ersten Garten. Sie fühlt sich reif an. Aber ich würde mir beim Essen das ganze Hemd schmutzig machen.« Elspeth machte Anstalten, das Mädchen mit der Schürze und dem Nasenring zu rufen, das, wie sie sagte, die Birne in die Küche bringen und dort für ihn aufschneiden lassen könne, doch Harry lehnte ab. Er konnte es ihr nicht verraten, aber er wollte die Birne im Ganzen essen und spüren, wie ihm der Saft das Kinn herunterlief. Das Problem bestand darin, sie auf sein Zimmer zu bekommen, da er zwei Stöcke brauchte. Und die Tasche seiner Strickjacke war zu klein.

»Ich bringe sie Ihnen hoch«, sagte Elspeth, und so gingen sie an dem Papagei vorbei zum Aufzug, bogen im zweiten Stock links ab, und er lud sie ein, noch kurz auf seinem Gästestuhl Platz zu nehmen.

»An einem Ort wie diesem braucht man gute Freunde und schöne Erinnerungen. Das ist ein entzückendes Porträt Ihrer Frau«, sagte sie. »Es ist kaum zu glauben, aber ich bin schon seit beinahe zwanzig Jahren verwitwet.«

»Das tut mir sehr leid.«

»Manchmal rede ich noch immer mit Ralph. Ist das nicht verrückt? Und wenn ich weinerlich werde, erinnere ich mich daran, dass wir dreißig Jahre miteinander hatten. Es gab schwierige Zeiten, aber am Ende spielt das kaum eine Rolle, finden Sie nicht?« Harry, der müde wurde und außerdem spürte, dass er seine Blase entleeren musste, stimmte ihr zu. »Junge Leute«, fuhr sie fort, »verstehen lange Ehen nicht. Mein Sohn hat schon die dritte Frau: eine reizende Person, aber das waren die anderen beiden auch … Sie leben in Hongkong.

Ich überlege«, sagte sie dann, »mir heute Nachmittag *Der Mikado* anzusehen. Wenn Sie mir Gesellschaft leisten möchten, lasse ich mir einen guten Stuhl bringen.« Er zögerte. Das wäre sicherlich nett und auch vertretbar. Sie war eine intelligente Frau, freundlich. Aber gleichzeitig wurde der Druck auf seiner Blase so heftig, dass er ihn nicht länger ignorieren konnte. »Ihre Frau hätte doch nichts dagegen, oder?«, sagte Elspeth. »Selbstverständlich wäre auch sie herzlich willkommen.«

Gestern hatte ihn Shirley mit den weißen Locken eingeladen: ein Ausflug mit ihrer Tochter, die mit ihr zum Tee aufs Land fahren wollte und noch zwei Plätze frei hatte. Einen Augenblick lang hatte Harry darüber nachgedacht: die halbvertraute Landschaft, wie sie vorüberzog. Bäume, Felder, Hügel, Flüsse, ein paar frühe Blüten, Zierjohannisbeeren, Narzissen. Irgendwo ein Café – doch er hatte abgelehnt. So wie jetzt den *Mikado*.

»Vielen Dank, dass Sie an mich gedacht haben«, sagte er zu Elspeth. »Vielleicht ein anderes Mal, aber heute werde ich hierbleiben. Und es tut mir leid, Sie zu hetzen, aber ich müsste recht dringend wohin.«

Elspeth eilte gerade rechtzeitig zur Tür hinaus, um nicht mitzubekommen, wie ihn seine Blase übermannte, nur einen Schritt von dem winzigen Badezimmer entfernt, das den Schlafbereich von der Tür trennte. Kurz stand er da, klitschnass, und überlegte, was als Nächstes zu tun sei: Ob er behilflich sein oder zumindest guten Willen zeigen sollte, indem er seine Hose öffnete und versuchte sie auszuziehen?

»Dad, hier drin musst du wirklich aufpassen«, hatte ihm Valerie bei ihrem letzten Besuch gesagt, »dass du nicht unselbständig wirst. Die Leute nicht alles für dich machen lässt. Wie Dr. Hamilton gesagt hat, Bewegung ist das A und O. Du musst auf den Beinen bleiben und Sachen selbst erledigen.«

Überaus vernünftig. Doch anstatt seine Stöcke fallenzulassen, um am Hosenbund mit Knopf und Klammer zu kämpfen, völlig verkrampft aus Angst vor einem Sturz, ging er zurück und ließ sich mitsamt der durchnässten Hose auf dem Kissen nieder, von dem er aus Erfahrung wusste, dass es geradewegs in die Reinigung wandern würde. Er drückte den Rufknopf.

»Es tut mir leid«, sagte er zu Krista, als sie schließlich auftauchte. »Ich hatte Besuch«, fügte er hinzu, als Erklärung.

»Macht nichts, Harry.« Krista zog ein Paar Gummihandschuhe aus der Schachtel im Badezimmerschrank, die ganze Sache dauerte fast eine halbe Stunde; am Ende, nachdem sie ihn schließlich wieder in den Sessel gesetzt hatte, war er sehr müde. Ein liebes Mädchen, mit sehr dunklen Haaren und blasser Haut. Sie erwähnte die Einlagen einmal mehr, war aber nicht böse, und er musste zugeben, dass es eine Erleichterung war, umsorgt zu werden. Er mochte das Gefühl, dass es den Leuten nichts ausmachte, dass sie nichts von einem erwarteten – natürlich, weil sie dafür bezahlt wurden, und weil sie nicht verwandt waren und nicht wussten, was für ein Mensch man früher gewesen war – und auch, weil sie ganz einfach *freundlich* waren. Warum noch Widerstand leisten, jetzt? Ging es bei einer solchen Einrichtung nicht genau darum, dass man sich gehenlassen durfte?

Er sah zu den Fotos von Evelyn hinüber, die auf dem Bücherregal standen. Das Bild, das ihn und alle Besucher am meisten anzog, war die gerahmte Schwarz-Weiß-Vergrößerung, nur ihr Kopf und die Schultern vor dem Stoff des Liegestuhls. Ihre Augen direkt auf die Linse gerichtet, auf ihn, den Fotografen, im Garten des Hauses im Manor Close. Die jüngste Aufnahme zeigte sie beide gemeinsam im Garten von Hidcote Manor, mit

Val und Max. Ein Spaziergänger hatte sie auf Vals Bitte hin mit ihrer Kamera gemacht. Damals brauchte er nur einen Stock, und Evelyn war elegant wie immer, in ihrer hellen Jacke, mit der Sonnenbrille und dem bunten Seidenschal. Es war ihm als schöner Ausflug im Gedächtnis geblieben.

Ob sich Evelyn an die Zuneigung zwischen ihnen erinnerte? Er konnte es nur hoffen. Würde es ihr etwas ausmachen, wenn er sich mit Elspeth *Der Mikado* ansähe? Da konnte er sich nicht sicher sein. Was hatte sie den Tag über gemacht, und wie ging es ihr, in diesem Moment, am späten Nachmittag? Sie müsse einsam sein, fürchtete er, auch wenn sie ihn hatte loswerden wollen, und er wusste, dass ein solches Gefühl sie auch überraschen würde. Sie würde es nicht zugeben wollen. Natürlich plauderte sie mit den Nachbarn über den Zaun hinweg, konnte sich beschäftigen und ging so oft wie möglich aus, doch am Nachmittag kam sie nach Hause, wo er nicht mehr war. Er stellte sie sich ungern in dem leeren Haus vor, besonders bei Einbruch der Nacht. Die Vorhänge fest zugezogen, der Fernseher laut.

Ihre Zeit gut zu nutzen

Die, von der Harry meinte, sie würde Samantha heißen, trocknete ihn ab, zog ihn zur Hälfte an und setzte ihn in den Vinylstuhl, der immer im Badezimmer stand. Sie nahm den neuen Rasierapparat aus seiner Halterung: »Kabellos. Sehr schick ... Von Mrs Miles?«

Das stand jedenfalls auf der Karte: *Alles Liebe, Evelyn*, aber der Rasierer war von einer deutschen Marke, was sie immer vermieden hatten, und alles daran schrie *Louise*. Dennoch, dachte Harry, warum nicht die Zweifel beiseiteschieben?

»In der Tat«, sagte er zu Samantha, die sich ihm mit einem Hauch Parfüm und einem leisen Surren näherte – halb Geräusch, halb Berührung. Ein merkwürdiges, subtiles Gefühl von Ausgesetztsein breitete sich mit dem Summen des Rasierapparats aus: eine Trockenrasur. So langsam gewöhnte er sich daran, obwohl es in ihm unwillkürlich Sehnsucht nach dem Gewicht dieser alten Nassrasierer weckte, ihn daran denken ließ, wie man eine neue Klinge aus dem Wachspapier wickelte und sie einlegte – den Sandelholzgeruch des warmen, feuchten Seifenschaums und das zarte Schaben von Metall auf Fleisch. Und dann das Gefühl der Haut danach: luftgeküsst, bereit für eine intimere Berührung.

Gut, schlecht: Jede Rasur war besser als gar keine. Als Soldat in der Wüste hatte er den untrinkbaren Tee, den sie in Ölkannen brauten, als Rasierwasser verwendet, mit Karbolseife und dem Gillette Superspeed. Wie gut selbst das tat. In der Nähe von Enfidaville war ein Päckchen von Evelyn angekommen, mit Büchern, Zigaretten und einer Tube Rasiercreme, die aufgeplatzt und ausgelaufen war, aber er benutzte sie trotzdem. Er hatte noch drei Jahre vor sich, doch das wusste er damals nicht, und er saß vor seinem Zelt und rasierte sich, hörte nicht auf das Donnern der Geschütze, sondern auf das leise Kratzen der Klinge auf seiner Haut und einen unsichtbaren Vogel, der, wie er, irgendwie überlebt hatte. Nie hatte er sich lebendiger gefühlt. *Beste Rasur aller Zeiten*, schrieb er ihr später. *Wäre ich nur zuhause, und Du könntest Deine Hand über meine Haut ...*

Blasse, glatte Haut hatte Samantha, große grüne Augen, jetzt ganz schmal, alle Aufmerksamkeit galt seinem Kiefer. Beständig glänzende Lippen, die immer einen Anflug von Lächeln zeigten.

»Den Kopf bitte einmal nach hinten«, sagte sie und machte sich an seinen Hals. Abgesehen von den Anweisungen redete sie beim Rasieren nicht, und er sollte es auch nicht; da blieb ihm nur Nachdenken – zum Beispiel: wie viele Rasuren in einem Leben? Einige hatte er wegen Krankheit oder feindlicher Angriffe verpasst, aber als Ausgleich gab es viele Zwei-Rasur-Tage – Tage, an denen er Evelyn besuchte oder, nachdem sie verheiratet waren, an denen er glaubte, vielleicht Glück zu haben: dass sie sein Gesicht berühren, ihre Wange an seiner reiben, seufzen, *Oh, Harry* sagen würde ... Dann ein Kuss, bei dem er ihr den Arm um die Taille legte und sie zu sich heranzog. Kein Grund zur Eile. Und auch das war etwas, was man im Laufe eines Lebens häufig tat und dessen man nicht müde wurde, wobei man darüber jetzt besser nicht allzu viel nachdachte.

Mal zusammenrechnen: dreitausendsechshundert Rasuren pro Jahrzehnt, *sehr* vorsichtig geschätzt. Mindestens sieben Jahrzehnte: Er brachte es auf weit über zwanzigtausend.

»Wussten Sie schon«, fragte er Samantha nach getaner Arbeit mit todernster Miene, »dass Sie mir soeben meine fünfundzwanzigtausendzweihundertdreiundzwanzigste Rasur verpasst haben?« Man durfte gar nicht daran denken, aber es war doch auch lustig – und ganz wie er gehofft hatte, sah ihm Samantha in die Augen und fing an zu lachen.

»Mr Miles. Sie sind wirklich eine Marke!«

Er hatte also, könnte man sagen, bekommen, was er wollte (jedenfalls teilweise, oder fast), als er kürzlich ins Büro gerollt war und die Managerin gebeten hatte, für ihn eine Nummer außer Haus zu wählen.

Der Hörer war winzig, modern, überall Knöpfe, die man leicht aus Versehen drücken konnte. *Vorsicht*, hatte er sich selbst ermahnt, während er ihn an sein gutes Ohr hielt. Der Rufton war kaum zu hören, doch sobald er verstummte, segelte Evelyns Stimme durch die Leitung, klar und makellos. Als er hörte, wie sie ihre Nummer aufsagte – geschäftsmäßig, entschlossen –, spürte er, wie sein Puls anzog, ein Gefühl von Bereitschaft und Einverständnis. *Immer noch*, hatte er gedacht, *nach all dieser Zeit*. Sie waren länger verheiratet, als die meisten Menschen lebten.

»Harry hier«, sagte er laut. An ihrem Ende der Leitung liefen die Fernsehnachrichten. Er sah den Raum vor sich: den Kamin, den Sims voller Fotografien; ihr Sofa, einen der alten Stühle von oben, der den braunen Ledersessel ersetzte, seinen Sessel, von dem aus er den Fernseher, das Fenster und auch Evelyn, links von ihm, die Beine hochgelegt, im Blick hatte. Er schloss die Augen. »Wie geht es dir, mein Herz?«

»Stimmt was nicht?«, fragte sie, und in seinem Bauch breitete sich ein seltsames, flaues Gefühl aus: Sie hatten sich darauf geeinigt, dass er kein Telefon auf dem Zimmer hatte, weil er es immer wieder umwerfen würde und sie nicht wollte, dass er sie ständig wegen irgendetwas belästigte. Das akzeptierte er. Und er rief nicht oft an. Aber warum kein *Liebling*? Warum mussten sie derart schnell zur Sache kommen?

»Ich brauche einen neuen Rasierer«, sagte er, »meiner ist kaputt.« *Bozukiert*, hatte das Mädchen gesagt, nachdem sie sich für die Schnittwunde auf seiner Wange entschuldigt hatte.

»Der elektrische?«, fragte Evelyn. »Den hattest du doch noch gar nicht lange!«

»War das nicht einer von Craig, ein altes Weihnachtsgeschenk, das er nicht haben wollte?«

»Nein, war es nicht! Ich sehe ihn mir an, wenn ich das nächste Mal komme.«

»Und wann mag das wohl sein? Pass mal auf …«, sagte er, »ich bin in Stücke zersäbelt, und mein Hemd ist von oben bis unten voll Blut!« Es war eine krasse Übertreibung, und natürlich glaubte er es selbst nicht, dennoch stiegen ihm bei diesen Worten aus irgendeinem Grund Tränen in die Augen, seine Stimme schwoll an und brach. »Auf Wiedersehen, mein Herz«, sagte er in völlig anderem Tonfall, und dann rutschte sein Daumen ab und warf sie aus der Leitung.

»Haben Sie vielen Dank«, sagte er zu der Managerin, als er ihr das Telefon zurückgab, wobei er darauf achtete zu lächeln. Andrea? Angela? Oder war es etwas mit S? Sicher war er sich nicht, aber er mochte sie.

Und dann, irgendwann nach diesem Telefonat, war er in seinem Sessel aufgewacht, und da stand Evelyn, stand direkt vor ihm: Er brauchte einen Moment, um auf sie scharfzustellen, heute ganz in Beigetönen, ein gelbgrüner Seidenschal um den Hals; gerührt musste er an ein anderes Kleid von vor Jahrzehnten denken, abstraktes Muster, schmale Taille, Reißverschluss am Rücken …

»Ich bin schon länger da«, sagte sie, »aber du hast in deinem Sessel geschlafen!«

»Wie schön, dich zu sehen, mein Herz!« Er kämpfte sich hoch, und sie ließ sich im Sessel gegenüber nieder und erklärte, sie habe den Rasierapparat ins Geschäft zurückgebracht, wo man ihn aber nicht als Garantieleistung reparieren wollte, weil er ihn nicht anständig gereinigt habe, und das Ersatzteil sei viel zu teuer und würde auch nicht halten, wenn es nicht richtig gepflegt würde.

»Aber ich mache ihn ja sauber. Die verdammten Hände. Bekomme den Dings immer nicht …«

»Das *Mädchen* müsste es machen!« Sie sollten sie eigentlich nicht Mädchen nennen. Oder jedenfalls nicht so. Wie war noch das Wort –?

»Ich habe sie, glaube ich, nicht darum gebeten …«

Pflegerinnen, fiel ihm ein. Was auch nicht gut war, weil es nahelegte, dass alle anderen sich nicht kümmerten.

»Und was meintest du mit …«, Evelyn lehnte sich zu ihm vor, »*in Stücke zersäbelt*? Wo? Du hast keine einzige Schramme! Ab jetzt wirst du Einwegrasierer benutzen müssen. Viele Männer mögen ohnehin keine elektrischen. Max schwört auch auf die altmodischen. Das hast du früher selbst gesagt.«

»Aber jetzt rasiere ich mich nicht mehr selbst. Er ist für die, die …«

Wie auch immer man sie nannte, die Person, die ihn rasierte, wusste ganz einfach, wie wichtig eine Rasur war, und gab sich große Mühe, es gut zu machen: Das merkte er daran, wie sich ihr Kiefer entspannte und sie ihre Stirn ganz leicht kräuselte, wenn sie sich vorbeugte.

»Samantha!«, sagte er. Ein reizendes Mädchen, so wie die meisten hier. Wusch einem an Waschabenden auch die Eier. Und trotzdem, er wäre lieber zuhause –

»Dann muss sie es lernen.« Evelyn lehnte sich wieder in ihrem Sessel zurück. »Ich habe eine Packung mit zehn Einwegrasierern auf das Regal im Badezimmer gelegt. Die waren im Angebot.«

Man durfte fragen, wo es herkam, das Geld, das sie dadurch sparte, ihm den Rasierer nicht zu ersetzen. Eine dynamische

Rente, das Ergebnis von langen Tagen im Büro, vierzig Jahre lang, das Gehalt, das auf ihr gemeinsames Konto ging und dann in Rente, Haushalt, Sparen und laufende Kosten aufgeteilt wurde … Aber darauf wies Harry sie nicht hin. Er wollte es nicht und wünschte, es wäre ihm überhaupt nicht eingefallen. Er schloss die Augen und saß da, wartete, dass der Gedanke vorüberzog. Und dann war er wieder müde.

»Ich bin den weiten Weg nicht gekommen, einzig und allein, um dich anzusehen«, sagte Evelyn harsch. Und das war's. Immer, immer lief es so ab: ein letzter Strohhalm, und dann –

»Vielen Dank für deine Mühen, mein Herz.« Er machte eine Pause, gerade lang genug, und sprach weiter, wobei seine Stimme um ein, zwei Grad fester wurde: »Ich frage mich allerdings, wie es dir gehen würde, wenn bei deinem elektrischen Wasserkocher die Sicherung durchbrennen und irgendwer beschließen würde, dass es einfacher ist, wenn du ab jetzt einen Topf auf den Herd stellst?«

»Wasserkocher?« Sie schnaubte und griff nach ihrer Handtasche, um ihr Taschentuch hervorzuholen. »Was redest du da? Ich bleibe nicht hier, wenn du so einen Unsinn von dir gibst. Mit meinem Wasserkocher ist alles in bester Ordnung, und sollte er jemals kaputtgehen, kaufe ich mir einen neuen! Ich werde jetzt gehen, zum Bus.«

Und dann war sie weg. Er hätte es wissen müssen.

Vor nicht allzu langer Zeit, dachte Harry nach Evelyns Abgang, wäre ein defekter Rasierer so leicht zu reparieren gewesen, fast ein Vergnügen. Er wäre losgegangen und hätte sich einen neuen gekauft oder vermutlich eher das Ersatzteil. Er wäre kurz in die Stadt gefahren, hätte vor dem neuen Einkaufszentrum geparkt, am Schalter von Boots gestanden und mit dem Mädchen dort geplaudert. Er hätte sich über den Preis beschwert, ihn mit dem Preis für einen neuen verglichen und dann mit frischen Scheinen aus dem neumodischen Geldautomaten am Eingang der Mall bezahlt. Die halbe Stunde Einbau hätte ihm genauso viel Freude bereitet wie die Rasur selbst … Aber das war früher. Und warum zum Teufel die vielen Haare? Erst konnte man es nicht erwarten, und dann musste man sich bis in alle Ewigkeit damit herumplagen.

»Dein Vater faselt unzusammenhängendes Zeug!«, sagte Evelyn zu ihrer Ältesten, Lillian, die selbst kurz vor der Rente stand. Evelyn musste brüllen, wegen eines Zischens in der Leitung. »Redet die ganze Zeit von meinem kaputten Wasserkocher, obwohl der vollkommen in Ordnung ist! Hat mich angerufen, um sich zu beschweren, das Mädchen hätte ihn beim Rasieren in Stücke gesäbelt, also bin ich schnell hingefahren, und er hatte noch nicht mal eine Schramme! Er hat es geschafft, den Rasierapparat kaputt zu machen, den er von uns hat. Die ganze Zeit geht es darum, was die Pflegerin will, aber wofür werden die bezahlt? Sie haben ihn nicht gereinigt. Also habe ich ihm Einwegrasierer gekauft.«

»Mum, heutzutage gibt es selbstreinigende Rasierer«, sagte Lillian. »Und ich glaube nicht, dass das Personal so gut bezahlt …«

Die Verbindung war fürchterlich, also legte Evelyn auf, erklärte Valerie alles noch einmal von vorn, die sich aber in Sachen Rasierer als genauso begriffsstutzig herausstellte wie Lillian – und dann, als letzten Ausweg und *im Wissen*, dass es ein Fehler war, weil mit ihr immer alles unnötig kompliziert wurde, woran ihre Stelle als Philosophie-Dozentin nicht das Geringste geändert hatte, rief sie Louise an.

»… Valerie hat gesagt, dass sie ihm ständig ausgehen werden und er von mir verlangen wird, ihm neue Packungen zu bringen«, schloss sie, »aber ich wage zu behaupten, dass er ruhig warten kann. Es hat sich nicht gelohnt, einen neuen zu kaufen.«

»Inwiefern gelohnt?«, fragte Louise.

»Was meinst du damit?« Louise setzte zu einer vielschichtigen Rede über die Bedeutung der Rasur an.

»Selbstverständlich!«, unterbrach Evelyn sie. »Wer will schon einen stoppeligen alten Mann ansehen müssen!«

»Ich meine, die Rasur gehört zu seinem Selbstverständnis *als Mann*.« Louise' Stimme war beinahe unerträglich ruhig. »Wenn also Dad einen Rasierapparat haben will …« *Haben will?* Und was war mit dem, was *sie* wollte? Eine Flussfahrt auf dem Rhein, beispielsweise. Jemanden, der ihr die Tasche trug, mit ihr Ausflüge machte, so sich die Sonne jemals wieder blicken ließ. Einen Mann, der sie nicht in den Wahnsinn trieb. Einen Ehemann, der gehen und Sachen reparieren konnte, der sich nicht einnässte und keine Hilfe mit seinen Knöpfen brauchte, der nicht mit geöffnetem Mund atmete und der ihr nicht bei Dingen aus der Vergangenheit widersprach, an die sie sich klar und deutlich erinnerte. Was war damit?

Wer hätte gedacht, dass es alles einmal so enden würde! Dass sich ein Mensch so verändern konnte, ohne dass sie imstande war, etwas dagegen zu tun. Was für einen Unterschied sollte da bitte ein *Rasierer* machen, ganz gleich welcher?

»Das ist *Verschwendung*«, sagte sie mit wuterfüllter Stimme zu Louise.

»Es tut mir sehr leid, Mum. Pass mal auf. Wie wäre es, wenn ich ihm einen schicke und sage, dass er von dir kommt?«

»Tu, was du nicht lassen kannst!«, sagte Evelyn, deren Augen sich mit Tränen füllten. »Ich hätte es besser wissen müssen und dir nichts davon erzählen sollen!« Sie hatte die ganze verfluchte Rasierergeschichte satt, sie hatte Harry satt und ihre Töchter – die mit ihr stritten, die zu gefühlsselig waren, zu intellektuell und viel zu jung, um es zu verstehen.

»Ich bin nicht ganz sicher, wie ich zu dem neuen Rasierzeug komme, aber trotzdem vielen Dank, mein Herz«, sagte Harry zu Evelyn, als sie das nächste Mal im Sessel gegenüber auftauchte. »Dein Kleid gefällt mir«, setzte er hinzu. »Sehr elegant.« Doch dass er den Rasierer erwähnte, in Kombination mit seinem Anblick im Schlafanzug um zehn Uhr morgens, hatte sie verstimmt, und mit zusammengebissenen Zähnen starrte sie an ihm vorbei auf die Wand. Evelyn war inzwischen winzig; sie trug eine Brille mit dicken Gläsern, ihr Haar war dünn, und sie bemühte sich vergebens, die Altersflecken in ihrem Gesicht zu verbergen … All das konnte er sehen. Doch zugleich war da die Frau, die neben ihm im Gras gelegen hatte, deren feste Brüste seine Hände ausgefüllt hatten, auch sie lebte in ihr fort.

Wer war der Dichter – *ziert euch nicht, sondern nutzt eure Zeit*? Rosenknospen. Herrick? Wer auch immer es war, der Mann hatte recht, dachte Harry – aber er ist nicht weit genug gegangen. Er war damals ein junger Mann und hatte vielleicht nicht begriffen, dass seine Zeilen *immer* zutrafen, selbst in den allerschlimmsten Zeiten.

Er legte die Decke auf seinem Schoß zurecht und blickte auf.

»Wenn du mir eine Nachricht schickst und mich wissen lässt, wann du kommst, achte ich darauf, anständig angezogen zu sein«, sagte er. Sie schwieg weiter. »So sieht es jetzt nun einmal mit uns aus, mein Herz«, sagte er, und Evelyns Mund zitterte, doch sie hielt den Blick auf die Wand gerichtet und griff nicht nach seiner Hand. *Hölle*, dachte Harry. Gegen die Schmerzen in seiner Hüfte ankämpfend, drückte er sich halb aus seinem Sessel, sodass er sie erreichen konnte. Ihre Hand in seiner, halb so groß. Evelyns Hand. Er spürte ihren Widerstand, zog sie aber trotzdem zu sich heran. Er strich mit ihrer Handfläche über seine frisch rasierte Wange und sagte inständig: »Fühl nur.«

Hotel Paris

Harry wurde das Gefühl nicht los, dass etwas fehlte.

Er musterte das Zimmer von seinem Lehnsessel mit den neuen Schaumstoffkissen aus. Er saß mit dem Rücken zur Brandmauer, rechts das Fenster, links ein kleines Bücherregal und dann die Tür. Von seinem Platz aus hatte er alles im Blick, Evelyns Foto über dem anderen Bücherregal neben der Tür zum Badezimmer, das Bett, frisch gemacht, den Tisch daneben mit dem Rufknopf und dem Radio, das er nie benutzte, und dem Glas Wasser, das er nie trank. Ein Bild mit einem Schiff hing an der langen Wand über dem Bett. Die Badezimmertür stand offen – dort war nichts Interessantes zu sehen. Das, wonach er suchte, befand sich vermutlich auf einem der Bücherregale, oder sonst konnte es auch irgendwo zwischen ihm und dem Bett sein, auf dem Fernseher – diverse Zeitungen und Magazine und ein, zwei Bücher stapelten sich darauf, gekrönt von der Fernbedienung … Die Fernbedienung war ganz sicher nicht das, wonach er suchte, blödes dummes Ding. Auch nicht die Lupe. Die Gehhilfe war außer Reichweite am Badezimmer geparkt. Er beugte sich vor, drückte die Arme fest auf den Sessel und versuchte aufzustehen. Nichts passierte.

Dann stand eine Frau mit Sonnenbrille vor ihm und wünschte ihm einen guten Morgen.

»Daddy«, sagte sie, »ich bin's, Louise.« Sie schob ihre Sonnenbrille ins Haar, und ja, sie war es. Doch manchmal erschrak er darüber, was aus seinen Kindern geworden war. Sie, die letzte von dreien, die am meisten Ärger gemacht hatte, jetzt Mitte fünfzig und mit bequemen Schuhen.

»Erinnerst du dich? Wir fahren zu dem Platz, um uns den Baum anzusehen. Er blüht gerade.« Möglicherweise hatte irgendwer irgendwas über einen Baum gesagt, irgendwie in Verbindung mit Evelyn. Die Managerin war immer hinterher, dass er an diesen oder jenen Ausflügen teilnahm, und ein blühender Baum lag ihm mehr als die Fahrt zum Rettungszentrum für Esel, zu der sie und Krista ihn vor ein paar Tagen überreden wollten. Also sagte er Louise zu, und über den Vorbereitungen zur Abfahrt vergaß er, wonach er gesucht hatte.

Er und Louise nahmen den Minivan des Pflegeheims, der zuerst eine Frau, an deren Namen er sich nicht erinnern konnte, zum Krankenhaus brachte. (Da war er auch schon gewesen, mehrfach, nach Stürzen. Einmal hatte er sich den Kopf aufgeschlagen und musste genäht werden; so viel wusste er.) Die Straßen taumelten und rasten vorbei, vertraut und fremd zugleich. Es war wie in einem Film, und wohl kein sonderlich guter. »Ich bin hundertzwei«, sagte – brüllte traf es besser – die Frau immer wieder zu Louise, »ich bin hundertzwei, und ich kann Sie nicht hören, kein Wort von dem, was Sie sagen, kein einziges Wort!« Wegen des Rollstuhls saß Louise vor ihm und neben der Frau. Sie lächelte und schüttelte ihr die Hand, und dann fing die Frau wieder von vorn an: *Ich bin hundertzwei* … Nach einer Weile formten auch seine Lippen ihre Worte, und fast machte es ihm sogar Spaß: »Kein einziges Wort! Hundertzwei!«

Nachdem sie am Krankenhaus gehalten und sie übergeben hatten, schien es sehr still im Wagen. Harry schlief ein und wachte erst wieder auf, als der Rollstuhl in die Schienen ruckelte und dann vorsichtig die Rampe an der Rückseite des Vans herunterrollte. Draußen war es sehr hell.

Vierzig Minuten, sagte der Fahrer. Der Platz wirkte recht vertraut, und Louise, die wieder ihre Sonnenbrille trug, teilte ihm mit, dass er und Evelyn ganz in der Nähe gewohnt hätten. Bevor er nach The Beeches gezogen war.

Sie und Lillian hatten das Haus aufgelöst, sagte sie, und dabei allerlei Kleinigkeiten gefunden. Evelyn würde das nicht gefallen, dachte er. Sie hasste jede Form von Einmischung.

»Notizen. Viele Aufzeichnungen zu Edward Thomas. Möchtest du sie dir ansehen, wenn wir zurück sind? Ich könnte sie dir vorlesen.«

»Nein«, sagte er, »ich weiß, ich suche etwas, aber das war es nicht.«

Sie schob ihn langsam einen Weg neben einer Lorbeerhecke entlang; rechts von ihnen brach gerade das frische Grün an ausgewachsenen Weißbirken durch, und drüben auf der anderen Straßenseite standen gepflegte gregorianische Reihenhäuser, cremefarben gestrichen, beinahe einheitlich. Der Gehweg war sehr uneben, doch Louise gab sich die größte Mühe, die Buckel auszugleichen, und er gab sich die größte Mühe, die stechenden Schmerzen, die sie in seinem Rücken verursachten, und das unangenehme Kribbeln in den Füßen zu ignorieren. Es wehte ein sanfter Wind, der Himmel war herzzerreißend blau.

Durch ein schmiedeeisernes Tor kamen sie in den Garten, wo der Weg mit einem Mal eben war und die Hecken alles schützend einfassten und die Geräusche dämpften. Sie hatten eine grüne Welt mit zahllosen Schattierungen betreten. Das Gras zu beiden Seiten war üppig und mit Gänseblümchen und Narzissen getupft. In der Mitte des Gartens stand eine riesige immergrüne Steineiche mit dunklen Blättern, *Quercus ilex*, wenn er sich nicht irrte. Links und rechts von ihnen ein Japanischer Ahorn, eine Espe. Eine Rosskastanie, eine Linde und dort im Schatten eine Reihe glänzender Rhododendren. Sämtliche Bäume waren riesig, außer einem, einem elastischen Bäumchen mit zarten Blättern, übersät mit weißen Blüten. Sie bewegten sich stetig darauf zu.

Etwa einen Meter von dem Bäumchen entfernt blieb der Rollstuhl stehen. Louise tauchte auf und hockte sich neben ihn. Sie schob sich die Sonnenbrille ins Haar und legte ihre Hand auf seine.

Sein Name, sagte sie, laute *Pyrus calleryana Chanticleer* – benannt nach dem viktorianischen Missionar, der den Baum entdeckt hatte, und, wegen des farbenprächtigen Herbstlaubs, nach einem hell singenden Vogel. Die Blüten zitterten, als ein Lufthauch durch sie hindurch ging.

»Wie schön. Ich bin sicher, er gefällt ihr«, sagte Harry. Evelyn war fort, das wusste er, auch wenn er vergessen hatte, wo genau sie war.

»Nein danke«, sagte er zu Louise, die ihm ein Taschentuch anbot.

»Hörst du die Vögel?«, fragte sie, während sie langsam zwischen den anderen Büschen und Bäumen weiterrollten.

»Ja«, sagte er. Was war es nur, was hatten Vögel nur an sich?

Befreit von ihrem Körperkleid,
Schwingt sich die Seele ins Gezweig …

Einen Augenblick lang sah er seinen alten Lehrer, Whitehorse, vor den Schülern im staubig-hellen Licht des Klassenzimmers stehen. Hörte seine kräftige, klare Stimme:

Dort sitzt sie wie ein Vogel, singend,
Und spreizt und putzt die Silberschwingen …

Die alten Worte durchströmten ihn, während sie weiter ihre Runden drehten und der Garten aus verschiedenen Winkeln nach und nach mehr von sich preisgab. Er spürte eine Art gesegnete Leere. Die Sonne wärmte ihm das Gesicht und die Handrücken; ihm fielen die Augen zu, und er schlief wieder ein.

Er und Evelyn waren im Urlaub, im Sommer in Devon. Arm in Arm folgten sie einem Weg, der sie an aufgetürmten Rhododendren und Azaleen vorbeiführte, an stattlichen Bäumen und ausgedehnten Rasenflächen. Auf dem Hügel hinter ihnen stand ein Herrenhaus aus Sandstein, bedeckt mit violetten Glyzinen, vor ihnen lag ein Eichenwald, in dem Blauglöckchen schimmerten. Evelyn trug ein leichtes, ärmelloses Sommerkleid, eine weiße Strickjacke und eine große Filmstar-Sonnenbrille. Als sie den Wald betraten, nahm sie sie ab, atmete tief ein, wandte sich Harry zu und lächelte.

»Gut geschlafen?«, fragte Louise. Unterdessen hatte sie Ketten aus Gänseblümchen geflochten, und er erlaubte ihr, ihm eine um den Hals zu legen.

Hinten im Van lagen drei Ballen Gartentorf, außerdem ein in Plastik verpackter, eingerollter Gartenschlauch und eine Schale mit kleinen Geranien, aber die hundertzweijährige Frau war nicht da. Der Fahrer machte das Radio an, irgendein grässliches Geklimper, und Harry erwachte von seinem nächsten Nickerchen mit Kopfschmerzen.

Ob er sich zu einem Ausflug morgen zu den Ententeichen in Boughton anmelden wolle? Nein, vielen Dank, sagte er zu der gespenstisch aussehenden Frau mit der riesigen Brille, die ihn gefragt hatte. Im Anschluss gebe es Tee und Scones mit Sahne und Marmelade, sagte sie. Doch ihm war nicht nach Tee und Scones morgen. Und genauso wenig war ihm danach, heute unten zu Mittag zu essen oder das zu essen, was auch immer sie ihm auf einem Tablett bringen mochten, und nein, er wollte nicht aus dem Rollstuhl gehievt werden oder auf die Toilette gehen, und nein, er wollte nicht, dass man ihm vorlas … Gott sei Dank verstand Louise und überließ ihn sich selbst. Evelyns Brief noch einmal lesen, das wollte er. Er musste ihn irgendwo auf einem der Bücherregale abgelegt haben. Er drehte sich so weit wie möglich um, untersuchte den Inhalt des obersten Bords, ließ dann die Finger über die Bücher laufen, an die er herankam. Nichts.

Sie hatte ihn im Vorfeld ihrer Reise nicht gewarnt, vielleicht weil sie wusste, dass er sich Sorgen machen würde. Aber dann hatte sie ihm aus Frankreich geschrieben – das war es, Frankreich! –, auf sechs Bögen des hoteleigenen Briefpapiers. Er konnte sich noch genau daran erinnern, wie ihm Krista (oder war es Samantha?) den Brief mit seinem Tee und drei Jaffa-Keksen gebracht hatte, eine wundervolle Überraschung und eine riesige Erleichterung, endlich zu wissen, weshalb er Evelyn so lange nicht gesehen hatte. Der Briefumschlag war fest verschlossen, und seine Hände taugten nichts, aber er hatte nicht um Hilfe bitten wollen, und schließlich hatte er es geschafft, ihn mit der Nagelfeile aus seiner Schublade aufzuschlitzen. Erst vor Kurzem hatte er seine Brille verloren, doch zum Glück war Evelyns Schrift immer so klar und deutlich.

Lieber Harry,
ich wollte eigentlich gar nicht schreiben, weil wir nur eine Woche hier sind und ich Dich nicht verwirren wollte, aber Lillian ist sich sicher, dass ein Brief zuhause ankommt, bevor wir zurück sind. Ich bin mit ihr und Rosemary aus dem Gartenklub im Urlaub. Wie Dir das Papier verrät, sind wir in Frankreich, im Hotel Paris. Ich schreibe Dir aus der Lounge – gemütlich, aber dunkel. Nach dem gestrigen Ausflug nach Versailles erscheint einem alles dunkel! Bei unserem Paris-Besuch damals haben wir beide uns damals gegen den Ausflug entschieden, weil es eine Touristenfalle war, das weiß ich noch. Unser Misstrauen war berechtigt, aber trotzdem bin ich sehr froh, es nun gesehen zu haben.

Nach einem zeitigen Frühstück mit Kaffee und Baguette – noch warm – fuhren wir mit der Metro fast bis vor die Haustür und standen etwa zehn Minuten am Eingang an. Es ist gewaltig. Alles ist bemalt oder vergoldet, und es wimmelt nur so vor Statuen. Marmor, überall Marmor. Die Tapeten! Alle handgemacht. Blattgold und Velours. Im Spiegelsaal kommt das Licht von allen Seiten, und aus irgendeinem Grund will man herumhüpfen und tanzen. Natürlich laufen überall Horden im Trainingsanzug herum, die sich an ihre Telefone und Kameras klammern, aber trotzdem kann man spüren, wie es wäre, unter den Blicken von bewundernden Höflingen durch die Säle zu gehen. Lillian zufolge hat man sich damals allerdings beim Lustwandeln durch diese Pracht ein Taschentuch vor die Nase gepresst, wegen des eigenen Körpergeruchs und der Nachttöpfe, die überall herumstanden. Es gab keine Toiletten oder anständige Rohrleitungen! Ich bin froh, dass Lillian uns das erst auf dem Weg zum Ausgang erzählt hat.

Offenbar waren damals alle körperlichen Bereiche des Lebens sehr unerfreulich. Ich weiß, ich beschwere mich ständig darüber, zum Friseur gehen zu müssen, aber ein Haarturm auf dem Kopf, der mit verrottendem Ochsenfett zusammengehalten wird, wäre noch viel schlimmer. Lillian, Rosemary und ich sind uns auch einig, dass der Mangel an Privatsphäre ein weiterer Nachteil des königlichen Lebens wäre. Unter einer vergoldeten Zimmerdecke aufzuwachen wäre eine unzureichende Entschädigung dafür, dass man sich vor glotzendem Publikum die Augen reibt und für den Tag fertig macht. Natürlich wurden sie früher oder später hingerichtet. Im Vergleich dazu bin ich mit meinem Schicksal im Großen und Ganzen zufrieden.

Die Dusche im Hotel ist kläglich und lässt sich schwer einstellen. Mir ist eine anständige Badewanne immer noch lieber. Ich bin sehr froh über die Badewanne zuhause und freue mich schon jetzt darauf, jedoch nicht auf die langen Abende. Als Nächstes steht ein Besuch von Louise auf dem

Programm. Ich bin nicht sicher, wer von der Familie dieses Mal mitkommt. Danach plant Valerie irgendetwas Großes für unsere beiden Geburtstage. Ich liebe Feste, aber den Anlass würde ich lieber ausblenden, wenn es damit zu tun hat, dass man noch älter wird. Nichts daran, da wirst Du mir zustimmen, ist empfehlenswert, insbesondere, wenn es mit Siechtum einhergeht. Ich hoffe, Du bemühst Dich und gehst an die frische Luft.

Lillian macht immer viel Aufhebens, kümmert sich aber um alles Praktische, so wie Du früher. Es scheint ihr nichts auszumachen, zwei alte Damen zu hüten, auf uns zu warten, wenn wir uns fertigmachen. Gestern war sie ein paar Stunden lang einkaufen und hat sich eine sehr teure Bluse zugelegt. Ihr Französisch ist auch nach den vielen Jahren immer noch ausgezeichnet. Ich habe sie darauf angesprochen, und sie hat gesagt, sie sei froh, dass ihre Ausbildung schließlich doch noch zu etwas nütze sei! Sie schlug vor, dass wir an der Place de la République vorbeigehen, wo wir beide damals gewohnt haben, aber das wollte ich lieber nicht. Ich erinnere mich noch an unsere Bootsfahrt auf der Seine, die Kathedrale von Notre Dame, das Varieté an unserem zweiten Abend und das perfekte Wetter an dem Tag, als wir mit dem Zug nach Giverny gefahren sind. Ich habe auch schöne Erinnerungen an andere Reisen, darunter die frühen Familienurlaube in den Pensionen in Devon und Cornwall, noch bevor wir unser eigenes Auto hatten. Glückliche Zeiten. Ich muss sagen, Du warst den Mädchen ein guter Vater, wie Du sie im Sand eingebuddelt hast und so weiter, während ich in der Sonne eingeschlafen bin. Louise hatte so gesehen viel Glück, weil wir sie mit ins Ausland nehmen konnten: Weißt Du noch, wie sie mit den spanischen Kindern gespielt und dabei die Worte aufgeschnappt hat, die sie dazu brauchte? Aber ich hüte mich davor, in Erinnerungen zu schwelgen. Rosemary ist derselben Meinung. Es geht darum, so lange wie möglich nach vorn zu schauen und nicht zurück.

Das Haus kommt mir dieser Tage sehr still vor, und die Abende sind lang, deswegen war die Gesellschaft hier erfrischend. Dir muss es anders ergehen, mit den übrigen Insassen ständig um Dich herum, nicht, dass ich sie mir als sehr unterhaltsam vorstelle. Und es ist schade, dass Du Versailles verpasst hast, aber die Wege waren sehr weit. Sie haben dort Rollstühle, allerdings sah das Kopfsteinpflaster nicht danach aus, als ließe es sich angenehm darauf rollen. Selbst Lillian ist erschöpft! Immerhin ist sie, wie sie hervorhob, fast siebzig. Ich erinnere mich noch an die Entbindungsstation in Reading, wie Du uns in deiner Uniform besuchen kamst und sie sich darauf erbrochen hat.

Am Montag fahren wir zurück. Zwei Tage später fliegt Lillian zu Ed nach Hause. Sie hat ihm alle Mahlzeiten in der Tiefkühltruhe dagelassen. Er hat nie einen Finger gerührt.

Ich komme Dich besuchen, sobald ich mich nach der ganzen Reiserei wieder eingelebt habe.

Alles Liebe

Evelyn

Er hatte den Brief mehrere Male gelesen und ihn im Umschlag mit der französischen Briefmarke griffbereit aufbewahrt, oben auf dem Bücherregal. Aber jetzt war er weg. Vielleicht hatte er ihn in eines seiner Bücher gelegt? Er hebelte ein paar davon heraus und schüttelte sie: In den *Gesammelten Gedichten von Edward Thomas* war er nicht, auch nicht in *Die beliebtesten Gedichte der Nation* oder *Whytes Poesieschatz*. Jemand hatte ihn fortgeräumt oder versehentlich irgendwo fallen lassen, und er wollte ihn zurückhaben ... Denn es war wundervoll gewesen, sich vorzustellen, wie Evelyn in der Lounge des Hotels saß und ihm schrieb. Wie Lillian sie und ihre Freundin nach

Paris mitgenommen hatte. Und die Stelle mit den Leitungen und den Frisuren – wie sehr sie ihre Annehmlichkeiten liebte. Außerdem war es sehr berührend, dass Evelyn es würdigte, wie gut er früher ihre Reisen geplant hatte. Und auch, dass sie die Leere des Hauses erwähnte, was so viel hieß wie, dass sie ihn vermisste …

Dass es etwas Schlechtes war, zu sehr in Erinnerungen zu schwelgen, darin stimmte er mit ihr nicht überein. Bei ihrem nächsten Besuch (bald, bald!) wollte er ihr erklären, dass sich die Zeit mit Erinnerungen vergleichsweise gut vertreiben ließ, wenn man eingeschränkt beweglich war, was auf sie natürlich nicht zutraf. Sie war in Versailles gewesen! Sie war so tatkräftig, so voller Leben! Er wollte den Brief zurückhaben. Er steckte weder in einem seiner Bücher, noch lag er auf dem Boden oder auf einem der Bücherregale, wobei er natürlich dahinter gerutscht sein konnte: Das war gar nicht mal unwahrscheinlich. Er biss die Zähne zusammen, drehte sich, bekam die Ecke eines Regals zu fassen und zog sie nach vorn. Eine kleine Buchlawine ging zu Boden, und ein Buch warf den Papierkorb um, aber wirklich dahinter konnte er immer noch nicht sehen, und weil er überall sonst gesucht hatte, musste Evelyns Brief doch dort sein. Er drückte noch einmal dagegen, und das ganze verdammte Ding – der Erreichbarkeit halber lag das meiste obenauf – fiel um, und dann versuchte er, die Füße auf den Boden zu stellen und aufzustehen, doch sie waren festgeschnallt, und es ging nicht. Ihm blieb nichts anderes übrig als den roten Knopf zu drücken.

»Ich will mit der Managerin sprechen, und ich will meinen Brief zurück«, sagte er einem Mädchen mit schwarzem, an den Spitzen blau gefärbtem Haar.

Aber er war nicht da, und sein Zimmer war ein einziges Chaos.

Sie rollten ihn in den schattigen Teil des Gartens, während sie aufräumten. Eine große Frau setzte sich ihm gegenüber in einen gestreiften Segeltuchstuhl.

»Harry«, sagte sie, »wir haben darüber schon mehrfach gesprochen.« Es war Sandra, begriff er, als sie ihre Sonnenbrille abnahm und sie sich in den Ausschnitt steckte. Es tue ihr fürchterlich leid, sagte sie, ihnen allen, und sie hätten überall gesucht. Sie könne ihm nichts Neues mitteilen. Vielleicht war der Brief von seinem Schoß auf den Boden gerutscht oder sogar in den Mülleimer und war dann aus Versehen weggeworfen worden? »Was auch immer passiert ist, es war ein Versehen, Harry. Niemand hier würde so etwas absichtlich tun, natürlich nicht. Aber nach all der Zeit glaube ich ehrlich gesagt nicht, dass der Brief wieder auftauchen wird ... Ich weiß, das ist alles sehr verstörend.«

Er musste akzeptieren, dass sie ihn nicht absichtlich verloren hatten. Und er konnte sich an einen Großteil erinnern. Aber trotzdem, er wollte ihn zurückhaben, in Händen halten.

»Und außerdem hat sie geschrieben, dass sie mich bald besuchen kommt. Aber das hat sie, glaube ich, nicht getan«, sagte er zu Sandra. Mit seiner Stimme war etwas nicht in Ordnung. »Ist sie hier gewesen? Ich mache mir Sorgen um sie. Würden Sie bitte eine meiner Töchter für mich anrufen?«

Sandra hockte sich vor ihm ins Gras, nahm seine Hände und blickte zu ihm auf.

»Harry, vielleicht haben Sie es vergessen, aber es gab sehr traurige Nachrichten. Evelyn ist schon vor fast zwei Monaten gestorben, kurz nach der Rückkehr von ihrer Reise.«

»Das ist unmöglich«, sagte er.

»Valerie hat es Ihnen gesagt«, erklärte Sandra. »Es war ein Herzinfarkt, und dann haben ihre Nieren ausgesetzt. Sie war sehr tapfer und hat nicht gelitten. Alle sind sich einig, dass sie auf diese Weise hätte von uns gehen wollen ...«

Unmöglich! *Auf diese Weise hätte von uns gehen wollen?* Evelyn würde nie gehen wollen, ganz gleich wie. Sandra wandte den Blick nicht von ihm ab.

»Valerie war bei ihr. Die anderen beiden sind wenig später gekommen. Sie waren zu schwach, um bei der Gedenkfeier dabei zu sein, aber Louise hat Ihnen gerade den Baum gezeigt, den sie zu ihrem Andenken gepflanzt haben. Und natürlich rufen wir sie oder Valerie oder Lillian gern an, wenn Sie möchten.«

Sie hielt noch immer seine Hände und sah zu seinem Gesicht auf.

Und einen Augenblick lang war ihm, als habe Valerie vielleicht von einem nächtlichen Anruf des Krankenhauses erzählt. Dass Evelyn sich *wohlgefühlt* hatte und noch sprechen konnte. Und dann – aber wenn – man hätte ihn doch sicher benachrichtigt?

Nein, das war unmöglich. Seine Evelyn – immer so tatkräftig, so voller Leben. Gerade heute Nachmittag hatte sie ihn doch noch im Wald mit den Blauglöckchen geküsst, honigsüß war die Luft. Sie war gerade erst in Paris gewesen. Sie erinnerte sich an alle ihre gemeinsamen Urlaube.

Er wollte seinen Brief zurück.

Anmerkungen

Harry und Evelyn sind literarische Figuren, keine echten Menschen. Und damit gilt mein erster und herzlichster Dank meinen Eltern. Ganz besonders danke ich meinem Vater für seine Briefe an meine Mutter während des Zweiten Weltkriegs und kurz danach und meiner Mutter dafür, dass sie sie aufgehoben hat. In »Wasser, überall Wasser« und »Bascombe« bilden einige dieser Briefe meines Vaters, die ich mit seinem Einverständnis verwendet habe, einen wichtigen Bestandteil der Erzählung. Mitunter habe ich sie wortwörtlich übernommen, andere sind bearbeitet, neu zusammengestellt oder auf andere Weise verändert. An manchen Stellen streue ich frei erfundene, den Stil imitierende Briefe unter die Originale. Mein Vater ist also der posthume Co-Autor einiger Teile dieses Buchs, und ich hoffe, dass meine Eltern beide mit dem Resultat zufrieden wären, wenngleich ich mir dessen nicht sicher sein kann. Ich bin meinen Schwestern zutiefst dankbar, dass sie einem solchen Projekt gegenüber offen waren.

Auch möchte ich einigen Dichtern danken sowie Dichtern im Allgemeinen. Im Folgenden seien die Gedichte aufgeführt, auf die explizit Bezug genommen wird, sowie einige, die mit den einzelnen Kapiteln dieses Buches indirekt in Verbindung stehen, zumindest im Kopf der Autorin.

Verzweifelter Ruhm: »The Lady of Shalott« von Alfred Lord Tennyson; »The Windhover« von Gerard Manley Hopkins; »Emmonsail's Heath in Winter«, »January« und »I Am« von John Clare; »The Lake Isle of Innisfree« von William Butler Yeats; »Composed upon Westminster Bridge, September 3, 1802« von William Wordsworth; »Adlestrop« und »Lob« von Edward Thomas; »The Old Vicarage, Grantchester« von Rupert Brooke; »Dulce et Decorum Est« von

Wilfred Owen; »Sea-Fever« und »Cargoes« von John Masefield; »Sonnet 21« und andere von Elizabeth Barrett Browning; »Sonnet 116« und andere von William Shakespeare. *Was immer die Dichter sagen mögen*: »Love's Philosophy« von Percy Bysshe Shelley; »Sonnet 6« von Elizabeth Barrett Browning; »September 1939« von W. H. Auden. *Wasser, überall Wasser*: »The Rime of the Ancient Mariner« von Samuel Taylor Coleridge; Homers *Odyssee*. *Bascombe* und *Nichts, verdammt:* »The Waste Land« von T. S. Eliot. *Fast wie Musik*: »Jabberwocky« von Lewis Carroll. *Ein anderer Mann*: »The Other« von Edward Thomas; »The Sick Rose« von William Blake; »Daffodils« von William Wordsworth; *Ein Sommernachtstraum* von William Shakespeare (Oberons Reden). *Haus Garten Haus*: »An Arundel Tomb« von Philip Larkin; »The Lake Isle of Innisfree« von William Butler Yeats. *Klänge*: »The Word«, »The Thrush« und andere Vogelgedichte von Edward Thomas; Ovids *Metamorphosen*, Buch VI. *Zentimeter*: »This Be the Verse« von Philip Larkin; »Ode on Melancholy« von John Keats; »The Lake Isle of Innisfree« von William Butler Yeats. *Blau*: »Leda and the Swan« von William Butler Yeats; Homers *Odyssee*. *Wolke*: »Daffodils« von William Wordsworth; »Adlestrop« von Edward Thomas. *Die ganze Welt*: *Wie es euch gefällt* (2. Akt, 7. Szene, die Reden von Jacques) von William Shakespeare; »Sonnet 116« von William Shakespeare. *Ihre Zeit gut zu nutzen:* »To the Virgins, to Make Much of Time« von Robert Herrick; »To His Coy Mistress« von Andrew Marvell. *Hotel Paris*: »The Garden« von Andrew Marvell; »Poem 372« von Emily Dickinson und »Everyone Sang« von Siegfried Sassoon.

Inspiration ist das eine, Zeit zum Schreiben das andere. Dieses Buch wäre noch immer eine Sammlung von Fragmenten, hätte ich nicht frühzeitig Unterstützung erfahren: von der Access Copyright Foundation, die bei Recherchekosten half, von der Vancouver Island University und dem British Columbia Arts Council, die es mir ermöglichten, mir Zeit für den finalen Entwurf zu nehmen. Was die emotionale Unterstützung angeht, weiß ich nicht, wie weit ich gekommen wäre oder ob ich überhaupt schreiben würde, wären da nicht mein Mann Richard und meine beiden Kinder, die mich lieben, an mich glauben, mir meine Abwesenheit vergeben und so das ganze Unternehmen ermöglichen.

Bei der Recherche zu *All unsere Jahre* und auch beim Schreiben haben viele Menschen geholfen. Ein herzlicher Dank gilt meiner Freundin Carole Miles, die mich auf Recherchereisen nach England begleitet und mindestens ein Paar Schuhe durchgelaufen hat, während sie Land und Stadt sehr viel besser fotografisch dokumentierte, als ich es je könnte; Tony Jones, Archivar an der Emanuel School; Colin Thornton vom Edward Thomas Fellowship, der meine vielen Fragen zu dem Dichter und dessen Leben auffing; den Historikern Simon Fowler und Colin Taylor, die mir dabei halfen, das chaotische Ende des Wüstenkriegs zu verstehen und es mir bildlich vorzustellen; der British Library für ihre wunderbaren Landkarten und der Battersea Public Library für ihre Stadtarchive; Alison Harvey, SCOLAR-Archivarin in der Bibliothek der Cardiff University; Kate Fisher für ihr faszinierendes Buch *Birth Control, Sex, and Marriage in Britain 1918–1960*; dem bereits verstorbenen Alan Moorehead für seinen Klassiker *The Desert War*, von dem ich mir das Bild der sich ergebenden Soldaten als Schmetterlinge geborgt habe; und Edna Longley für ihre Anmerkungen in den *Collected Poems of Edward Thomas*.

Mehrere befreundete Autorinnen und Autoren haben diverse Fassungen des Manuskripts gelesen, mich ermutigt und mit ausgezeichneten Hinweisen versorgt, von denen ich manche nicht umgesetzt habe, die ich aber alle zu schätzen wusste: Dank an Vicky Grut, Caroline Adderson, Gillian Campbell, Lynne Van Luven und Margaret Thompson sowie an jene, die mir eine wichtige Frage beantwortet haben: Adina Hildebrant, Shirley Graham, Peter Levitt und Maggie Zeigler. Ich danke Pamela Mulloy, Redakteurin bei *The New Quarterley*, in dem vier Teile des Buches erschienen, während ich noch mit anderen kämpfte.

Ich habe großes Glück mit meiner Lektorin und meinem Lektor. John Metcalf von Biblioasis – scharfsinnig, brillant und unermüdlich wie immer – erkannte, was ich mit dieser Geschichte erreichen wollte, und trieb mich, wenn nötig, an; ohne ihn und seinen

Glauben an dieses Buch würde es *All unsere Jahre* nicht geben. Ganz ähnlich schätzte auch Tara Tobler von And Other Stories stets den Kern des Buches, während sie gleichzeitig begriff – und das auch leidenschaftlich vertrat –, was noch fehlte, damit es die endgültige Form finden konnte. Schließlich danke ich allen bei And Other Stories und Biblioasis für ihre Hingabe an Fantasie, Sprache, Geschichten und die Art, wie sie uns miteinander verbinden und unser Leben bereichern.

✳

Zitate in der deutschen Übersetzung:

John Clare, übersetzt von Esther Kinsky (aus: *Reise aus Essex und andere Selbstzeugnisse.* Matthes & Seitz, Berlin 2017)

T. S. Eliot, übersetzt von Norbert Hummelt (aus: *Das öde Land.* Suhrkamp Verlag, Frankfurt a. M. 2008)

D. H. Lawrence, übersetzt von Axel Monte (aus: *Lady Chatterleys Liebhaber.* Artemis & Winkler Verlag, Düsseldorf / Zürich 2004)

Andrew Marvell, übersetzt von Werner von Koppenfels (aus: *Barocke Gärten der Literatur. Eine europäische Anthologie.* Dieterich'sche Verlagsbuchhandlung, Mainz 2007)

Daphne du Maurier, übersetzt von Brigitte Heinrich und Christel Dormagen (aus: *Rebecca.* Insel Verlag, Berlin 2016)

Winfried Owen, übersetzt von Joachim Utz (aus: *Gedichte, zweisprachig.* Mattes Verlag, Heidelberg 1993)

William Shakespeare, übersetzt von August Wilhelm Schlegel / Ludwig Tieck

Percy Bysshe Shelley, übersetzt von Adolf Strodtmann (aus: *Ausgewählte Dichtungen.* Verlag des Bibliographischen Instituts, Hildburghausen 1866)

William Wordsworth, übersetzt von Mirko Bonné (unveröffentlicht, 2019)

William Butler Yeats, übersetzt von Erich Kahler (aus: *Werke 1. Ausgewählte Gedichte.* Luchterhand, Neuwied / Berlin 1971)

Kanadische Literatur bei Wagenbach

Kathy Page Alphabet Roman
Simon Austen ist ebenso charmant und verführerisch wie undurchschaubar und manipulativ. Eine tickende Zeitbombe. Er durchbricht die Monotonie seiner Haft, indem er endlich Lesen und Schreiben lernt und mit seiner Therapeutin Spielchen treibt. Dabei überschreitet er immer wieder Grenzen.
Aus dem Englischen von Beatrice Faßbender
Quart*buch*. Gebunden mit Schutzumschlag. 320 Seiten

Waubgeshig Rice Mond des verharschten Schnees Roman
Sie haben die größte anzunehmende Katastrophe eigentlich schon hinter sich: Die Familien der Anishinaabe wurde aus ihrer Heimat in ein Reservat im unwirtlichen nördlichsten Teil Kanadas vertrieben, wo die Winter unendlich erscheinen. Doch in diesem Winter überschlagen sich plötzlich die Ereignisse.
Aus dem kanadischen Englisch von Thomas Brückner
WAT 842. Broschiert. 224 Seiten

Mireille Gagné Häsin in der Grube Roman
Der Schneeschuhhase kann sich unsichtbar machen: Sein Fell ist im Sommer rotbraun, im Winter schlohweiß. Er schläft kaum, kann aus dem Stand drei Meter weit springen, bis zu 80 km/h schnell rennen und naturgemäß hakenschlagend seine Verfolger abhängen. So müsste man sein, denkt sich Diane an ihrem Schreibtisch und trifft eine Entscheidung.
Aus dem kanadischen Französisch von Birgit Leib
S*V*LTO. Rotes Leinen. Fadengeheftet. 120 Seiten

Helen Weinzweig Von Hand zu Hand Roman
Die Upper Class von Toronto versammelt sich zu einer kuriosen Hochzeit. Wie in einem Brennglas leuchten die verschlungenen Lebensgeschichten der Partygäste auf – und ihr Beziehungsgeflecht, das einem Spinnennetz ähnelt.
Aus dem kanadischen Englisch von Hans-Christian Oeser
Quart*buch*. Leinen. 160 Seiten

Lesen Sie weiter ...

Matthias Lohre
Der kühnste Plan seit Menschengedenken   Roman
Er ist höflich und voller Pläne, sie direkt und voller Zweifel. Irene und Herman begegnen sich 1925 auf einem Überseedampfer, verlieben sich in New York und kämpfen bald in Europa für einen gigantischen Plan. Sie wollen die Welt retten – durch das Absenken des Mittelmeers.
Quart*buch*. Gebunden mit Schutzumschlag. 480 Seiten

Beppe Fenoglio   **Eine Privatsache**   Roman
Beppe Fenoglio verknüpft schicksalhaft eine Liebes- und Eifersuchtsgeschichte mit den aufreibenden und verzweifelten Kämpfen der Partisanen in Norditalien gegen Faschisten und Nationalsozialisten. Ein Klassiker der italienischen Nachkriegsliteratur.
Aus dem Italienischen von Heinz Riedt
Mit einem Nachwort von Francesca Melandri
Oktav*heft*. Elegante Klappenbroschur. 208 Seiten

Fernanda Melchor   **Paradais**   Roman
Der Dicke war an allem schuld, das würde er ihnen sagen. Aber wer ist hier schon ohne Schuld? Der Roman der preisgekrönten mexikanischen Autorin Fernanda Melchor erzählt die Geschichte eines Verbrechens: roh, ohne tropische Restmagie, ein schneller, heftiger Schlag.
Aus dem mexikanischen Spanisch von Angelica Ammar
Quart*buch*. Klappenbroschur. 144 Seiten

Wenn Sie mehr über den Verlag und seine Bücher wissen möchten, schreiben Sie uns eine Postkarte oder elektronische Nachricht (mit Anschrift und E-Mail). Wir informieren Sie dann regelmäßig über unser Programm und unsere Veranstaltungen.
Verlag Klaus Wagenbach   Emser Straße 40/41   10719 Berlin
www.wagenbach.de   vertrieb@wagenbach.de